O QUE É DEMOCRACIA?

O QUE É DEMOCRACIA?

*A genealogia filosófica de uma
grande aventura humana*

Simone Goyard-Fabre

Tradução
CLAUDIA BERLINER

Martins Fontes
São Paulo 2003

Esta obra foi publicada originalmente em francês com o título
QU'EST-CE QUE LA DÉMOCRATIE? LA GÉNÉALOGIE
PHILOSOPHIQUE D'UNE GRANDE AVENTURE HUMAINE
por Armand Colin, Paris.
Copyright © Armand Colin/HER Éditeur, 1998.
Copyright © 2003, Livraria Martins Fontes Editora Ltda.,
São Paulo, para a presente edição.

1ª edição
abril de 2003

Tradução
CLAUDIA BERLINER

Acompanhamento editorial
Luzia Aparecida dos Santos
Revisão gráfica
Flávia Schiavo
Margaret Presser
Produção gráfica
Geraldo Alves
Paginação/Fotolitos
Studio 3 Desenvolvimento Editorial

Dados Internacionais de Catalogação na Publicação (CIP)
(Câmara Brasileira do Livro, SP, Brasil)

Goyard-Fabre, Simone
  O que é democracia? : a genealogia filosófica de uma grande aventura humana / Simone Goyard-Fabre ; tradução Claudia Berliner. – São Paulo : Martins Fontes, 2003. – (Justiça e direito)

  Título original: Qu'est-ce que la démocratie : la généalogie philosophique d'une grande aventure humaine.
  Bibliografia.
  ISBN 85-336-1749-6

  1. Democracia 2. Democracia – História I. Título. II. Série.

03-1409   CDD-321.8

Índices para catálogo sistemático:
1. Democracia : Ciências política   321.8

Todos os direitos desta edição para o Brasil reservados à
Livraria Martins Fontes Editora Ltda.
Rua Conselheiro Ramalho, 330/340 01325-000 São Paulo SP Brasil
Tel. (11) 3241.3677 Fax (11) 3105.6867
e-mail: info@martinsfontes.com.br http://www.martinsfontes.com.br

Índice

Introdução A genealogia atormentada e o destino equívoco da democracia 1

PRIMEIRA PARTE
O NASCIMENTO DA DEMOCRACIA: UM REGIME CONSTITUCIONAL SOB O SIGNO DA AMBIVALÊNCIA

Introdução à primeira parte 9

Capítulo 1 **A democracia, forma constitucional da Cidade-Estado** 14
   1. Heródoto e o esboço de uma classificação dos regimes 16
   2. O advento da democracia na dinâmica política 18
   3. O olhar dos filósofos sobre a democracia nascente.. 22
      3.1. Os primeiros balbucios da filosofia política.. 22
      3.2. O lugar da democracia nas estruturas políticas segundo Platão 25
      3.3. A classificação de Aristóteles 32
      3.4. O legado da filosofia política antiga 35
   4. Os princípios originários do ordenamento institucional dos governos democráticos 40
      4.1. Constituição e política 42
      4.2. O povo e a cidadania 45
      4.3. A lei e a legalidade 50

Capítulo 2 **A democracia sob o signo da ambivalência..** 58
  1. Os malefícios inerentes ao regime democrático 62
    1.1. O teatro antigo e a suspeita que pesa sobre a democracia 62
    1.2. A filosofia e a condenação do perigo democrático... 66
    1.3. O historiador diante da disfunção da democracia 72
  2. O regime democrático e a aura de suas promessas.. 76
    2.1. As promessas implícitas da democracia 77
    2.2. As esperanças possíveis da democracia 83
    2.3. Uma esperança difícil de explicitar................ 88

SEGUNDA PARTE

A DEMOCRACIA OU A AVENTURA FILOSÓFICA DA LIBERDADE DOS POVOS

Introdução à segunda parte.. 97

Capítulo 1 **O povo e a república**................................ 101
  1. A promoção do "povo", paradigma da "república".. 102
    1.1. Para além do enigma da duplicidade maquiavélica 103
    1.2. As instituições republicanas e a *virtù*.............. 107
  2. O povo e a recusa da servidão................................ 110
    2.1. O *Discurso da servidão voluntária* de La Boétie 110
    2.2. Os panfletos dos monarcômacos.................... 112
  3. A afirmação do povo soberano 117
    3.1. A obra pioneira de Althusius e de Suarez 118
    3.2. A agitação "liberal" na Inglaterra 121
  4. A formação dos parâmetros da instituição democrática.. 126
    4.1. A representação.. 127
    4.2. A anuência ao poder....................................... 132
    4.3. A Constituição da liberdade............................ 136

Capítulo 2 **Os discursos fundadores da democracia** 142
1. A teoria democrática de Spinoza 145
2. Rousseau e a idéia pura da democracia 152
   2.1. A soberania do povo e o governo democrático.. 154
   2.2. Um novo olhar sobre a democracia 162
   2.3. A altitude filosófica do discurso de Rousseau.. 169
3. Sieyès e o projeto de uma Constituição democrática 178

TERCEIRA PARTE
O "FATO DEMOCRÁTICO" E SUAS VERTIGENS

Introdução à terceira parte 197

Capítulo 1 **A inflação democrática** 200
1. O "avanço irresistível" do "fato democrático" 203
   1.1. Os três critérios da democracia 206
   1.2. A democracia é o caminho da liberdade? 212
   1.3. A incompatibilidade entre igualdade e liberdade 219
2. A oposição do socialismo democrático ao liberalismo 225
   2.1. Uma pretensa "democracia liberal" 225
   2.2. O socialismo democrático 228
3. A "ciência política" e sua análise fenomenológica da democracia 232
   3.1. A democracia na "ciência política" de Georges Burdeau 234
   3.2. A sociologia reflexiva de Raymond Aron 240
4. As distorções da democracia 254
   4.1. O trabalho de sapa das paixões populares 255
   4.2. A anemia do "humano, demasiado humano" democrático 262
   4.3. A condição exangue do homem democrático de hoje 265

Capítulo 2 **A democracia diante de seus dilemas e de suas aporias**.. 275
  1. A ruptura da democracia política......................... 277
    1.1. A questão da legitimidade do Poder............... 279
    1.2. Os direitos do homem e o Estado-Providência.. 285
    1.3. As interferências entre a vida "pública" e a vida "privada".. 292
  2. O paradigma transcendental do juridismo democrático segundo Hans Kelsen................................ 302
    2.1. Dos princípios democráticos à instituição parlamentar.. 304
    2.2. A democracia no tribunal crítico da razão 312
  3. O paradigma "comunicacional" da democracia segundo J. Habermas.. 317
    3.1. O processo da "modernidade" 319
    3.2. O "agir comunicacional".................................. 321
    3.3. Exame crítico do "novo paradigma" democrático.. 324

Conclusão 341
Bibliografia selecionada... 351
  1. Obras clássicas 351
  2. Estudos sobre a democracia 354
  3. Obras coletivas 359
Índice onomástico.. 361

A PIERRE

"O movimento rumo à democracia é o vetor de nossa história."

La pensée politique,
Gallimard/Le Seuil, 1993,
n. 1, p. 9.

Introdução
A genealogia atormentada e o destino equívoco da democracia

    Na história das idéias, existem esquemas, em geral dualistas, dotados de uma tenacidade temível: é o que ocorre com a oposição que as modas intelectuais criaram entre a "democracia antiga" e a "democracia moderna". Ora, o fato de a democracia ter surgido na Grécia antiga e de o mundo moderno e contemporâneo assistir ao avanço explosivo do "fato democrático" não significa nem que a perenidade de sua idéia implique a constância identitária de seu conceito, nem a abertura de uma cesura, como se costuma dizer, entre as formas antigas e as figuras atuais da democracia. Por um lado, não é possível compreender o que a democracia é hoje, com suas qualidades e seus defeitos, suas esperanças e seus malefícios, se não retraçarmos a genealogia atormentada dos conceitos e das categorias que sustentam seu edifício e balizam sua história. Por outro lado, no entanto, é falacioso acreditar que o transcurso dos séculos e a marcha das idéias deram origem a uma dualidade conflitiva e irredutível entre as primeiras formas da democracia e aquelas que reinam hoje quase por toda parte no mundo. Portanto, a tarefa da reflexão filosófica é colocar em evidência, na ressonância patética que a idéia de democracia adquiriu ao atravessar os tempos com uma extraordinária obstinação, os elementos que permitam dar dela uma definição e apreender, em sua continuidade e em suas mudanças, suas características específicas e constantes.
    Trata-se de uma tarefa difícil por vários motivos. Com efeito, embora a idéia democrática tenha-se imposto, desde a Gré-

cia antiga até o universo contemporâneo, principalmente na história ocidental e, mais recentemente, no mundo inteiro, com tamanha força que atualmente existem poucos países no nosso planeta que não a reivindiquem, sua colocação em prática deu e ainda dá lugar a diferenças de apreciação. Uns a exaltam incondicionalmente como sendo o caminho para a liberdade e a igualdade e pelo fato de constituir um progresso político e social; outros a criticam severamente deplorando a uniformização que, dizem eles, ela instala nas sociedades nas quais provoca a supressão das elites e a degradação do homem; outros vão ainda mais longe e denunciam a crise institucional e social que nela se instala e que, em nossa época, a solapa dolorosamente, fazendo pesar sobre ela uma ameaça endêmica de desagregação. Ademais, seja ela desejada ou temida, exaltada ou criticada, a democracia, como que por natureza, suscita ásperas querelas ideológicas; ao mesmo tempo, um militantismo obstinado empenha-se ou bem a defendê-la ou bem a combatê-la. Além disso, a marcha das democracias no mundo conduz a uma constatação tão evidente quanto insólita: embora universalmente invocada do ponto de vista institucional, ela carece de unicidade. Todos decerto reconhecem que a "democracia direta" que despontou na Grécia hoje não passa de curiosidade histórica. Mas, embora de acordo com sua etimologia a democracia efetivamente designe, tanto hoje como ontem, um modo de governo no qual o povo exerce seu poder, e o exerce de forma direta, ela adota diversas figuras expressas pelos inúmeros adjetivos que a qualificam: é geralmente dita "representativa" (o povo age por meio de seus representantes); fala-se também de democracia "governada" (o povo é soberano mas delega seus poderes), ou "governante" (caso em que o papel dos partidos é fundamental), ou até "consenciente" (caso em que o povo é passivo)... Declaram-na "liberal" ou "socialista", e até "popular" ou ainda "plural". Definem-na como "constitucional", "parlamentar" ou "pluripartidária". Gostam de repetir que "a democracia está sempre se renovando". Embora seja verdade que ela age em prol da segurança do povo nos países ocidentais, não é menos verdade que nela ocorrem as mais horrorosas matanças étnicas nas regiões ditas "em via de desenvolvimento"... Ora, apesar de todas essas incertezas, a democracia está envolta numa aura mágica como se devesse possuir uma dimensão planetária e ser a "lei da Terra" (*Nomos der Erde*), e são muitos os que crêem que ela já o é. Trata-se de um fenômeno igualmente fascinante e inquietante. Convém tentar explicá-lo e compreendê-lo.

A "lei" democrática da Terra tem uma longa história que revela o quanto sua natureza é complexa e seus efeitos, nebulosos. Paradoxalmente, no entanto, essa história não consegue esclarecer com perfeição sua significação. Nela transparece, sem dúvida, que a democracia sempre pretendeu ser o governo do povo pelo povo e que sempre reivindicou para si o amor do povo. Contudo, a imagem da democracia como demofilia não é nada clara: comporta zonas de sombra e abismos de obscuridade que correspondem a indecisões e a contradições imanentes que cabe ao olhar filosófico escrutar.

O filósofo encontra uma primeira dificuldade no fato de a idéia aparentemente simples à qual corresponde a definição nominal da democracia como "governo do povo pelo povo" não pertencer a um registro unitário e homogêneo: oscila entre o registro constitucional da política e o registro psicossocial das mentalidades, fazendo pesar sobre ela dilemas dilacerantes que impedem responder de modo uniforme à pergunta "O que é a democracia?". Aliás, lidamos com um conceito ainda menos claro e delimitado na medida em que à própria palavra povo (*demos*) foram sendo atribuídas, com o passar do tempo, múltiplas cargas semânticas e que ainda hoje ela possui conotações diversas.

Há uma segunda dificuldade, que não é das menores e que decorre da própria marcha da humanidade. A exploração do campo heterogêneo abarcado pela idéia de democracia desde sua emergência requer muita prudência e circunspecção uma vez que o olhar muitas vezes se perde no que comumente se chama de a "querela" entre os modernos e os antigos. É importante não ceder à moda dessa interpretação sedutora. Por um lado, a noção moderna de democracia, longe de rejeitar, no campo institucional, os parâmetros estabelecidos pelas democracias antigas, pelo contrário os refinou e remodelou a fim de enriquecer seu sentido e conseguir, do ponto de vista teórico, conceituá-los e, do ponto de vista prático, inseri-los na técnica jurídico-política. Por outro lado, embora o avanço da democracia no mundo moderno seja incontestável, e embora nos últimos dois séculos seu movimento tenha-se acelerado, foi a lenta transformação do modelo constitucional das antigas cidades que permitiu desenhar a épura dos "regimes" políticos e determinar nele a especificidade de uma ordem democrática; foi também a lenta maturação das mentalidades que tornou possível a tomada de consciência cada vez mais clara das aspirações eternas da alma humana à liberdade e à igualdade. O erro consistiria em atribuir uma data ao que, no correr do tempo, foi uma maturação jurídica dos quadros do Estado e uma série de inflexões no modo de pensar e de viver das populações. Não existe ponto de ruptura entre o modelo democrático dos antigos e a idéia democrática dos modernos: mais ou menos nítidos, mais ou menos imperiosos, são os mesmos parâmetros institucionais, as mesmas exigências existenciais que estão em ação agora e no passado. Disso resulta que, tanto nas estruturas jurídico-políticas como na mentalidade do mundo atual, repercutem as intuições originárias dos povos da Antiguidade. Aliás, mesmo que nos tempos atuais a condição social do "povo" tenha passado a predominar sobre as estruturas jurídico-políticas ao ponto de tornar-se sua mais importante fonte de legitimação, nossas democracias também conservam a mesma ambivalência dos seus longínquos modelos; traduzem as mesmas esperanças eternamente alimentadas e dão lugar às mesmas ilusões sempre repetidas. As diferenças entre elas são uma questão de intensidade ou de perspectivação; mas nas democracias de todos os tempos encontramos as mesmas virtudes e as mesmas vertigens.

Por conseguinte, para clarificar a idéia de democracia, temos de levar em conta tanto as incertezas de seu campo próprio como as modificações que, em sua permanência, a afetaram.

Sob as inflexões e as variâncias que acompanharam a lenta marcha do modelo democrático até condená-lo, hoje, à profunda crise que manifesta sua dificuldade de existir, deve-se apreender as constantes substanciais que constituem sua essência e o vinculam tanto às esperanças como às imperfeições da natureza humana.

Nosso objetivo nesta obra não é retraçar, numa perspectiva historicista, o caminho percorrido pela democracia ao longo dos séculos, mas extrair, de seus respectivos quadros categoriais, os vetores conceituais que se formaram e se transformaram provocando os avatares da idéia democrática.

Numa primeira parte, evocaremos como foi, na aurora da civilização ocidental, quando despertavam a filosofia e a política, o *nascimento da democracia*, imediatamente concebida como um modelo constitucional da Cidade-Estado, mas logo em seguida percebida sob o signo da ambivalência.

Numa segunda parte, mostraremos como a genealogia da democracia corresponde à *aventura filosófica da liberdade dos povos*. Com efeito, o conceito de "povo", colocado de modo exemplar por Péricles no cerne do governo democrático da Cidade-Estado ateniense, desapareceu sob uma espessa penumbra na filosofia teológico-política da Idade Média; mas no grande impulso que o pensamento político conheceu a partir do século XVI, ele recuperou a dignidade que a Antiguidade lhe dera. Não foi apenas um "renascimento". Em meio a ásperos combates – que não se resumiram a combates de idéias – o "povo" foi reconhecido, embora ainda de modo confuso, como o paradigma da "República" e como detentor do poder soberano. No entanto, apesar dos prodigiosos esforços do pensamento político, os conceitos reguladores da idéia democrática apenas se delinearam nesse período da história de maneira parcelar e frágil. O discurso fundador da democracia teve de se edificar operando a síntese desses elementos dispersos – síntese difícil na qual o pensamento que, às vezes, se elevava ao sublime, nem sempre foi compreendido, pois a democracia continuava a suscitar, além de esperanças, temores e relutâncias.

Na terceira parte, examinaremos as *vertigens do "fato democrático"* cuja progressão não deixa de ser inquietante. Com efeito, como anunciara Tocqueville, a marcha da democracia prossegue, ainda hoje, de maneira "irresistível"; mas nunca cessou de provocar contratempos e problemas que acabaram corroendo a sociedade e afetando a própria essência da política. O movimento inflacionista que impele a democracia transformou sua natureza: ela já não corresponde tanto a um regime político, e sim a um tipo de sociedade caracterizada por uma mentalidade específica. Esta, exposta a ímpetos que muitas vezes constituem abusos, engendra tantas distorções que, em vez do tão esperado progresso da consciência política, é grande a chance de se instalar uma regressão que, pelo trabalho de sapa das paixões já temido por Platão, corre o risco de ser fatal. Diante dos dilemas com que depara, a democracia ameaça desagregar-se, até mesmo nos seus princípios mais profundos. Instalou-se uma "crise", e há aqueles que se perguntam se não seria necessário um "novo paradigma" para que a democracia escapasse a aporias mortais.

A genealogia filosófica da democracia, ao lançar luz sobre a ambivalência que, ao longo dos séculos, sempre a caracterizou – e, mais do que nunca, ainda a caracteriza –, não revela apenas sua dificuldade de existir. Permite entrever que, no áspero combate pela liberdade que caracteriza essa grande aventura humana, a ambivalência da democracia reflete, entre a pureza inacessível de seus princípios e a impureza desesperante de sua realidade, a imperfeição e a finitude de nossa natureza humana. Na dificuldade de ser da democracia irá se projetar infinitamente o tormento existencial que habita a condição humana.

PRIMEIRA PARTE
O nascimento da democracia: um regime constitucional sob o signo da ambivalência

Introdução à primeira parte

A democracia é – todos concordam nesse ponto – grega de nascença. As idéias que ela veiculou e as instituições que forjou sempre foram, ao longo dos séculos, com maiores ou menores nuanças, poderosos modelos de comparação. Num momento em que, tanto do ponto de vista da história, como das instituições e das idéias, as democracias que vemos no mundo contemporâneo atestam a evolução das mentalidades e o progresso da consciência política, a etimologia do termo democracia continua não podendo ser descartada e nos indica o caminho a seguir se quisermos compreender sua significação.

Segundo suas raízes gregas, a palavra *democracia* designa o poder do povo (*demos*, *kratos*). Corresponde a uma noção surgida precisamente na Grécia antiga, a partir do século VI antes da nossa era, em Mileto, Megara, Samos e Atenas. Mas as coisas não são tão evidentes como parecem, pois as palavras – e, muito particularmente no domínio jurídico-político, as palavras "povo" e "poder" – estão envoltas em penumbra. Por isso, o olhar lançado sobre as instituições é mais eloqüente que o inventário das idéias e das palavras.

Com efeito, o advento da democracia, sobretudo em Atenas, veio acompanhado das ambigüidades e dificuldades que assolaram com maior ou menor intensidade esse tipo de governo da Cidade-Estado. Isso explica por que, desde seu nascimento, a democracia foi alvo tanto de elogios como de críticas. É notável que, apesar das evoluções complexas de que foi objeto, tanto do ponto de vista das estruturas e das instituições, como do ponto de vista de sua significação sociopolítica, ela tenha permanecido cercada de ambivalência.

Desde o século VI a.c., a legislação audaciosa de Sólon determinara os direitos e deveres dos cidadãos. Em seguida, no século seguinte, a obra institucional de Péricles colocara claramente a Cidade-Estado ateniense, tanto no plano interno como externo, sob o signo da democracia. O povo tomara seu destino nas próprias mãos. A *eclésia*, ou assembléia do povo, dispunha de todos os poderes; a *bulé*, conselho limitado a quinhentos membros pertencentes a todas as classes de cidadãos, era conhecida pela sabedoria de seus pareceres; os *estrategos* (e não mais os arcontes oriundos da aristocracia) constituíam o poder executivo; a *heliéia*, por fim, era um tribunal composto de seis mil cidadãos. Portanto, cada cidadão estava intimamente implicado por essa democracia direta, pois podia participar ativamente da vida política[1]. Os discursos de Péricles não vibravam apenas por sua eloqüência apaixonada, mas sobretudo pela confiança e esperança que esse excepcional estratego depositava no *demos*, cada membro do qual – dizia ele – devia exercer "o ofício de cidadão". Tucídides, que no seu relato mais tardio da *Guerra do Peloponeso* queria provar o dinamismo dos gregos em seu apogeu, também glorificava a democracia sobre a qual dizia que era "um tesouro para todo o sempre"; em relação a isso, Leo Strauss não se engana ao escrever que Tucídides pertencia "em certo sentido à Atenas de Péricles[2]". Considerava não só a democracia justa e sábia, mas também que o maior número é um bom juiz[3]. No entanto, Tucídides – mais historiador que filósofo da alma humana – tinha compreendido, com extrema lucidez, que a democracia ateniense era uma "democracia imperial" e, no desejo de conquista colonial e de hegemonia que a animava, via despontar o começo de

---

1. Vale lembrar, no entanto, que nem as mulheres, nem os escravos, nem os metecos (estrangeiros domiciliados em Atenas) eram "cidadãos".
2. Leo Strauss, *La cité et l'homme*, Agora, 1987, p. 206.
3. Tucídides, cf. *La Guerre du Péloponnèse*, VI, 36-40. [Trad. bras. *História da Guerra do Peloponeso – I*, São Paulo, Martins Fontes, 1999.]

um declínio: a seus olhos, ela trazia em seu seio uma contradição fatal entre sua constituição interna e suas ambições externas. Para o historiador, é esta a principal causa do fracasso de Atenas em sua luta com Esparta. Para o filósofo, essa contradição tem um sentido metafísico: como observa Leo Strauss, o desacordo entre a democracia e o imperialismo ateniense "esgotava as possibilidades do homem" indicando, assim, "os limites de toda coisa humana"[4].

Diante disso, por que deveria surpreender que o elogio da força e das esperanças que trazia em si a mais antiga das democracias tenha logo sido seguido de sua crítica? Embora Demóstenes ainda tentasse apelar ao civismo dos atenienses contra os ataques de Filipe da Macedônia, a Cidade-Estado construída por Péricles deteriorou-se rapidamente no século IV. Foi a desagregação da bela democracia grega. Platão, depois Aristóteles, criticaram-na severamente denunciando a cegueira do povo no tocante aos assuntos públicos e a tendência anárquica de um regime em que, como todos têm a pretensão de comandar, ninguém obedece. A seu veredicto implacável justapuseram a silhueta da República ideal, radiante das luzes transcendentes que tornam ainda mais sombrio o véu que lançavam sobre o regime democrático.

Assim, desde os primeiros momentos da democracia, dois séculos de história política e de reflexão filosófica bastaram para fazer aparecer, no governo do povo pelo povo, o que ele tem de benéfico e o que tem de maléfico. Essa ambivalência primordial é indicativa da problematicidade que jaz sob a natureza essencial da democracia. Desde a época de suas primeiras manifestações, o problema era saber se a democracia era o melhor ou o pior dos regimes. O tempo da história e sua aceleração, bem como a disseminação da democracia por tantos recantos do mundo, em nada mudaram a problematicidade que a caracteriza.

Compreende-se, portanto, por que, no terreno político em que surgiu, a democracia seja desde sempre objeto de pesqui-

---

4. Leo Strauss, *La cité et l'homme*, op. cit., p. 201.

sas incessantemente renovadas e de juízos indefinidamente recolocados em questão. De Heródoto a Tocqueville, de Platão a Hannah Arendt, de Aristóteles a Raymond Aron, os inúmeros estudos a que a democracia como tipo de regime político deu lugar nunca conseguiram adotar o tom de uma demonstração decisiva e definitiva. Poderíamos dizer, em termos kantianos, que a democracia escapa obstinadamente ao juízo apodíctico. É esta sem dúvida a razão pela qual a filosofia, mais preocupada em sua aurora com perguntas que com respostas, tenha-se limitado a considerar seu modelo político como uma matriz ao mesmo tempo teórica e prática da organização estrutural e institucional das cidades. Nesse procedimento que, de certa maneira, se prolonga pelos séculos em muitos juristas e inúmeros filósofos, a democracia se revela, enquanto modelo político, um nó de perguntas: pela finalidade que atribui a si mesma, pelas estruturas jurídico-institucionais que instala na Cidade e que recompõe sem trégua, pelas dificuldades com que depara e também pelos problemas que engendra. É por isso que ela é o lugar semântico de perpétuas interrogações e o cadinho no qual se acumulam intermináveis glosas. Nesse sentido, pode ser comparada, como alguém sugeriu, a uma longa carta que os povos escrevem a si mesmos para seu próprio governo.

É por isso que convém considerar os aspectos constantes que caracterizam a democracia enquanto princípio constitucional, aspectos estes que são bem mais profundos que as diferenças tão freqüentemente mencionadas entre as democracias antigas e as democracias modernas[5]. É claro que não se deve negligenciar as transformações políticas e sociais a que o movimento da história deu origem. Não é possível procurar na democracia antiga a marca de uma verdade filosófica eterna e, portanto, defender a idéia da superioridade – se fizermos questão de empregar esses termos – dos "antigos" sobre os "moder-

---

5. A obra de Moses Finley, *Democracy Ancient and Modern* (1973), tradução francesa, Payot, 1976, acentua particularmente essas diferenças, e toda uma literatura seguiu na sua esteira.

nos". Mas, em vez de privilegiar, como se tende a fazer hoje, a idéia de uma ruptura radical entre a tradição e a modernidade, gostaríamos de mostrar que, desde seu princípio, o pensamento grego moldou a matriz de um regime de governo cujos axiomas básicos e princípios diretores o direito político conservou, no transcurso dos séculos e até hoje, não obstante suas diversas evoluções.

Ao estudarmos, nesta primeira parte, o que a democracia foi em suas origens, destacaremos portanto dois aspectos dela que se perpetuaram com uma constância notável. Por um lado, ela define a forma de um regime que, fundando a autoridade do governo no povo, garante "a presença dos governados no exercício do poder"[6]. Por outro lado, transporta e transpõe para a esfera política o caráter conflituoso das paixões humanas, de forma tal que, no mesmo movimento que suscita a esperança da liberdade e da igualdade, faz pesar sobre a Cidade as ameaças da desrazão que o desejo insaciável do povo introduz na razão. Depois de estudarmos, por meio do exame das primeiras democracias, *as formas constitucionais* essenciais a esse regime político (capítulo 1), examinaremos *a ambivalência* da vida política que ele instaura (capítulo 2).

---

6. Georges Burdeau, *Traité de science politique*, LGDJ, tomo V, 1970, p. 241.

Capítulo 1
A democracia, forma constitucional da Cidade-Estado

A democracia é hoje um regime de envergadura planetária. No entanto, isso não significa que sua idéia esteja perfeitamente clara e que o regime político que, sem maiores precisões, é declarado "democrático" seja capaz de formular os verdadeiros problemas e resolvê-los. Tal incerteza não é própria de nossa época. Basta percorrer a história de todos os tempos para descobrir, com as altas exigências e as grandes esperanças vinculadas à idéia democrática, as ameaças que pesam sobre o regime político que ela determina e os riscos aos quais ele está exposto. As forças de liberdade que o irrigam nem sempre conseguem erradicar a barbárie, mesmo agora, no final do século XX. Pensar a democracia enquanto forma política equivale a encontrar questões eternas e temíveis cujas implicações decorrem, politicamente, das estruturas organizacionais da Cidade e, filosoficamente, da exigência de liberdade e dignidade na condição humana.

Ninguém teria a pretensão de afirmar que "a invenção democrática" é obra específica e gloriosa dos séculos modernos. A política e a filosofia despontaram juntas no berço da Grécia antiga. Com efeito, quando a aurora da filosofia ocidental raiou sobre o mundo grego, descobriu uma pluralidade de comunidades humanas mais ou menos extensas e mais ou menos organizadas nas quais, diferentemente do que ocorria na comunidade familiar, a dimensão pública da existência prevalecia sobre sua dimensão privada. Por isso, todos concordam em reconhecer a Cidade-Estado grega (*Polis*) como o berço da política (*politeia*). Mais precisamente, foi na Grécia que apareceram as Constituições (*Politeiai*) que, ao darem forma e estrutura à Cidade-Estado, distinguiam os helenos, orgulhosos de sua civilização, dos bárbaros, mergulhados na incultura. Embora seja verídico que a época homérica foi dominada por pequenas realezas cujos princípios políticos eram bastante frouxos, em contrapartida a Cidade-Estado ateniense foi, desde o século VI, algo bem diferente de uma simples cidade como entendemos hoje: ela era uma *Polis* que, por sua organização, afirmava-se como unidade política. Assim como Esparta, sua rival, Atenas aspirava à ordem jurídica. As idéias de Constituição (*politeia*), de lei (*nomos*) e de jurisdição (*dikè*)[1] ganharam, com Drácon em 621 a.C., e depois sobretudo com Sólon em 593 a.C., um vigor que supera aquele que caracterizou as tentativas de ordenamento jurídico da Cidade-Estado feitas anteriormente por Zaleuco em Locros em 663 a.C. ou por Carondas em Catânia em 630 a.C.

O problema, contudo, excede em muito a história, caso ela se reduza à história das instituições. Na verdade, embora a política e a idéia constitucional sejam invenções gregas, o destino que viriam a ter no mundo ocidental moderno, inclusive na época contemporânea, chama necessariamente a atenção para seu ato de nascimento. Ora, a filologia elucida de maneira bastante clara a aventura política grega e faz dela o arquétipo das formas políticas que se instalaram no mundo ocidental. Desde aquela época, a palavra "Cidade" (*Polis*) ganhou um sentido forte que, vazado no molde das Constituições (*Politeiai*), conformou as bases da política (*politeia* e *politikè*). A partir daí, para o legislador e para o filósofo colocava-se inevitavelmente a questão, fundamental e decisiva para a existência política, da "melhor Constituição"[2]. O exame desse problema exigia uma classificação normativa dos regimes, reais ou possí-

---

1. Aristóteles, *La politique*, III, 21.3. [Trad. bras. *A política*, São Paulo, Martins Fontes, 2.ª ed., 1988.]
2. Cf. Leo Strauss, *Qu'est-ce que la politique?*, tradução francesa, pp. 38 ss.

veis, de governo da Cidade-Estado. Embora uma classificação normativa só tenha sido formulada de maneira precisa por Platão e Aristóteles, o estudo ainda amplamente descritivo dos diversos tipos de governo que encontramos de Heródoto a Políbio responde implicitamente à preocupação de destacar a melhor forma constitucional das cidades. É um aspecto que desde então augura aquela que será uma das preocupações constantes do pensamento político clássico: a busca do "melhor regime".

1. Heródoto e o esboço de uma classificação dos regimes

Heródoto (484-425 a.C.) é geralmente considerado o primeiro historiador grego. Em suas *Histórias*, relata[3] as teses defendidas pelos três reis persas, Otanes, Megabises e Dario, em 522 a.C., no tocante ao regime das cidades. Seu relato da discussão que ocorreu entre eles é de autenticidade duvidosa. Contudo, propõe aquilo que poderíamos considerar a primeira classificação dos regimes políticos – pelo menos a primeira de que temos conhecimento.

A primeira tese, proferida por Otanes, propõe a abolição da realeza e exalta a *isonomia* ou igualdade de direitos que, na verdade, define a democracia em sua própria essência na medida em que ela reconhece ao maior número (*to plethos*) – ou seja, ao conjunto dos cidadãos adultos de sexo masculino – uma capacidade soberana. A segunda tese, na qual Megabises concorda com Otanes na condenação dos vícios do tirano (*tyrannos*), faz o elogio, contra os riscos de descomedimento (*hybris*) que ameaçam a mentalidade popular, dos méritos da oligarquia ou governo de poucos: "Faz sentido pensar – diz ele – que obtereis os melhores conselhos (*eubouliai*) dos melhores homens". A terceira tese – a de Dario – é favorável ao governo de um só, ou seja, à monarquia, que não deve ser confundida, diz ele antes de Platão, com seus desvios.

---

3. Heródoto, *Histoires*, Bibliothèque de la Pléiade, Gallimard, 1964, livro III, §§ 80-82.

Por mais que Otanes tivesse reivindicado, sem ser escutado, os direitos da igualdade, sublinhara a superioridade da democracia, pois, dizia ele, sob o governo do povo, não "se faz nada que o monarca faz: as magistraturas são obtidas por sorteio, prestam-se contas da autoridade que se exerce, todas as deliberações são submetidas ao público"[4]. Os historiadores costumam destacar as dúvidas existentes em torno da veracidade histórica desse diálogo a três vozes; mesclam-se nele não só noções tradicionais do século VI e o pressentimento das idéias filosóficas do século IV, mas também circulam nele anacronismos perturbadores. No entanto, deve-se notar que nesse diálogo encontra-se formulada a questão do lugar e do valor que a democracia adquire, numa visão de conjunto dos regimes políticos, em razão da maneira como ela realiza o ordenamento institucional do governo.

Heródoto certamente não tinha a pretensão de ser um pensador político. Deve-se aliás confessar que seus relatos não deixam de ter uma imprecisão conceitual às vezes impenetrável quando trata de igualdade, liberdade, tirania ou barbárie. Tucídides criticou sua falta de precisão. Além disso, em suas descrições, carecia de espírito crítico e acreditava, com uma ingenuidade encantadora e moralizante, que, um dia, a *nêmesis* – a Providência grega – esmagaria inevitavelmente aqueles que caem no descomedimento. No entanto, em sua história narrativa, dotada de valor documental, reconhecia certas categorias políticas que definiam o quadro no qual o pensamento político posterior não tardou em situar análises mais minuciosas e mais rigorosas.

Com efeito, de Sólon a Péricles, a marcha da história e as transformações das instituições atenienses suscitaram, por seu próprio movimento, o olhar e a reflexão dos filósofos. Platão e Aristóteles, testemunhas dos avatares da democracia de Atenas, interrogaram-se, para além do curso factual da história, sobre a lei que poderia reger o metabolismo e a sucessão dos

---

4. *Ibid.*, § 80.

regimes. Longe de se contentarem, em sua filosofia política, com uma tipologia classificatória dos modos de governo da Cidade-Estado, inscreveram as formas constitucionais numa dinâmica política na qual, como veremos, entrecruzam-se o fato e o valor.

A fim de compreender como a democracia se insere nessa dinâmica com um sentido que já indica seu destino, convém recordar brevemente o curso da história e o movimento institucional do qual ele foi o cadinho, mesmo se a filosofia política costuma abordar de maneira reflexiva o processo factual.

2. O advento da democracia na dinâmica política

Metodologicamente falando, devemos nos precaver contra uma dupla simplificação. Por um lado, não se pode afirmar que a democracia era outrora (e ainda é) uma forma de regime político claramente definida que se inseriria na trilogia dos governos tantas vezes repetida pela doutrina: *monarquia* ou governo de um só, *aristocracia* ou governo do pequeno número de melhores, *democracia* ou governo de todos; veremos que as coisas foram (e ainda são) infinitamente mais complexas. Por outro lado, seria um grave erro de apreciação acreditar que a democracia enquanto princípio constitucional de um regime político tenha uma essência imutável e eterna, cuja radicalidade inspirou todos os modos democráticos de governo dos povos; veremos que, sobre princípios relativamente claros, enxertaram-se modalidades jurídico-políticas concretas e diversas. Tendo em conta essas observações, que são também um convite à prudência epistemológica, pode-se retraçar em suas grandes linhas o advento histórico, em Atenas, da democracia como modo constitucional da Cidade-Estado.

Do ponto de vista histórico, lembremos inicialmente que, mesmo se Pisístrato, solidamente instalado em Atenas em 545 a.C., permitiu que subsistissem as magistraturas da velha república e foi, como se diz, "o mais republicano dos tiranos", ele ainda não tinha nada de "democrata". Foi no século V antes de nossa era que Sólon[5], depois Clístenes[6] e, sobretudo, Péricles[7] contribuíram, com suas reformas, para instaurar na Cidade-Estado um regime democrático. Mas o sentido deste só se consolidou em comparação com os outros regimes previamente instalados no mundo grego. Ademais, convém observar – e a

---

5. Sólon, nomeado arconte em 593 a.c., sempre se declarou defensor da *eunomia*, isto é, de uma ordem estabelecida por boas leis que dispensasse justiça (*diké*) a todos. Mas como a *eunomia* não era para ele sinônimo da *isonomia* (isto é, de direitos iguais para todos), opôs-se às ambições dos nobres e, apoiando-se numa burguesia média, esforçou-se para refrear os arroubos do povo. Por meio da reforma política por ele realizada, democratizou a distribuição dos atenienses em quatro classes censitárias; abaixando o censo, equilibrou os encargos que competiam a cada uma delas de modo tal que, devendo a política ser, segundo ele, assunto de todos e não apenas dos magistrados, o conjunto dos cidadãos pudesse participar do exercício do poder. Receando acima de tudo a tirania, que é *anomia*, nunca quis acaparar o poder para si.

6. Depois da queda dos pisístratos, Clístenes pode ser considerado o pai da democracia, que ele fez reinar em Atenas de 508 a 462 a.c. Partidário da Constituição de Sólon, lutou, por meio de sua lei sobre o ostracismo (508), contra todas as veleidades do poder pessoal e, suprimindo as *genê* e as fratrias enquanto quadros políticos, demonstrou sua hostilidade contra a soberania local dos patrícios eupátridas.

7. Péricles (495-429 a.C.) pertencia, por parte de mãe, sobrinha de Clístenes, ao *génos* dos alcmeônidas, de tradição democrática. Reeleito durante quinze anos como um dos dez estrategos de Atenas, é incluído por Aristóteles (*Ética a Nicômaco*, 1140 b 7) entre os homens de Estado sábios (*phronimoi*). Consta que, na qualidade de chefe do partido democrata, a partir de 462 passou a ocupar a principal posição na Cidade-Estado e, por meio de suas sucessivas reformas, fez de Atenas a Cidade-Estado na qual grande parte do povo (*demos*) participava efetivamente na prática dos assuntos políticos. Aristóteles relata que mesmo os *thètes* – cidadãos da quarta classe – foram, graças a Péricles, admitidos no aquerontado. Como Péricles queria fazer da cidadania uma verdadeira profissão, remunerava os cidadãos concedendo-lhes um salário público – o *misthos* – que revelava para o grande número o interesse dedicado aos assuntos da Cidade-Estado.

Seja como for, a partir de 462 ele diminuiu consideravelmente o poder político e judiciário do corpo aristocrático, que constituía o Areópago, e transferiu-o para a *Bulé* (que tinha o poder executivo), para a *Eclésia* (que tinha o poder de legislar) e para a *Heliéia* (ou tribunal de direito comum). Embora o sorteio constituísse a seus olhos o princípio cardinal da democracia, o "povo" – que, na democracia segundo Péricles devia ditar sua lei e exercer seu controle sobre tudo – era no entanto formado apenas pelos "cidadãos" (lei de 451); isso facilitou, em 411 – depois de sua morte mas dentro do espírito político que instilara na Cidade-Estado –, a adoção de uma nova Constituição pela qual a democracia se via limitada a um corpo cívico de cinco mil cidadãos.

observação tem um peso enorme – que foram as formas de governo surgidas nos primórdios da politização das sociedades humanas que deram lugar à formação do esquema trilógico dos regimes que a tradição, com poucas variantes fenomênicas, veiculou. No entanto, deve-se considerar esse esquema com circunspecção.

Com efeito, do ponto de vista institucional a trilogia tradicional dos regimes políticos efetivamente não esclarece o que foi, através de suas origens gregas, a natureza da democracia. O movimento histórico-político que, tendo inicialmente transformado as pequenas realezas em governos aristocráticos, viu em seguida aparecer a democracia ateniense, não se deu dentro de um quadro categorial estabelecido e rígido, mas por meio de transformações lentas. Além disso, o princípio que distingue a democracia inseriu-se numa visão antes binária que ternária da política. Como observa Aristóteles, esse princípio consistia em que os cargos da Cidade-Estado fossem distribuídos, não "segundo a nobreza e a riqueza"[8] – o que é o princípio da oligarquia – mas essencialmente por sorteio num povo reconhecido como soberano. Isso significa que o momento fundador da democracia consiste no movimento conflituoso que a opunha, muito naturalmente, à oligarquia. Ademais, a democracia de que Atenas forneceu a primeira forma ao Ocidente não significava que "todos" governam, mas que "todos os cidadãos" participam do governo. A amplitude da democracia era portanto limitada, pois o povo (*demos*) saudado como soberano não se confundia com toda a população (*plèthos*) da Cidade-Estado: só eram levados em consideração os "cidadãos", o que excluía não só os escravos, que excediam em número os homens livres, mas também as mulheres, consideradas inferiores, e os metecos, que eram estrangeiros domiciliados em Atenas. Portanto só eram "cidadãos" chamados a participar do exercício do poder os homens que já tinham atingido a idade legal de dezoito anos, regra geral que foi sendo restringida, com o correr da história de Atenas, pela adição de critérios de nascimen-

---

8. Aristóteles, *A Constituição de Atenas*, I, 1 e 6.

to e de censo. Tais restrições viram-se sujeitas a revisão no transcurso dos séculos.

Em contrapartida, era perfeitamente claro que a democracia, em Atenas e nas outras cidades gregas, era uma democracia direta – modo de governo que se tornou impensável nos Estados modernos em razão de suas dimensões territoriais e demográficas. A *eclésia* ou assembléia do povo podia facilmente reunir-se na ágora, deliberar publicamente e até votar por meio de mãos erguidas. Disso se conclui que as democracias de antanho ignoravam o regime representativo que caracteriza a maioria das democracias modernas.

Assinalaram-se inúmeras vezes, exagerando-as, as diferenças entre as democracias antigas e as democracias modernas. Ora, conviria sublinhar de preferência que as relações entre a prática e a teoria modificaram-se consideravelmente ao longo dos séculos da história política. Assim, entre os gregos, a democracia foi ganhando silhuetas sensivelmente diferentes na prática dos políticos que foram seus artesãos e na teoria dos filósofos que se indagaram sobre esse regime. De Sólon a Péricles, os primeiros buscaram sobretudo firmar a preponderância da Grécia no mundo mediterrâneo. Para tanto, atribuíram aos poderes públicos o encargo de desenvolver por meio de uma legislação eficaz não só o trabalho, o comércio e a moeda, mas também o espírito cívico, considerado então como fonte da dignidade e da força de um povo. Os segundos, de Protágoras a Platão e a Aristóteles, indagaram-se antes de mais nada sobre a melhor forma de governo e procuraram traçar a épura de uma Callipolis que seria a República perfeita. Nota-se assim, desde o século IV a.C., o surgimento de uma brecha entre a política tateante e realista dos governos e a reflexão política que se desenvolve segundo uma perspectiva idealista[9]. Platão e Aristóteles inseriram o advento da democracia na lei do metabolismo dos regimes, dando assim uma vocação meta-histórica

---

9. Nos séculos seguintes, o problema das relações entre teoria e prática continuou sendo uma questão fundamental e nevrálgica para a reflexão política, e seu melhor exemplo é, em 1793, o opúsculo de Kant intitulado *Teoria e prática*.

ao lugar que a democracia era, segundo eles, chamada a ocupar numa tipologia constitucional.

3. O olhar dos filósofos sobre a democracia nascente

Quando os filósofos da Antiguidade abordavam a questão política, preocupavam-se sem dúvida em examinar as estruturas reais da Cidade-Estado a fim de analisá-las conforme seus diversos parâmetros. Mas, de um ponto de vista normativo, procuravam sobretudo descobrir ou bem suas virtudes ou então suas imperfeições, com o intuito de elaborar um ideal político e, às vezes, traçar os rumos de um reformismo institucional. Tal procedimento, bastante constante no pensamento político grego, tem um alcance que vai muito além do caráter metodológico da reflexão dos filósofos. Sem perder de vista a historicidade da democracia, para eles tão fácil de descrever em sua fenomenalidade já que eram testemunhas diretas dela, situavam seu conceito, por um lado, dentro do quadro lógico de um ordenamento tipológico dos modos de governo, e, por outro, no quadro axiológico dos juízos de valor.

Nesse sentido, as filosofias de Platão e de Aristóteles continuam sendo referências exemplares e obrigatórias. No entanto, talvez seja esclarecedor lembrar que, antes do século IV, alguns dos mais célebres historiadores ou escritores já tinham inaugurado essa forma de proceder: afora a exposição dos dispositivos constitucionais próprios dos diferentes regimes, não hesitavam em formular um juízo de valor sobre cada um deles e, particularmente, sobre a democracia.

3.1. Os primeiros balbucios da filosofia política

Mencionamos acima que Heródoto propôs em suas *Histórias* a primeira classificação dos regimes políticos de que temos ciência. No entanto, esta não lembra em nada um quadro sistemático dos tipos de governo possíveis para as cidades. O historiador evocava a discussão que teria ocorrido, em 522 a.c., entre os três persas, Otanes, Megabises e Dario, vitoriosos nas Guerras Médicas. Durante sua discussão, teriam exposto o *status* de três modos de governo, que se propunham a avaliar *pro et contra* a fim de justificar suas preferências. Depuradas e reforçadas, as características próprias a esses tipos de governo passarão a constituir três modelos políticos que a posteridade conservará. Contudo, mais do que delinear o esquema constitucional exigido respectivamente pela democracia, pela oligarquia e pela monarquia, mais do que pronunciar um julgamento de valor incisivo sobre cada um desses modelos, o que Hérodoto fazia era semear seu relato de comentários pitorescos destinados a sublinhar os excessos passionais da democracia, a instabilidade sempre desviante da oligarquia e a ameaça tirânica da monarquia. Não obstante, ao tentar, segundo a definição da história que ele mesmo dá no começo de sua obra, "impedir que o tempo apague a memória das coisas", esse historiador contribuiu para estabelecer para os vinte séculos vindouros – e isso a despeito do tom alerta e às vezes impulsivo que adota em sua abordagem – o *status* da democracia, situando-a em relação aos outros regimes.

Essa mesma atitude intelectual abstrata e teórica pode ser encontrada, no começo do século IV, em Isócrates. Numa obra intitulada *Evágoras*, declarava ver em Sólon e em Clístenes aqueles tipos de homens providenciais capazes de construir uma Cidade-Estado exemplar o mais afastada possível da oligarquia e da monarquia. No entanto, ele não era claramente favorável à democracia, pois, na sua opinião, a influência dos políticos tem de ser proporcional a seu mérito; conseqüentemente, rejeitava o princípio da igualdade aritmética de todos. Fiel a essa lógica, almejava o incremento, na Cidade-Estado, dos poderes de um Areópago composto de notáveis de extração aristocrática. Em suma, segundo Isócrates, existem duas categorias de regimes políticos: uns são de valor duvidoso pois repousam sobre o princípio da igualdade da democracia; os outros podem chegar a alcançar a excelência desde que seus governantes saibam tirar partido de seu princípio aristocrático.

Na virada do século V para o IV a.c., Xenofonte, embora claramente favorável ao poder real e à política autoritária encarnada a seu ver pela República dos lacedemônios, definia os diversos regimes políticos de acordo com o modo como são exercidos os cargos públicos. E uma vez que os cargos públicos, na democracia, são acessíveis a todos, esse modo de governo constitui – afirmava ele – um regime fraco que, por causa da "indisciplina" do povo, está sempre correndo o risco de vacilar. Em contrapartida, pensava que a aristocracia e a plutocracia, que são regimes nos quais os cargos públicos são ocupados pelos mais valorosos ou pelos mais ricos, assim como a realeza em que a autoridade de um só se impõe constitucionalmente a um povo consenciente, eram regimes mais sólidos e confiáveis.

É certo que nem em *Memoráveis*, nem mesmo em *Hieron*[10] ou *Ciropédia*, Xenofonte elaborou uma filosofia política construída a partir de uma axiomática firme e sólida; portanto, pode-se atribuir a ele certa ingenuidade quando ele acredita que existam homens que, embora raros, sejam naturalmente "reais", ou seja, feitos para governar. Ainda assim, ao fornecer a definição dos regimes políticos, estabeleceu um esquema tipológico de uma clareza incisiva, que seria acentuada pelas grandes obras de Platão e Aristóteles. Durante muitos séculos, a pertinência e o prestígio desse esquema[11] fixaram-se de uma maneira que podia até parecer definitiva, como se fosse impossível pensar os modelos de governo das cidades fora do quadro

---

10. Sobre o *Hieron*, cf. Leo Strauss, *On Tyranny: an Interpretation of Xenophon's Hieron*, 1954, tradução francesa "Hiéron ou le traité sur la tyrannie", in *De la tyrannie*, Gallimard, 1990.

11. As seguintes linhas, contidas em *Memoráveis* (IV, 6, 12) – talvez extraídas de uma outra obra política da época ("um certo papiro florentino", segundo M. Gigante) –, são suficientemente importantes para serem citadas aqui: "A realeza define-se como o poder constitucional (*kata nomous*) de um só homem sobre súditos que nisso consentem; a tirania é a autoridade de um só sobre súditos que não estão de acordo, não fundada sobre *nomoi*, mas sobre a vontade do tirano. – Na aristocracia, os cargos públicos competem apenas àqueles poucos que cumprem os deveres impostos pela lei e pela tradição. Na plutocracia, os cargos públicos são ocupados por aqueles que possuem certos bens. – Na democracia, os cargos do Estado são acessíveis a todos."

que determina seu valor de acordo com o *número* dos que exercem o poder. Platão foi o primeiro a rever esse legado e a interrogar filosoficamente o significado das estruturas institucionais decorrentes da democracia em comparação com as outras constituições.

3.2. O lugar da democracia nas estruturas políticas segundo Platão

No século IV, Platão, agora como verdadeiro filósofo da política, revê a classificação dos regimes estabelecida de modo mais ou menos explícito pelos autores anteriores. No entanto, sem se limitar a repeti-la e respeitando o princípio numérico em que se baseava a determinação constitucional dos governos, dá-lhe um novo sentido e, principalmente, remodela o *status* histórico e político da democracia inscrevendo-a numa *lei da sucessão* dos regimes.

Num primeiro momento, não seria indevido considerar que Platão apoiou-se na trilogia dos regimes que, conforme a história do mundo grego parecia demonstrar – como se pode ler em *Oração fúnebre* de Péricles transmitida por Tucídides[12] –, tinha algo de fundamental e de irredutível[13]. Com efeito, como Isó-

---

12. Tucídides, *História da Guerra do Peloponeso*, caps. II e III.
13. Na verdade, trata-se de uma história complexa que nada tem de uma evolução linear, como se chegou a dizer numa abordagem simplista. No entanto, é possível decifrar suas linhas gerais. A monarquia, de origem divina, cantada por Homero, correspondia à época arcaica (séculos X-VI a.C.). Depois, tanto em Atenas como em Esparta, a monarquia esvazia-se de poder real. Em Esparta, deu lugar a uma oligarquia baseada na Constituição que Licurgo forjou no século VII apoiando-se na idéia de *eunomia* que implicava ordem e disciplina; esse regime oligárquico perdurou até o século III a.C. Em Atenas, as reformas de Sólon culminaram, no século V, no estabelecimento da democracia. Embora abalada pela tirania de Pisístrato e de seus filhos Hiparco e Hípias (o primeiro foi assassinado em 514; o segundo, expulso em 510), a democracia ganhou novo vigor com as reformas de Clístenes iniciadas em 508. Contudo, não se deve esquecer de Péricles, que deu a Atenas seu "século de ouro", e para quem a forma democrática da Cidade-Estado tinha um caráter quase sagrado na medida em que participava do ideal de uma comunidade de homens livres (*eleutheroï*) capazes de se munirem de

crates e Xenofonte, Platão inscreve o conceito da democracia num quadro geral do governo da Cidade-Estado, cuja lógica ternária ele aceita. Mas Platão era filósofo e não historiador. Para além das vicissitudes dos fatos políticos, mostra-se acima de tudo preocupado em saber qual poderia ser, entre os diferentes tipos de Constituição que se sucediam, aquele que poderia oferecer à Cidade-Estado o "melhor governo".

É por isso que, num segundo momento, o leitor de Platão, sem poder fugir da problemática central do valor das Constituições, tem de abordar os *Diálogos* políticos com um outro olhar e situá-los numa perspectiva reflexiva e axiológica. Embora Platão só se refira expressamente de maneira muito esporádica aos acontecimentos passados e presentes, não se deveria ver em sua meditação política uma especulação pura e gratuita. O governo dos Trinta Tiranos de que participara seu tio Cármides e seu sobrinho Crítias, e depois, sobretudo, a condenação à morte de Sócrates em 399 pelos democratas atenienses afetaram-no profundamente. A seus olhos, as práticas dos regimes aparentemente antagônicos que presenciara confluíam na forte desconfiança que lhe inspiravam. Na *Carta VII* e em *A República*, explica como, ultrapassando a factualidade dos eventos históricos, a reflexão teórica do filósofo político[14] pode conseguir, a exemplo da palavra socrática que pertence ao céu da eternidade, erradicar a insuportável desconfiança[15].

Já nos diálogos de juventude como *Protágoras*, *Alcibíades* e *Górgias*, Platão fazia os sofistas notarem que "a arte da política", diferentemente de uma ciência, não pode ser ensinada[16]. Ela provém não das qualidades de um "especialista", mas da "virtude" daqueles raros homens que, a exemplo de Sócrates, têm, na Cidade-Estado, o senso do justo. No entanto, a tarefa mais árdua consiste na elaboração de uma definição correta de

---

suas próprias leis (*autonomia*), nunca concedeu cidadania a todos os membros da Cidade-Estado e restringiu-a por meio de severas condições de nascimento.

14. Nesse ponto Platão se distingue de Tucídides, que preferia descartar a meditação abstrata e insistia na factualidade dos eventos da história.

15. Cf. Platão, *A República*, VI, 496 b.

16. Platão, *Protágoras*, 319 a; *Alcibíades*, 109 d; *Górgias*, 517 b.

justiça. Ora, na busca das condições de realização de uma Cidade-Estado justa, *A República* – cujo subtítulo, "Da justiça, diálogo político", é significativo – mostra que esta exige a harmonia das três classes de cidadãos, cada uma das quais, integrada na hierarquia dos valores sociais, tem sua própria função. O princípio de uma Cidade-Estado justa, que pode ser qualificada de Estado "sábio"[17], é não ser governada nem por "alguns", nem por "muitos"[18], mas só por aqueles que, tal como os pilotos em seu navio ou como os filósofos que se tornam reis, sabem alojar sua ciência (*episteme*) na arte (*technê*) política. Dessa forma, a linguagem de Platão deixa para trás o esquema estabelecido por seus predecessores e rejeita implicitamente sua lógica do *número* substituindo-a pela preocupação com o *valor*. De fato, para Platão a condução dos assuntos políticos é antes uma questão de competência do que de regime, sobretudo se este se baseia essencialmente numa lei apenas numérica do ordenamento constitucional.

Não se deve entender a partir daí que Platão descarte as visões tipológicas da política. Mas, entre os regimes existentes, a democracia, cuja imagem lhe é dada por Atenas, é o reino desses "mercenários particulares" que são os sofistas[19]. O filósofo só pode avaliar devidamente se comparar o espírito que reina em suas estruturas constitucionais com as exigências fundantes dos outros regimes, reais ou possíveis. Com efeito, para apreender a dimensão política da democracia, é necessário – assim como o tintureiro prepara as lãs antes de lhes dar sua cor[20] – compreender a maneira específica como se combinam nela as características de que necessita o governo da Cidade-Estado. Longe de situar o pensamento político no plano do empirismo, Platão refere-o – como bem indica o mito da Caverna – ao horizonte dos ideais e dos valores eternos que não são alterados pelas variâncias do devir temporal. Portanto, o livro VIII de *A República* não é a exposição que um politicólo-

---

17. Platão, *A República*, 428 e.
18. Platão, *A política*, 292 c.
19. Platão, *A República*, VI, 493 a; cf. Platão, *Górgias, passim*.
20. *Ibid.*, 429 d.

go faria da realidade factual dos regimes políticos; propõe a meditação de um filósofo sobre a arte de governar. Por isso, a tipologia política definida em traços gerais não tem o mesmo significado das classificações de Heródoto, de Isócrates ou de Xenofonte, embora à primeira vista tenha alguma semelhança com elas.

Platão indaga-se sobre as condições ideais que, independentemente das considerações de conveniência ou de utilidade, todo regime político deve satisfazer, em sua ordem própria e seja ele qual for. Por conseguinte, para compreender a noção de democracia e avaliar o valor de suas estruturas institucionais, convém situar seu conceito no quadro geral que se pode idealmente traçar das modalidades possíveis da arte política. Em outras palavras, Platão não propõe uma descrição objetiva dos modos de governo, mas uma reflexão normativa e comparativa sobre os princípios fundadores de suas Constituições.

Segundo Platão, assim como existem "cinco modos d'alma", existem "cinco modos de Constituições políticas"[21]. Em primeiro lugar, existe uma Constituição perfeita na qual tudo, na comunidade civil, é comum (as mulheres, as crianças, a educação, os meios de defesa) e em que os governantes se caracterizam por sua aptidão filosófica. Em seguida, existem quatro outras Constituições, todas elas imperfeitas; em ordem decrescente de valor: a timocracia, a oligarquia, a democracia e a tirania[22]. Os gregos cultos, que certamente não se opunham nem às lutas partidárias nem à literatura panfletária que chamaríamos de "engajada", inclinavam-se espontaneamente, como a isso os convidavam os relatos de Heródoto, a comparar entre si essas constituições e a multiplicar os projetos constitucionais. Aristóteles, aliás, não tardará em recenseá-las. Quanto a Platão, ele se atém à lógica decorrente de sua filosofia idealista e, expondo no livro VIII de *A República* a *lei da sucessão degenerescente das Constituições*, situa os diversos tipos de regimes políticos em relação à Constituição perfeita de sua aristocrática Callipolis.

---

21. *Ibid.*, IV, 445 d; VIII, 544 e.
22. *Ibid.*, VIII, 544 c.

Essa lei de corrupção e de decadência que se manifesta em camadas sucessivas – do governo dos melhores ou *aristocracia* à *timocracia* (ou timarquia), regime no qual a autoridade do poder, fundada na honra (*timê*), lança sempre uma sombra de medo[23]; depois, da timocracia à *oligarquia* dominadas, como mostra o exemplo de Esparta nos séculos V e IV, pela ambição e pelo apetite por riquezas[24]; da oligarquia à *democracia*[25] cuja imagem trágica e assassina foi fixada por Atenas que, no entanto, reivindicava a igualdade[26]; por fim, o tronco "presidencial" da democracia empurra para a *tirania*[27], na qual a dominação, feita de descomedimento e de *hybris*, anula a Constituição (*politéia*) e torna-se a própria negação da política (*politikê*). Seu juízo é peremptório: "É evidente que não existe Estado mais infeliz que o Estado tirânico..."[28]

A lei de sucessão dos regimes assim enunciada por Platão é certamente mais especulativa que realista: não corresponde nem à história das cidades gregas nem à efetividade política, embora seja verdade que os orgulhosos guerreiros dos primeiros tempos foram aos poucos perdendo sua soberba – fato deplorado por Nietzsche em *L'État grec* – e que, muitas vezes, o tirano grego encontrava seu arrogante poder no apoio do povo. Ainda assim, no que concerne particularmente à democracia, a tipologia normativa de *A República* é muito instrutiva. Esse modo de governo resulta, tanto no fluxo do devir como em razão de sua essência, da degradação que culmina na desintegração do ideal constitucional da República, cuja forma pura pertence ao céu das idéias. É verdade que Platão sempre disse que nenhuma Cidade-Estado terrestre pode e nunca poderá ser identificada à República perfeita. Mas admite que aquela que mais se aproximar da Constituição ideal será a melhor que os ho-

---

23. *Ibid.*, VIII, 546 d.
24. *Ibid.*, VIII, 550 e ss.; Platão não emprega a palavra *ploutokratia*, que Xenofonte utilizava em *Memoráveis*, IV, 6, 12.
25. *Ibid.*, VIII, 555 b ss.
26. *Ibid.*, VIII, 557 a.
27. *Ibid.*, VIII, 565 d ss.
28. *Ibid.*, VIII, 576 e.

mens poderão alcançar[29]: na Callipolis, ela será o governo dos mais sábios – o dos filósofos-reis[30], em que poder e sabedoria compõem uma unidade – que, às vezes, Platão chama de *aristokratia*. A partir daí, a democracia só pode ser pensada dentro de uma hierarquia normativa e sob os signos evidentes da corrupção e do relativismo por meio dos quais o tempo e a experiência adulteram e destroem a perfeição das idéias de Constituição e de Política. Em suma, a democracia é uma constituição ruim, associada a esse tipo ruim de homem que, de mísera virtude e de parca inteligência, está sedento por aquilo que crê ser sua liberdade e a igualdade de todos. A democracia adota realmente a figura do que Políbio chamará mais tarde de "oclocracia" (*ochlokratia*): é o governo de um povo que, antes de ser *demos*, é ao mesmo tempo multidão (*plethos*) e turba (*ochlos*). Enquanto tal, arrastada pelo turbilhão da multiplicidade, está votada à instabilidade: a Cidade-Estado democrática não pode ter a bela unidade de uma Constituição estável. Com a liberdade degenerando em ilegalidade, ela sucumbe à tirania[31] sempre ameaçada pela desrazão.

Pode-se objetar que, em obras mais tardias como *O político* e *As leis*, o juízo depreciativo que, em *A República*, situa a democracia na parte inferior da escala de valores políticos é menos severo. Em *O político*, Platão menciona a possibilidade de um dualismo da democracia[32] – a democracia por consentimento, declara ele, pode ser menos ruim que a democracia por violência – ou, pelo menos, a possibilidade de uma dualidade de pontos de vista sobre esse tipo de Constituição: pois, se considerarmos os diferentes regimes no que eles têm de melhor, a democracia é de fato o pior de todos, mas se os tomarmos no que eles têm de menos bom, ela pode aparecer como o melhor na medida em que, "comparativamente aos outros"[33], nela não

---
29. *Ibid.*, 473 a.
30. *Ibid.*, 499 b; *Carta VII*, 326 b.
31. *Ibid.*, 563 d-564 a.
32. Platão, *A política*, 302 e.
33. *Ibid.*, 303 a.

se correm graves riscos já que ela é intrinsecamente "fraca em tudo". No entanto, já que nesse regime falta um rei (*basileus*) e que aqueles que governam acreditam saber que não sabem, ela continuará ocupando uma posição medíocre (*deuteros plous*)[34], tão ameaçada de desestabilização quanto um enxame de abelhas privadas de sua rainha[35]. É verdade que a força da legislação e o respeito que se tem por ela temperam a mediocridade desse governo "de segunda qualidade". Para isso, todavia, é preciso que o aparelho de leis não seja uma "segunda navegação"[36] mas, muito pelo contrário, imite as regras e os códigos que os mais sábios tinham estabelecido e que o uso consagrou[37]. De qualquer maneira, trata-se apenas de um "governo bastardo", "parecido com um navio que afunda [...] por causa da perversidade do capitão e dos marinheiros"[38]. Portanto, mesmo que "legal", e comparada com as outras Constituições – exceto, evidentemente, com a tirania que já não é nem mesmo uma Constituição –, a democracia não é verdadeiramente uma *politéia*.

Em *As leis*, depois da dolorosa experiência que viveu ao lado de Dionísio da Sicília, Platão acaba tendo de aceitar que a autoridade dos governos é mais sólida e duradoura se não estiver concentrada nas mãos de um só e se se apoiar numa "Constituição mista" e equilibrada[39]. A política que passa então a ser preconizada é decerto mais democrática que a de *A República*, não pelo fato de não estar restrita à elite, mas porque, num plano realista, é um mal menor. No entanto, seria ilusório pensar que o regime democrático passa a possuir para Platão o valor intrínseco que ele sempre lhe recusara até então. A única forma de avaliar esse regime é, como já dissera antes, em comparação com as outras Constituições e particularmente com o governo de uma aristocracia agrária; além disso, convém relacio-

---

34. *Ibid.*, 297 e-300 c.
35. *Ibid.*, 301 e.
36. *Ibid.*, 300 b.
37. *Ibid.*, 300 e.
38. *Ibid.*, 302 a.
39. Platão, *As leis*, 692 a.

ná-lo ao mesmo tempo à lei de Deus, que é a medida de todas as coisas, e aos paradigmas ideais do Céu das essências, que continua sendo a matriz teórica da política; portanto, sob o olhar de Platão, revela, com uma constância notável, a extrema fragilidade da política no mundo terrestre. No momento em que Péricles exalta a flexibilidade da democracia, Platão teme nela, para além das múltiplas inconstâncias, a diversidade (*poikilia*) que dá inautenticidade à ordem política.

Assim, no momento em que, em *As leis*, ele insiste particularmente nas diversas engrenagens necessárias para o ordenamento institucional da Cidade-Estado, a classificação normativa das Constituições, à qual Platão não renunciou ao longo de seus diálogos, implica, mais do que nunca, um juízo de valor sempre presente e carregado de pesadas reservas. Portanto, nada inclina Platão a uma lição de democracia já que, na hierarquia dos valores políticos, esse modelo de governo é sempre considerado de ordem inferior.

Por mais que Aristóteles tenha colocado em sua obra política uma vontade realista de observação e a preocupação com a análise objetiva, ambas estranhas ao método especulativo de Platão, foi também por meio de uma classificação dos regimes que ele tratou do problema da democracia.

3.3. A classificação de Aristóteles

Aristóteles inseriu deliberadamente a democracia na lógica numérica do "poder supremo"[40]. Segundo o Estagirita, a Constituição é o critério formal da Cidade-Estado[41], ou seja, "a ordem das diversas magistraturas da Cidade-Estado e especialmente a que detém a suprema autoridade sobre todos os assuntos". Ora, como o poder supremo é formado "por uma parte ou pela totalidade dos cidadãos"[42], a democracia é evidentemente

---

40. Sobre a política de Aristóteles, cf. Richard Bodeüs, *Politique et philosophie chez Aristote*, Namur, 1991.
41. Aristóteles, *A política*, III, 1276 b 11; *cf.* 1278 b 9.
42. Aristóteles, *Retórica*, I, 1365 b 29 ss.

o regime em que todos estão incumbidos do governo, com a ressalva de que seu cargo é estabelecido conforme a distribuição de suas competências. Mas, mesmo que Aristóteles queira estabelecer um quadro sistemático dos governos sobre uma base histórica e institucional – estudou cento e cinqüenta e oito Constituições gregas e bárbaras[43] –, ele não encontra o essencial numa matemática política. A seu ver, em matéria política, o número de governantes não passa de um acidente. Todo regime, com efeito, é compósito; em cada um entram em simbiose, além do número, elementos díspares como o nascimento, a fortuna, o mérito, a profissão, os grupos sociais... Além disso, rejeitando a teoria platônica de uma degenerescência cíclica que afeta os regimes políticos como também todas as coisas em escala cósmica[44], Aristóteles observa que as Constituições nunca são "puras" porque pertencem a situações sócio-históricas complexas. Conseqüentemente, prefere prestar atenção às formas normais ou patológicas do governo das cidades.

Nessa perspectiva, para ele trata-se menos de examinar a morfologia dos regimes do que pôr em evidência, para além das estruturas imanentes que os manifestam, as causas múltiplas – étnicas, demográficas, históricas, psicológicas, sociais, econômicas... – que provocam, na política concreta, o "desvio" dos modelos constitucionais. E se, de forma evidente, a tirania é um mal paroxístico[45], a oligarquia e a democracia também são regimes desviados, embora menos nefastos que a tirania. Com efeito, o que as caracteriza não é tanto o critério quantitativo – o número de governantes –, mas o critério qualitativo. "A verdadeira diferença que separa a democracia da oligarquia é a pobreza e a riqueza."[46] Ora, a doença do político é esta: o mal consiste em desconhecer a noção de justiça enquanto finalidade da Cidade-Estado e confundir a condição social dos governantes com as exigências formais de uma Constituição.

---

43. Cf. Aristóteles, *A política*, livro II.
44. Platão dizia: "Tudo o que nasce está sujeito à corrupção", *A República*, VIII, 546 a.
45. Aristóteles, *A política*, III, 1279 b 16; 1278 b 32 ss.
46. *Ibid.*, 1279 b 40.

Trata-se de um problema especialmente delicado quando a questão é a democracia, pois ela não se reveste de menos de cinco figuras diferentes[47]: pode ser igualitária e propor o acesso de todos aos cargos públicos; pode ser censitária, caso em que reserva a atribuição dos cargos apenas aos cidadãos que pagam imposto; pode implicar para os cidadãos o caráter incontestável do nascimento; pode exigir, sob os auspícios da lei, a participação de todos os cidadãos no governo; pode, por fim, ser popular e, tornando-se demagogia pela ação de alguns líderes de massa ou de alguns aduladores, erigir a multidão numa autoridade despótica indiferente à legalidade. Embora o desvio constitucional da democracia seja patente e extremo em sua figura demagógica, não devemos nos iludir com suas outras formas, elas também perversões da Constituição reta por excelência que é a *politie*. Seria virtuoso o povo que, por si só, não soubesse ser depositário de uma soberania impecável? Sua tendência, mais ou menos marcante, a conspurcar a lei abre sempre caminho para dissensões que, em qualquer circunstância, significam o apodrecimento da Constituição e da Cidade-Estado.

Em suma, embora Aristóteles adote um olhar filosófico que difere do de Platão, o que o leva a examinar os desvios que, na história concreta, falsificam a retidão das formas constitucionais, também só julga a democracia confrontando sua natureza intrínseca com a dos outros tipos de governo. E o fato de que, quando a maioria está no poder, a democracia inflige um desvio à República ou *politie* é a seus olhos tão deletério quanto o desvio da aristocracia para a oligarquia, ou da monarquia para a tirania. O que disso se conclui é que, nem mais nem menos que a tirania ou a oligarquia, a democracia é um mau governo porque a autoridade do povo que governa se exerce em geral em detrimento dele mesmo. Da mesma forma, ao dizermos que quando a democracia se torna demagogia ela é menos ruim que a tirania ou até que a oligarquia tentada pelo despotismo, ignoramos rotundamente que o verdadeiro fim da política é o bem comum, e nos equivocamos ao acreditar que uma

---

47. *Ibid.*, 1291 b-1293 a.

justiça verdadeira se instaura igualando a condição dos cidadãos em vez de tirar partido de suas diferenças e de suas complementaridades. Na linha dos dois esquemas tipológicos dos regimes governamentais – o de Platão, mais normativo, e o de Aristóteles, mais positivo –, afirma-se uma descendência filosófico-política impressionante na qual seria de grande valia fazer algumas demarcações para melhor compreender o *status* da idéia democrática.

3.4. O legado da filosofia política antiga

No mundo romano do século II antes de nossa era, as classificações dos filósofos gregos inspiraram em grande medida a visão política que Políbio expõe no livro VI de suas *Histórias*. Houve quem dissesse que nessas páginas Políbio constituiu-se no primeiro teórico da Constituição romana. Invocando Platão, embora se afaste bastante das teses de *A República*, expõe uma teoria da sucessão das Constituições na qual, diz ele, a democracia resulta da inevitável revolta do povo contra a oligarquia que, cedo ou tarde, deforma e corrompe a aristocracia. Nessa revolta, o povo alega seu direito à cidadania e exige a liberdade e a igualdade. É certo que Políbio considera que o povo se deixa facilmente corromper e que, das lutas fratricidas que nele ocorrem, brotarão crises que farão renascer a monarquia. A seu ver, o ciclo dos regimes é até mesmo inexorável e se repetirá eternamente[48]. Portanto, nenhuma Constituição é verdadeiramente boa, pois todas contêm, como um verme num fruto, o germe de sua decomposição. É por isso que preconiza um regime político que, mantendo "o equilíbrio pelo jogo das forças contrárias", combina em sua Constituição a exigência democrática dos direitos do povo, a competência aristocrática de um Senado e o poder quase real dos cônsules. A crítica que Políbio faz da democracia ateniense, que "sempre se pareceu

---

48. Políbio, *Histórias*, VI, 3-9.

com um navio sem comando"[49], expressa claramente que ele não deseja ver instalar-se em Roma um regime democrático. Contudo, sabe que a política romana, dirigida pela classe senatorial, evolui inexoravelmente, a exemplo do que aconteceu em Atenas, em Creta ou em Cartago, para a democracia, se não para a demagogia. Esse sentimento tingido de pessimismo serve-lhe de pretexto para uma tentativa de tematização das características específicas da democracia. Trata-se de um ensaio modesto e pouco sistemático. No entanto, Políbio, de forma mais clara que Platão e Aristóteles, destaca a importância que nesse regime adquirem as exigências de liberdade e de igualdade. Antes de Tocqueville, desvenda, com um olhar que tende a englobar a história universal, o movimento que impulsiona sempre mais para a frente as aspirações e as ambições da classe popular, mesmo se na *Urbs* onde os plebeus conquistaram o poder a assembléia dos cidadãos seja formada apenas por uma minoria da população. A democracia, parece ele dizer, avança: sejam quais forem os sobressaltos pontuais dos outros regimes, nada deterá esse avanço movido, na contradição e no paradoxo, pela mais elevada virtude cívica e pelos arroubos deletérios das paixões. Políbio não é mais otimista que Platão ou Aristóteles no que concerne à democracia. A tristeza que toma conta dele quando considera o metabolismo e a lei de sucessão dos regimes também se encontra em Cícero, igualmente obcecado com a degenerescência política que o inevitável avanço democrático constitui a seus olhos.

Em termos gerais, o modelo classificatório antigo que acompanha, ainda que com diversos matizes, o juízo pejorativo sobre a democracia, perenizou-se durante quase vinte séculos. Além do pensamento medieval que, de Tomás de Aquino a Marsílio de Pádua, repetiu esse movimento como um todo, Maquiavel, Bodin e até Rousseau recorreram ao esquema trilógico dos regimes, como se o primeiro problema da filosofia política fosse estabelecer uma classificação lógica e axiológica dos modos de governo. Evidentemente, não seria o caso de ar-

---

49. *Ibid.*, VI, 44.

rolarmos aqui todas as classificações que encontramos na maioria dos autores. Limitemo-nos a demarcar a história das idéias para mostrar como foi difícil alterar o tenaz juízo pejorativo sobre a democracia.

São Tomás segue Aristóteles de perto[50] e, ao enumerar realeza, aristocracia, oligarquia e democracia, prepara o caminho para o regime misto que ele considera "o melhor" (*optima politica, bene commixta*)[51]. Também Maquiavel distingue[52], na esteira de Políbio que, como vimos, inspirava-se por sua vez em Platão, as "formas regulares" do principado, da aristocracia e da democracia, respectivamente ameaçados por sua degenerescência em tirania, oligarquia e nesse regime sem nome em que os levantes populares obedecem a uma liberdade desregrada. No entanto, entre os vários "espelhos dos príncipes" que o século do Renascimento produz, o secretário florentino embaralha um pouco as perspectivas tradicionais pois, nas primeiras páginas de *O príncipe*, menciona apenas, no lugar da trilogia oriunda dos antigos, dois tipos de regimes: os principados ou monarquias e as repúblicas (que, deve-se notar, ele não chama de democracias). Mas, embora, nas palavras de Leo Strauss[53], "seu livro sobre os principados e seu livro sobre as repúblicas [sejam] ambos republicanos", seria um erro procurar neles uma doutrina da democracia. Jean Bodin, em *Os seis livros da República*, propõe metodicamente uma verdadeira e já moderna teorização da soberania como "forma do Estado". Enquanto essência da coisa pública ou *Respublica*, ele a distingue dos "modos de governo" que são a monarquia, a aristocracia e a democracia. Estes, explica ele de forma bastante clássica, diferenciam-se conforme a "sede" da soberania esteja num só, na "menor parte" do povo ou no "corpo da maior parte deste"[54]. Nem Rousseau escapa disso quando, em *O contrato social*, ele

---

50. São Tomás de Aquino, *Commentaire des livres de La Politique* (in *Libros Politicorum Aristotelis expositio*).
51. São Tomás de Aquino, *Suma teológica*, q. 90, 95 e 105.
52. Maquiavel, *Discours sur la première décade de Tite-Live*, I, 2.
53. Leo Strauss, *Thoughts on Macchiavelli*, Glencoe Illinois, 1958, p. 382; tradução francesa, Payot, 1982.
54. Jean Bodin, *Les six livres de la République*, Livro II, cap. I.

se remete à trilogia clássica dos regimes[55] observando que, nas três formas de governo – democracia, aristocracia, monarquia –, "o número de magistrados tem de ser em razão inversa do de cidadãos".

Montesquieu sem dúvida modifica sensivelmente o esquema tradicional. Quando, em *O espírito das leis*, declara: "Existem três formas de governo: o republicano, o monárquico e o despótico"[56], ele não só renuncia ao simples critério do número e o substitui pelos critérios conjugados de sua "natureza" (o que os faz serem como são) e de seu "princípio" (o que os move e, com sua força, "arrasta tudo"[57]), mas superpõe uma outra classificação dos regimes segundo respondam a um governo "não moderado" ou a um governo "moderado", o único capaz, não em razão de sua natureza, mas devido à sua organização institucional, de trabalhar pela liberdade.

Esses poucos exemplos bastam para sugerir a importância epistemológica atribuída à classificação dos regimes pelos pensadores políticos. É claro que desde Heródoto esses pensadores classificam, desclassificam e reclassificam uma trilogia que, geralmente, pareceu impor-se com a força da evidência. Na permanência do pensamento classificatório clássico, o regime democrático é sempre comparado com os outros regimes. É o que encontramos, por exemplo, em Thomas More que, no começo do século XVI, elabora sua *Utopia* como "o tratado da melhor forma de governo", ou mesmo em John Locke que, em 1690, responde a Filmer opondo aos "falsos princípios" do *Patriarcha* os "verdadeiros princípios" do "governo civil"; embora Montesquieu tenha revolucionado, meio século depois de Locke, a classificação tradicional, foi numa perspectiva comparatista que fez da moderação o critério do "bom regime".

Deve-se admitir no entanto que, de maneira difusa, a trilo-

---

55. Jean-Jacques Rousseau, *Le contrat social*, livro III, cap. 3. [Trad. bras. *O contrato social*, São Paulo, Martins Fontes, 1996.]

56. Montesquieu, *L'esprit des lois*, livro II, cap. 1. [Trad. bras. *O espírito das leis*, São Paulo, Martins Fontes, 1996.]

57. *Ibid.*, VIII, 1.

gia clássica dos modelos de governo gerava certa desconfiança ao ponto de às vezes aparecer como pouco pertinente: que importância tem, já se perguntava Maquiavel, que a "forma" do Estado dependa do número daqueles que governam ou até que seja republicana ou monárquica, ou ainda que seja presidencial ou colegiada? Essas questões, dizia ele a meia voz não são problemas de escola? Também não é verdade que as incidências práticas desses "tipos" de governo são menos importantes do que pensavam os filósofos da Antiguidade? Não foi por acaso que, para Maquiavel e depois para Montesquieu, a trilogia dos regimes transformou-se na dualidade dos modos de ser do Estado e que a única alternativa seja a dos governos não moderados e dos governos moderados. De certa maneira, Raymond Aron, bem próximo de nós, toma esse mesmo caminho quando opõe os regimes monistas e os regimes pluralistas... Na tipologia dos regimes, a problemática foi-se transformando aos poucos, o que não deixa de ter implicações sobre a maneira de situar e de compreender a democracia. Com efeito, a lei do metabolismo das Cidades-Estados e, por conseqüência, a da sucessão cíclica dos regimes perderam interesse. É certo que nem Vico nem mesmo Rousseau as ignoram por completo. Mas elas não parecem mais estar no centro de uma reflexão filosófica sobre as diversas maneiras de governar. A questão do "melhor" dentre os regimes continua a interessar a interrogação política; mas em geral ela é suplantada por uma preocupação com a análise dos princípios e das engrenagens dos governos.

No que concerne mais especificamente à democracia à qual, como vimos, a história grega deu origem, é sintomático que a filosofia política não tenha conseguido forjar seu conceito, analisar seu *status*, definir e avaliar suas características situando-a numa tipologia dos regimes, cuja finalidade não seja tanto a de elaborar uma descrição fenomenológica mas a de pronunciar um juízo de valor. Mesmo que o pensamento moderno ou contemporâneo não se esgote mais no esforço de classificação e de reclassificação dos regimes – em certo sentido, esse problema parece ter-se tornado acessório hoje –, a democracia que tende a se impor em escala planetária com uma força inexorável só encontra seu valor (ainda que, como veremos, este se veja fortemente impregnado de ambigüidade) no ordenamento institucional que a distingue dos outros modos de governo adotados pelos Estados ao longo da história ou em outras paragens do mundo.

4. Os princípios originários do ordenamento institucional dos governos democráticos

O pensamento político contemporâneo gosta de repetir que não existe denominador comum entre a democracia antiga e a democracia moderna e que, de forma mais geral, existe um hiato entre a filosofia política clássica, greco-latina e medieval, e a filosofia política moderna. Em outras palavras, apesar da invariância do nome de democracia, dizem que uma distância muitas vezes considerada definitiva separa, tanto em seus conceitos como em seus aparelhos institucionais, as duas figuras adotadas, no passado e no presente, pela democracia. Ao inverso do que fazem muitos autores contemporâneos, é necessário usar com muita circunspecção o dualismo entre classicismo e modernidade, pois a ruptura proclamada entre as duas eras que caracterizam essas categorias dista muito de ser tão nítida como se costuma dizer. No campo do pensamento político, aqueles que, de Maquiavel a Hegel, são considerados "modernos", na verdade receberam dos "clássicos" um imenso legado de que fazem parte os princípios, tanto fundadores como reguladores que, em razão de sua estatura trans-histórica, não puderam ser renegados pelo governo dos Estados.

Quanto ao mundo contemporâneo, ele se deleita proclamando sua ruptura com a "modernidade". Em meio às contradições que secretam o mal-estar no qual se debate a época presente, é de bom-tom criticar o racionalismo das Luzes que, no que concerne à filosofia política, marcaria o auge da modernidade política. Abrem-se então duas vias: ou a de um retorno aos antigos, ou a de uma entrada na época "pós-moderna". A filosofia política não se embrenha sem riscos nesses caminhos, pois, no final do primeiro caminho – supondo que seja possível voltar no tempo para percorrê-lo –, a figura da democracia antiga não corresponde à reivindicação de liberdade e de igualdade dos homens de nosso tempo; no final do segundo caminho, cujo traçado, aliás, não é claro nem garantido, perfila-se o desconhecido de um mundo sem referências. Portanto, ambas as posturas assemelham-se a aventuras intelectuais que desafiam o curso da história e das idéias. Ademais, não deixam de ter incoerências: por um lado, o ideal democrático dos gregos implicava um cosmologismo que exigia uma ordem hierárquica das coisas e dos homens; por outro lado, a prospectiva democrática da pós-modernidade não renega em absoluto, pouco importa o que se tenha dito, todas as aquisições da modernidade como, por exemplo, o antiabsolutismo nascido da *Glorious Revolution*, ou as idéias de vontade geral e de direitos humanos defendidas pela Revolução Francesa. É por isso que a filosofia política, em vez de tomar caminhos que correm o risco de dar em impasses, teria mais a ganhar interrogando-se sobre os *princípios* que, desde seu nascimento, fundaram e regularam a democracia.

Examinando as estruturas institucionais que o regime ateniense do século V a.C. criou, poderemos ler nelas um projeto normativo que, não obstante uma inevitável evolução ao longo do tempo, resistiu às turbulências dos acontecimentos históricos. É certo que os princípios normativos originários da democracia não constituem referências inabaláveis de certeza política. Contudo, é preciso saber reconhecer que, apesar de sua relativa mutabilidade no decorrer dos séculos, eles ratificam a autoridade da palavra pública no que tange ao direito político. Aliás, Bodin, Locke ou Rousseau, mas também, em nossos tempos, Claude Lefort ou Richard Rorty, interrogando-se sobre a democracia – que a elogiem ou a critiquem é um outro problema –, não ignoraram os axiomas e os princípios arquitetônicos cujo sentido já fora captado por Platão e Aristóteles.

Nosso intuito não é retraçar o esquema institucional da democracia antiga: esse trabalho cabe à história do direito político. Com o olhar do filósofo em busca da fundação do ideal democrático de que a Grécia foi a terra natal, examinaremos seus princípios arquitetônicos, destacando principalmente as noções conjugadas de *Constituição* e de *política*, de *povo* e de *cidadania*, de *lei* e de *legalidade*.

4.1. Constituição e política

A idéia de Constituição ocupa um lugar de destaque no direito político dos Estados democráticos modernos. Mas já no mundo antigo ela desfrutava de um prestígio tão grande que era assimilada à própria política[58]. Isso de forma alguma autoriza a afirmar que apenas o regime democrático apóia-se numa constituição; mas a *Politéia* – palavra que pode ser traduzida por "Constituição" – designa, como indica Aristóteles, a própria política da Cidade-Estado[59]. Seu conceito conota tanto o caráter inicial do que é político como a épura formal dos órgãos institucionais fundamentais da Cidade-Estado. A reunião do sentido fundacional e do sentido organizacional da *Politéia* determina o *status* do poder, ou seja, a maneira como são escolhidos os governantes e as condições nas quais, por meio de sua função, exercem sua autoridade. A esse respeito, a *Politéia* tem efetivamente uma força e uma forma constitucionais; mas estas não se expressam, como nos Estados modernos, num texto escrito fundador de um regime. Não devemos deduzir disso que estamos às voltas com uma noção flexível, mas compreendamos que, no mundo antigo, a Constituição era a plataforma de princípios que, embora não escrita, servia de base para a edificação da política da Cidade-Estado.

O problema filosófico que se coloca então não é aquele metapolítico, que consistiria em saber se a política concerne à

---

58. Moses Finley, *Politics in the Ancient World*, Cambridge U.P., 1983; tradução francesa, Flammarion, 1985.
59. Aristóteles, *A política*, III, 1274 b-1276 b.

natureza ou à arte. Consiste numa interrogação – inspirada no exemplo aristotélico – sobre os *princípios* aos quais obedece a Constituição como lugar do poder nas democracias de antanho. Tal problematização da "Constituição" democrática na época de suas primeiras manifestações evidentemente não se limita a interpretá-la, segundo o modelo das Constituições modernas, como a matriz da ordem pública, pois, longe da racionalização exigida pela política a partir do século XVII e sobretudo depois do século XVIII, a antiga Constituição democrática nutria-se da substância da vida. O fato de esta diferença entre a significação das Constituições antigas e a das Constituições modernas ser inegável não significa, no entanto, que ela crie um hiato na política de duas eras do mundo. Os "antigos", muito pelo contrário, abriram, ainda que imperfeitamente, a estrada que os "modernos" percorrerão, procurando aperfeiçoar seu traçado.

Quando, por volta dos anos 330 a.C., Aristóteles reúne a documentação coletada por seus discípulos e redige *A Constituição dos Atenienses*, pretende em primeiro lugar[60] lembrar a importância das reformas de Sólon e a influência de Clístenes depois da destruição da tirania dos pisístratos; depois menciona a evolução espetacular que, graças a Péricles, seguiu-se à Guerra do Peloponeso. Em seguida, para estudar a Constituição dos atenienses, distingue a Constituição e as leis[61], ou seja, o que, em seu século, "constitui" a política da Cidade-Estado: por um lado, a diversidade das magistraturas (estrategos, arcontes, conselheiros, governadores, tesoureiros e auditores de contas, comissários de polícia, tesmótetas...); por outro, a distribuição de suas respectivas funções, as engrenagens de seus diversos postos, enfim, o exercício de seus cargos e prerrogativas. Insiste sobremaneira no fato de que, nessa Constituição, "o povo" tornou-se senhor de tudo: "Tudo – escreve ele – está regulado pelos decretos e pelos tribunais onde o povo é soberano." Tal

---

60. Aristóteles, *A Constituição de Atenas*, 403 ss., resume a história política de Atenas.
61. Cf. Aristóteles, *A política*, 1289 a 16-20.

organização da vida pública na Cidade-Estado é fundamental e pode-se dizer que a Constituição, sem precisar apresentar-se como um aparelho jurídico e solene de normas escritas, é, para a Cidade-Estado ateniense, o fundamento da política. Portanto, como sublinha com muita precisão Carl Schmitt em sua *Teoria da Constituição*[62], ela é em primeiro lugar "o modo de existência concreta" da Cidade-Estado, isto é, sua "estrutura global concreta" e, portanto, a unidade da ordem social que nela reina. A Cidade-Estado *não tem* uma Constituição "em virtude da qual" se formaria e se exprimiria sua vontade política; ela *é* uma Constituição que, tal como "a alma da Cidade-Estado" de que falava Isócrates[63], implica a organização da vida dessa comunidade natural e indica a finalidade para a qual, em seu próprio ser, tende sua estrutura política concreta[64]. A Constituição significa, por conseguinte, a ordem e a unidade da Cidade-Estado[65].

Em seguida, no entanto, esse sentido fundamental ganha sensíveis nuanças quando o termo "Constituição" passa a conotar "uma certa forma de ordem política e social". Mais precisamente, na Atenas que Aristóteles descreve, a Constituição, embora indissociável da existência política concreta, representa "uma forma particular de dominação" ou, em termos mais gerais, o *estatuto* ou o modo estatutário do governo que define a maneira concreta como se dão a hierarquização e a subordinação entre governantes e governados. Essa forma de Constituição é democrática porque corresponde ao *estatuto* popular em que o governo é assunto dos próprios cidadãos. Nem por isso ela nasceu de uma decisão do poder político e, no seu princí-

---

62. Carl Schmitt, *Théorie de la Constitution*; tradução francesa, PUF, 1993, p. 132.
63. Isócrates, *Areopagítico*, § 14.
64. Aristóteles, *A política*, IV, 1, 5.
65. Empregando uma metáfora, C. Schmitt observa: "Essa concepção da Constituição talvez encontre sua explicação mais clara numa comparação: o canto de um coro ou a partitura de uma orquestra permanecem idênticos quando os homens que cantam ou tocam seus textos mudam ou quando muda o lugar onde cantam ou tocam. A unidade e a ordem residem no canto ou na partitura assim como a unidade e a ordem do Estado residem na Constituição", *op. cit.*, p. 132.

pio, não repousa sobre nenhuma convenção firmada entre governantes e governados.

Portanto, parece justificado afirmar que, no mundo antigo, a Constituição não tem o *status* formal que passa a ter nos Estados modernos. Isso não é falso na medida em que ela não é a norma superior do direito público do Estado e, como tal, fundadora e produtora de outras normas jurídicas destinadas a regular a vida política, mas o próprio ser da existência e do funcionamento da Cidade-Estado: sua substancialidade própria. No entanto, não é correto dizer que a Constituição antiga seja desprovida de qualquer dimensão normativa e seja estranha ao dever-ser da Cidade-Estado democrática; na medida em que é o princípio da unidade e da ordem da vida política, exige um ordenamento jurídico rigoroso que faz dela o princípio mais elevado de uma ordem de direito à qual as democracias "modernas" não cessarão de se referir. O axioma básico da Constituição democrática dos atenienses é, com efeito, a participação de todos os cidadãos na organização e no funcionamento da Cidade-Estado. Considerada em termos filosóficos, essa exigência de princípio implica o reconhecimento do "povo" como corpo político e da "cidadania" como uma das categorias centrais da existência política. Ainda quando o movimento da história tenha alterado o teor das noções de *povo* e de *cidadania*, essenciais para as antigas democracias, estas continuam sendo a inabalável postulação das democracias de todos os tempos; elas são os pilares da ordem democrática.

4.2. O povo e a cidadania

O termo "democracia", por sua etimologia, designa o poder do povo. Mas o tempo marcou-o com tantas determinações que aos poucos foi se adensando com uma sobrecarga semântica; esta está longe de ser sempre um enriquecimento, ainda que fosse apenas em razão da indecisão do termo "povo" e das vertigens da palavra "poder". No entanto, no registro político, o núcleo semântico original conserva sua pertinência. A esse respeito, convém, é claro, não ser muito incisivo: se a democracia, no seu despertar, podia ser definida, *stricto sensu*, como o "poder do povo", as democracias que conhecemos hoje são antes regimes nos quais a vontade (ou o consentimento) do povo é a fonte do poder. Em outras palavras, as democracias de antanho eram diretas; as democracias atuais necessitam da mediação de representantes. Ainda assim, em toda democracia, o "povo" é motor principal do modo de governo.

A dificuldade, portanto, consiste em determinar o que é o povo nesse regime. É uma tarefa delicada porque a conotação desse conceito é e sempre foi múltipla. No entanto, assim como no campo político rapidamente se estabeleceu a distinção, na Grécia, entre a cidade e a Cidade-Estado, ela também logo se afirmaria entre a multidão ou o grande número (*plethos*) e o povo (*demos*). A partir de Homero, o termo *plethos* designava tradicionalmente a massa das pessoas que, nem belas nem boas (*kaloi kagathoi*), formam uma multidão cega e insensata geralmente alvo de desprezo (o termo *plethos* é sinônimo de *homilos* e de *ochlos*). Em contrapartida, no século V em Atenas, o termo *demos* recebeu de Péricles um sentido bem mais positivo. Apesar da crítica ferrenha de Platão, Péricles reconheceu que o povo é capaz de escolhas racionais, mesmo que em muitas ocasiões caia na irresponsabilidade cedendo quer à cólera e aos arroubos, quer à apatia e à indiferença.

A partir de então, na Cidade-Estado o povo passou a sentir-se o depositário orgulhoso da cidadania que podia ser-lhe atribuída. Soube-se portador das prerrogativas e das obrigações que a vida política exige e assumiu com entusiasmo suas responsabilidades. Desde o início de sua carreira política, Péricles lutou para tirar do areópago as prerrogativas exorbitantes – "todas as suas funções acrescidas", dizia ele – que alguns de seus membros reivindicavam em nome de sua origem aristocrática. No seu entender, a Assembléia do Povo, o Conselho dos Quinhentos e o Tribunal da Heliéia deviam exercer suas atribuições em nome do povo e para o povo. Sua idéia de democracia implicava um senso rigoroso do "ofício de cidadão", não importando a fortuna de que cada qual desfrutasse. As reformas que impôs – por exemplo, o sorteio para a designação dos magistrados ou o acesso ao arcontado para os atenienses de poucas posses pertencentes à terceira classe censitária; a atribuição de um salário para os pobres a fim de compensar a perda de vencimentos quando eles participavam de funções públicas... – indicam claramente sua vontade, não só de ver o "povo" envolvido com os assuntos da Cidade-Estado, mas de permitir o acesso à cidadania ativa ao maior número possível de homens. A despeito das resistências que encontrou e da hostilidade que suscitou, Péricles, mais por sua concepção ampla da cidadania do que por sua política de reconstrução da cidade depois da Segunda Guerra Médica, fez de Atenas "a pátria da democracia". Chegou-se a falar, com certo anacronismo, do "socialismo de Estado" por meio do qual ele se empenhava em elevar a condição do povo, dando-lhe o senso de sua dignidade através do exercício dos cargos que lhe eram confiados. Sob a influência de Péricles, o povo, reconhecido como psicologicamente apto a exercer diretamente a soberania, constituiu o pilar da vida pública. A promoção jurídica dos cidadãos desenvolveu neles sentimentos de honra e de orgulho. Em todo caso, é evidente que a democracia, ao requerer de modo mais claro que qualquer outro regime a combinação do *archein*, enquanto ato de dominar, isto é, de governar, com o *archesthai*, enquanto estado de ser dominado ou governado, definiu o conceito de cidadania como o operador essencial da diferenciação política dos modos de governo.

Toda Cidade-Estado, seja qual for seu regime político, define-se sem dúvida como "uma coletividade de cidadãos"[66]. Mas a noção de cidadania precisa ser refinada se quisermos compreender o lugar que Péricles soube lhe dar em Atenas, lugar este designado para ser central numa democracia. Hegel, em seus textos de juventude, compreendeu de modo admirável que a grandeza de Atenas consistia no fato de que a unidade de sua Constituição, confundida com a totalidade da Cidade-Estado, exprimia a realidade e a força da cidadania. Hegel che-

---

66. Aristóteles, *A política*, III, 1274 b 39.

gou a dizer que nela reside a essência de uma política democrática. No entanto, o conceito de cidadania não é simples. Se quisermos compreender como, para além das vicissitudes históricas, ele se impôs como o substrato da democracia, temos de analisá-lo minuciosamente.

Coube a Aristóteles realizar essa análise a partir das realidades sociopolíticas das grandes Cidades-Estados gregas. Conforme explica o Estagirita, convém em primeiro lugar distinguir a cidadania excepcional que, adquirida por meio de um procedimento de naturalização, é apenas uma cidadania formal sem conseqüências políticas, e a verdadeira cidadania, plena e completa que, proveniente do nascimento, é natural e, sobretudo, define-se pela "participação nas funções judiciárias e nas funções públicas"[67]: o verdadeiro cidadão é portanto juiz e magistrado, quer os cargos de que esteja investido sejam limitados ou ilimitados quanto a sua duração. O "povo", que é formado por esses cidadãos ativos, reúne-se na Ágora onde a Eclésia detém o poder deliberativo que, na Cidade-Estado, é o poder soberano[68]. Disso resulta, como observa Fustel de Coulanges[69], que a democracia em Atenas era "um governo muito laborioso" e que "ser cidadão de um Estado democrático era um pesado fardo"[70]. Isso de forma alguma implica que a noção de cidadania esteja ausente dos regimes que não sejam a democracia. Mas o *status* do cidadão – suas obrigações e seus

---

67. *Ibid.*, III, 1275 a 23.
68. A *Eclésia* reúne-se pelo menos dez vezes por ano (pode sempre haver, por convocação expressa, assembléias extraordinárias), primeiro na Ágora, depois na Pnyx. Seus procedimentos e sua ordem do dia são públicos; ela procede essencialmente por voto: pela mão erguida nos assuntos públicos e por voto secreto nas questões privadas como o ostracismo. Ela tem poderes consideráveis: tem o direito de guerra e de paz, nomeia os embaixadores, conclui alianças; decide pelo ostracismo; tem poder financeiro e detém o poder legislativo.
69. Fustel de Coulanges, *La cité antique*, Hachette, 1969, p. 395. [Trad. bras. *A cidade antiga*, São Paulo, Martins Fontes, 1998.]
70. *Ibid.*, p. 396: "O dever do cidadão não se limitava a votar, ele tinha de ser magistrado em seu demo ou na sua tribo. A cada um ou dois anos em média ele era heliasta (ou seja, juiz)... Não havia cidadão que não fosse chamado duas vezes em sua vida para fazer parte do Senado dos Quinhentos... Enfim, ele podia ser magistrado, arconte, estratego, astínomo se a sorte ou o sufrágio o designassem."

direitos – varia segundo os regimes e suas Constituições. Embora seja verdade que o conceito de cidadão não tem uma "definição comum", ao ponto de os cidadãos de uma democracia não terem qualquer semelhança com os de uma oligarquia, ainda assim, quando a cidadania se define pela participação nos poderes públicos, deliberativo e judiciário[71], ela é o principal indicador da democracia.

Aristóteles, que muitas vezes agrega uma preocupação normativa a suas análises positivas, interroga-se sobre o que é "um bom cidadão", ou seja, sobre o que é a virtude propriamente cívica. Ela não só não coincide com a excelência da virtude moral[72] que caracteriza "o homem de bem", seja qual for sua posição social, mas, para a condução das coisas públicas, o exercício da cidadania exige mais discernimento, senso de responsabilidade e prudência por parte de homens que a educação formou, do que a competência especializada dos eruditos. Compreende-se assim que a virtude cívica não é uma qualidade da multidão, muitas vezes atolada na indiferença: o povo-cidadão não é o povo-massa que a passividade torna pesado e lânguido.

A análise aristotélica da cidadania evidentemente só ganha sua dimensão positiva e seu alcance normativo quando relacionada com a aventura política de Atenas marcada, por certo tempo, pela idéia de que a força de uma política decorre do engajamento e da responsabilidade do maior número, e pouco depois dilacerada pelos perigos e pelas crises oriundos precisamente dessa visão política. Isso poderia levar a crer que a análise do conceito de cidadania em Aristóteles tem apenas valor histórico e, portanto, necessariamente limitado. Ora, o interessante é que, para além do âmbito sócio-histórico e institucional que ela explorou, lançou luz sobre a essência transtemporal da cidadania; portanto, é no corpo dos cidadãos que reside a soberania de princípio da democracia. Independentemente dos so-

---

71. É por isso que Aristóteles explicita em *A política* que os critérios de domicílio (1275 a 8), de idade (1275 a 15) e até de nascimento (1275 b 25) são "politicamente aceitáveis" (1275 b 25) mas não são essenciais para definir a cidadania.

72. É o que também dirá Montesquieu, que foi tão mal compreendido.

bressaltos políticos da história, por um lado, e da pluralidade das teorizações políticas e da evolução das doutrinas, por outro, a essência da cidadania continua sendo um parâmetro invariável da democracia.

É claro que o pensamento moderno se emancipou dos limites conjunturais ligados, em Atenas, às estruturas da condição social em que metecos, escravos e mulheres não tinham acesso à categoria de cidadãos. Mas o princípio segundo o qual a soberania pertence não a uma parte mas ao conjunto dos cidadãos que formam o "povo" ou "corpo público" permanece sendo o axioma fundamental da democracia. Nos debates públicos, não são nem indivíduos *ut singuli* nem a multidão ou a massa que intervêm, mas os cidadãos, ou seja, os "governados" reconhecidos como aptos ao exercício do poder.

A objeção que insiste na extensão restrita da cidadania na prática das democracias antigas não afeta o alcance teórico geral do princípio; de Bodin a Hegel, a filosofia política moderna, sejam quais forem suas preferências ideológicas, analisou o alcance fundamental e anistórico do princípio de cidadania unanimemente aclamado como "o universal democrático" em que se enraíza a força da lei.

4.3. A lei e a legalidade

O estudo filológico e histórico do vocabulário político da Grécia antiga é aqui muito instrutivo: até o século V a.C., a palavra *thesmia* foi geralmente empregada para designar as regras de que legisladores como Licurgo em Esparta, Zaleuco em Locros, Carondas em Catânia, e depois Drácon e Sólon em Atenas "dispunham"[73] para organizar a vida da Cidade-Estado. Assim, desde meados do século VII, existia em Atenas um colégio de seis tesmótetas encarregados de transcrever as *thesmia* e de garantir sua conservação. Ora, na época em que a de-

---

73. A palavra *thesmos* (plural: *thesmia*) vem do verbo *tithemi*, que significa dispor, instituir.

mocracia se instala em Atenas, a palavra *thesmos* dá lugar à "súbita moda de *nomos*"[74]. É certo que a palavra *nomos* já existia antes no vocabulário grego[75], mas, como aplicava-se a múltiplos domínios, tinha uma polissemia desconcertante. No século V, junto com a palavra *isonomia*, adquiriu uma conotação especificamente política, que se traduz pela instauração de um novo colégio, o dos nomotetas, encarregados da revisão das leis[76]. Nessa mutação lingüística e semântica podemos ver o eco do "triunfo da jovem democracia ateniense sobre a invasão persa"[77]. Naquela conjuntura, esse eco tinha uma intensa ressonância: vibrava uma hostilidade ferrenha contra a barbárie e a tirania, e, ao mesmo tempo, simbolizava a glória do poder democrático. O mais importante, no entanto, é que o sentido político-jurídico que a palavra *nomos* adquiriu passou a ter um caráter definitivo: doravante, sendo a lei – ou o corpo de leis – o pilar da democracia, a vocação desse regime é defender a legalidade em todos os terrenos. Fustel de Coulanges escreve, com toda a razão, que "Atenas sabia muito bem que a democracia só pode se sustentar pelo respeito das leis", através do que "o povo, como verdadeiro soberano, era considerado impecável"[78]. A lei, portanto, é a garantia da ordem e o escudo do povo contra todas as formas de tirania.

Trata-se, sem dúvida, de uma tese que não tem aceitação unânime, pois já o sofista Hípias denunciava a lei como "o tirano dos homens", uma vez que impõe sua coação à natureza[79]. Também Trasímaco, em *A República*, profere sua revolta contra a lei devido ao fato de que "todo governo sempre estabelece as leis conforme seus próprios interesses"[80]; concorda também com Cálicles e, com muita antecedência, antecipa-se a

---

74. Jacqueline de Romilly, *La loi dans la pensée grecque*, Belles Lettres, 1971, p. 17.
75. M. Ostwald, *Nomos and the Beginnings of the Athenian Democracy*, Oxford, 1969.
76. *Ibid*.
77. J. de Romilly, *La loi dans la pensée grecque*, op. cit., p. 18.
78. Fustel de Coulanges, *op. cit.*, pp. 393-4.
79. Platão, *Protágoras*, 337 c d e.
80. Platão, *A República*, 338 e.

Nietzsche ao pensar que, no fundo, as leis democráticas, feitas pelo grande número, são obra dos fracos. O próprio Sócrates finge perguntar-se se a lei é um bem ou um mal para as Cidades-Estado[81]... No entanto, quando Platão, já velho, redige *As leis*, adquire a certeza de que o respeito das regras e das leis da Cidade-Estado, definidas como "decisões políticas da massa"[82], é a condição de viabilidade de uma democracia: na ausência desse respeito, e, *a fortiori*, quando reina a *anomia*, não tarda a ocorrer o desastre político.

Aristóteles é mais categórico e, embora, assim como Platão, diste muito de fazer o elogio da democracia, a vê no entanto muito claramente como o contexto necessário para uma legislação válida (legítima, diríamos nós): "A lei é uma ordem determinada por um acordo comum (*homologèma*) da Cidade-Estado."[83] Quando a discordância quebra esse acordo, a democracia e a lei – como é o caso em Atenas – entram em crise: o "desvio" político arrasta a Constituição e o povo-cidadão numa mesma queda, que pode ser fatal.

Por isso, o fato de as promessas da democracia grega terem culminado no respeito da legalidade – segundo Sófocles, Atenas é a Cidade-Estado onde nada se faz "sem a lei"[84] – é um fenômeno cujo alcance revela-se transempírico e trans-histórico. As leis não são úteis apenas para a ordem momentânea da Cidade-Estado; são o símbolo de uma política na qual o engajamento do povo é o caminho para a liberdade que, mais tarde e com razão, será chamada de *autonomia*.

É o que parece dizer o velho Platão quando dá às *Leis* uma tonalidade totalmente diferente da dos *Diálogos* anteriores. Atribui então à legislação uma dimensão normativa e quase salvadora, fazendo dela, segundo as palavras de Píndaro tantas vezes repetidas em seu tempo, "a rainha do mundo"[85]. Na Atenas do

---

81. Platão, *Hipias Maior*, 284 d ss.
82. Platão, *As leis*, 415 b.
83. Aristóteles, *Retórica a Alexandre*, 1420 a 25 ss.; 1421 b 37 ss.
84. Sófocles, *Édipo em Colona*, v. 914.
85. Platão, *As leis*, 690 b 8, 715 a 1, 890 a 4.

século IV, é sobretudo Demóstenes que dedica a vida e coloca seu talento de orador a serviço de uma defesa apaixonada da lei, da qual faz o pórtico da democracia. Contemporâneo da conquista da Grécia por Filipe da Macedônia, deve sua reputação ao fato de ter lançado contra o rei conquistador suas famosas *Filípicas*. Sua eloqüência serve-lhe para denunciar as ambições hegemônicas de Filipe, e o heroísmo de suas arengas contra o invasor foi muitas vezes celebrado. Mas, ao vilipendiar os traidores que se vendem a Filipe e ao sacudir a indolência dos atenienses, quer também e acima de tudo lembrá-los, num extraordinário ímpeto patriótico, que a obediência à lei é, para a democracia, o caminho de sua liberdade. Se, nas *Filípicas* e nas *Olintíacas*, o tema da lei aparentemente está em segundo plano, encoberto pela preocupação em combater o inimigo, ele é o fio condutor da maioria dos discursos políticos e civis nos quais Demóstenes, numa democracia que está se esfacelando sob seus olhos, faz a defesa aguerrida da liberdade que, repete ele, apenas o amor democrático pela lei pode proporcionar. Incansável, ele explica que, pelo fato de a servidão ser o pior do males, é importante respeitar a Constituição e o direito: é uma questão de civismo e, mais profundamente, um assunto de honra e de orgulho. Com aquele ardor que caracterizava tanto o homem como seus discursos, Demóstenes, em *Contra Mídias* (348 a.C.) e na *Oração da coroa* (330 a.C.)[86], mostra, por intermédio de duelos judiciários de grande repercussão, que o abandono ou o desprezo das leis provoca o naufrágio político da Cidade-Estado e o naufrágio moral dos homens. A vida cívica descamba em imprudência e chega a submergir no escândalo quando a democracia, como no odioso exemplo de Atenas, se afasta da legalidade. No ardor oratório da *Oração da coroa*[87], Demóstenes, advogando em defesa de Ctesifonte,

---

86. Esses dois textos foram admiravelmente estudados por J. de Romilly, in *La loi dans la pensée grecque*, *op. cit.*, pp. 139 ss.
87. Démostenes recebera de Atenas a mais bela das recompensas que uma Cidade-Estado democrática e livre pode dar a um cidadão virtuoso: uma coroa de ouro. Ésquines contestou essa recompensa e, então, os dois mais célebres oradores da Ática entregaram-se a essa justa de eloqüência que é a *Oração da coroa*. Demóstenes saiu vencedor; Ésquines partiu para o exílio.

sem dúvida combate seu acusador Ésquines; mas, ao deplorar o aviltamento de sua época, luta em favor da legalidade e da liberdade às quais a democracia moribunda está justamente aplicando o golpe de misericórdia. À acusação de ilegalidade lançada por Ésquines contra a moção de Ctesifonte em favor de Demóstenes, este responde, de maneira patética, que, em conformidade com a honra e a justiça que são as mais nobres tradições da République[88], justificava-se opor uma resistência legítima a todas as empreitadas injustas de Filipe. O amor pela justiça exige de todo um povo e de cada um o respeito das regras e das leis que o governam, pois são elas que, contrapondo-se à força e à propagação da violência, protegem os cidadãos, acabam com a insegurança e garantem, com a igualdade, a liberdade do maior número[89]. Demóstenes defende ardentemente até mesmo a idéia de que "todas as funções da Cidade-Estado só são exercidas graças à autoridade da lei"[90]. Ele não ignora que possam existir leis ruins; mas estas, diz ele, são uma espécie de crime. O império da lei reta, instituída contra o arbítrio pela vontade do povo, é a própria democracia. Considera Atenas "a cidade democrática por excelência", "a cidade das leis"[91]. O triunfo da legalidade é, numa democracia, questão de honra, e o desdém demonstrado por Ésquines em relação às leis escritas nada mais pode significar senão sua hostilidade contra a democracia. "Demóstenes", escreve Jacqueline de Romilly, "deu à aliança entre a democracia e a lei o caráter de uma experiência imediata e evidente."[92]

Nesse contexto político-moral, entende-se por que a peroração do discurso *Contra Mídias*[93] ganha um caráter sublime. Se um cidadão se entregou com dedicação à execução do que

---

88. Demóstenes, *Oração da coroa*, §§ 69-72.
89. Essa idéia é o fio condutor do *Contra Mídias*, §§ 188 e 210. Também se encontra em Cícero, Bossuet e Montesquieu assim como, em outro registro, em Rousseau e Kant, que repetirão que a obediência à lei é a condição fundamental da liberdade.
90. J. de Romilly, *op. cit.*, p. 144.
91. Demóstenes, *Contra Mídias*, § 150.
92. J. de Romilly, *op. cit.*, pp. 147 e 153.
93. Demóstenes, *Contra Mídias*, § 274.

todo o mundo considerava útil, ele não pode ser criticado, e isso é um princípio de justiça "consagrado pelas leis escritas". O insulto proferido por Ésquines em relação a Demóstenes, tratado pelo primeiro de "sofista impudente" desejoso da destruição das leis por meio de seus discursos, é, portanto, o contrário da verdade: respeitar a legalidade é contribuir para servir a honra, o poder e a glória da pátria[94].

Na argumentação de Demóstenes vemos, de maneira comovente, a continuação das palavras de Sócrates quando este, condenado pela democracia ateniense, aguarda em sua prisão, durante trinta dias, sua última manhã. No amanhecer anterior à sua execução – o barco regressa de Delos –, Críton vem-lhe propor salvar-se para escapar da sanção de seus juízes[95]. Sócrates, sensível à amizade que lhe é testemunhada, recusa categoricamente a proposta. Então, a prosopopéia das leis que escuta e faz sua é um vibrante elogio à obediência às leis, que Licurgo converteu em regra da Cidade-Estado espartana e que é o princípio de coesão de qualquer Estado.

Xenofonte, pela boca de Sócrates, também faz o elogio da lei[96]. Na democracia decadente de Atenas, Sócrates sem dúvida representa o tipo de pensador "inatual" e solitário que podemos qualificar de "espírito livre". O importante, nesse caso, é que, segundo ele, o cidadão firma com as leis de sua Cidade-Estado uma verdadeira convenção[97] e, por meio desse pacto tácito, passa a ter uma obrigação para com elas. Nas suas palavras, existem "obrigações para com as leis", "acordos mútuos"[98] que impõem ao cidadão o dever de jamais transgredi-las. Romper o compromisso que vincula o cidadão à lei é um crime inexpiável; para aquele que comete esse crime não haveria olvido

---

94. *Ibid.*, § 321.
95. O fato teria um precedente ilustre, pois, vítima ele também da ação judiciária dos atenienses, Anaxágoras, amigo de Péricles, só escapou da morte pelo exílio voluntário, cf. *Apologia de Sócrates*, 26 d e.
96. Xenofonte, *Memoráveis*, I, 1 e 2; IV, 4.
97. Platão, *Críton*, 52 b.
98. *Ibid.*, 52 e.

ou perdão, nem mesmo além da vida terrestre⁹⁹. A força da lei é sagrada porque constitui a virtude do cidadão. É pela lei que vive e deve viver o cidadão na democracia tal como ela deve ser. Por sua capacidade normativa, a lei revela a unidade ética tão admirada por Hegel: o acordo do povo com a legislação que ele dita para si mesmo é uma questão de equilíbrio e de harmonia, de bom senso e de razão. E Sócrates, à beira da morte, compreendeu perfeitamente que a democracia que o condena não é o que deve ser: ela perdeu o equilíbrio e a harmonia esperados pelo bom senso e pela razão; à ordem normativa da lei, ela prefere o desgarre da lei-tirano¹⁰⁰ que gangrena e necrosa.

Na conjunção dos princípios originais da democracia – constitucionalidade, cidadania, legalidade –, condensa-se a idéia-força dos primórdios da democracia. Diversas organizações institucionais mais ou menos complexas tentarão, com êxitos diferenciados, encarná-la na história. Ora, nessa passagem dos princípios da democracia à sua fenomenalidade histórica, é notável que, independentemente da evolução dos costumes políticos, das variações da cultura e das idéias e da consolidação das estruturas jurídicas, não se tenha aberto nenhuma brecha entre as democracias históricas e a emergência da idéia-mãe da democracia. Não se trata de forma alguma de minimizar a transformação subterrânea e poderosa que, tendo como fonte as aspirações do povo, intensificou a necessidade de liberdade que acompanhava o reconhecimento da cidadania e logo se tornaria mais forte que ela. Desde os tempos em que Atenas dava o exemplo do regime democrático, o exercício da soberania só era concebido enquanto valorização da realização da liberdade. É claro que naquela época não se falava de "direitos" ou da felicidade do indivíduo¹⁰¹. Que os cidadãos das democracias

---

99. *Ibid.*, 54 c.
100. Platão, *Górgias*, 466 b-d.
101. Quanto a isso, Benjamin Constant e Leo Strauss não se equivocam ao distinguir "dois tipos de liberdade": cf. B. Constant, *De la liberté des anciens comparée à celle des modernes*, discurso pronunciado no Ateneu Real de Paris em

antigas fossem livres significava que um dos princípios essenciais daquele regime era que o povo exercia sua cidadania coletiva e diretamente, na praça pública, ditando para si uma Constituição e leis: não se deve supor que os cidadãos tinham o que, em linguagem moderna, chamamos de "iniciativa das leis", mas tinham direito de sufrágio e de deliberação (*bouleusis*) e, em seus debates, valia a regra da maioria. Era assim a liberdade que constituía para eles um dos princípios-chaves da democracia: era uma liberdade "coletiva", compatível, como observa Benjamin Constant, com "a total subordinação do indivíduo à autoridade do conjunto". No entanto, o desenvolvimento do comércio – como já dizia Xenofonte – deu um grande impulso à "independência individual", e a idéia da liberdade se viu modificada. Foi daí que surgiram a ambivalência do regime democrático e, pouco depois, o tormento interior que, em Atenas, lhe foi fatal.

Portanto, devemos examinar como e por que a forma democrática da Cidade-Estado, embora edificada sobre princípios políticos que, como a história mostrou, desafiaram o tempo com sua permanência apesar das mudanças, viu-se envolta numa ambigüidade que, ainda hoje, numa mistura insólita de esperança e de temor, impõe à democracia uma pesada hipoteca.

1819. Nesse mesmo sentido, Condorcet escreveu: "Os antigos não tinham qualquer noção dos direitos individuais", *Mémoire sur l'instruction publique*, in *Oeuvres complètes*, 1847-1849, tomo VII, p. 202.

Capítulo 2
A democracia sob o signo da ambivalência

No mundo antigo, a era democrática foi desde cedo colocada sob o signo de uma ambigüidade geradora de esperanças e de ameaças. É certo que esse regime aparecia como o antídoto das tiranias. Repousava sobre os três princípios fundamentais que são: a Constituição, a cidadania e a lei, cuja pregnância fazia com que fossem assimilados ao próprio conceito da política. Seu prestígio provinha dos fatos gloriosos associados, em Atenas, à gigantesca estatura de Péricles e de Demóstenes. Enfim, no poder democrático viria a crescer a idéia de liberdade, enriquecida de uma imensa esperança: ela podia levar o povo e seu governo a coincidirem. Mas nessas mesmas virtudes nasceu a aporia democrática que a história nunca conseguiu efetivamente superar. Desde o século V a.C., a crítica da democracia foi inclemente, e, em meio às desordens do século IV, culminou na obra de Platão. O filósofo, avaliando os efeitos deletérios que o poder do povo provocava na Cidade-Estado, denunciou severamente os erros inscritos nos próprios fundamentos desse regime. Depois Aristóteles, apesar da extrema prudência que sempre demonstra em seus juízos, inscreveu o modelo democrático na inevitável lei do metabolismo dos regimes políticos e situou-o, de maneira definitiva, muito longe do Estado ideal que ele chama de *politie*.

Em contrapartida, a idéia democrática, que o pensamento teológico-político da Idade Média controlava com rédea curta, pareceu ganhar vôo no século XVI e veio acompanhada de uma grande esperança. É difícil definir uma data precisa para o despertar da consciência política do povo, tanto mais que existe uma distância considerável entre teoria e prática. As especulações sobre uma política democrática a que se entregaram, no século XIV, Marsílio de Pádua, e depois, no século XVI, as doutrinas utópicas elaboradas por Thomas More e Campanella, distam muito de sua realização nos fatos, mesmo que pipoquem aqui e ali oposições à ordem feudal, mesmo que a rebelião dos *Levellers* ingleses tenha sido violenta, mesmo que os protestos dos monarcômacos tenham tido grande repercussão. Contudo, apesar das crueldades desses séculos abalados pelo fogo das guerras e pelo sangue dos massacres, a filosofia política se abre, no grande impulso de pensamento que percorre a Europa nessa época, para um horizonte humanista no qual se decifram as condições da emancipação política dos povos. Maquiavel, na duplicidade de seu verbo, traça em seus *Discursos sobre a primeira década de Tito Lívio* a épura de uma "República" que, a exemplo de Roma depois da instituição dos tribunos do povo, repercute as vozes do *popolo* pela boca dos magistrados. Todavia, o secretário florentino não faz a apologia da democracia; com sua psicologia penetrante, compreendeu que o desejo e a ambição dominam a multidão. Ainda assim, o homem providencial cuja vinda é, a seu ver, indispensável para a condução dos jovens Estados que se desenham no mapa político da Europa, terá de escutar a *vox populi*: é esta, inclusive, a condição necessária para que se efetue a conquista da liberdade, que é a esperança de uma política por fim equilibrada. Mas Maquiavel insiste: se essa conquista tiver de ser obra do povo, ela será, no horizonte da democracia, lenta e difícil e, ademais, incerta. Justamente na época em que se consolida a política absolutista dos reis, surgirão outros autores que, mais sensíveis que Maquiavel para as esperanças de que a democracia é portadora, lançarão vibrantes apelos à responsabilidade cívica dos povos: os sonhos políticos de *A Cidade do Sol* e de *A Nova Atlântida*, os panfletos protestatórios como os *Vindiciae contra Tyrannos*, as idéias radicais daqueles que, na Inglaterra pré-revolucionária, querem "pôr o mundo de ponta-cabeça", a teoria da *consociatio symbiotica* de Althusius... são alguns exemplos fortes disso, com tonalidades diferenciadas. Eles significam, no mínimo, que a *majestas* do povo é mais profunda e mais respeitável que o *imperium* dos reis porque está cheia de promessas.

No entanto, no meio das luzes e das esperanças que a idéia de democracia faz nascer, a dúvida e a desconfiança continuam veladas. O "povo" nem sempre é reconhecido em sua dignidade; a metáfora do "corpo político" ainda não foi forjada e é raro que em textos doutrinários lhe seja atribuída uma personalidade política. Quanto às instituições democráticas, elas não se estabelecem: por um lado, a política continua em grande medida sob a tutela da teologia; por outro, a política absolutista dos reis tende a se enrijecer. Ademais, ainda que a democracia apareça às vezes, em sua idealidade teórica, viva e rica em promessas, ela não encontra meios de se concretizar na realidade política, não só porque a história lhe opõe a resistência dos fatos, mas porque ela parece destinada, por sua própria natureza, a ser alvo de uma incerteza perigosa e de uma pesada suspeita.

É assim que se explica o fato de que, no decorrer dos séculos, as reformas constitucionais propostas na claridade do ideal normativo da democracia e de suas esperanças de liberdade, de igualdade e de justiça nunca tenham conseguido calar as acusações que Platão lançou contra esse regime político. Segundo ele, a anarquia, real ou potencial, ronda em toda democracia. Essa crítica deixou marcas indeléveis. A demagogia aparece como a sombra inevitável da democracia, e chega-se a pensar que, a despeito dos princípios de constitucionalidade, de cidadania e de legalidade que outrora ela reivindicava, ela abre caminho para uma nova forma de tirania. No século XIX, diante da progressão inexorável do "fato democrático", Tocqueville evoca os temores já formulados por Platão: a democracia é habitada por um mal propriamente político cujas raízes estão na mentalidade popular e que corrói até transformar em pó as instituições aparentemente mais promissoras e mais sólidas. Ainda hoje, repete-se que a democracia é o foco de uma crise endêmica e que, ao secretar por seus próprios avanços a despolitização da política, é vítima dos esforços que sempre fez para se proteger e se consolidar.

É como se os axiomas fundamentais da democracia fossem adulterados por uma espécie de *hybris*, sede incoercível de excessos que acaba retirando toda substancialidade da liberdade que ela pretende garantir e promover. A "liberdade do vazio" que Hegel deplora está em germe na pretensão do povo a se guindar ao poder. A democracia antiga assim como a democracia moderna, que tantos afirmam serem alomorfas, têm em comum ao contrário um caráter vertiginoso que as mata: têm a face de Jano, que oferece ao mesmo tempo a sombra funesta da anarquia sociopolítica e a claridade viva da autonomia dos cidadãos. Embora a democracia extraia sua energia do vetor ideal da liberdade, engendra uma miragem que, como hoje sabemos melhor do que nunca, está carregada das ameaças do esmagamento totalitário. Na perenidade de seus princípios, a democracia não podia evitar – e a história vem confirmá-lo – que se introduzisse em suas instituições a equivocidade de sua natureza. É claro que isso não é suficiente para condenar a idéia. Mas não se pode negligenciar nem os ensinamentos de uma meditação sobre a essencialidade de seus princípios, nem o que a experiência ensina: desde sua emergência, a democracia não conseguiu escapar de aporias essenciais que continuam a miná-la. Portanto, apesar de suas promessas, ela está carregada de ameaças e, nas luzes do progresso da consciência política que ela faz brilhar, espreita uma sombra mortífera.

Deve-se portanto examinar a ambivalência estranha e onerosa que, através dos séculos, agregou incessantemente à sedução e às esperanças da idéia democrática as ameaças que o regime em que ela se inspira veicula. A democracia aparece, pois, como uma aventura humana tão inquietante quanto embriagante. Pela envergadura que conquistou, essa aventura quase se confunde com o sentido de nossa história. Desde os tempos em que Platão vilipendiava "a sociedade aberta", logo seguido por Aristóteles, que alertava contra um regime cuja Constituição é "desviada", a vontade de promoção política do povo nunca deixou de se ampliar, produzindo, por seu próprio movimento, uma crise que se agrava inexoravelmente e ameaça redundar um dia na negação da política.

Examinemos em mais detalhes a ambivalência essencial que, no regime democrático, para além das inúmeras tentativas de metamorfose de que foi objeto, provavelmente decide seu destino.

1. Os malefícios inerentes ao regime democrático

Entre os "inimigos" da "sociedade aberta"[1] que Péricles, depois dos esforços de Sólon, fez eclodir e institucionalizou em Atenas, Platão ocupa um lugar de destaque. Mas ele não foi o único a bradar veementes protestos contra esse regime de governo. Nem bem se formou, a idéia da soberania do povo se viu envolta em críticas mordazes tanto mais que se tratava de uma idéia nova capaz de suscitar na multidão um eco entusiasta. Essas críticas foram-se incrementando ao longo do século V. Formuladas inicialmente por aqueles que poderíamos chamar de os "intelectuais" da época em peças de teatro, cujas peripécias são propícias para a encenação de situações-limite, logo ganharam um caráter analítico e reflexivo na filosofia, apoiando-se na factualidade política e na história que decifra seu curso. Ora, o que chama a atenção é que, pouco importando o meio, todas convergem no sentido não só de deplorar a cegueira política de um povo ainda mergulhado na ignorância e vítima de sua primariedade que uma educação parcimoniosa demais não conseguiu dominar, mas também de lançar luz sobre um germe maléfico inexpugnável presente no princípio da democracia, portanto em sua essência específica.

1.1. O teatro antigo e a suspeita que pesa sobre a democracia

O teatro antigo, desde Ésquilo, que é considerado o "criador da tragédia", foi geralmente um teatro "engajado" e quase

---

1. Termos cunhados por Karl Popper, *La société ouverte et ses ennemies*, Le Seuil, 1979.

militante. Sondou os problemas da democracia grega[2], vítima da cegueira e das paixões populares que arrastam a multidão quer para a apatia, quer para os excessos produtores de desordens. Ésquilo não conheceu a democracia de Péricles e, aquém da grande história, vivia e pensava de maneira sublime com os deuses. É por isso que, embora seu teatro evoque a guerra sempre à espreita na terra em que o deus Ares é "o trocador de mortos", é nele também que o ardor cívico, que faz fremir com orgulho as forças da liberdade, envolve estas últimas em temor e angústia. Mas, mesmo quando Ésquilo situa a ação de suas tragédias – como *Os persas*, *Agamenon* ou *As Eumênides* – na orbe da Cidade-Estado, é inútil buscar nelas uma alegação a favor ou contra a democracia: "Ele não se imiscui nas lutas partidárias."[3] Como Sólon um século antes, limita-se a temer a anarquia, cuja efervescência pluralista e desordenada lhe parece mais insidiosa e, portanto, mais perigosa que o despotismo.

As tragédias de Sófocles datam da época em que a grandeza de Atenas, obra de Péricles, estava obscurecida pela longa Guerra do Peloponeso (431-404 a.C.). Põem em cena heróis que, em sua deslumbrante nobreza, têm o gosto pelo absoluto e que, tal como Édipo ou Antígona, não merecem o destino que lhes coube. Mas, em face desses heróis, por definição fora do comum, a condição do homem fornece a trama subterrânea das mais belas peças de teatro de Sófocles. O dramaturgo mostra então que, nas meias-tintas em que se abisma a condição do homem mediano, este vive não só à sombra dos reis que, como Creonte, impõem a seus súditos a obediência a suas ordens, sem o que tudo seria anarquia, mas se vê condenado a existir tragicamente a uma imensa distância, desesperadamente intransponível, dos deuses que governam o mundo. Embora a questão levantada em peças como *Antígona* ou *Ájax* não seja expressamente a da democracia, Sófocles dá a entender claramente que, sendo as leis divinas, em sua onipotência, enigmas impenetrá-

---

2. Sobre esse aspecto do teatro grego, cf. Jacqueline de Romilly, *Problèmes de la démocratie grecque*, Hermann, 1975.
3. *Ibid.*, p. 135.

veis, os homens, muito longe do Olimpo, são e só podem ser miseráveis. Mesmo que Péricles tenha depositado toda a confiança na ordem que as leis democráticas insuflam na Cidade-Estado, a condição dos cidadãos, cegamente submetidos às leis dos deuses, não passa de um nada. A democracia é ilusão; a miragem sublime da liberdade que Péricles inventou será para todo o sempre impotente e não arrancará os homens de sua situação servil.

Nessa visão metafísica da condição humana, Eurípides acrescenta à veia trágica de Ésquilo e de Sófocles uma crítica sociopolítica tão virulenta quanto será a de Aristófanes, embora num tom mais grave. Com um ardor apaixonado que se inflama ainda mais nos meandros de um pensamento tão carregado de contradições não superadas que poderia ser considerado o de um sofista, apóia-se nos mitos da Grécia ou do Egito antigos e, muitas vezes estilhaçando as tradições e as lendas com uma violência manchada de sangue, sacode todas as coerções e defende a liberdade sob todas as suas formas. As forças e as taras do regime democrático são um dos temas que, antes de Platão, ele aborda com um realismo que ultrapassa as fronteiras do tempo. Sempre preocupado com o destino do homem, encontra na democracia ateniense, que seu pessimismo carrega com o peso da desgraça, todas as razões de uma política impura. Embora, por exemplo, em *As suplicantes*, ele oponha a democracia à tirania que lhe causa horror, diz também que ela está solapada pelo pulular dos aduladores que inebriam o povo com palavras tão enganadoras quanto sedutoras. Deplora o julgamento pouco confiável das assembléias populares que se deixam levar pelo melhor perorador ou pelo orador mais violento. Era preciso a inteligência e a autoridade de Péricles para paliar esses perigos inerentes à democracia. Mas esse homem excepcional não teve sucessor e nem podia ter: a democracia que ele forjou era na verdade conduzida por um povo desprovido de nobreza e de virtude, composto não de "homens de bem", mas de "malevolentes". Entre eles – e Eurípides teme que esta seja sempre a sorte das democracias – formigam aqueles que, limitados de idéias, patinham em debates estéreis, assim como aqueles que, inflados de ambição ou de desejo de poder, são ávidos do sangue das guerras (a Guerra do Peloponeso é prova suficiente disso) e chafurdam na demagogia. Minada por esses defeitos geradores de excessos, a multidão afasta-se do senso da cidadania; resume-se a uma turba desprovida de comedimento e de equilíbrio; em política, ela só pode suscitar dúvida e desconfiança.

Aristófanes diz o mesmo, mas o diz zombando[4]. No auge da Guerra do Peloponeso, suas comédias muitas vezes bufonas abundam em sarcasmos. Uns destinam-se aos fazedores de guerra, militares e fabricantes de armas, que pululam na democracia: eles não se parecem com Polemos que, tendo perdido seu pilão, tenta, grotescamente, esmagar os povos da terra? Com outros sarcasmos, Aristófanes ridiculiza os demagogos e os sofistas, esses fazedores de mentiras que são a causa das desgraças e da decadência de Atenas. Em *Os cavaleiros*, Cléon, chefe do partido democrático, é colocado, sob a máscara de um escravo a serviço de um senhor chamado Démos, em posturas ridículas e penosas. Na Cidade-Estado democrática representada em *As nuvens*, tudo vai mal: os homens não sabem mais raciocinar; o vergonhoso é reputado honesto; os costumes estão corrompidos; as mulheres pertencem a todos, portanto a ninguém; a irresponsabilidade atingiu seu cúmulo; os juízes, como em *As vespas*, são horrorosas moscas com um ferrão vingativo; a pretexto de independência, não se respeitam mais as leis... Nesse quadro cruel, a verve de Aristófanes não é exatamente antidemocrática ou, como diríamos hoje, "reacionária"; é sobretudo impiedosa tanto em relação à baixeza dos demagogos que, sem vergonha, adulam o povo, como em relação às próprias massas populares que, frágeis e inconstantes, carecem de lucidez e se deixam facilmente enganar. Em sua leviandade imutável, o povo busca apenas o prazer e, para obtê-lo, aceita, inconscientemente, ser manipulado; com efeito, basta "agradá-lo" para obter dele tudo o que se queira, mesmo se isso contraria seus interesses.

---

4. Cf. Leo Strauss, *Socrate et Aristophane* (1966), tradução francesa, Éditions de l'Éclat, 1993.

O teatro engajado dos autores gregos evidentemente usa como única técnica uma encenação, trágica ou cômica, destinada a abalar os espíritos por meio de situações-limite e de posturas simbólicas. Esse gênero literário não proporciona análises conceituais; não define com rigor as categorias e os métodos da política. Embora o povo e a democracia nele se apresentem ou bem em quadros orlados de negro ou bem em cenas pitorescas cheias de cores, daí não se extrai o que constitui sua especificidade e essência, apesar da pertinência das observações psicológicas efetuadas. No teatro, a crítica não é uma busca da verdade, procura apenas o traço que abala.

Por isso, vale a pena deter-se no outro gênero de crítica desenvolvido por Platão em seus diálogos – crítica direta e sem concessão, na qual a análise é tão profunda que, vinte e cinco séculos depois, ainda é considerada a anábase metafísica da democracia.

1.2. A filosofia e a condenação do perigo democrático

Desde *Górgias*, Platão instaurara um processo contra a retórica dos sofistas que empregavam bajulação e demagogia em abundância para obter as boas graças de um povo incensado em suas paixões. Com efeito, a política[5] é o lugar por excelência da retórica e, particularmente no âmago da democracia, ela se torna "obradora de persuasão"[6] – de uma persuasão que, em vez de conduzir à certeza pretendida pelo conhecimento, produz no máximo uma crença[7]. Prosseguindo sua conversa com Polos, Sócrates denuncia a retórica como uma dessas "rotinas empíricas" que, baseada na adulação e na hipocrisia, constitui, em sua torpeza, "o fantasma de uma parte da política"[8], ou seja, sua deplorável contrafação. É disso, portanto, que se alimenta

---

5. Platão, *Górgias*, 450 c-452 d.
6. *Ibid.*, 453 a.
7. *Ibid.*, 454 d.
8. *Ibid.*, 463 d.

a democracia; torna-se assim uma "caricatura" da política[9]; é sua desnaturação. O retor, assim como o sofista, é um "devastador" que destila uma espécie de mentira ontológica. A argumentação especiosa que espalha pela multidão para alimentar a opinião solapa a natureza das coisas. Por isso a sofística, quando se coloca a serviço da democracia, exerce um domínio deletério. Atenas morreu de seus malefícios.

Leo Strauss não se engana quando vê na retórica dos antigos sofistas – assim como, segundo ele, no historicismo dos modernos positivistas – a arma pérfida que esvazia a política de qualquer normatividade e que, aparentando corresponder à opinião do povo, arrasa com as estruturas da Cidade-Estado pela mentira dogmática da adulação. A política democrática, seduzida pelos belos discursos, fica sem horizonte; patinha nos tenteios de um conhecimento prático medíocre e instável. Cede aos "encantadores" que, "hábeis no falar"[10], não se preocupam nem com ordem, nem com justiça, nem com beleza, nem com verdade. Mergulham a política numa farsa tão vergonhosa quanto oca, e a democracia se compraz numa vida exangue dominada, na contingência dos acontecimentos, pelo jogo das paixões e dos interesses. As ficções e os engodos da sofística, comenta Leo Strauss, são da ordem da "diversão"[11]; falta-lhe seriedade porque ela é olvido do essencial. Tal queda causa muitos malefícios: Platão compreendeu de forma magnífica que não poderia haver "grandes homens de Estado" num regime democrático[12]. O conformismo que os estratagemas demagógicos dos retores instalam no povo corrói o caráter político da política: os "problemas fundamentais" são ocultados; a democracia prepara o niilismo.

Em *A República*, Sócrates, com um tom cáustico, dá continuidade ao processo instaurado contra aqueles "falsos senho-

---

9. *Ibid.*, 465 c; cf. Platão, *A República*, 492 a ss.
10. Platão, *O banquete*, 198 c; *Fedro*, 267 a; *Mênon*, 95 c.
11. Leo Strauss, *La persécution et l'art d'écrire*, tradução francesa, p. 296: "A sofística é um jogo ou uma diversão pueril. O sofista é um homem em idade madura que nunca se tornou adulto."
12. Platão, *Górgias*, 515 c 2.

res" da política que, no coração da democracia, todos os Górgias e Protágoras da terra sempre serão. Mas, dessa vez, combate menos a retórica dos sofistas que a natureza intrínseca da democracia, incapaz, em sua vacuidade axiológica, de fazer reinar a justiça (não esqueçamos do subtítulo do diálogo) na Cidade-Estado. O justo, como mostrou Platão, só pode resultar da harmonia que se estabelece em cada homem entre as três partes da alma ou que se instaura em cada Cidade-Estado entre as três classes de cidadãos – magistrados, guerreiros e artesãos. Ora, na democracia, por princípio e por definição, essa harmonia está ausente, pois só a classe popular pretende governar, ou seja, ter total ascendência sobre as duas outras. Portanto, faz parte da essência da democracia que ela se instale no desequilíbrio. Como não ver, então, que esse regime está, por natureza, destinado à anarquia? Aliás, quando a soberania pertence a todos, todos legislam e comandam; portanto, ninguém detém a autoridade política e ninguém obedece. As virtudes de ordem e de disciplina, consideradas signos de independência e de liberdade[13], se perdem e são substituídas pela desordem e pela indisciplina.

Platão, dolorosamente abalado e magoado com a condenação de Sócrates[14], considera não só com tristeza mas também com cólera o declínio da democracia ateniense. No livro VIII de *A República*, trata sem nenhuma complacência esse regime cujos malefícios presenciou em Atenas[15], e faz uso de uma ironia cruel ao falar do homem democrático[16]. Somando à crítica política a análise psicossociológica, situa a democracia entre "os regimes políticos defeituosos" que correspondem a

---

13. Conforme relato de Xenofonte, na assembléia reunida para julgar os estrategos de uma batalha perdida perto do final da Guerra do Peloponeso foi proposto um procedimento ilegal. Vozes se ergueram para denunciar aquela distorção das leis; então, "a multidão pôs-se a gritar que era abominável impedirem o povo de fazer o que ele queria", *Helléniques*, I, 7, 12, citado por J. de Romilly, *La loi dans la cité grecque, op. cit.*, p. 92. Portanto, em definitivo, numa democracia é preciso falar como o povo e fazer o que ele quer.
14. Platão, *Carta VII*, 324 ss.
15. Platão, *A República*, VIII, 555 b ss.
16. *Ibid.*, 558 d ss.

"temperamentos sociais pervertidos[17]". Antes dele, Sólon, conforme relatos de Aristóteles e de Plutarco[18], só confiava na lei como geradora de ordem para "conter o povo" em seus ímpetos de desejo e de paixão. Platão vai mais longe: para ele, numa democracia, a própria lei não serve mais para nada. Por conseguinte, não basta descrever o mal democrático; para além dos sintomas, é preciso descobrir as causas.

Depois de relembrar "a maneira como ela se forma" – a democracia provém da oligarquia na qual nunca é satisfeito o desejo de ser o mais rico possível, o que é considerado o bem[19] –, Platão desvenda múltiplas causas de desregramento nesse regime: o amor pela riqueza, a impudícia, a ausência de moderação, o laxismo, lado a lado com o medo e a violência[20], são os mais visíveis; mas, sorrateiramente, a proliferação das dívidas, a desonra, o ódio, a inveja, a preguiça e a falta de virtude "fazem abundar no Estado o zunzum e o mendigo"[21]. Um olhar mais penetrante logo descobre que, "em semelhante incêndio", todas as causas resumem-se a uma só, profunda e, na verdade, indestrutível, pois é o princípio mesmo do regime democrático: ele se encheu de liberdade e, como "nele tem-se o direito de fazer tudo o que se quer"[22], a liberdade torna-se licença. Esse regime "assemelha-se [então] a uma capa tingida de uma mixórdia de todas as cores"; nesse regime, "feito de todo tipo de humores", a *liberdade* democrática torna-se sinônimo *das liberdades* de cada um, portanto de todos[23], fazendo crescer as discórdias e as dissensões. A vida em comunidade deixa de ser possível. Em vez de libertar, a liberdade volta-se contra aqueles

---

17. *Ibid.*, 544 c.
18. Aristóteles, *A Constituição de Atenas*, cap. XII; Plutarco, in *Vidas de homens ilustres,* "Vida de Sólon".
19. Platão, *A República*, VIII, 555 b e 557 a: "A democracia começa a existir quando os pobres, vitoriosos, condenam à morte alguns do partido contrário, banem outros, dividem de forma igualitária, com os que restam, governo e cargos públicos, e, geralmente, é a sorte que determina os cargos."
20. *Ibid.*, 557 a.
21. *Ibid.*, 556 a.
22. *Ibid.*, 557 b.
23. *Ibid.*, 562 b.

que a invocam, subjugando-os à efervescência de seus desejos que "proliferam em massa"[24]. Ninguém mais aceita regras ou obrigações, mais ninguém quer obedecer. O "desdém aos princípios[25]" é total. A justiça deixa de ter sentido. É um "regime cheio de prazer, desprovido de autoridade, mas não de mixórdia, distribuindo aos iguais bem como aos desiguais certo modo de igualdade[26]". Em semelhante impostura política e moral, a vacuidade axiológica é tal que a Cidade-Estado está em guerra consigo mesma.

O quadro, todos hão de convir, é terrível. Sua dureza só encontra paralelo naquela da crítica platônica ao "homem democrático" que pretende ser o pilar do regime: aí o ataque é arrasador. O homem democrático, movido por uma pletora de "desejos não necessários", cai no descomedimento que acredita ser elegância, na libertinagem que considera serem bons modos, na impudícia que confunde com virilidade[27]. O tumulto das paixões que o agitam logo instala a desordem e a anarquia, em que governantes são iguais a governados e governados iguais a governantes[28]; as leis escritas perdem seu caráter obrigatório; as leis não escritas são desprezadas; a "plenitude da liberdade", que faz com que não só os homens, mas também as mulheres, as crianças e até os animais não queiram mais senhores, torna-se um pesadelo[29]. O "direito de fazer tudo", somado à concupiscência, é uma doença. Essa doença abre caminho para a servidão e no final dele a tirania triunfará.

Platão, vinte e cinco séculos antes de Tocqueville, descreveu de maneira fulminante o progresso inexorável dessa doença demófila que, tal como um câncer, destrói a essência do político. A tonalidade acerba de suas palavras imprime à sua crítica algo de teatral, na medida em que condensa em traços incisivos tudo o que a história de Atenas, em poucos anos, teve de

---

24. *Ibid.*, 560 b.
25. *Ibid.*, 558 b.
26. *Ibid.*, 558 c.
27. *Ibid.*, 560 e.
28. *Ibid.*, 562 d.
29. *Ibid.*, 563 d.

mais perverso. Mas tem também um caráter profético, perturbador por sua profundidade e verdade, quando denuncia o que a essência de todas as democracias, em todos os cantos do mundo e em todos os tempos, tem de ruim: ela é corrompida porque é corruptora. A generalização talvez pareça excessiva. Mas em *As leis*, Platão, num tom mais moderado, dará continuidade ao mesmo processo[30] e pronunciará o mesmo veredito: o regime democrático, paralisado pela desrazão e pela indisciplina, cai na embriaguez das liberdades. Não se trata de um destino que se possa conjurar; é aquele contido numa essência e, como tal, é inelutável. Com efeito, aquilo que se encontra no princípio da democracia, aquilo que constitui sua substância e essência, ou seja, a liberdade do povo somada à igualdade de todos, é uma mentira ontológica. Portanto, não há nada no trajeto democrático das coisas políticas que possa ser considerado um acidente de percurso. É por natureza que "a feira das Constituições" que é a democracia é uma mistificação. A esperança e o poder de emancipação que os defensores da democracia celebram não passam, aos olhos de Platão, de uma miragem. E sempre será assim. Se, segundo a expressão de Karl Popper, a democracia é uma "sociedade aberta", na opinião de Platão ela se abre pela concretização de sua principal tendência: a desagregação das elites e a degenerescência dos valores. Portanto, ela é algo bem diferente de um engajamento partidário. Sua essência contém o germe de uma odisséia sinônimo de declínio. É esta a causa profunda da mentira que ela destila.

Dadas essas condições, o filósofo, animado pelo ideal e pela verdade, concebe a "República perfeita" como a antítese da democracia. O historiador, preocupado por sua vez pela realidade caótica do regime, indaga-se sobretudo sobre as razões de sua disfunção.

---

30. Platão, *As leis*, 701 b-c.

1.3. O historiador diante da disfunção da democracia

Tucídides não pensa a democracia dos atenienses com o olhar do filósofo, mas com o de historiador. No entanto, em suas reticências no que se refere ao regime cujas fraquezas e taras observa, suas críticas estão intimamente relacionadas com aquelas formuladas por Platão.

É verdade que Tucídides não busca, como Platão, o "melhor regime" cuja silhueta pura só pode ser desenhada em contraste com o céu do ideal. Sua obra traz a marca do real no qual, em seu século, a vida civil e estrangeira se vê envolvida em "combates mortíferos". Sua filosofia política está centrada na história política. Tucídides, escreve Leo Strauss numa formulação extraordinária, "pensa a vida política à luz da vida política; não vai além dela"[31]. No entanto, o Tucídides historiador não se impede de julgar o acontecimento e de avaliar os homens. Sua vontade de juízo crítico baseia-se num senso agudo das razões que provocam a crise da democracia ateniense, cuja propensão imperialista destruiu o equilíbrio constitucional. Ele não é afável com ela.

Em *História da Guerra do Peloponeso*, explica como o jogo de interesses, as intrigas e as paixões políticas, atiçados pelo conflito entre Atenas e Esparta, provocaram no povo uma total indiferença em relação ao bem comum. Na democracia, paradoxalmente, o *demos* está perdendo a própria idéia de civismo[32] tão enaltecida por Péricles. Este homem extraordinário, ele elogia[33]. Mas, na Atenas pós-Péricles, o senso cívico desapareceu e a política viu-se rapidamente tomada por dissensões internas[34]; ela perdeu a bela unidade de uma autêntica Cidade-Estado.

Tucídides se diz surpreso principalmente com a distância que se abre entre a idéia e o projeto democrático por um lado, e o fato democrático por outro. A idéia democrática é incontestavelmente bela, como mostra o discurso de Atenágoras que con-

---
31. Leo Strauss, *La cité et l'homme*, cap. III, pp. 179 ss.
32. Tucídides, *La Guerre du Péloponnèse*, I, 74, 1-2.
33. *Ibid.*, II, 65.
34. *Ibid.*, III, 93, 3.

trapõe a democracia à oligarquia. Ele declara de modo solene: "Direi primeiro que a palavra povo designa um *todo completo*, e a palavra oligarquia, somente uma parte; depois, que enquanto os ricos são os melhores guardiães de bens, cabe aos sábios dar os melhores conselhos, e ao *grande número* decidir após ter-se *esclarecido*; por fim, que estas classes, separadas ou *conjuntamente*, têm participação igual numa democracia."[35] Acontece que o fato democrático em Atenas não corresponde à sedução política desse ideal, que define um regime aberto no qual todos têm um papel a desempenhar. Atento à realidade, Tucídides aprova, na oração fúnebre de seu Péricles[36] que poderia, como se disse, constituir "o manifesto do regime"[37], os projetos constitucionais, sociais e culturais do governo democrático que o incomparável homem político dirigiu; mas deplora, principalmente na democracia pós-Péricles, que a disfunção institucional, a multiplicação dos conflitos, o aumento da desunião no corpo político, o ascenso do espírito partidário, o declínio da moralidade..., somados a ambições desmesuradas, tenham instalado a decadência. Ela foi provocada pelo que já podemos chamar de ascenso do individualismo ou, ao menos, pelo desaparecimento do interesse público, substituído, num imenso movimento de orgulho, pela disseminação dos interesses privados.

Portanto, no discurso do demagogo de Siracusa, Atenágoras, transparece claramente a imagem que Tucídides tem da democracia[38]: imagem da realidade, contrariada, penalizada às vezes e que sempre contradiz a essencialidade da democracia, pois nela o indivíduo se afirma muito mais que a comunidade. O ideal de união da Cidade-Estado democrática se rompe nas expressões muitas vezes incontroláveis dos desejos e das ambições particulares. Nesse pluralismo desenfreado, reflete-se,

---

35. *Ibid.*, VI, 39, 1-2.
36. *Ibid.*, II, 36-41.
37. Jean Touchard, *Histoire des idées politiques*, I, PUF, p. 16.
38. "Tucídides confiou a Atenágoras a exposição mais clara e mais geral da posição democrática que podemos encontrar em sua obra, pois as formulações vibrantes da oração fúnebre não descrevem a democracia, mas o regime ateniense", Leo Strauss, *La cité et l'homme*, p. 216, que remete a *La Guerre du Péloponnèse*, II, 37, 1 e II, 65, 9.

de fato, um terror totalmente contrário à calma e ao justo equilíbrio que, *de direito*, caracteriza a idéia da democracia. Portanto, embora a *idéia* democrática mereça ser defendida como uma bela causa que sem dúvida nenhuma corresponde à verdadeira justiça de um regime político, o *fato* democrático – na verdade, a democracia ateniense segundo Atenágoras – instala, contrariando sua idéia pura, uma autoridade quase tirânica que se exerce a um só tempo na Cidade-Estado e nas relações com as outras Cidades. Tirania e imperialismo são o destino de fato da democracia.

A razão dessa distorção profunda reside, segundo Tucídides, na natureza do povo[39], sempre pronto a dispersar suas aptidões e suas forças em empreendimentos opostos: paz ou guerra, concórdia ou discórdia, cultura ou barbárie, sensatez ou intrepidez, repouso ou excitação, comedimento ou descomedimento... A inconstância do povo, que oscila da coragem à covardia, contrasta com a determinação exemplar de Péricles que estava sempre voltado para o bem da Cidade-Estado; as flutuações de um opõem-se à perseverança do outro assim como a agitação confronta-se com a calma[40]. Em conseqüência, a realidade democrática, contrariando o que implica a idealidade da democracia, cai numa pluralidade de opiniões e de comportamentos tão heterogêneos que ocultam na política qualquer intenção de unidade. O pluralismo, hoje geralmente considerado como uma das virtudes da democracia, é para Tucídides uma tara do regime. Platão só se atinha à "mixórdia" que caracteriza esse pluralismo; Tucídides o interpreta de maneira totalmente negativa: na democracia, o múltiplo sufoca o um. Em vez de realizar a idéia democrática do autogoverno do povo, a democracia ateniense exprimiu-se como uma ditadura popular: as virtudes de um povo unido (*demos*) foram encobertas pelos ímpetos disparatados da multidão (*pletos*)[41]. Na Guerra do Peloponeso, a derrota de Atenas era inevitável. A democracia ateniense estava colocada sob o signo da tragédia.

---

39. *Ibid.*, I, 70, 9.
40. *Ibid.*, II, 65, 4.
41. *Ibid.*, VIII, 66, 5.

Compreende-se assim por que, historiador-filósofo, Tucídides vai ao encontro de Platão, filósofo-político, embora, diferentemente deste, "contente-se em apenas deixar que adivinhem o que considera como sendo os princípios primeiros"[42]. Em todo caso, como Platão, para ele a única maneira de salvaguardar a ordem e o equilíbrio da Cidade-Estado é fazendo a antítese da realidade histórica que tem diante de si; e, também como Platão – ainda que seja, como diz Leo Strauss, "em silêncio" –, atinge o universal a partir do acontecimento particular e a exigência normativa a partir da história narrativa. É dessa maneira, como bem compreendeu Hobbes[43], que Tucídides exalta a monarquia pela condenação da democracia.

Contra a democracia, Tucídides não faz uso do tom cáustico da crítica característico do verbo platônico. Não esconde sua admiração por Péricles, mas sublinha que a democracia periclesiana foi grande porque Péricles, "em vez de se deixar dirigir pela [multidão], a dirigia"; em vez de "agradar" ao maior número, procurava manter o povo na via da sabedoria comum e da razão. Os sucessores de Péricles não tiveram a envergadura pessoal necessária para conter a *hybris* popular; então, em vez de dirigir o povo, seguiram seus arroubos naturais. A democracia tornou-se demagogia. Portanto, em definitivo, é na natureza do povo, versátil em seus impulsos afetivos e inclinado ao descomedimento em sua irracionalidade, que se deve procurar a causa do mal democrático. As virtudes políticas de um grande homem podem, durante certo tempo, controlar as causas desse mal; mas assim que o homem político excepcional desaparece, as fraquezas naturais do povo ressurgem e a democracia continua em sua obra negadora.

A visão pessimista que o teatro, a filosofia e a história dos gregos antigos esculpiram nos textos imortais viria a se perpetuar por muito tempo na filosofia política, envolvendo o regi-

---

42. Leo Strauss, *La cité et l'homme, op. cit.*, p. 297.
43. Hobbes traduziu – naquilo que foi uma de suas primeiras obras – a *História da Guerra do Peloponeso*.

me democrático em pesada suspeita. Por exemplo, La Boétie, que, embora fale "contra os tiranos, em honra da liberdade", desconfia da cegueira e da instabilidade da "porção ignorante e embrutecida do povo"; Montesquieu é menos pejorativo, mas teme, em política, a fraqueza psicológica do povo que muitas vezes, diz ele, é o "populacho"; como Tucídides, acha que o povo age ou de mais ou de menos e que, geralmente cego, é incapaz de discutir assuntos públicos e não sabe tomar resoluções ativas. Tocqueville, como Tucídides, desenha uma imagem ideal da democracia, cujos traços indicam a crítica implícita da democracia real. Esta, na verdade, oferece "um espetáculo assustador": cada um, ouvindo nela com servilismo seus mínimos desejos, entrega-se a "instintos selvagens"; é por isso que os "séculos democráticos" fazem os povos "recuarem para os abismos" em razão de sua própria natureza. Mesmo que a onda da democracia que Tocqueville vê crescer não seja a mesma da democracia ateniense, ela só pode ser e sempre será o paraíso da mediocridade. Pode até ser que a política, dominada pelos impulsos desordenados da psicologia popular e cedendo às miragens que ela mesma cria, esteja perdendo sua alma.

No entanto, durante séculos a democracia alimentou a esperança dos povos. Essa ambivalência continua sendo perturbadora. É por isso que temos de nos perguntar se a democracia não contém, além dos miasmas da desgraça, uma virtude positiva, capaz de triunfar sobre as paixões negativistas que a corroem.

2. O regime democrático e a aura de suas promessas

Diante dos problemas que minaram a democracia grega e acabaram levando-a ao desastre[44], as críticas provenientes de todos os horizontes multiplicaram-se, como vimos, no século

---

44. Recordemos brevemente que, ainda que em 403 a.C. a democracia tivesse expulso pelas armas a oligarquia dos Trinta Tiranos instalados no poder depois da derrota de Atenas na Guerra do Peloponeso e do fim de seu império, ela foi definitivamente derrotada por Filipe da Macedônia.

IV. No entanto, apesar da virulência dos argumentos empregados no processo instalado contra o povo e contra a democracia, esse regime também tinha fervorosos defensores que identificavam nesse modelo de governo altas virtudes políticas, sociais e até mesmo morais. E, embora a crítica da democracia, contemporânea de seus primeiros momentos, tenha deixado marcas indeléveis na abordagem doutrinal que os séculos vindouros terão desse regime, a confiança que outros depositavam nas promessas da democracia também atravessou o tempo. Não há por que surpreender-se uma vez que, desde sua origem, manifestaram-se os sinais de sua ambivalência.

Lembremos como o pensamento político, depois de só ter discernido na democracia promessas implícitas, quis, explicitamente, exprimir as esperanças de que ela é o cadinho.

2.1. As promessas implícitas da democracia

No mundo grego, o elogio da democracia não foi nem imediato nem abundante. A filosofia política foi até mesmo bastante avara em encômios: afora as figuras de Sólon e de Péricles, cujo prestígio era reconhecido de maneira quase unânime, a Constituição de Atenas e a própria idéia democrática só eram consideradas em seu aspecto positivo com circunspecção e prudência. Isso quer dizer que, se alguma esperança havia na democracia, ela dizia respeito antes às suas potencialidades que à realidade. Quanto a isso, convém também prestar atenção à argumentação muito sutil daqueles que, tal como Platão em seus últimos diálogos, Isócrates, e depois Aristóteles, examinaram as possíveis vantagens de uma democracia temperada. Mas o mais notável é que, nos séculos seguintes marcados pela preponderância de Roma, pelo advento do cristianismo e pelo crescente incremento do poder teológico-político, tenha-se silenciado sobre os méritos ou as virtudes da democracia, como se a Constituição desse regime parecesse totalmente alheia às promessas de que Sólon e Péricles a declaravam portadora.

Platão, como vimos, não poupou críticas à democracia. No entanto, foi levado a corrigir, sob um olhar mais realista, a intransigência de seu idealismo. Assim, em *O político*, redigido depois da segunda estada do filósofo na Sicília junto do tirano Dionísio, e, sobretudo, em *As leis*, seu último tratado político, aliás inacabado, embora Platão mantivesse em relação à democracia a hostilidade que exprimira em *A República*, modificou um pouco o olhar que lança sobre esse regime constitucional. Avaliando as diversas Constituições em função da maneira como nelas se articulam "a ciência" e "a arte" políticas, retoma o tema do filósofo-rei que era central em *A República*. Em *O político*[45], explica demoradamente que, assim como a arte da medicina e a arte da navegação só podem ser exercidas se o médico e o piloto possuírem o saber necessário, também a arte de comando do homem político é inconcebível sem o conhecimento teórico das verdades humanas[46]. Ora, para que esse conhecimento seja autêntico, ele não pode ser dividido entre vários indivíduos; *a fortiori* ele não se dispersa no "grande número". Quanto a isso Platão é insistente e muito claro: a multidão (*pletos*) é incapaz de ter acesso à ciência do filósofo[47]. Disso resulta que a democracia, governo do povo por um povo incapaz de se valer de um saber verdadeiro, não poderia ser um bom regime. A política perfeita exige uma "arte real"; ela é a atividade que sustenta a ciência adquirida de forma irrestrita por um só. O bom governo é portanto, em *O político* e também em *A República*, o do rei-filósofo, alheio a qualquer democracia. Aquele que governa bem é aquele que sabe o que é a política, cuja Idéia ele contemplou no Céu inteligível, numa ascese solitária, antes de descer de novo para a caverna dos homens.

Platão parece permanecer fiel às suas posições anteriores. Seu pensamento, contudo, adquire sutis nuanças, que são diferenças reais. Em *A República*, Platão dava à figura do rei-filósofo os traços da idealidade pura[48] e, mesmo já tendo respondi-

---

45. Platão, *A política*, 293 a ss.
46. *Ibid.*, 297 a.
47. *Ibid.*, 292 e; 297 b; 300 d.
48. Platão, *A República*, V, 472 d.

do ao apelo de Díon da Sicília para pôr em prática seus planos legislativos e políticos[49], não considerava possível instaurar no devir do mundo sensível a Cidade-Estado perfeita do rei-filósofo. Em *O político*, tendo afirmado que nenhum homem pode ser comparado a um deus[50], acredita que nenhum homem real jamais terá acesso ao conhecimento perfeito[51] e que, por conseguinte, nenhum monarca jamais encarnará a essência da Cidade-Estado. No entanto, para que a justiça – ou, melhor, a justa medida – possa ter lugar no ordenamento das repúblicas reais, só governarão bem aqueles que souberem tecer conjuntamente a perfeita unidade do paradigma político e uma parcela da contingência e da instabilidade inerentes à pluralidade dos cidadãos. Melhor do que ninguém, esses governantes conhecem a diferença entre a unidade e a pluralidade, entre a perfeição ideal e a imperfeição real; sua arte consiste precisamente em reuni-las ou, melhor, em associar o que por natureza é dissociado. Digamos em termos filosóficos que eles sabem entrelaçar de maneira dialética o *mesmo* e o *outro*. Empregando a bela e rica metáfora da tecelagem, Platão declara que somente o tecelão real tem vocação para instaurar um governo justo porque ele sabe que, para impedir os excessos dos extremos, precisa tornar compatíveis e complementares as reivindicações dos cidadãos e as exigências puras da ciência política. Dessa maneira, o quadro da República perfeita conserva as linhas puras de sua idealidade. Mas Platão concede que, para evitar o duplo obstáculo da arbitrariedade tirânica e da inércia popular, a arte política tem de se inspirar no realismo que, à imagem do tear em que se entrecruzam a retidão dos fios da urdidura e a flexibilidade dos fios de trama, "liga" e "entrecruza" as características opostas dos reis e dos povos[52]. Todavia, Platão de forma alguma pretende reabilitar a democracia à qual vota toda sua aversão: "A multidão é fraca em tudo"; "incapaz

---

49. *Ibid., Carta VII*, 328 c.
50. Platão, *A política*, 275 a-c.
51. *Ibid.*, 301 d; *As leis*, IX, 875 a-c.
52. Platão, *A política*, 310 e e 311 c.

de grandes bens assim como de grandes males"[53], ela ignora por natureza a justa medida. No entanto, vemos despontar no pensamento de Platão um realismo que o tratado das *Leis* irá confirmar: já que a perfeição política é inacessível, o bom governo, no mundo dos homens, terá de comportar, é preciso admiti-lo, certa imperfeição. Em outras palavras, é preciso admitir que, em matéria política, o povo tem algo a dizer.

Com a mesma preocupação de temperar o idealismo inacessível por meio de um realismo prudente, Platão lembra em *As leis* que a desunião entre governantes e governados que aderem de maneira rígida a seus princípios leva uma Cidade-Estado à catástrofe: foi o que aconteceu com a Pérsia, que se autodestruiu devido a seu despotismo, assim como com Atenas, arruinada pelos excessos da liberdade[54]. Em contrapartida, a conciliação, ou até a união estabelecida entre os princípios opostos defendidos pelos reis e pelos súditos, é o penhor de uma boa política na qual autoridade e liberdade precisam uma da outra. É por isso que a legislação tem por função zelar pelo bem comum. Platão, preocupado com os detalhes concretos da vida da Cidade-Estado, enumera as disposições e as regras que, em matéria de propriedade, de eleição, de exército, de família, de educação... contribuirão para eliminar as dissidências internas e as lutas partidárias. "Para que se tornem amigas entre si, devem-se misturar as classes populares e as outras em cada território da Cidade-Estado, de modo que sempre haja o máximo de concórdia possível."[55] Nesses comentários, Platão certamente está longe de advogar a favor de uma Constituição democrática. Mas vê no reconhecimento do povo um fator de apaziguamento social e político. Ao se indagar, não mais sobre a República ideal, mas sobre a melhor Constituição que se possa estabelecer na prática numa Cidade-Estado, destaca a importância da harmonização das diferenças. O realismo que, em *As leis*, tempera o idealismo de *A República* não significa a reabilita-

---

53. *Ibid.*, 303 a.
54. Platão, *As leis*, 699 c-701 e.
55. *Ibid.*, 759 b.

ção do regime democrático em que o grande número e a diversidade continuarão sendo para sempre fatores de fragilidade política. Mas Platão adquiriu a certeza de que, se a realização da política perfeita é impossível, a melhor política é aquela que consegue conciliar a autoridade dos chefes e as aspirações do povo.

É um ensinamento importante. Mesmo que Isócrates, contemporâneo de Platão, não tenha, como ele, a estatura de um grande filósofo, está atento à opinião e ao bom senso do povo. Sensível, além disso, aos apelos de Demóstenes, condena a monarquia em que ronda a arbitrariedade; denuncia a oligarquia que a riqueza corrompe e se inclina para uma democracia de princípio que, no entanto, um homem providencial ou uma elite deveriam iluminar com suas luzes. Mas a democracia só recebe sua aprovação dadas certas condições: segundo ele, o Aréopago (de preferência aristocrático, aliás) deveria realmente exercer o poder; deveriam ser suprimidas técnicas jurídicas duvidosas tais como o jetom de presença e o sorteio dos arcontes; o governo deveria praticar, não a regra da igualdade aritmética, mas a de uma igualdade seletiva que, dando a cada um o que lhe é devido, seria proporcional ao mérito. Ainda que na democracia conforme a concebe Isócrates o povo não governe a si mesmo diretamente, mas exerça sua soberania pela eleição, para que os notáveis cuidem dos assuntos públicos, ela tem o mérito de tender para a realização do interesse comum e, por isso, de convocar a coragem e a dedicação de todos. Para Isócrates, e, provavelmente, para um bom número de gregos de seu século, a "mistura" das qualidades de todos, jovens e velhos, ricos e pobres – "o bom, o médio e o verdadeiramente perfeito" segundo a expressão de Tucídides –, é, em política assim como em medicina, uma questão de equilíbrio e de eficiência. Será essa a idéia que, pouco depois, Aristóteles irá desenvolver, precisamente a propósito da democracia[56]. Mas, desde já, Isócrates dá a entender que, ainda que nem tudo seja bom no regime democrático, tampouco tudo é ruim. O importante é

---

56. Aristóteles, *A política*, 1282 a 25.

que esse menos bom, que provavelmente se encontra na massa ou no partido popular, seja compensado pelo melhor, que supostamente reside no pequeno número dos oligarcas. Isso não é um elogio incondicional da democracia, muito pelo contrário. Mas vai-se consolidando a idéia de que um bom governo repousa no *equilíbrio* que, rejeitando os extremismos e os exclusivismos dos partidos, permite promover *a mistura* das pretensões tanto do povo como dos magistrados. Ao inverso de uma democracia selvagem e desenfreada cujos defeitos são patentes, uma democracia "moderada", baseada na concórdia e na harmonia, é desejável[57]. Este é também um assunto institucional: ela tem de ser construída sobre a base de um novo tipo de Constituição, chamada de "Constituição mista".

Para compreender esse novo modelo de governo caracterizado pela mescla equilibrada da democracia e da aristocracia, é sem dúvida necessário levar em conta o clima deplorável que os dissabores da Guerra do Peloponeso[58] tinham instalado em Atenas. Conciliar entre si os opostos parecia ser, talvez através da metáfora do tecelão e do tema da "feliz mistura" tão caros a Platão, o meio conciliador que poderia calar tensões e querelas. Demóstenes e Isócrates acham que a idéia de concórdia (*homonoia*) é, depois das convulsões e dos horrores da guerra, uma via salutar para o bem da Cidade-Estado. Uma "Constituição mista", que aliasse o civismo do povo às competências dos oligarcas, seria capaz de sustentar, se não o "melhor regime", pelo menos um governo eficaz que respondesse aos interesses de todos. A história de Atenas, que nesse período turbulento oscila de um tipo de governo a outro totalmente oposto –

---

57. Nesse ponto, Isócrates concorda com uma idéia notável de Tucídides, que louvava expressamente o regime no qual se instala "um equilíbrio sensato entre os aristocratas (*oligoi*) e a massa (*polloi*)"; nas suas palavras, "Foi este o principal fator que contribuiu para tirar a Cidade de uma má situação", *História da Guerra do Peloponeso*, VIII, 97, 3; citado por J. de Romilly, *Problèmes de la démocratie grecque*, p. 156.

58. Essa guerra durou de 431 a 404 a.C. Em 411, depois do fracasso da expedição da Sicília, o governo oligárquico dos Quatrocentos foi substituído precisamente por um governo misto.

governo dos Quatrocentos, governo misto, democracia, governo dos Trinta Tiranos, democracia de novo sucedem-se entre 411 e 404 –, evidentemente não prova a validade salvadora da Constituição mista, pois, na mesma hora em que todos se põem a louvar o entendimento e a moderação, tendências diversas agitam tanto o clã dos democratas como o dos oligarcas, tornando vulnerável e precário o amálgama de sua aliança.

No entanto, sob o olhar lúcido e realista de Aristóteles, vai se definindo a idéia de *Constituição mista* que tende a mostrar que a democracia, desde que não perca o rumo pela cegueira do povo e pela anarquia das paixões primárias, comporta em seus meandros promessas que a boa política deveria levar em conta.

2.2. *As esperanças possíveis da democracia*

O pensamento político de Aristóteles não está moldado pelo idealismo com que Platão cinzelou as formas puras. Por ter observado a vida concreta das Cidades e estudado as Constituições gregas e bárbaras, também por ter chegado em Atenas quando as guerras e as crises do século V tinham sossegado, ele enfatiza o quanto, por natureza[59], uma Cidade-Estado é múltipla[60], pois, diz ele, os homens são diferentes e complementares uns aos outros. A realidade política, em sua naturalidade, é desde sempre plural, diversificada e até compósita em razão da heterogeneidade dos elementos que a compõem. É evidente, portanto, que seria ir contra a natureza tentar reduzir à unidade de uma perspectiva constitucional ideal a multiplicidade concreta inerente à Cidade-Estado. Para Aristóteles, o erro de Platão foi ter apostado por tanto tempo em algo que só podia levar ao fracasso. A natureza compósita da Cidade-Estado não pode ser eliminada e se reflete inevitavelmente na

---

59. O homem é por natureza (*phusei*) destinado a viver nessa comunidade mais ampla que a família ou o vilarejo que é a Cidade (Aristóteles, *A política*, 1253 a ss.). Ele é um "animal político".

60. *Ibid.*, 1261 a 18 ss.

política[61]. Sendo a ordem natural das coisas tal que nela se manifestam a desigualdade e a hierarquia qualitativa dos indivíduos, estes precisam uns dos outros e não podem almejar uma igualdade política na qual todos, uniformemente, teriam o poder de comandar: essa forma de democracia extrema é antinatural; desde o princípio, ela é denunciada e condenada.

Ademais, o realismo e a prudência políticos levam a constatar que uma Constituição de um determinado tipo pode ser aplicada segundo modos diferentes e engendrar regimes diversos: assim, uma Constituição democrática pode, se o povo for virtuoso, ser muito parecida com uma Constituição aristocrática; inversamente, quando a massa popular se entrega aos instintos, ela pode engendrar uma tirania popular; sob a máscara da hipocrisia, ela também pode se pôr a serviço dos ricos... Por isso não se pode dizer que a Constituição democrática define um regime bom ou mau em si. Aliás, o mesmo vale para as outras Constituições. Portanto, Aristóteles não evita a questão do bom regime; denomina-o até de *politie*, e esse termo conota um modelo institucional no qual se refletem e se misturam, em conformidade com a ordem da natureza, os componentes pluralistas da comunidade humana. A *politie*, por conseguinte, não se caracteriza como modelo constitucional unitário; aliás, qualquer modelo unitário, seja ele qual for, ocultaria o fato político em sua diversidade imanente e, quer se trate de democracia ou de oligarquia, conduziria à tirania. Ora, precisamente porque a *politie* tem de respeitar o caráter heterogêneo e compósito da Cidade-Estado em seu conjunto, ela se assemelha a uma democracia ampla que não se confunde com um governo que se apóia na unidade indiferenciada, responsável pelo peso tirânico das massas. Sem ter *status* jurídico rigoroso e exclusivo, recorre tanto a princípios aristocráticos quanto a princípios democráticos e, baseando-se em sua complementaridade, organiza a vida da Cidade-Estado com vistas ao bem comum.

---

61. Quando Raymond Aron e Hannah Arendt destacam a diversidade imanente à vida política e, portanto, o pluralismo que uma Constituição viável exige, transportam para o mundo moderno a lição do Estagirita.

Faz da mistura desses princípios aquilo que evita seus desvios constitucionais. Fica clara, portanto, a linha que separa a democracia extrema, que é uma Constituição "desviada", e a *politie*, que é a melhor Constituição; a primeira, pelos vetos que pronuncia, instaura a discórdia; a segunda, pela concórdia que estabelece (e que no terreno político equivale ao que a amizade é no terreno ético), permite augurar os benefícios de uma democracia moderada e lúcida. Ela não é mais o "simulacro" de vida política[62] que uma democracia rígida e niveladora impõe; longe desse teatro enganador que contradiz a natureza das coisas, a *politie* abunda nas esperanças contidas no respeito pela pluralidade natural.

Portanto, Aristóteles não condena categoricamente a democracia. Admite que, quando o povo pretende governar apenas para seu próprio bem, ou seja, considerando os interesses dos pobres[63], esse regime é ruim porque é um regime de partido, de facção até. Mas, se o povo não impõe suas vontades a golpe de decretos visando apenas seus interesses, ou seja, quando leva em conta os interesses de toda a comunidade, ele nada tem de desprezível. Em política, o bem é "o interesse geral" ou "a utilidade comum"[64]. Na medida em que a *politie* concilia as vantagens e os direitos de todos os cidadãos, ela é bastante aberta para que o povo, em sua diversidade, faça escutar sua voz pelo canal das instituições.

O pensamento de Aristóteles é muito claro: ele condena a tirania da massa, ou seja, o despotismo do povo que, aferrado apenas a suas vantagens, pretende espoliar e humilhar os ricos. Mas a *politie* que ele apresenta como o melhor governo é um regime *misto*, pois a justiça que lhe compete fazer reinar tem por imperativo prático exigir um equilíbrio entre os diversos componentes da Cidade-Estado. Muito particularmente, a li-

---

62. Claude Mossé, *Histoire d'une démocratie: Athènes*, Le Seuil, 1971, p. 170.
63. Aristóteles, *A política*, 1279 b 8.
64. *Ibid.*, 1282 b 17; *Ética a Nicômaco*, 1160 a 11. Demóstenes, em sua quarta *Filípica*, diz o mesmo.

berdade das massas compõe-se com a fortuna de uma minoria[65], de modo tal que os pobres ficam protegidos da opressão e os ricos, do confisco. Sua coexistência tranqüila torna possível o bem de todos. Portanto, quando a democracia se concilia com a oligarquia, abre o caminho para a boa política cujo critério essencial é a *justa medida* (*meson*)[66]. E, como essa Constituição mista toma da aristocracia e da democracia o que há de melhor nelas para realizar a "mistura" institucional, esperam-se dela resultados benéficos. Longe de ser a Constituição desviada de uma democracia que se fecha em torno do partido popular e procura apenas derrubar os partidos antagônicos, a Constituição que mistura, numa justa medida, os princípios aristocráticos e democráticos, abre-se, rica em promessas sociais e políticas, para todas as classes e todos os partidos da Cidade-Estado. Essas promessas são evidentemente apenas um potencial que cabe ao direito político concretizar. No entanto, são uma indicação de que existe um bom uso possível da democracia. Em vez de se crispar num "extremo" e ceder à tirania das massas, pode praticar a moderação e a prudência, instalar-se no justo meio, buscar alcançar o equilíbrio social e institucional, conciliar as tendências do grande número e os direitos da minoria, congraçar ricos e pobres, repartir os postos segundo as competências, distribuir segundo os méritos... Aristóteles, com seu realismo, compreendeu que a verdade política

---

65. Aristóteles, *A política*, 1294 a 23.
66. *Ibid.*, 1309 b 19. Aristóteles expõe demoradamente a gênese dessa forma de política que resulta da combinação dos fatores que ela adota das Constituições democrática e aristocrática. Ou, então (1294 a 356-1294 b 2), toma de cada uma delas disposições legislativas para encontrar em sua síntese uma solução comum e média: por exemplo, em matéria de justiça, concede, como a democracia, uma indenização aos pobres que participam da Assembléia e, como a oligarquia, inflige uma pena aos ricos que se recusam a participar dos tribunais. Ou, então (1294 b 2-6), decreta medidas intermediárias entre as disposições democráticas e as disposições oligárquicas: em matéria censitária, por exemplo, estabelecerá a taxa que considera ser um justo meio entre a regra democrática da modicidade e a regra oligárquica (ou plutocrática) da tributação elevada. Ou ainda (1294 b 6-14) combinará disposições tomadas de ambos os regimes; por exemplo, misturará a existência de magistraturas elevadas, típicas da oligarquia, e a supressão do censo, típica da democracia.

mede-se pela eficácia das instituições, e que ela só é alcançada superando-se a contradição dos extremos por meio de sua reconciliação.

É evidente que Aristóteles não é o cantor da democracia. Mas tampouco a despreza como fez Platão. A idéia democrática e a perspectiva de reconhecer o povo como competente e soberano não lhe pareciam monstruosas. "Atribuir a soberania à massa antes que aos melhores, que se contam em pequeno número, poderia aparentemente comportar certas dificuldades, que podem no entanto ser resolvidas." E ele prossegue: "A massa, embora possa não ser composta de homens que sejam individualmente homens de bem, pode, como um todo, possuir uma superioridade coletiva."[67] Para que a Constituição mista que não desdenha os princípios democráticos contenha um quinhão de esperança, há uma condição expressa imprescindível: que o povo seja considerado como um ser coletivo[68] e não como um agregado díspar de indivíduos. É bastante notável que Aristóteles, em seu tempo e portanto bem antes de Hobbes e Rousseau, sublinhe a diferença existente entre o povo considerado como uma soma de indivíduos e o povo considerado como um corpo político: embora os indivíduos que compõem uma massa popular tendam, *ut singuli*, a ceder às paixões e a seus excessos, o povo, em sua globalidade, não é desprovido de lucidez e de discernimento político. Isso não significaria, desde aquela época, que o risco que a democracia corre reside nos efeitos deletérios do individualismo e que se, *a contrario*, ela autoriza alguma esperança para os povos é sob a condição expressa de que estes sufoquem a conflagração destrutiva dos interesses privados? Nesse ponto, Aristóteles não seria mais moderno que todos os políticos modernos?

A tese de Aristóteles poderia ter-se tornado a ponta de lança de ardentes defensores da democracia. Na verdade, não foi o que aconteceu. Durante séculos pareceu extremamente difícil explicitar as virtualidades venturosas contidas na idéia de Constituição mista.

---

67. *Ibid.*, III, 1281 a-b.
68. *Ibid.*, III, 1286 a.

2.3. Uma esperança difícil de explicitar

A *Respublica* romana, que se desenvolveu tendo por base o estoicismo, e depois a política medieval, dominada pela relação do espiritual com o temporal, foram pouco propícias para debates relativos à democracia. A história de Roma sem dúvida deu lugar a instituições plebéias; no século V a.C., existiam em Roma *concilia plebis*, edis e tribunos que falavam em nome do povo (*populus*); a lei das XII Tábuas continha preceitos jurídicos que valiam tanto para os plebeus como para os patrícios. Mas o fato de a luta entre patrícios e plebeus que marcou os séculos IV e III ter possibilitado aos plebeus conquistarem a igualdade civil, o acesso às magistraturas e certas vantagens econômicas não significa que a *Respublica* – a República foi proclamada em 509 – era uma democracia. A organização complexa da política e do direito romanos certamente estava dominada pela idéia de cidadania – o cidadão ou *civis* definia-se como membro da Cidade ou *Civitas* –, mas nada, no "espírito do direito romano", assemelhava a República a um regime democrático no qual o povo governa o povo. Nessa República, que no século II a.C. tornou-se o centro do mundo mediterrâneo, os "grandes homens políticos", cujo protótipo era Catão, preocupavam-se antes de mais nada com a grandeza de Roma e com as virtudes que justificavam suas conquistas. A filosofia estóica assumida mais ou menos explicitamente pelos Cipiões defendia uma moral e uma política elitistas que nada tinham a ver com um ideal democrático. Ainda que Políbio[69] exponha uma teoria das Constituições próxima da de Aristóteles – realeza, aristocracia e democracia degeneram em tirania, oligarquia e demagogia –, nenhum desses regimes é alvo de sua predileção e sobretudo a democracia, que ele criticou tanto em Atenas como em Creta ou Cartago. Embora elogie um governo que misture os critérios e as forças das diversas Constituições,

---

69. Políbio (c. 205-125 a.C.), em sua *História universal*, dedica-se, no que se refere a Roma, ao período que vai de 218 a 146 a.C., e glorifica a conquista romana.

defende sobretudo as prerrogativas da classe senatorial, sempre pronta a servir o imperialismo romano para satisfazer suas ambições. Portanto, não trata da democracia a não ser para denunciar a demagogia que nela se gesta. As tentativas de Tibério e Caio Graco de imitar Péricles e dar à plebe algumas vantagens destinadas a contrabalançar a autoridade do Senado resultaram em fracasso e na morte deles. As revoltas de escravos, como a de Spartacus em 73-71 a.c., de nada serviram: parecia que a democracia não devia se implantar em Roma. No século I a.c., aliás, Cícero tinha clara consciência da incompatibilidade entre a *Respublica romana* e a democracia. Seu ideal republicano é, decerto, ávido de liberdade; mas, embora seja hostil a ditadores como Sila, também o é no que se refere à plebe, que qualifica de "piolheira". A seu ver, a idéia democrática, que conserva a marca de sua origem helênica, merece apenas desconfiança. Aliás, a República logo foi varrida pelo Império. O problema do valor da democracia evidentemente não se colocava na Cidade romana, onde o fato político prevalecia sobre o pensamento doutrinário. E quando, no final do século I de nossa era, a teoria política ganhou forma tornando-se a doutrina oficial do Império, ela se calcou no molde platônico em que a idéia de democracia era totalmente desprezada. O *populus romanus* estava pronto para a virtude cívica, mas precisava – como Tito Lívio, Maquiavel e Montesquieu compreenderam de forma magistral – de um *Caesar Imperator* envolto no prestígio de um semideus.

Sobre um fundo de estoicismo, Roma, de Tácito a Sêneca e a Plínio, não estava feita para amar ou para louvar a democracia. A liberdade, no apogeu da civilização romana, não se refugiou, como diz Tácito, nas grandes florestas da Germânia?

O advento do cristianismo, a queda do Império Romano e a teocracia medieval não forneceram à consciência política, nem na história ocidental nem na história das idéias, ocasiões favoráveis para um despertar ou, simplesmente, para a maturação da idéia democrática. Pelo contrário, os povos sentiam uma necessidade de unificação sob a autoridade de um chefe. No espírito político dos quinze primeiros séculos de nossa era impôs-se, portanto, a idéia de um poder pensado como dominação. A função monárquica era justificada filosoficamente, elogiando-se, tanto na Cidade como no Universo, a superioridade do Um sobre o Múltiplo. O valor da Constituição mista se desvaneceu e até mesmo sua idéia foi afastada. Assim é que São Paulo pregou a obediência ao poder porque, dizia ele, *nulla potestas nisi a Deo*[70]. Na teologia política de Santo Agostinho, só Deus legitima o poder na Cidade terrestre, e o bispo de Hipona nem pensava em enraizá-lo na vontade do povo. Nos dez séculos que se seguiram, o incremento do poder monárquico viu-se envolto em taumaturgia, a sociedade feudal e as Comunas se desenvolveram, o que não deixava lugar para nenhuma reflexão filosófico-política sobre a democracia[71].

No entanto, a idéia democrática não perdera todo seu sopro vital, como demonstra, no século XIII, *Le roman de la rose*[72]. Num tempo em que se esvaece a silhueta do cavaleiro cortês e inicia-se a carreira do *honnête homme*, o homem letrado dos salões, Jean de Meung ousa afirmar, pela voz de Dama Razão – "dama da alta vide que encarna o justo meio"[73] –, que os reis são e nada mais são que os servidores do povo. Jean de Meung poderia, com toda certeza, ter dito: *larvatus prodeo*; mas ele é um poeta engajado, em busca de uma nova ordem política e social. Para ele, "o que apodrece o mundo é o abuso do poder"[74]; a partir daí, sua poética da alegoria oferece nada

---

70. *Romanos*, XIII, 1-7.
71. Para os canonistas, o rei é, como escreve Beaumanoir, "ministro de Deus"; a regra geral é o *servitium regis*. Em meados do século XIII, Tomás de Aquino vê nos titulares do poder "funcionários de Deus" e, embora distinga, como Aristóteles, a monarquia, a aristocracia e a democracia que degeneram em tirania, oligarquia e demagogia, afirma que o melhor governo é o da Constituição monárquica. Embora restitua o célebre texto de São Paulo em sua integralidade *omnis potestas a Deo, sed per populum* (*Suma teológica*, q. 105), considera a monarquia superior a qualquer outro regime em razão da unidade que ela proporciona à sociedade. Ademais, está mais interessado na finalidade do poder – o bem comum, aliança de ordem e justiça – que na sua forma *in concreto*.
72. Cf. Guillaume de Lorris e Jean de Meung, *Le roman de la rose*, Garnier-Flammarion, 1974.
73. *Le roman de la rose*, v. 2962 ss.
74. Jean-Charles Payen, *La rose et l'utopie*, Éditions Sociales, 1976, p. 34.

menos que uma nova teorização da autoridade política que, aliás, Rousseau não ignora. Seu "romance" não é um elogio à democracia, mas, na mesma época em que São Tomás louva a monarquia em razão de sua fundamentação teológica, ele denuncia a mistificação teológico-política baseada num dogma em relação à qual a sátira que ele pronuncia em nome do racionalismo não faz qualquer concessão[75].

O poeta explica que a autoridade política só encontra legitimidade no mérito. Ora, as virtudes, longe de serem o apanágio dos príncipes eleitos por Deus, são o quinhão de todos aqueles que se esforçam para conquistá-las. Portanto, *Le roman de la rose* é o caminho para um futuro melhor – *iter salutis* –, que as virtudes populares construirão. É claro que a obra idealista de Jean de Meung, ao longo da intriga amorosa do "romance", em nada se parece com um tratado de filosofia política e seria temerário procurar nela o elogio metódico da Constituição democrática. Mas nesse texto incrível há um alento corrosivo, provavelmente provocativo, que pressagia os futuros ataques contra a ordem sociopolítica e a doutrina teológico-política.

Aparentemente mais ousado é Marsílio de Pádua em seu *Defensor Pacis*, provavelmente composto em 1324 com a colaboração de João de Jandun. Contrapondo-se a Dante para denunciar a intromissão do poder eclesiástico na comunidade civil, e criticando de forma mais geral, por intermédio dos bispos de Roma, toda forma de teocracia, ele explica que, na Cidade, a parte governante (*pars principans*) é, sem dúvida, o príncipe, mas que sua autoridade decorre apenas da delegação que lhe foi confiada pela universalidade dos cidadãos (*universitas civium*) ou "a maioria dela". Por conseguinte, a estrutura constitucional do poder é clara: enraíza-se não na vontade divina, não no poder da Igreja, mas nas exigências da *valentior pars* dos cidadãos. O erro consistiria em ver nessas colocações uma teoria da vontade geral oriunda de um

---

75. *Le roman de la rose*, v. 18576 ss.

contrato social. O anacronismo seria patente[76]. Aliás, dentro da lógica de seu tempo, o objetivo de Marsílio de Pádua é reexaminar as relações entre os poderes espiritual e temporal e substituir o "hierocratismo totalitário"[77] da Igreja pelo monismo laico do poder civil[78]. Embora a idéia democrática se anuncie em seu tratado, ela ainda o faz de maneira implícita, como se a passagem para uma perfeita clarificação de seu conceito e dos horizontes nos quais se insere ainda fosse uma tarefa impossível.

* * *

Nestas páginas, nossa intenção não era expor de modo exaustivo a longa história das idéias políticas durante a Antiguidade e a Idade Média. Por meio de alguns exemplos que nos parecem eloqüentes, quisemos mostrar que as promessas escondidas, apesar das críticas e das reticências, na idéia grega da democracia desvaneceram-se quase que por completo. Os autores praticamente não mencionam a possibilidade de uma Constituição democrática e, quando o fazem, atribuem-lhe um caráter desviante ou pervertido. Essa desconfiança não é nova, mas é tão profunda que a ambivalência em que estava envolvida a democracia no mundo grego ficou velada. Durante o longo período medieval, assistiu-se, por um lado, à subordinação do poder temporal ao domínio da Igreja e, por outro, ao desaparecimento das promessas de emancipação dos

---

76. Em sua obra, o paduano invoca em várias ocasiões a autoridade de Aristóteles, cuja obra *A política*, principalmente os livros II e III, em que se estudam as formas de governo e se define o regime misto, constitui a seus olhos uma *scientia civilis* exemplar, embora não siga ao pé da letra as análises aristotélicas. Embora Marsílio de Pádua não pretenda ser conformista, seu pensamento tampouco se embrenha, com estardalhaço, na via de um republicanismo democrático.

77. A expressão é de G. de Lagarde, *La naissance de l'esprit laïque au déclin du Moyen Âge*, tomo V, p. 270.

78. Sobre esses problemas, cf. Jeannine Quillet, tradução, introdução e comentário de *Défenseur de la paix*, Vrin, 1968; e *La philosophie politique de Marsile de Padoue*, Vrin, 1970.

povos que, não obstante as críticas drásticas de que era alvo a democracia, o mundo grego entrevira numa Constituição mista. Mesmo quando Marsílio de Pádua considera que a vontade do povo é a única causa eficiente da *Civitas*, enfatiza antes a necessária laicização do mundo político que é a valorização da idéia de soberania popular. É uma objeção geral que envolve a idéia de democracia como princípio constitucional de um regime político.

Trata-se de um fenômeno ainda mais perturbador na medida em que as principais noções políticas herdadas do mundo grego – bem comum, autarquia do Estado, cidadania, virtude cívica, justiça distributiva... – têm lugar na doutrina política e poderiam tê-la feito pender para a tese da soberania do povo. Ora, ainda no século XVI, a idéia segundo a qual a causa eficiente da lei é a vontade do povo perdura como puro princípio numa teoria do governo. Por que a teoria política tem tanta dificuldade para ir mais além disso? A resposta sem dúvida encontra-se na sobrevivência desse lugar-comum do pensamento medieval que sempre vê o povo como "populacho". Mesmo quando Maquiavel aborda, como diz Leo Strauss, as margens da modernidade política, sua potente intenção iconoclasta não é suficiente para desmentir nem a morosidade incurável que, segundo ele, marca o *popolo magro*, nem as ambições insensatas do *popolo grosso*. O próprio La Boétie não será indulgente em relação à porção ignorante e embrutecida do povo que suporta o jugo e se deixa abestalhar. Nessas condições, como o povo poderia ter a pretensão de governar? Portanto, parecia não haver nenhum raio de esperança iluminando a idéia de democracia: não porque o regime democrático continuasse a aparecer, segundo a expressão de Platão, como "uma feira de Constituições", mas porque parecia impossível ter qualquer confiança na multidão popular, enfurnada em sua mediocridade natural. O sono da consciência política adormecera, mesmo nos teóricos que eram tidos como os mais brilhantes, ou mais ousados, até mesmo a ambivalência essencial da democracia. Era preciso, portanto, sacudir esse sono dogmático, arrancar o pensamento político da letargia teológico-política, recuperar a verdade psicológica do povo a fim de poder lhe dar, nas instituições da Cidade, o papel que a democracia, em sua origem, quisera lhe conferir.

O problema agora era saber se a grande aventura política da democracia podia acontecer no mundo dos homens.

SEGUNDA PARTE
A democracia ou a aventura filosófica da liberdade dos povos

Introdução à segunda parte

Por mais grandiosas que tenham sido na cena política da história as figuras fascinantes de Sólon e de Péricles, desde suas primeiras manifestações a democracia – como vimos – não escapou à severidade da crítica. Na classificação das Constituições, o governo do povo pelo povo, por causa dos defeitos e dos vícios que ocupavam a alma popular, só podia ser um modo político impuro. Apesar dos clarões de esperança que tinham iluminado a democracia grega em suas primeiras manhãs, parece bem difícil que o povo pudesse atingir sua autonomia criando para si leis justas que o governassem. Para os cidadãos e os povos, o ideal de liberdade continuava sendo um "ideal", ou seja, um horizonte de esperança, mas, como tal, um horizonte inacessível. Portanto, a idéia de democracia mal se formara e já estava envolvida numa ambivalência essencial. Esta se agravava ainda mais pela contradição que surgia entre a idéia e a realidade: enquanto a idéia da democracia conotava um regime fértil da capacidade do povo de se autogovernar, a realidade do governo democrático revelava a inaptidão do povo para a ordem e a disciplina.

Na ambigüidade fundamental da democracia, a filosofia política destacou por muito tempo o aspecto mais sombrio, considerado nocivo e negativo. Mas chegou por fim o tempo em que o pensamento político acordou as promessas de emancipação do povo contidas no conceito de democracia; passou então a destacar o aspecto mais fecundo de seu conceito no qual decifrava a esperança de uma maturação benéfica da consciência política. Para isso foi preciso esperar o século XVI, ou seja, o tempo em que, com seus fortes ímpetos, o pensamento político sacudiu a morosidade das críticas seculares acumuladas contra o povo e contra o governo do povo pelo povo. Despertando do torpor medieval que se seguira à crítica antiga da democracia, panfletários, filósofos e juristas cravaram sólidas estacas no caminho da liberdade dos povos, que começavam a traçar.

Nem por isso se deve ceder à tentação de sobrevalorizar esse movimento do pensamento e concluir que a filosofia política do século XVI rompeu com os séculos anteriores: na história das idéias nunca existe um corte abrupto, mas sempre uma mistura de restos antigos que perduram e intuições novas mais ou menos audaciosas. Contudo, nesse período da história do Ocidente, o pensamento político tomou coragem e, rejeitando o atoleiro medieval provocado pelos dogmas teológico-políticos, esboçou, geralmente por intermédio de movimentos de protesto, a silhueta de uma política que poderia se aparentar com os ideais do humanismo. Entre as incertezas e indecisões decorrentes da coexistência de impulsos gerais e de crueldades pérfidas, a questão do poder político foi debatida de modo áspero pelos pensadores daquele século. Era uma interrogação inquieta, pois trazia a marca das contradições, tantas vezes sublinhadas, entre os movimentos da Reforma e do Renascimento. Mas a reflexão, às vezes dolorosa, conduzida pelos diversos autores, foi extraordinariamente fecunda para o pensamento político. Assim, indagavam-se com muito cuidado sobre a relação entre a ordem e a obediência, que era percebida como constitutiva da política; além disso, embora o *status* do Príncipe continuasse sendo o centro da reflexão filosófica sobre a autoridade política, a condição do povo também era alvo de interrogações muitas vezes perplexas. Os problemas não eram formulados com muita clareza. Mas, no desabrochar de um pensamento que arrebentava as correntes que por tanto tempo o cercearam, a conotação do termo "povo" começou a evoluir, embora ainda de maneira confusa. Essa evolução explica-se não só pelo fato de o século XVI ter sido, em todos os domínios, um período de grandes transformações, mas muito provavelmente também porque o ensino do direito romano, pelo menos no sul da França, lançou nova luz sobre a noção de "cidadão". Ressurgia então o problema dos regimes políticos e, com a ajuda dos sobressaltos de uma história pouco serena, passou-se a recusar conceber a relação entre o comando dos reis e a obediência dos súditos como uma sujeição ou servidão. A necessidade de liberdade dos cidadãos, outrora entrevista na cidade ateniense e na república romana, renasceu. Na brecha que assim se abria, aos poucos foi-se elaborando a idéia do direito de resistência dos povos contra a autoridade esmagadora do poder. Enquanto, atiçadas pelos ventos conflituosos da história, as polêmicas se intensificaram e se multiplicaram nas brumas conceituais muitas vezes espessas, preparava-se a idéia de uma democracia que aclararia seu princípio constitucional de governo com as luzes de um *ideal de liberdade*. Doravante, essa evolução, que deveria libertar o povo de sua opressão e fazer reconhecer nele o desejo de autonomia que iluminara as democracias originais, veiculou aquilo que sem dúvida é a maior esperança da consciência política: em todo caso, aquela que tenderam a realizar formas institucionais desejadas pelos povos em conformidade com suas aspirações.

Na segunda parte deste estudo, mostraremos inicialmente como a renovação semântica do conceito de *povo* exprime o vínculo que doravante deverá uni-lo à "coisa pública" ou *"república"* (capítulo 1). Depois examinaremos como a promoção sociopolítica por meio da qual o povo deveria alcançar a autoconsciência levou o direito político e a filosofia a elaborarem as *categorias institucionais e jurídicas* necessárias para garantir, com a soberania e a liberdade do povo, a promoção existencial de que ele é lugar e objeto (capítulo 2). Ao interrogarmos, por assim fazer, os juristas e os filósofos que foram ao mesmo tempo os artífices e as testemunhas do processo democrático em sua busca da liberdade política dos povos, veremos que os espaços teórico e prático que as instituições e os procedimentos democráticos estruturaram desenvolveram-se no amplo registro de um humanismo racionalista.

Na terceira parte de nosso estudo, teremos evidentemente de perguntar se o rápido avanço da democracia nos últimos cinco séculos veio acompanhado da felicidade ou da infelicidade dos povos...

Capítulo 1
O povo e a república

Em sua complexidade, o século XVI não foi o século de revoluções brutais, e sim de transformações lentas que afetaram profundamente mas sem ruptura os modos de vida e de pensar. A redescoberta da Antiguidade deu-se com entusiasmo. O estudo do direito romano – embora tivesse sido cultivado pelos glosadores durante séculos – expandiu-se sobremaneira, principalmente nas universidades do sul da França; e, embora a influência germânica continuasse a ter forte peso, em particular no que concerne à concepção das "leis fundamentais" no reino da França, aquele estudo deu lugar a interpretações divergentes e a rudes polêmicas entre os jurisconsultos (como Cujas, Alciat ou Hotman). "O espírito do direito romano" nem sempre era apreendido em sua verdade, em parte, provavelmente, porque a religião cristã continuava mantendo a política em grande medida sob sua dependência, em parte também porque as sobrevivências feudais e os particularismos locais eram tenazes. Mas, nesse período da história em que violentos conflitos políticos sacudiam a Europa, a fascinação do século XVI pelo mundo antigo, principalmente pelo mundo latino, atingiu um vigor excepcional. Ela se projetava no terreno do pensamento político e chegava até a obrigar o olhar a pousar sobre as relações entre as forças sociais.

Foi assim que, desde as primeiras décadas do século, Maquiavel, relendo Tito Lívio, exaltou a Roma republicana. Embora não tivesse a intenção de propor uma defesa da democracia, conferiu ao conceito de *povo* uma acepção que abalava as opiniões e crenças acumuladas de longa data. Manejando com talento as ambigüidades semânticas, e como que brincando com a relação entre as luzes e as sombras na esfera política, fez-se iconoclasta e, talvez sem querer ou sem saber, preparou a genealogia filosófica de uma concepção revista e corrigida da democracia. Outros autores políticos não tardaram em se embrenhar, por vários motivos, pelo caminho pedregoso balizado pelo secretário florentino. Dos monarcômacos a Rousseau, teceu-se a conotação específica da idéia de povo. Simultaneamente, na *república*, que ainda era a *res publica*, ou seja, a "coisa pública", a compreensão do conceito de povo determinou, num horizonte político que ia ficando mais claro e autônomo, as noções e as categorias filosóficas e jurídicas que, um pouco mais tarde, o ideal democrático reivindicaria.

No espaço teórico que a filosofia política dos séculos XVI a XVII elaborou, acompanhemos a gênese e a maturação da idéia democrática que leva da promoção do povo como paradigma da república à afirmação da soberania popular.

1. A promoção do "povo", paradigma da "república"

A promoção política do povo na "coisa pública" não se deu por meio de um salto espetacular que o teria arrancado do estado de "minoridade" no qual, durante séculos, fora mantido pela política e pela religião. Foi por etapas e por meio de sucessivas inflexões que lhe foi reconhecido um *status* político. E este foi mais pensado que realizado. O filósofo político – que não é o historiador do direito político – tem aqui por tarefa interrogar os pensadores exemplares que trabalharam para a emergência desse *status*. Entre eles, interrogaremos Maquiavel e os monarcômacos, devido tanto a suas diferenças como à força de suas idéias. Embora as teses insólitas de um, bem como os panfletos virulentos dos outros, sejam algo bem diferente das plataformas programáticas destinadas a servir a uma política conduzida em nome da democracia, Maquiavel e os monarcômacos são daqueles que, entre os pensadores tantas vezes equívocos do século XVI, contribuíram amplamente, como veremos, para esculpir a relação substancial do povo com a coisa pública.

1.1. Para além do enigma da duplicidade maquiavélica

À primeira vista, a figura de Maquiavel está envolta numa embaraçosa duplicidade, pois, como se costuma dizer, *O príncipe* e os *Discursos sobre a primeira década de Tito Lívio* parecem defender teses opostas[1]: um mostra como o Príncipe conquista o poder e o conserva; os outros explicam como o povo participa dos assuntos públicos. A ambigüidade é tão insólita que Rousseau, para eliminá-la, propunha ler *O príncipe* como "o livro dos republicanos"[2].

É certo que a obra do florentino coloca um problema de interpretação. Contudo, os seis primeiros capítulos do primeiro livro dos *Discursos* são perfeitamente explícitos. A democracia, diz Maquiavel, fez a grandeza de Roma pois foi fonte de grande virtude; quando o povo deixou de participar dos assuntos públicos, começou o declínio; a queda era inevitável. E Maquiavel prossegue dizendo que não só é conveniente "imitar" o exemplo dos antigos, como Sólon em Atenas ou Licurgo em Esparta[3], mas também recuperar o alento republicano que pôs ordem na cidade romana e fez sua grandeza. Desde o começo dos *Discursos*, Maquiavel retoma a classificação trilógica das "diferentes formas de república" (deve-se entender: dos "diferentes regimes políticos") familiar a toda a tradição grega; designa os três modos de governo como o principado ou monarquia, o governo dos optimates ou aristocracia, e o gover-

---

1. Lembremos que *O príncipe* foi composto no final de 1513; quanto aos *Discursos*, foram iniciados em fevereiro de 1513; embora Maquiavel tenha trabalhado neles de 1513 a 1520, a obra nunca foi concluída. No entanto é importante saber que uma cópia dela circulou antes de ser publicada em 1532.
2. Jean-Jacques Rousseau, *Le contrat social*, III, VI, p. 409.
3. Maquiavel, *Discours sur la première décade de Tite-Live*, I, 2, p. 387.

no popular ou democracia; esclarece que esses três regimes, ao se degradarem, dão origem à tirania de um só, à opressão de alguns e à anarquia engendrada pela licenciosidade de todos. Mas, abandonando em seguida a classificação ternária em favor da dicotomia, divide a República em aristocracia e democracia e ressalta como, em Roma, os tribunos fizeram ouvir a voz do povo a fim de se opor à insolência do Senado[4]. As estrondosas divergências entre os dois partidos, diz ele, constituíram "o princípio da liberdade", e foi nelas que se formaram as leis que lhe foram favoráveis[5]. Com efeito, "todo Estado livre tem de fornecer ao povo um escoadouro normal para sua ambição"[6]. Foi seguindo essa inclinação que as leis da República romana, irrigando o campo em que se cruzam a necessidade e o acaso, fizeram dela o espaço e o tempo de uma Constituição que não só garantiu a ordem política, mas que, sobretudo, possibilitou a indústria e a virtude (*virtù*), cívica e moral, de todos os cidadãos. Em Roma, a democracia não foi simplesmente um modo de governo, mas *uma arte de viver*: a ordem política estava como que integrada no equilíbrio entre as partes da sociedade e suas funções. Embora a política fosse efetivamente uma questão de leis, nas quais o povo se exprimia pela voz dos tribunos, elas tendiam ao bem comum e à liberdade pública na sociedade considerada como um todo.

Caso disséssemos, como tantas vezes se sugeriu, que a leitura comentada de Tito Lívio se limita a repetir a exposição de *A política* de Aristóteles[7], certamente estaríamos falseando o que Maquiavel quer mostrar. A problemática de ambos os filósofos não é a mesma. Segundo o Estagirita, a democracia moderada na qual se encarnaria a "melhor Constituição" estabele-

---

4. *Ibid.*, I, 3, p. 389.
5. *Ibid.*, I, 4, p. 390: "Todas as leis favoráveis à liberdade" nascem da oposição entre os dois partidos de toda república: o dos grandes e o do povo.
6. *Ibid.*, I, 4, p. 391.
7. Embora não seja certo que Maquiavel soubesse grego, pode ter lido *A política* de Aristóteles nas traduções que, em sua época, abundavam e que tinham dado lugar a comentários diversos como os de São Tomás e dos escolásticos ou aqueles, numerosos, dos averroístas.

ceria em política uma harmonia análoga àquela que reina na ordem cósmica[8]; a praxeologia maquiavélica preocupa-se apenas com os assuntos humanos e não tem por objetivo insuflar na Cidade terrestre a harmonia, imanente ou transcendente, do universo[9]. Se Maquiavel tem algum mestre, este é antes Políbio que Aristóteles, embora o secretário florentino sempre tome muita distância das fontes textuais que utiliza. O que importa para ele e que transparece nas contradições que deram origem a tantos comentários divergentes sobre sua obra, é que a República romana tenha sido "poderosa e livre"[10] porque ia buscar sua força no próprio povo, até mesmo em seus "levantes"[11].

O peso desse juízo de Maquiavel decorre da conotação que o termo *povo* adquiriu. Citando Cícero, Maquiavel pensa – antes de Montesquieu – que "os povos, embora ignorantes, são capazes de apreciar a verdade e a ela se submetem de boa vontade quando ela lhes é apresentada por um homem que consideram digno de confiança"[12]. No entanto, para que assim seja, o povo não deve ser confundido nem com a plebe[13], que não recua diante de ações vis, nem com a turba[14], que, "sem chefe, não consegue fazer nada". "Audaciosa", por certo, ela o é pois "nada é mais móbil, mais volúvel que ela"[15], já que ela nunca se embaraça com suas contradições. Por um lado, no entanto, ela se exaure exalando sua cólera contra a decisão de seus príncipes; e, por outro, ela é fraca, pois, assim que se anuncia a punição que será infligida a seus arroubos, ela se apressa covar-

---

8. Aristóteles, *A política*, 1342 b 21.

9. De modo mais geral, Maquiavel não recorre, como Platão ou Aristóteles, à idéia de *homologia*, isto é, às estruturas harmônicas da política e do universo. Para ele, a política é coisa humana de ponta a ponta.

10. Maquiavel, *Discours sur la première décade de Tite-Live*, I, 4, p. 390.

11. *Ibid.*, I, 4, p. 391.

12. *Ibid.*, I, 4, p. 391.

13. Maquiavel, *Histoires florentines*, XXXVII, Bibliothèque de la Pléiade, Gallimard, pp. 1056 e 1087. A plebe é o *magro popolo*, às vezes "a escória" ou "a ralé" que, animada pelo ódio contra os ricos, não repugna nem roubos nem pilhagens.

14. Maquiavel, *Discours...*, I, 44, p. 476.

15. *Ibid.*, I, 58, p. 501.

demente em obedecer. Ao contrário, um povo precisa de um chefe: é necessário que ele seja dirigido, mantido unido, que seus interesses e sua liberdade sejam protegidos e até defendidos. Tito Lívio sabia disso. Rousseau o repetiria. O povo opõe-se tanto à indisciplina passional da turba como à soberba turbulenta dos grandes[16]; sob a condução de seu chefe, ele "é mais prudente" que uns e outros. "Quanto à maneira de julgar, é raro vê-lo enganar-se" e não é sem razão que se pode dizer *vox populi, vox Dei*[17]. Com sua psicologia penetrante, Maquiavel não ignora que o povo é em geral insaciável, que suas reivindicações correm o risco de se atolar num crescendo que acaba provocando sua servidão, que ele cede a palavras sedutoras e que pende para o abuso. Mas, escreve ele, "um povo é menos ingrato que um príncipe"[18], pois sabe se unir para defender a liberdade. Além disso, ele exprime "a voz pública", consulta a "opinião pública", refere-se à tradição, mostra em suas escolhas "mais discernimento que os príncipes" e, quando lhe acontece ser cruel, é "contra aqueles suspeitos de estarem prejudicando o bem público"[19]. Compreende-se assim por que a República é o único governo em que o povo quer que a liberdade e a igualdade sejam respeitadas de forma irrestrita e para isso obedece ao que pouco depois viria a se chamar a "regra majoritária". Como escreve Maquiavel, "Não se pode negar que é só nas repúblicas que se almeja o bem público: tudo o que contribua para esse bem comum é realizado; e embora, às vezes, lesem-se assim alguns indivíduos, tantos cidadãos tiram vantagem disso que sempre podem desconsiderar a oposição do pequeno número dos cidadãos lesados."[20] Portanto, o povo está longe de ser uma ralé. É capaz de uma atividade política eficaz, que a *virtù* de seus chefes, mesmo nas épocas mais difíceis, orienta para a melhor ordem, ou seja, a mais eficiente.

---

16. Maquiavel, *Histoires florentines*, II, 39, p. 1060.
17. Maquiavel, *Discours...*, I, 58, p. 504.
18. *Ibid.*, I, 58, p. 504.
19. *Ibid.*
20. *Ibid.*, II, 2, p. 517.

Haverá quem diga – e não estará enganado – que, a despeito de sua defesa do "povo", Maquiavel jamais fala a favor da democracia, que não preconiza uma República popular, mas orienta-se antes para uma "Constituição mista". No entanto, mesmo que ele não coloque expressamente a questão da legitimação do poder, afirma de maneira muito clara que os magistrados não devem sua autoridade "nem à hereditariedade, nem à intriga, nem à violência, mas aos livres sufrágios de seus concidadãos"[21]. Esta é inclusive a condição absolutamente necessária para que eles cooperem de maneira eficaz para o estabelecimento e o funcionamento do governo republicano; ao buscar no povo a razão de ser e o sentido de sua missão, trabalham por um governo mais bem ordenado e mais duradouro.

1.2. As instituições republicanas e a virtù

Maquiavel compreendeu melhor que ninguém que, na Itália corrompida de seu tempo, as virtudes da República romana não tinham nenhuma chance de ressuscitar, e que, como o povo de seu país não tinha um interesse natural por lutar, nem que fosse por sua liberdade, a hipótese política do *Príncipe* era mais viável que a dos *Discursos*. No entanto, o comentário que Maquiavel faz do texto de Tito Lívio contém uma mensagem que vai muito além da Itália doente do século XVI. Rousseau entende corretamente quando escreve: "Fingindo dar lições aos reis, dá grandes lições aos povos."[22] Gramsci vai mais longe em sua interpretação e declara que, para Maquiavel, o povo é o "partido político" – para o revolucionário italiano, o Partido e ponto final[23]. Há sem dúvida aí o exagero e o anacronismo de um engajamento militante que dá certo ar de falsidade a esse juízo. Mas, ainda que em filigrana, transparece a correção da

---

21. *Ibid.*, I, 20, p. 434.
22. Rousseau, *Le contrat social*, III, VI.
23. Gramsci, *Note sul Macchiavelli, sulla politica e sullo stato moderno*, Turim, 6ª ed., 1966, p. 5.

concepção segundo a qual não é possível colocar entre parênteses a idéia iconoclasta que Maquiavel desenvolve ao longo de todos os *Discursos* para defender o "povo" da República. Ele sabe que, outrora, Sólon tomou um mau caminho, já que seu governo popular redundou em tirania; mas Licurgo, em Esparta, e depois os romanos tiveram razão em não afastar o povo da política. Nada, nem mesmo os levantes de um povo, deixa de ser útil para sua liberdade[24]. Na medida em que ao discurso de Maquiavel, que atribui idealmente ao povo – como outrora na República romana – a dignidade de um corpo político e social, se soma um tom pessimista diante da corrupção de homens que perderam o senso dos valores antigos, é claro que seria temerário interpretá-lo como uma apologia do governo democrático. Por um lado, todo regime político, segundo o florentino, é governado por uma minoria que, aliás, é mais ardilosa que virtuosa. A democracia, em particular, é sempre uma oligarquia quando se trata dos fatos, muitas vezes até mesmo uma plutocracia. Deve-se reconhecer que é isso, de fato, que acontece nas democracias passadas e presentes; e se Maquiavel tivesse previsto o crescimento demográfico e a complexificação das sociedades, poderia efetivamente ter pensado que o governo do povo pelo povo é, em si, impossível. Por um lado, a República não é a democracia: enquanto a República ou a "coisa pública" é, como bem viram Aristóteles e Tito Lívio, a própria essência de um governo preocupado com o bem comum, a democracia designa um modo de governo e conota um conjunto de técnicas jurídico-políticas que permitem que o povo exerça o poder (direta ou indiretamente, mas isso é um outro problema). Não há nem oposição nem incompatibilidade entre os conceitos de República e de democracia. Mas eles não pertencem ao mesmo registro: o conceito de República insere-se no registro dos fins que determinam a essência do governo; o conceito de democracia insere-se no registro das modalidades e dos instrumentos práticos do governo de um Estado.

---

24. Maquiavel, *Discours...*, "Os levantes de um povo raramente são perniciosos à sua liberdade", I, 4, p. 390.

A defesa da República não implica uma profissão de fé democrática. No seu íntimo, Maquiavel teme os excessos e as inépcias das democracias e repete que é preciso "conter" os súditos. No entanto, a força de sua mensagem consiste em indicar que "a arte de governar" exige menos a afirmação do poder pessoal de que *O príncipe* parece fazer a apologia – cuidemonos, conforme as palavras de Diderot, de não tomar "uma sátira por um elogio"[25] – que a regeneração da virtude cívica, pois "ali onde falha a *virtù* dos homens, a fortuna aplica seus golpes mais eficazes"[26]. O mérito das instituições republicanas foi ter, outrora, contado com a *virtù* de que o povo é capaz e que lhe permite dedicar-se à "coisa pública". Dessa forma, Maquiavel dá a entender – e isso é definitivo na história das idéias apesar do "mito do maquiavelismo"[27] – que, mesmo que o conceito de "povo" continue sendo polissêmico e plástico, ele é um paradigma poderoso que a política não pode negligenciar: por sua dimensão positiva, ele se impõe, segundo o esquema da "necessidade"[28].

Nesse ponto, não nos perguntaremos se Maquiavel foi ouvido e nem mesmo se ele foi bem ou mal compreendido. É certo que a obra do florentino, em meio às interpretações divergentes a que deu lugar, possui uma silhueta enigmática. Contudo, a leitura multiforme que dela foi feita é indicativa de sua originalidade. Comparável a Cristóvão Colombo avistando o "Novo Mundo", Maquiavel, diz Leo Strauss, descobriu para a filosofia política "um novo continente"[29] no qual nem o universalismo cosmológico nem o ecumenismo cristão têm lugar. A secularização da política indica sua dessacralização, e portanto sua humanização, de modo que a verdade da arte de governar deve ser buscada na real substância do povo. Atingiu-se

---

25. Diderot, *Encyclopédie*, artigo "Machiavélisme".
26. Maquiavel, *Discours...*, III, 20, p. 601.
27. Expressão tomada de Claude Lefort, *Le travail de l'oeuvre, Machiavel*, Gallimard, 1972, p. 78.
28. Maquiavel, *Discours...*, III, 12, p. 648.
29. Leo Strauss, *Qu'est-ce que la philosophie politique?*, p. 44. Cf. também seu texto *Pensées sur Machiavel* (1958), tradução francesa, Payot, 1982.

um ponto sem volta e, embora a análise do termo "povo" continue imperfeita, seu conceito, a partir de meados do século XVI, passa a aparecer com insistência, carregado de uma conotação positiva, nas diversas formas da literatura política. Os príncipes e os reis, em sua instituição, não são abalados, porém não se pode mais pensar a "República" – a "coisa pública" – independentemente do papel efetivo que o povo é chamado a desempenhar nela ou para ela. Do ponto de vista semântico, a noção de "povo" ainda não é muito clara; mas é importante que, imbuída de revivescências antigas, ela passe a adquirir um lugar no cerne do pensamento político.

2. O povo e a recusa da servidão

A partir de meados do século XVI começaram a aparecer textos de um gênero mal definido mas que, em sua maioria, se parecem com o panfleto. Fazer uma exposição exaustiva desses opúsculos mais ou menos cáusticos e violentos que devem sua existência à conjuntura política e social não teria sentido aqui. Limitemo-nos, com a ajuda de alguns exemplos, a observar que, embora esses textos nada tenham de ensaios ou de tratados que teorizam o ideal democrático ou forneçam uma épura do regime constitucional que lhe corresponderia, todos atribuem à noção de povo uma acepção que, na essência, vai ao encontro da análise de Maquiavel – coisa de que seus autores certamente não tinham consciência.

2.1. O Discurso da servidão voluntária *de La Boétie*

Dentre os escritos que revelam o despertar da consciência política e a preocupação em não reduzir o poder à autoridade plena, inteira e arbitrária do príncipe, o *Discurso da servidão voluntária*, escrito em 1546 ou 1548 pelo jovem amigo de Montaigne, Étienne de La Boétie, deve ser mencionado pelas fortes intuições que exprime.

Essa dissertação foi, como diz Montaigne, escrita "em honra da liberdade, contra os tiranos"[30], e não é inoportuno tê-la "rebatizado de o *Contr'Un*". No entanto, na perfeita retórica de um exercício acadêmico, refletem-se os entusiasmos de juventude que animavam as discussões dos estudantes da Universidade de Orléans. O jovem La Boétie ali estudava direito com professores como Anne du Bourg e Charles Du Moulin e, entre seus mais brilhantes condiscípulos, contavam-se F. Hotman, H. Doneau, F. Pithou... Entre eles, os debates eram inflamados e era grave seu tormento político[31]. La Boétie, tendo-se abeberado nas letras clássicas mas sendo filho de seu tempo, indagava-se junto com eles sobre as causas da sujeição dos povos; buscavam especialmente compreender por que a sujeição se transforma tantas vezes em servidão.

A resposta é clara e incisiva. Ele diz: "São os próprios povos que se deixam manietar"; "é o povo que se sujeita, e se degola"[32]. Ao se deixar "abastardar"[33] e "bestificar"[34], ele é desnaturado[35]: portanto, ele não é o que tem de ser. La Boétie explica então que o tirano é tudo e tudo pode porque é sustentado pela passividade de todos; mas se o povo o abandonasse, perderia todo o poder, e, na mesma hora, não seria mais nada. Uma forte intuição contratualista percorre, sem conseguir tematizar-se, o *Discurso* de La Boétie: pelo fato de o próprio povo fazer ou desfazer o tirano, ele faz sua servidão ou sua liberdade. O poder repousa portanto sobre fundações populares. Ao afirmar isso, La Boétie, cuja lealdade sempre foi exemplar, não pre-

---

30. Montaigne, *Essais*, edição de 1593, I, cap. XXVIII, p. 182. [Trad. bras. *Os ensaios*, I, São Paulo, Martins Fontes, 2.ª ed., 2002.]

31. Conheciam *A política* de Aristóteles cultuada por Lefèvre d'Étaples; leram Erasmo retratando o "Príncipe cristão"; não ignoravam nem Maquiavel nem Thomas More. Tinham aprendido sobretudo que esses autores, em seus estilos aparentemente tão diferentes, possuíam um traço em comum: haviam revolucionado a maneira de pensar a política. Na Universidade de Orléans, também se notara que nem Lutero nem Calvino tinham evitado o problema do governo das repúblicas...

32. Étienne de La Boétie, *Discours de la servitude volontaire* (remetemos à edição que demos deste texto, Flammarion, 1983), p. 136.

33. *Ibid.*, p. 141.

34. *Ibid.*, p, 154.

35. *Ibid.*, p. 138.

tende nem atacar o princípio monárquico, nem enunciar uma teoria da soberania do povo, nem proclamar o valor da democracia. Sua conceituação e sua teorização filosóficas do político são inclusive muito débeis. Mas tem a fervorosa intuição da importância que, por meio de seu consentimento, o povo tem no Estado. Uma espécie de pacto de governo – que não é nem o *pactum associationis* nem o *pactum subjectionis* do pensamento medieval – vincula o príncipe e o povo. O tempo dos "mistérios do Estado" ficou para trás; o da taumaturgia também. Na verdade, o poder soberano é um encargo que o povo confia ao príncipe: dá a ele sua confiança para que ele o governe e proteja. Se o príncipe falha em seu encargo e, por meio de abusos ou desvios de poder, não assume a obrigação que lhe foi confiada, o povo pode dizer "não" a suas ordens. A força de sua recusa – que não poderia se transformar em tiranicídio – permite que ele se reconquiste, ou seja, recupere a dignidade política e social que é próprio da tirania querer aniquilar.

Por uma espécie de heroísmo intelectual, La Boétie, em sua idealização da função política do povo, foi "um dos portadores de tochas que iluminam as estradas do futuro"[36]. Não há dúvida de que, num arroubo de fé juvenil, essa idealização do povo e de seu papel político seja excessiva. No entanto, uma idéia se afirma e terá profundas repercussões: não é na *ralé* que se dobra ao jugo até ser bestificada que se descobre a verdade do povo. Este tem, por natureza, vocação para "fazer" os reis e para "desfazê-los" quando eles falham. Dessa forma, o povo é reconhecido como portador da *dignidade política* que a própria Natureza lhe dera originalmente e que os avatares de um poder malsão e abusivo lhe tinham arrebatado.

2.2. Os panfletos dos monarcômacos

Com uma tonalidade completamente diferente, que em grande parte se explica pelas violências religiosas, sociais e políti-

---

36. Henri Hauser, *La modernité du XVIᵉ siècle*, Alcan, 1930, p. 20.

cas que marcaram a segunda metade do século XVI, os monarcômacos protestantes, em seus libelos, também contribuíram para apagar o sentido pejorativo ligado à palavra "povo"; chegaram mesmo a atribuir-lhe um sentido político forte afirmando a superioridade dos povos sobre os reis. Esses protestatários, que foram qualificados de "heróis do pensamento", não são teóricos; não elaboram nenhuma tipologia dos regimes e não procuram julgar o valor de suas respectivas Constituições. Só que, nos dias que se seguiram à Noite de São Bartolomeu, em que eles vêem o auge da crise político-religiosa, clamam que, no reino, só o povo é a fonte do direito dos magistrados e dos príncipes[37]. Mesmo que os reis sejam "nomeados por Deus"[38] e representem a "imagem de Deus", sua magistratura requer a investidura do povo. Embora seja abusivo ler nisso a idéia do "povo agora soberano" e, *a fortiori*, "a teoria da soberania popular"[39], pelo menos o autor do libelo quer sublinhar, invertendo uma opinião corrente, que os príncipes têm deveres e os súditos, direitos. Prepara assim a via que, alguns anos depois, será tomada pelas *Vindiciae contra tyrannos* de Languet e Du Plessis Mornay[40].

Esse célebre panfleto desenvolve, com base na história, uma teoria contratualista que, indo buscar muitos exemplos nos Livros Sagrados, mostra que cabe aos povos fazer os reis[41]. Os autores se demoram sobre "o que se entende pela

---

37. Pode-se "encontrar hoje um povo sem magistrado, mas não um magistrado sem povo: portanto é o povo que criou o magistrado e não o magistrado, o povo", lemos em *Le Réveille-Matin, par Eusèbe Philadelphe Cosmopolite en forme de dialogues*, edição latina, 1573; edição francesa, Edimbourg, 1574 (reprodução EDHIS, 1977), in esta última edição, p. 81.

38. *Ibid.*, Segundo diálogo, p. 76.

39. É o que afirma Pierre Mesnard, *L'Essor de la philosophie politique au XVIᵉ siècle*, 3.ª edição, Vrin, 1969, pp. 354-5.

40. Houve longas discussões sobre a paternidade desse panfleto, cuja edição latina traz a data de 1579 e a tradução francesa a de 1581. Parece que Hubert Languet é o autor das *Vindiciae* e que Du Plessis Mornay as tenha "trazido a lume", ou seja, as tenha editado. Sobre essas controvérsias, cf. a introdução de Arlette Jouanna à reprodução em fac-símile do texto francês, Droz, Genebra, 1979.

41. *Vindiciae contra tyrannos*, p. 102: "Porque nunca houve nenhum homem que nascesse com a coroa na cabeça e o cetro na mão; porque ninguém pode

palavra povo"[42]. A análise desse termo, que aparece no texto com notável insistência – 500 ocorrências em 260 páginas, ou seja, em média, duas vezes por página –, é significativa. Os autores rejeitam a conotação negativa da palavra: ela não designa – dizem eles – "todo um populacho" nem "essa besta de um milhão de cabeças", nem "a multidão desenfreada" que, só sabendo "se amotinar e acorrer em desordem", é incapaz do "conselho e prudência para lidar com os assuntos públicos"[43]. É uma acepção positiva que envolve sua definição: "Quando falamos de todo o povo, entendemos por essa palavra aqueles que detêm uma autoridade que emana do povo, ou seja, os magistrados que são inferiores ao rei, e que o povo delegou ou de certa forma constituiu, como auxiliares do império e controladores dos reis, e que representam todo o corpo do povo. Entendemos também 'os estados', que não são outra coisa senão o epítome ou breve coletânea do reino, às quais (*sic*) todos os assuntos públicos se referem."[44] Tal definição pode surpreender, pois "o povo" não se confunde com "todo o povo". O texto latino esclarece a leitura: "Todo o povo" (*universus populus* ou *universitas populi*) é sinônimo de "o corpo do povo" (*populus cœtus*), por oposição à multidão de particulares[45]. E, enquanto esta não possui nenhuma prerrogativa ou função cívica, "o corpo do povo", em contrapartida, se manifesta pelo exercício de seus encargos cívicos. A diferença entre a multidão e o povo não se limita à diferença de suas respectivas definições nominais. Du Plessis Mornay toma distância em relação a F. Hotman, que na *Franco-Gallia* afirmava que "o rei é nomeado pelo povo e em benefício dele"[46], e em relação a Buchanan, para quem, segundo o *De jure regni apud*

---

ser rei por si só ou reinar sem povo; e porque, ao contrário, o povo pode ser povo sem rei, e o tenha sido bem antes de ter reis, segue-se necessariamente que os reis foram inicialmente constituídos pelo povo."

42. *Ibid.*, p. 61.
43. *Ibid.*, p. 61.
44. *Ibid.*, p. 62.
45. *Ibid.*, p. 48.
46. *Ibid.*, p. 108.

Scotos, "o povo está acima do rei"[47]; ele fala expressamente da "soberania do povo" da qual "tanto o rei como todos os seus oficiais, e todos os oficiais do reino, devem depender". E ele escreve também que "a soberania é todo o povo"[48]: ele forma "um corpo"[49] que define "o público"[50], ou seja, o próprio reino[51]. Dessa forma, vê-se fortemente afirmada, pela primeira vez com tanta clareza, a personalidade cívica (ou política) do povo.

Disso decorre, nas *Vindiciae*, o esboço de uma teoria da representação cuja importância deve ser destacada caso nos indaguemos sobre as modalidades institucionais dos governos[52]. A própria definição de "todo o povo" implica que os magistrados e os "estados" representam a pessoa do corpo público e que, por serem seus "delegados", exprimem sua vontade e, sob instrução, agem em seu nome. Entre esses mandatários do corpo público existe, aliás, uma hierarquia dos representantes: todos são, decerto, "inferiores ao rei[53]", mas os "estados" (que reúnem os deputados das três ordens, "ou seja, os plebeus, os nobres, os eclesiásticos"[54] enviados pelas províncias e cidades) são superiores aos magistrados, pois cabe a eles escolhê-los e porque "aquele que foi nomeado por um outro é considerado inferior àquele que o nomeou"[55]. As incumbências dos "estados", também chamados de "o conselho do reino"[56], são pesadas: eles legislam, decidem sobre a paz e a guerra, votam os impostos, nomeiam os reis, vigiam-nos e os depõem; estas múltiplas incumbências são sempre realizadas em nome do povo.

---

47. *Ibid.*, p. 108.
48. *Ibid.*, p. 219.
49. *Ibid.*, p. 237.
50. *Ibid.*, p. 190.
51. *Ibid.*, pp. 116 e 219.
52. Tal esboço não deixa de evocar as teses que o chanceler Sir John Fortescue já expusera em 1461 em seu *De natura Legis Angliae*. Mas nada permite dizer que o autor das *Vindiciae* tenha lido Fortescue.
53. *Vindiciae*, p. 62.
54. *Ibid.*, p. 119.
55. *Ibid.*, pp. 105 e 108.
56. *Ibid.*, p. 228.

O fato de o povo ter recebido *status* de pessoa cívica ou política e de terem sido delineados os principais pontos de uma teoria da representação que sustenta a soberania dos "estados" não constitui argumento suficiente para que Du Plessis Mornay defenda o regime democrático ou o Estado popular. No entanto, a afirmação segundo a qual a investidura popular é necessária para que um rei seja rei constitui um grande passo para o desenvolvimento da consciência política: não é feito nenhum ataque ao princípio monárquico que, aliás, no século XVI, ninguém pensa em questionar; mas a promoção do povo é, pelo menos do ponto de vista teórico, espetacular. Não seria exagero dizer, utilizando uma terminologia que a língua da época parece não conhecer, que a *legitimidade* do rei reside na democracia originária, cujo cadinho é "o corpo do povo".

As idéias dos monarcômacos eram bastante subversivas para perturbar a opinião consagrada. Foram, de certa maneira, consideradas escandalosas em seu tempo; por um lado, a réplica lhes foi dada por uma abundante literatura de reação que, com autores como Guy Coquille e Savaron e depois, mais tarde, Cardin le Bret, Richelieu e mesmo Bossuet, louvava os méritos da monarquia de direito divino; por outro lado, a prática política ainda continuou por muito tempo afastada das declarações abstratas retumbantes contidas nos libelos monarcômacos. *Os seis livros da República* de Jean Bodin são, na época, a obra política com mais autoridade. Na tipologia exposta minuciosamente pelo autor desse grosso tratado[57], Bodin – que não gosta nada dos monarcômacos – não hesita em escrever, citando Cícero, que "não existe tirania mais perigosa que a de todo um povo". Uma vez que se sabe distinguir, como ele pede, as formas da República (*status reipublicae*) e as formas de governo (*ratio imperandi*), não se pode ficar insensível aos defeitos e malefícios da democracia, pois seu vício imanente consiste em ir contra a feliz harmonia da natureza. E se

---

57. Jean Bodin, *Les six livres de la République* (1576), livro II, cap. II, p. 252. Remetemos ao nosso estudo *Jean Bodin et le droit de la République*, PUF, 1989.

Bodin louva, totalmente na contramão, os méritos da "monarquia real", é porque, diz ele, ela corresponde, por seus fundamentos naturais que suas instituições não violam de forma alguma, à suntuosa e universal harmonia cósmica: seus fundamentos naturais, que não devem ser violados pelas instituições, ganham destaque e valor no âmbito de uma política filosófica na qual ressoa o canto do mundo. É essa divina harmonia que, segundo ele, faz calar a democracia. No entanto, no ambiente efervescente do século XVII em que o modo de governo se inclina de fato para o absolutismo monárquico, as palavras do vocabulário político, dentro do horizonte das idéias e apesar da autoridade de que goza a obra de Jean Bodin, começam a ter seu alcance alterado. Não só a questão do direito de oposição do povo ao rei ou ao magistrado tirano ganhou tamanho vigor que os libelos monarcômacos são utilizados como armas, mas, no século XVII, a doutrina jurídico-política, de Grotius a Pufendorf e a Christian Wolff, abordou o problema. Contudo, ela não conseguiu defini-lo com clareza e, dada a dificuldade da tarefa, não soube constituir o povo em seu direito de soberania a fim de defender a democracia.

Portanto, a genealogia filosófica da democracia, mesmo quando a consciência política ganha impulso, nada tem de uma gênese fácil e linear. Pelo contrário, mostra-se lenta e difícil; toma atalhos tão complexos que às vezes parecem inesperados. Assim, enquanto triunfava na França o absolutismo monárquico, a Inglaterra (que, no entanto, tem até hoje um monarca) foi a terra das "revoluções" nas quais a teoria democrática iria encontrar o mais poderoso e o mais moderno de seus filosofemas: a idéia de povo soberano.

3. A afirmação do povo soberano

Ao percorrermos a genealogia filosófica da democracia, o aclaramento conceitual do termo "povo" adquire, como acabamos de ver, uma importância primordial. Contudo, ele é insuficiente, pois o governo do povo pelo povo exige que o corpo do povo seja reconhecido como soberano. Ora, exceto quando nos referimos a uma democracia direta em que a assembléia do conjunto dos cidadãos decide sem intermediários medidas a tomar ou ações a empreender, a noção de soberania do povo é complexa. Ela brotou de longos debates teóricos e práticos cujo caminho esteve sempre coberto de dificuldades e insucessos.

Foi principalmente em meio aos sobressaltos e convulsões da vida social inglesa que se formou a temática do povo soberano, considerada hoje das mais banais quando se trata de democracia, pois admite-se como algo evidente que o poder político pertence a todos. O que, em nosso dias, é tido por um truísmo resulta, na verdade, ao mesmo tempo dos movimentos caóticos da história social e política e da reflexão filosófica. Essa idéia não surgiu *ex nihilo*; ela acompanhou em surdina, mas sem alcançar seu conceito pleno, o movimento de secularização e de antropologização da política iniciado por Marsílio de Pádua. Foi contudo na Inglaterra, no século XVII, que ela adquiriu a força proporcionada pelo vento da revolta. Ao encontro de tendências políticas diversas, até mesmo opostas, e de movimentos sociais desordenados e violentos, ela se tornou a epígrafe eloqüente de uma teorização, ainda não sistemática, da democracia.

3.1. A obra pioneira de Althusius e de Suarez

Desde inícios do século XVII, a noção de povo, agora já bem distinta da de multidão, suscitara em Althusius[58] e depois em Suarez[59] uma interessante meditação na qual, ao contrário das posições da filosofia política tradicional, a democracia era caracterizada ao mesmo tempo como uma ortocracia (uma Constituição reta) e como uma demofilia (amor ao povo).

Althusius via a sociedade como um vasto organismo no qual a política tem por meta estabelecer e manter entre os ho-

---

58. Althusius, *Politica methodice digesta atque exemplis sacris et profanis illustrata*, 1603.
59. Francisco Suarez, *De legibus ac Deo legislatore*, 1612.

mens, primeiro no nível doméstico da família e das tropas, e depois no nível público da Cidade e do Estado, uma comunhão (*consociatio*) resultante do entendimento (*consensus*) entre os diversos membros. Nesse imenso edifício, o corpo do Estado é, dizia ele, o povo, ou seja, o conjunto dos cidadãos. Somente o povo possui o poder de mando denominado "direito de majestade" (*jus majestatis*); este, conforme afirmava Althusius, é indivisível, intransmissível, portanto inalienável e imprescritível. Em suma, o povo que, no Estado, detém a "majestade" é soberano. É certo que Althusius admitia que o governo do Estado pode corresponder a duas concepções do político: ou bem é monárquico, caso em que o magistrado supremo é eleito, em nome do povo, pelo colégio dos éforos que o representam, ou poliárquico, caso em que pode adotar duas formas: ou a de uma assembléia popular, com um executivo delegado – trata-se então de uma democracia –, ou a de uma assembléia formada por uma minoria distinguida pelo nascimento ou pela riqueza – trata-se então de uma aristocracia. Mas, seja qual for, entre essas possíveis, a forma adotada pelo governo, Althusius, que chegou a ser visto como "o último dos monarcômacos protestantes", defendia violentamente os temas relacionados com um Estado corporativo que proporia os próprios fundamentos da "verdadeira democracia"[60]: ou seja, a resistência ao tirano e o antiabsolutismo; a soberania do povo, superior ao rei; a representação, que faz dos éforos os porta-vozes da vontade popular. Num tempo em que a teoria da soberania estava dominada pelo estudo que dela fizera Jean Bodin[61], logo sucedido pelas obras de Charles Loyseau e de Cardin Le Bret, a influência imediata de Althusius, mesmo do ponto de vista teórico, foi ínfima, para não dizer nula. Pelo fato de ele ser calvinista, seu pensamento viu-se envolto em suspeitas; por ser próximo de François Hotman, sua teoria do povo soberano foi tida como

---

60. É esta a apreciação de Pierre Mesnard, in *L'essor de la pensée politique au XVIᵉ siècle*, *op. cit.*, p. 616.
61. *Cf.* Jean Bodin, *Les six livres de la République* (1576). Remetemos ao nosso estudo *Jean Bodin et le droit de la République*, PUF, 1989.

subversiva. Ainda assim, Althusius propôs uma primeira formulação, quase sistemática, para o tema da soberania do povo, que logo se tornaria a ponta de lança dos regimes democráticos.

Francisco Suarez, embora num contexto bem diferente, já que o mestre de Coimbra era um teólogo católico, também se dedicou metodicamente, em seu enorme *De legibus*, ao problema do "poder público", entre outras profundas análises. A seu ver, aquele é sempre *potestas suprema*, ou seja, *suprema in suo ordine*: na Igreja, é o Papa; na realeza temporal, é o monarca; e "na república que se governa democraticamente – isto é, por si mesma –, é toda a República"[62]. Portanto, a pergunta importante gira em torno da determinação do detentor da autoridade pública ou soberania. A resposta parece clara: "Esse poder, em virtude da própria coisa, não existe em nenhum indivíduo, mas no conjunto dos homens."[63] A idéia de uma soberania pessoal está excluída pelo direito natural, pois, segundo a lei divina conforme a qual todos os homens são irmãos, iguais e livres, nenhum tem jurisdição sobre um outro. Buscar na autoridade patriarcal de Adão o arquétipo do poder soberano é um erro, pois na origem da humanidade a Cidade não existia. O poder público só apareceu com a constituição do que é "público", e, como tal, não poderia pertencer a um só. Portanto, quando um príncipe é dito soberano, ele é apenas "o ministro da *res publica*"[64] e, nessa "República", é toda a comunidade que é proprietária do poder soberano.

Apesar da força da tese de Suarez, ela ainda está aquém da necessária teorização da soberania do povo como princípio constitutivo da democracia. Mas tomar consciência dessa carência é colocar em evidência a dificuldade que mesmo as mentes mais audaciosas encontram para elaborar, no começo do século XVII, um conceito claro e bem definido da democracia. Embora reconhecido como detentor do poder soberano que deverá dar ao Estado sua forma e seu ser político, o povo

---

62. F. Suarez, *De legibus*, livro I, cap. IX, § 9.
63. *Ibid.*, livro III, cap. I, § 6.
64. *Ibid.*, livro I, cap. VII, § 5.

por enquanto só aparece como a matéria da comunidade política; ela pode se encarnar nas três estruturas governamentais que Aristóteles determinara e compusera. Pode-se, no máximo, ver no povo a "matriz" do Estado. Em outras palavras, a democracia reveste-se apenas de uma forma originária: é a partir dela, graças a um procedimento de delegação de poder que não implica sua alienação[65] e que pode se revestir de diversas formas, que nos Estados são elaborados os diferentes regimes políticos. Segundo Suarez – bem como segundo a maioria dos católicos de seu tempo cujo pensamento traz a marca da escolástica –, a monarquia, em conformidade com uma tradição bem consolidada, continua sendo o melhor regime[66]. No entanto, o grande teólogo da escolástica tardia sublinhou com tanta convicção a importância, em política, do *consensus populi* que, com ele, essa idéia inicia um itinerário que será decisivo para o pensamento político. O reconhecimento da soberania originária do povo não basta ainda para garantir a fundação da democracia, mas aparece como um argumento poderoso que não mais será possível descartar.

3.2. A agitação "liberal" na Inglaterra

Foi justamente isso o que pensaram, na Inglaterra, os partidários da corrente política liberal. Tomando ou bem os caminhos dos protestos violentos ou as vias reflexivas da filosofia política e refinando a idéia do povo soberano, eles contribuíram para desenhar as categorias institucionais nas quais pouco depois se fixaria a doutrina democrática.

Seria falacioso e inútil procurar alguma relação entre a literatura política do século das "revoluções" da Inglaterra e as graves meditações do calvinista Althusius ou do católico Suarez. No entanto, apesar da diferença de intenções e de estilos, elas têm em comum a rejeição do absolutismo real e a defesa

---

65. *Ibid.*, livro III, cap. IV, § 11.
66. *Ibid.*, livro I, cap. IV, § 6.

dos direitos do povo. Nada é mais embaralhado que as idéias políticas da Inglaterra do século XVII, nas quais a Igreja e o Estado interferem ao sabor de relações complexas em que se mesclam a lembrança da *Magna Carta* de João-sem-Terra, o anglicanismo, o parlamentarismo, um racionalismo nascente que não combina muito bem com o oportunismo da tradição, uma defesa da *Common Law* e o ascenso do individualismo. Num tempo de instabilidade política em que se enfrentam o monarca e o Parlamento, a literatura política inglesa, em seu conjunto, milita a favor da liberdade do povo. Mas exprime múltiplas nuanças, o que explica a coexistência nela de uma tendência republicana, ou antes, aristocrática e, em todo caso, puritana e, aliás, essencialmente teórica, e de uma tendência democrática, protestatória e mais ou menos violenta, dentro da qual não se contam doutrinários muito metódicos.

Desde o início do século XVII, Edward Coke, que se tornara o defensor da *Common Law* e fora o protagonista do *Bill of Rights* de 1628, propunha uma teoria constitucionalista insistindo na importância, nas Comunas, dos representantes eleitos da nação inglesa. Suas idéias não eram estranhas nem ao regicídio de Carlos I nem ao advento da República de Cromwell. Sabe-se que, nesse clima, Hobbes, assustado, preferiu abandonar a Inglaterra.

Mas, na genealogia da democracia, convém mencionar sobretudo a influência exercida naquele momento da história pelos movimentos protestatórios de grupos que, mais ou menos associados às seitas religiosas dos Quakers e dos Muggletonianos, davam a si mesmos nomes que sugeriam seu programa de ação: *Levellers* ("Niveladores"), *Diggers* ("Escavadores"), *Seekers* ("Exploradores") ou *Ranters* ("Divagadores")... O objetivo deles era "pôr o mundo de ponta-cabeça"[67], abalando, se necessário pelo fogo e pelo sangue, as crenças e os valores estabelecidos relativos tanto à magistratura civil como ao clericato espiritual. Ao mesmo tempo em que o rei assumia aos olhos deles a figura do anticristo, a *vox populi* passava por

---

67. Cf. Christopher Hill, *Le monde à l'envers*, Payot, 1977.

vox Dei. Tudo isso vinha acompanhado da predicação puritana, que difundia a esperança milenarista com a qual eles confundiam as perspectivas de uma revolução social, sem saber muito bem o que ela poderia ser.

É claro que os "Niveladores" tinham suas cabeças pensantes, como Richard Overton e John Lilburne, cujos libelos[68] tinham tido certa repercussão. Mas mesmo os escritos menos severos de William Walmyn e de Thomas Goodwin não expunham verdadeiramente a doutrina. Em contrapartida, o que Gerard Winstansley apresentou em 1649 em *A Watchword to the City of London and the Army*, e depois em 1652 em seu *Law of Freedom in a Platform*, que dedicou a Oliver Cromwell, foi o programa sociopolítico de uma utopia comunista. Esses escritos não tinham nenhuma pretensão filosófica; contudo, assim como as teses defendidas pelo velho poeta Milton[69], fornecem um documento sobre o estado de espírito que reinava nos anos turbulentos que separaram as duas revoluções da Inglaterra. No meio de todos esses escritos[70], *Oceana* de James Harrington, publicado em 1656, era ainda o mais significativo. Não foi por acaso que Toland chamou Harrington de "o famoso republicano da Inglaterra". Por meio da alegoria, *Oceana* propunha nada mais nada menos que um apoio doutrinal ao lorde protetor Cromwell. Defendendo a forma republicana do governo, não se limitava apenas, como se costuma dizer, a exigir uma lei agrária – *The Equal Commonwealth* – segundo a qual o "equilíbrio" da propriedade exigiria que as terras, em vez de pertencerem a uns poucos, fossem repartidas entre todos; propunha um "projeto constitucional", que aliás desenvolveu em 1659

---

68. Em 1646, Overton publicou uma *Remonstrance of Many Thousands Citizens*, e o panfleto de Lilburne, *London's Liberty in Chains*, teve sua hora de celebridade.

69. Milton publicou *Areopagetica* em 1644 e depois seu célebre *Paraíso perdido* em 1667.

70. Com efeito, deveríamos citar as obras de Ed. Chamberlayne, Richard Baxter, Edward Burrough, Isaac Barrow... Todos esses autores, para defender "a boa velha causa", exigiam a separação da Igreja e do Estado a fim de romper a aliança nefasta entre teologia e política, condenavam a censura, reivindicavam a liberdade de imprensa, justificavam o tiranicídio do príncipe indigno...

em *The Art of Lawgiving*. Nesse plano de governo, exigia, além do "equilíbrio" das forças no corpo público, a preeminência da lei; explicava que, graças à mediação de seus representantes, o povo deveria ter a iniciativa das leis; que um Senado deveria deliberar. Nessa épura jurídica, a preocupação ética com o respeito da liberdade de consciência era onipresente. Lidas como curiosidades jurídico-políticas, as propostas de Harrington, cheias de imagens antigas que se tornaram obsoletas e não pertinentes na sociedade do século XVII, foram denunciadas pelo próprio Cromwell como inoperantes. No entanto, nessa obra surpreendente eram postos em prática temas que, retomados e mais bem conceitualizados por Algernon Sidney em seus *Discourses Concerning Government*[71], e depois sobretudo por John Locke em seus dois *Tratados sobre o governo civil*[72], serviriam posteriormente de base para as estruturas dos regimes democráticos e para as aspirações sociais e jurídicas do conjunto dos cidadãos.

Nesses textos – que no entanto não expressavam claramente uma defesa da democracia –, expunha-se pelo menos a idéia-força do povo soberano. Essa idéia, à medida que ia ficando cada vez mais clara, vinha associada em várias obras teóricas, algumas das quais atingiam alto grau de conceituação[73], aos primeiros movimentos do liberalismo político e encontrava neles uma ressonância carregada de esperança. É bastante notável que, nos tempos que se seguiram à *Glorious Revolution*, essas idéias novas e fortes tenham encontrado eco na realidade

---

71. Os *Discursos* de Sidney foram escritos por volta dos anos 1680, mas só foram publicados em 1698, com a menção *Sidney redevivus*.

72. Os dois *Tratados* de Locke foram publicados em 1690. Remetemos à nossa introdução à edição do segundo tratado ou *Traité du gouvernement civil*, Flammarion, 1984 [Trad. bras. *Dois tratados sobre o governo*, São Paulo, Martins Fontes, 1998.]; 2.ª edição, 1992; bem como ao nosso estudo *John Locke ou la raison raisonnable*, Vrin, 1986.

73. Cf. Charles Bastide, *John Locke, ses théories politiques et leur influence en Angleterre*, Paris, 1906; cf. segunda parte, caps. I e II, pp. 135-76, em que encontramos exposta uma visão de conjunto das teorias políticas inglesas; cf., também, G. P. Googh, *The History of English Democratic Ideas*, Cambridge, 1927; Paulette Carrive, os artigos reunidos sob o título *La pensée politique anglaise de Hooker à Hume*, PUF, 1994.

política, dando-lhe, apesar das ambigüidades e dos equívocos, uma inflexão que era o sinal da democracia em marcha. Ainda hoje, a teoria e a prática democráticas conservam a marca de certos filosofemas destacados pelo pensamento inglês do século XVII. Este é um indício eloqüente do esforço intelectual empenhado pela filosofia política do outro lado do canal da Mancha. Mas, ao mesmo tempo, convém avaliar o quanto a gênese da idéia de povo soberano foi, nesse mesmo esforço, laboriosa e quase dolorosa: foi preciso a sucessão lenta e difícil, caótica e contraditória dos acontecimentos e das revoltas para que, em meio aos conflitos políticos e às polêmicas doutrinárias, fosse pouco a pouco se modelando o tema do povo soberano (o conceito de "soberania do povo" não parece ter-se formado naquela época) e de sua representação no governo civil. Seja como for, o ideal democrático buscava definir-se, o que implica bem menos uma vontade de ruptura com a tradição filosófico-política que a remodelagem das velhas noções de Constituição, de cidadania e de legalidade oriundas das antigas democracias. E, sobretudo, a necessidade de promover um quadro constitucional que garantisse o respeito à legalidade afirmava-se de maneira cada vez mais premente. Se, de um ponto de vista filosófico, essa necessidade tinha parentesco com um humanismo sem nenhuma relação com o cosmologismo de antanho ou com o teologismo medieval, pressupunha no povo uma psicologia evoluída de forma tal que "a sociedade aceite que aquele que comanda não tenha mais qualidades que aquele que obedece"[74]. Essa verdade, no entanto, ainda era muito difícil de aceitar, e essa dificuldade postergava a instauração dos governos democráticos na história.

É por isso que convém conceder a justa medida aos parâmetros democráticos que, originados da evolução do pensamento político dos séculos XVI e XVII, não tardarão a intervir de maneira racional na arquitetônica institucional de um regime político que erradicaria os abusos do absolutismo. A axio-

---

74. Raymond Aron, *Introduction à la philosophie politique*, Livre de Poche, 1997, p. 203.

mática democrática sem dúvida começava a se definir; no entanto, estava aureolada, no despontar do século XVIII, de uma idealidade que a realidade ainda estava longe de refletir.

4. A formação dos parâmetros da instituição democrática

Quer o consideremos de um ponto de vista filosófico, institucional ou psicossociológico, o ideal democrático que se deixava adivinhar *in statu nascendi* no final do século XVII enraizava-se no postulado da necessária *limitação do poder*. Como tal, era a antítese dos dogmas do absolutismo monárquico, cujo vigor, naquele mesmo período, ainda era impressionante tanto na doutrina como na realidade. Mas o absolutismo que triunfava na maioria dos Estados da Europa era contemporâneo de crises políticas (a Fronda, a execução de Carlos I), econômicas (revoltas camponesas, fome), religiosas (contra-reforma, jansenismo), intelectuais (libertinagem). Suas glórias, ao mesmo tempo em que eram celebradas por doutrinários brilhantes, Cardin le Bret e Richelieu na França, Grotius nos Países Baixos, Jaime I e Filmer na Inglaterra, eram frágeis: com efeito, o absolutismo era o resultado de uma vitória sobre o passado feudal; por isso, fortalecido por sua ligação com o tradicionalismo político e cultural da monarquia, não se preocupava em preparar o futuro. Essa precariedade tornava-o ainda mais vulnerável na medida em que as monarquias absolutas viam-se então confrontadas, por toda a parte na Europa ocidental, com guerras e, sobretudo, com um movimento econômico marcado pelo mercantilismo e pelo desenvolvimento do capitalismo e, de maneira radical, pelas descobertas da jovem ciência antropológica. Ao mesmo tempo em que, na via inaugurada por Descartes, descobriam-se as capacidades racionais da natureza humana, também se sublinhavam, correlativamente, seus limites e imperfeições. A trama que essas correntes metodológica e ideologicamente diversas teciam deixava, na verdade, pouco lugar para a certeza metafísica da unidade absoluta do poder monárquico. É certo que nenhum estudo da natureza humana, de Montaigne a Pascal, ou mesmo de Hobbes a Spinoza, confirmava as afirmações de Maquiavel sobre a maldade radical inerente ao homem. Entretanto, todos os autores concordavam com o dualismo conflituoso entre a razão e as paixões, portanto, com a impossível perfeição das ações do homem, incluindo suas iniciativas e decisões políticas. O poder político não podia, por conseguinte, ter nem a completude nem a excelência de uma autoridade absoluta. O absolutismo monárquico mostrava-se assim filosófica e antropologicamente falso. Por isso opunham-lhe, ainda que em termos imbuídos de confusão, as perspectivas mais humildes de uma organização democrática na qual deveria haver, jurídica e institucionalmente, limitação do poder.

Sobre o pano de fundo antropológico em que se formara a idéia de um povo soberano disposto a conquistar e defender sua liberdade, iam-se definindo pouco a pouco os eixos institucionais que o ideal democrático exige: os procedimentos da *representação*; as estruturas contratualistas de um poder que não pode nem existir nem se exprimir sem o *consentimento do povo*; a arquitetura de uma *Constituição* que, ao organizar os poderes do Estado, garante o respeito da legalidade.

4.1. *A representação*

A representação é um dos parâmetros essenciais da democracia. Isso não quer dizer que haja coincidência, para a filosofia política ou na técnica constitucional, entre democracia e representação; mas a idéia segundo a qual os governantes, que recebem seu mandato dos governados, devem agir em lugar deles é um dos axiomas fundamentais da democracia – a ponto de se falar correntemente de "democracia representativa"[75]. A vida política moderna está tão dominada por inúmeros trâmites eleitorais que essa idéia nos parece clara. No entanto, ela

---

75. Sobre esse problema, ver, por exemplo, John Stuart Mill, *Le gouvernement représentatif*, 1877, p. XXIV; Hans Kelsen, *Théorie pure du droit*, p. 397 [trad. bras. *Teoria pura do direito*, São Paulo, Martins Fontes, 8.ª ed., 1998.]; Georges Burdeau, *Traité de science politique*, tomo V, *op. cit.*, *Les régimes politiques*, p. 275.

não só é complexa, mesmo hoje, em razão dos diversos procedimentos de eleição (é um problema de técnica jurídica que não abordaremos aqui), mas, sobretudo, a própria idéia da representação obedeceu, na história das idéias políticas, a duas lógicas que é importante distinguir: a lógica do mandato imperativo e a lógica do mandato representativo.

Quando Rousseau afirma que a idéia de representação é tão "moderna" que, nos governos antigos, a própria palavra era desconhecida[76], seu juízo não é falso, mas precisa ser mais bem esclarecido e pormenorizado. Na verdade, o pensamento político do século XVII, como sublinha Hobbes[77], transportou para o direito público uma técnica de direito privado ainda em vigor no direito romano e que é resumida por uma fórmula de Cícero, citada, aliás, no *Leviatã*: *Unus tres personas sustineo summa animi aequitate: meam, adversarii, judicis*[78] (Eu sozinho assumo três personalidades: a minha, a de meu adversário e a do juiz). A representação corresponde então ao modelo do "mandato" reconhecido pelo direito feudal, isto é, o representante ou o eleito está obrigado por instruções dos representados ou dos eleitores, sem poder afastar-se delas; em outras palavras, o mandatário põe-se a realizar o ato que o mandante o encarregou de executar. Através desse mandato, chamado de "mandato imperativo", a vida política – o que era o caso na época medieval – era pensada como o prolongamento da vida doméstica; o "mandato imperativo" impõe ao representante respeitar a promessa feita àquele ou àqueles de quem é o porta-voz e a quem deve prestar contas[79]. Mesmo no século XVI que foi, como se disse, "a idade de ouro" dos Estados Gerais da antiga França, os "deputados" que representavam a nobreza, o clero ou o terceiro estado recebiam de seus eleitores um mandato

---

76. Rousseau, *Le contrat social*, III, XV.
77. Thomas Hobbes, *Léviathan*, cap. XVI, p. 162. [Trad. bras. *Leviatã*, São Paulo, Martins Fontes, em preparação.]
78. Cícero, *De oratore*, livro II, cap. XXIV, 102.
79. É o que explica o fato de que, se os eleitores perderem a confiança naquele ou naqueles que os representam, eles podem revocá-los: cf. A. Hauriou, "Le droit de révocation populaire", in *Revue politique et parlementaire*, 1924.

desse tipo; não possuíam, portanto, nem autoridade política nem iniciativa em matéria de governo; e, é claro, não participavam do poder legislativo. Aliás, a política absolutista e centralizadora dos reis nada mais podia, naquela época, senão acentuar o caráter subalterno do representante-mandatário: recordemos, ademais, dentro da mesma lógica, que não só os Estados Gerais não foram convocados entre 1614 e 1789, mas que os delegados dos diversos corpos do reino não tinham nenhuma prerrogativa governamental. Eram simples comissários daqueles que, localmente, em Vermandois ou Berry, tinham-lhes confiado um mandato, revocável, aliás.

Talvez Rousseau pressinta que, nos tempos "modernos", a idéia de representação, obedecendo a uma lógica diferente da do "mandato imperativo", será objeto de uma transformação semântica. Mas ele ainda está longe de pensar claramente, como Sieyès em 1789, no que se chama tecnicamente de "mandato representativo". Segundo esse novo modelo de mandato, sinal da maturação da noção de democracia como ideal sociopolítico, a representação deixará de ser no Estado um mandato individual, confiado por cada eleitor a um ou a vários eleitos. Tratar-se-á de um mandato coletivo outorgado pelo corpo do povo ao conjunto dos eleitos que o representarão. Nessas condições, a democracia representativa implicará a subordinação dos representantes-governantes à "vontade geral" do povo em corpo, como se cada um deles representasse não seus eleitores em particular, mas a "nação inteira". No entanto, quando Rousseau condena a representação pelo fato de a soberania não poder ser nem dividida nem alienada, ainda não possui um conceito claro do que virá a se chamar "mandato representativo"; nesse ponto preciso, ademais, ele provavelmente não compreendeu a posição de Hobbes.

Com efeito, o autor do *Leviatã* não é, como disseram, o defensor obstinado de um monarquismo absoluto enraizado exclusivamente no arbítrio do Príncipe. O poder soberano, explicava Hobbes no extraordinário capítulo XVI de seu volumoso tratado sobre o poder, é um poder fraco se não for a representação do povo como "corpo político"; é nessa representação que encontra suas bases e é dela que retira sua força[80]: "Cada um dá *àquele que representa a todos* a autoridade que depende dele próprio em particular."[81] Já nos frontispícios de seus tratados políticos, Hobbes faz do *homo artificialis*, que é o Estado, o ser de razão a que o "povo em corpo" (distinto da multidão) concedeu "uma autoridade irrestrita"[82] em nome da qual ele irá legislar e agir. O estatismo hobbesiano, assim baseado numa representação que se abebera e ganha sentido na unidade do corpo do povo – pode-se dizer, num mandato representativo –, enraíza-se portanto numa democracia originária[83]. A unicidade do mandato representativo explica ao mesmo tempo a instituição e o exercício do poder. Por um lado, a criação do Estado-Leviatã, enquanto *persona civitatis*, exige da parte do povo uma transferência de autoridade (*auctoritas*) que exprime uma espécie de dialética entre "o autor" (*auctor*) do poder soberano e "o ator" (*actor*) desse poder – ou seja, entre o povo e o Leviatã, seja ele "príncipe ou assembléia". Por outro lado, o exercício do poder soberano da República ou do Estado só é possível porque a *persona civilis* (ou *civitatis*) do "grande Leviatã" repousa sobre o mandato coletivo que o povo lhe confiou. O corpo do povo delegou seu poder ao Leviatã, dando-lhe assim "permissão" para legislar, decidir e agir. A pessoa pública que é o Estado é portanto representativa de todos aqueles – "a multidão reunida pelo contrato", isto é, o povo – que lhe transferiram seus direitos. Se, nos terrenos militar, religioso ou judiciário, o lugar-tenente, o vigário, o substituto agem "em nome e lugar" daqueles que lhes confiaram o mandato, ou seja, por ordem ou por procuração (é um "mandato imperativo"), no terreno político, a representação, segundo Hobbes, tem uma envergadura totalmente diferente: o poder político representa o povo e, na qualidade de ator, vincula o autor que lhe transferiu sua autoridade (é um "mandato representativo"). É assim que

---

80. Hobbes, *Léviathan*, cap. XVI.
81. *Ibid.*, cap. XVI, p. 166. Os itálicos são nossos.
82. *Ibid.*, p, 167.
83. Hobbes, *De cive*, VII, 5. [Trad. bras. *Do cidadão*, São Paulo, Martins Fontes, 3.ª ed., 2002.]

se vê engajada – é o que importa politicamente – não a responsabilidade do mandatário (o Leviatã), mas a do mandante (o povo); é engajada nos próprios termos e na exata medida fixados pelo mandato que lhe confere o "direito" (ou seja, para Hobbes, o poder) de legislar e de agir. A teoria de Hobbes, ao fazer da representação o corolário lógico do contrato, esclarece, por sua forma mediadora, a função instituinte do povo, e abre caminho para o que mais tarde será a doutrina da soberania nacional. Pela voz de seus representantes, o povo em corpo participa da legislação, coopera com a tomada de decisões políticas e Hobbes, que conhece a importância da economia, assinala o quanto é desejável que o povo vigie as finanças públicas.

Interpretar essa teoria como uma profissão de fé democrática seria, obviamente, desfigurar as intenções do filósofo que não defende nenhum regime mas pretende ser o primeiro a elaborar uma "ciência política": para ele, não é a forma do governo que importa; é o procedimento da representação, porque ela confere ao corpo político sua unidade e seu poder. Hobbes sem dúvida sentiu certo temor em relação a esse esquema político, pois refugiou-se voluntariamente na França ao constatar o poder que a representação dava, na Inglaterra, ao Parlamento, representativo do povo. Mas do ponto de vista da teoria política, essa aventura pessoal é sem conseqüências. O importante é que a filosofia política de Hobbes tenha sublinhado de que maneira o povo inteiro é o suporte da autoridade soberana. Foi o que Rousseau compreendeu ao ler o filósofo inglês. Por intermédio da lógica subjacente ao conceito do mandato representativo, Hobbes eliminava a idéia feudal da representação fundada no mandato imperativo e dessa forma lançava luz sobre a existência, em qualquer Estado, de uma democracia primordial. Nem por isso pretendia propor o princípio fundador dos regimes democráticos futuros (a palavra democracia conserva em seu tempo, e por muito tempo ainda, uma acepção pejorativa: Voltaire verá nesse regime o reino da "canalha"; D'Holbach, o do "populacho imbecil"). No entanto, Hobbes preparava o postulado fundamental do direito público nos regimes democráticos modernos: a identidade jurídica entre o povo-nação e seus representantes; pressentira que a legitimidade dos governantes só poderia ser buscada no acordo e assentimento do povo; compreendera o papel que viria a desempenhar a eleição na política futura dos Estados – parâmetros indispensáveis para a lógica da democracia[84].

4.2. A anuência ao poder

Enquanto o "hobbismo", mal compreendido porque essa filosofia situava-se entre duas épocas, era tido como uma doutrina escandalosa na qual não se sabia ler a premissa original do pensamento democrático, "o sábio Locke" moldava sua teoria do governo civil, fundamentando-a na idéia da *anuência do povo ao poder*. Modesto em sua espantosa lucidez, dava à idéia democrática, quase sem nomeá-la, um extraordinário impulso.

Em seus *Dois tratados sobre o governo civil*, Locke tinha por objetivo rejeitar os "falsos princípios" enunciados por Sir Robert Filmer em seu *Patriarcha* e contrapor a eles o estudo "da verdadeira origem, da extensão e do fim do governo civil". Refugiado nos Países Baixos depois da condenação à morte de Sidney em 1683, Locke, na mesma linha da agitação liberal que sacudia seu país fazia várias décadas, deu-lhe uma forma definitiva explicando que a sociedade civil só encontra sua verdade na vontade do corpo político[85]. Quando esta não é respeitada, escreve Locke, o governo cai no arbítrio[86], atola num estado de natureza cuja precariedade é o oposto das exigências da sociedade civil[87]. Ora, esta só pode se estabelecer sobre a

---

84. Criticar Hobbes, sobre este último ponto, por não ter-se interrogado sobre os procedimentos e modalidades técnicas da eleição é singularmente impertinente. Hobbes não é jurista. Sua filosofia incide sobre os "princípios" da política, mesmo que não esteja pronto para ver nela "um sistema de competição pelo exercício do poder" (Raymond Aron, *Introduction à la philosophie politique, op. cit.*, p. 58).
85. John Locke, *Traité du gouvernement civil*, § 89.
86. *Ibid.*, § 8, 137, 139.
87. Um exemplo dessa distorção da ordem política foi dado pela "doença francesa" de Richelieu a Luís XIV e pela monarquia dos Stuarts, manchada de tanto sangue e de tantos crimes.

base de uma convenção originária que implica – a idéia não é nova, pois Grotius, Hobbes e Pufendorf já a tinham exposto, mas sob a pena de Locke ela encontra uma formulação ainda inédita – a *anuência livre* (*consent*), ou seja, o ato individual e estritamente voluntário (nem um pai pode engajar-se por seus filhos[88]) daquele que pactua[89]. Na lógica dessa convenção, revela-se que preferir a ordem pública à liberdade privada do estado de natureza é a condição para que o indivíduo, por sua decisão de se integrar ao corpo político, se torne cidadão. Pelo fato de que, nessa convenção, o indivíduo *anui* em abandonar o estado de natureza para entrar na vida civil, portanto, em não mais executar o direito que lhe cabe naturalmente, em transferi-lo para o "público" e obedecer às leis que a "república" editar, é claro que a sociedade civil repousa sobre o ato de liberdade que engaja os indivíduos no corpo político. Esse engajamento é um ato de confiança (*trust*) para com a instituição que ele constitui. Para os governados, não se trata simplesmente de conceder sua fé – sua confiança – aos governantes; na adesão livre e voluntária dos indivíduos ao estado civil está incluída, sua aceitação das leis positivas do direito da República. A confiança que concedem, por sua anuência ao poder, à autoridade legisladora, significa que só ela é competente para determinar a ordem jurídica que, por meio de seu dispositivo, garantirá proteção e segurança aos membros do corpo público. A "confiança no poder" implica portanto que o governo é responsável perante o povo e está submetido ao controle do povo. Com sua anuência ao poder (*consent*) e com sua confiança no poder (*trust*), o povo encontra-se investido de uma função constituinte.

O reconhecimento do povo como entidade política (e já quase como sujeito jurídico) conduz Locke a esboçar, na esteira de Hobbes e de forma mais precisa que ele, uma teoria da *autorização*[90] na qual o povo aparece como o verdadeiro *autor* das leis da República. E, como o poder legislativo exige a execução das leis e a punição das ilegalidades, a idéia da autoriza-

---

88. Locke, *Traité du gouvernement civil*, §§ 117 e 119.
89. *Ibid.*, § 95.
90. *Ibid.*, § 89.

ção exprime, ao mesmo tempo que a soberania do povo, a primazia da lei no Estado[91]. O povo é portanto detentor dos poderes de fazer as leis, de fazer com que sejam executadas e de julgar sua aplicação.

Só que o povo não exerce diretamente esses poderes. Ele os confiou, por meio de sua anuência à vida civil, ao "corpo" que legisla em seu lugar e aos "magistrados" que ele nomeia. A anuência à vida política exige, por conseguinte, uma teoria da *representação*; mesmo uma democracia perfeita não poderia ser direta: a mediação dos representantes é uma necessidade[92]. Como Hobbes, Locke pressente com nitidez, embora sem explicitá-la de fato, a idéia do mandato representativo por oposição ao mandato imperativo. Assim como Hobbes, ele não especifica as técnicas jurídicas da representação: a natureza do sufrágio, universal ou censitário, o mecanismo dos modos de escrutínio, as modalidades de eleição, a contagem dos votos... não lhe interessam. Em contrapartida, sublinhando que *a regra da maioria* é o corolário da representação[93], abre um caminho que virá a ser percorrido pelas teorias da democracia representativa. Ele explica[94] que é preciso que cada um, no corpo público, aceite a anuência da maioria como equivalente racional do conjunto e, por isso, a ela se submeta[95]. Para a *majority rule*, Locke dá uma justificativa que pode parecer fraca invocando quer circunstâncias contingentes como "problemas de saúde" ou "impedimentos profissionais", que tornam a unanimidade impossível, quer a diversidade dos interesses e a contrariedade das opiniões[96], que condenariam um poder público decidido a levar todos em conta a um pontilhismo incoerente e inviável. Vê nela apenas uma máxima prática de sabedoria política que

---

91. Se litígios vierem a perturbar a ordem pública, não é o monarca mas a lei que é juiz.
92. Locke, *Traité du gouvernement civil*, § 133.
93. Hobbes já observara que "a voz do maior número deve ser considerada como a voz de todos", *Léviathan*, cap. XVI, p. 167.
94. Locke, *Traité du gouvernement civil*, § 98.
95. A idéia de uma regra majoritária já fazia parte do direito romano: *quod major pars curiae efficit, pro eo habetur ac si omnes egerint*.
96. Locke, *Traité du gouvernement civil*, § 98.

condiciona a perpetuação da República e a eficácia do poder legislador. Em suma, a autoridade da maioria é para ele o imperativo prático da República. Mas a seus olhos isso é fundamental, pois a política é uma questão de prática e de sucesso mais que de rigor e de lógica.

Enfim, o pensamento político de Locke contém uma teoria da cidadania que anuncia certos aspectos da filosofia do século XVIII. Pela anuência à vida civil e pela confiança que deposita no poder público, o indivíduo se faz cidadão. "Incorporando-se" livremente ao "corpo público", cada um participa de sua gestão: alcança assim a dignidade política. Doravante – com Rousseau esse tema ganhará toda a sua força –, o indivíduo que se tornou cidadão lucra em dobro: escapa das incertezas do estado de natureza; e se, enquanto súdito, obedecer à lei da República, não ficará submetido mas afirma com isso sua liberdade, pois, enquanto cidadão, contribuiu para a edição da lei. Sua autonomia cívica é o princípio de uma liberdade política já tão autoconsciente que o povo, tendo outorgado o poder aos governantes, mantém, em razão da missão que lhes confiou, a faculdade de revocá-los se eles falharem no exercício de seu cargo. Isso equivale a dizer que cabe ao povo decidir, por si mesmo, sobre seu destino político[97]. O liberalismo político, ainda que não se proclame democrático, encontrou seu axioma fundador.

Opondo-se aos "falsos princípios" de Filmer, denunciando os governos "absolutos e arbitrários", Locke é um pensador engajado que pressupõe que o poder encontra sua fonte, não mais numa visão hierárquica do mundo que sirva de substrato para a idéia de dominação absoluta, mas numa concepção igualitária da condição dos homens. Em sua teoria política, esboçam-se os caminhos do individualismo, do liberalismo e do igualitarismo que, segundo ele, deve ser trilhado pelo governo representativo que o povo que anuiu ao poder quer[98].

---

97. *Ibid.*, §§ 240-242.
98. Não é impossível que Hamilton, que forjou em 1777 a expressão "democracia representativa" (*Papers*, I, Columbia University Press, 1962, p. 255), e, de forma mais geral, os constituintes da América tenham-se inspirado na filosofia de Locke.

Esse esboço é ainda mais importante para a filosofia política porque Locke, antes de Kant, temia que o poder do povo se tornasse despótico, como se pressentisse os desvios dessa democracia extrema que, segundo Tocqueville, é tão perniciosa quanto uma monarquia absoluta. Portanto, para um regime de liberdade, a relação que tem de se instaurar entre o poder soberano do povo e a limitação dos poderes de que são investidos os representantes que governam constitui um problema fundamental. Locke não o examina de fato, mas, no mesmo veio de pensamento, Montesquieu dá seguimento a ele e forja a teoria da limitação constitucional dos poderes que fornecerá à democracia, sem que o tenha querido expressamente, um de seus parâmetros essenciais.

4.3. A Constituição da liberdade

Quando, no mais célebre capítulo de *O espírito das leis*, Montesquieu cinzela, inspirado no modelo inglês, a *Constituição da liberdade*, não tem a menor intenção de formular o discurso fundador da democracia; aliás, nunca pensou em fazer, com sua tipologia dos governos, a apologia desse regime e nunca escondeu sua preferência pela aristocracia. No entanto, a doutrina jurídica tomará de sua teoria elementos conceituais que, extraídos, é verdade, de seu contexto original, têm lugar, ainda hoje, nas categorias constitucionais fundamentais do regime democrático. Destacaremos apenas três: a virtude cívica, o equilíbrio dos poderes e o pluralismo partidário.

Indagando-se sobre a "natureza" e o "princípio" das três espécies de governos que distinguiu, Montesquieu faz da *virtude*, no governo republicano, o princípio da democracia[99]. Segundo ele, faz parte da natureza da democracia que o povo em

---

99. Lembremos, em prol da clareza conceitual da afirmação, que, segundo Montesquieu, existem três espécies de governos: o republicano (que pode ser aristocrático ou democrático), o monárquico e o despótico. A "natureza" de um governo faz com que ele seja o que é; o "princípio" de um governo é o que faz ele se movimentar.

corpo tenha um poder soberano[100]; dessa natureza, decorrem "as primeiras leis fundamentais" desse regime, ou seja, aquelas "que estabelecem o sufrágio"[101]. Mas é importante que, para além da natureza, ou seja, da "estrutura particular" da democracia, um princípio a faça mover-se: ele reside nos sentimentos e nas paixões que conduzem a consciência do povo a ela. Esse princípio é a *virtude*, ou seja, "uma coisa muito simples: o amor pela República"[102] ou pela "coisa pública". Esse sentimento que todos, do mais nobre ao mais humilde, podem sentir, implica que se dê mais importância ao interesse geral que aos desejos particulares. Necessária para a qualidade dos costumes, ela se define como "o amor pela pátria e pela igualdade". Segundo Montesquieu, que situa a virtude antes na igualdade ou isonomia que no bem-viver ou eunomia[103], esse princípio, que move a democracia, é próprio do "homem de bem político".

Ninguém compreendeu muito bem o que Montesquieu, ao analisar a virtude, queria dizer. Os jansenistas, os jesuítas, a Faculdade de teologia, Voltaire... dirigem-lhe várias críticas que o obrigaram a fazer um esclarecimento[104]. Na democracia, esclarece ele na esteira de Maquiavel, a virtude não é nem a virtude moral nem a virtude cristã, mas a *virtude cívica* – aquela que, outrora, foi o paradigma do republicanismo clássico. Ela reside essencialmente no civismo, ou seja, nesse senso da cidadania que coincide com o senso da responsabilidade. Se o civismo se desagrega, a democracia entra em deliqüescência. A virtude democrática consiste portanto em resistir, nas repúblicas, às tentações da corrupção e aos assaltos das facções que, na história, são as forças destrutivas da política. Para que um Estado popular se mantenha, ele precisa, como Péricles compreendera de forma maravilhosa, da mola da virtude[105]. Por-

---

100. Montesquieu, *L'esprit des lois*, livro II, cap. II.
101. *Ibid.*, II, 2, in Bibliothèque de la Pléiade, p. 240.
102. *Ibid.*, V, 2, p. 274.
103. *Ibid.*, VIII, 3.
104. Cf. a Advertência colocada no início de *O espírito das leis* a partir das edições de 1750.
105. *Ibid.*, III, 3.

tanto, pode ser chamada de "princípio" porque, determinação privilegiada desse tipo de governo que é a República em sua forma democrática, ela dá rigor a suas leis e a suas máximas; ela implica o estrito respeito da legalidade, a tal ponto que querer ser livre contra as leis é tornar-se escravo de seus instintos; ela quer que se ame a igualdade e a frugalidade, pois todas as outras qualidades disso decorrem[106]. O bom cidadão, numa democracia, é um homem de bem. A grandeza da democracia – Atenas e Roma já o mostraram outrora – depende do civismo de todos os cidadãos.

O *equilíbrio constitucional dos poderes*[107] não é apresentado por Montesquieu como o princípio decisivo da democracia, mas como a condição *sine qua non* de uma política de liberdade. Contudo, um regime democrático que não respeitasse a divisão e o equilíbrio dos poderes cairia numa monocracia cheia de perigos não menos temíveis que os vícios da autocracia despótica. A distinção dos poderes legislativo, executivo e judiciário, necessária para sua colaboração equilibrada, cria um obstáculo, explica Montesquieu, para o autoritarismo que, seja a forma que adote – o da massa ou o de um chefe –, afeta a liberdade devido a sua inevitável arbitrariedade.

Mesmo que a intenção de Montesquieu não fosse, no caso, elaborar a estrutura constitucional do regime democrático, sua teoria da divisão do poder e da distinção de seus organismos institucionais (que foi chamada, sem fidelidade ao texto, de teoria da "separação dos poderes") pôde servir de esquema jurídico exemplar para os doutrinários da democracia representativa ou parlamentar[108]. Com efeito, ela permite chamar a atenção para uma observação particularmente profunda segundo a qual a democracia não é, por natureza, ou seja, em si e por si, um regime de liberdade. Em outras palavras, até mesmo numa democracia, a liberdade do povo tem de ser construída juridica-

---

106. *Ibid.*, V, 3 e 4, pp. 274-6.
107. *Ibid.*, Xl, 6.
108. Deve-se evidentemente excluir aqui as democracias ditas "populares" que, a exemplo do centralismo governamental da ex-URSS, consideraram que a vontade popular unificada não tolera (pelo menos teoricamente) nenhuma divisão.

mente: ela exige a fragmentação do poder público e, correlativamente, a distribuição das prerrogativas governamentais a órgãos distintos. Esse esquema constitucional, segundo o qual "o poder pára o poder", tem como conseqüência o controle mútuo e recíproco dos poderes legislativo, executivo e judiciário. Essa autolimitação é própria de um "governo moderado", o único que pode aplicar uma política de liberdade.

O *pluralismo partidário* é também, segundo Montesquieu, o que permite, considerando a diversidade das opiniões e tendências, limitar a autoridade do poder[109]. Graças à pluralidade das idéias que os partidos representam e exprimem no seio do povo, eles fazem com que as leis se alinhem aos "hábitos e costumes", cujo conjunto forma "o espírito geral de uma nação". Não era isso que Bolingbroke, do outro lado do canal da Mancha, já entendera tão bem?[110] A pluralidade dos partidos obsta a tentação monopolista do partido único. Esta não é uma maneira de dar lugar, no governo, ao poder do povo? Montesquieu acha que já passou o tempo em que, como nas democracias antigas, o povo tinha um "poder imediato", o que, deve-se confessar, só produz "clamores vãos"[111]. Mas, para que um povo possa gozar da liberdade, "é preciso que cada um possa dizer o que pensa"[112]. É possível que Montesquieu, ao escrever essas palavras, tenha pensado na liberdade de imprensa com a qual começavam a se preocupar em seu tempo; porém pensa sobretudo que é conveniente que os cidadãos possam se exprimir pela voz do partido que escolheram.

Tocqueville, para quem a democracia se apóia acima de tudo na opinião pública, que é como a consciência coletiva de um povo, reterá nesse ponto o ensinamento de *O espírito das leis*. Montesquieu, sem por isso inclinar-se para uma explicação sociologista da política, pressentia que um regime de liberdade deveria ser, segundo a expressão que virá a empregar

---

109. Montesquieu, *L'esprit des lois*, XIX, 27, p. 575.
110. Cf. Bolingbroke, *Dissertation upon Parties*, 1735.
111. Montesquieu, *L'esprit des lois*, XIX, 27, p. 576.
112. *Ibid.*, p. 577.

Raymond Aron, "constitucional-pluralista". Em seu pensamento isso ainda era apenas uma intuição, mas a intuição forte segundo a qual um regime de partidos múltiplos implica ao mesmo tempo a legalidade da "oposição" e um modo de existência do poder conforme à opinião que a "maioria" impõe à minoria dos cidadãos eleitores.

* * *

A teoria democrática ocidental é inconcebível hoje sem que se recorra às três linhas de força que são a *virtude cívica* do republicanismo, a moderação do regime constitucional do *equilíbrio dos poderes* e o *pluralismo dos partidos*. Essas linhas de força lembram muito as idéias mestras do liberalismo de Montesquieu. No entanto, seria temerário e falso, repitamos, imputar ao autor de *O espírito das leis* o esquema construtor do regime democrático. Assim como La Boétie ou os monarcômacos, como Hobbes ou Locke, Montesquieu só fornece à teorização da democracia elementos ainda não sintetizados. Os parâmetros mais importantes do regime democrático vão pouco a pouco se soltando de sua ganga. Mas, embora o empreendimento jurídico e filosófico que consiste em construir seu arcabouço normativo ou em definir suas fundações primordiais já ultrapassou há muito o tempo dos balbucios, ele ainda se move por meandros às vezes confusos. Mesmo quando Montesquieu define metodicamente quais são, para a democracia assim como para os outros tipos de governo, a "natureza" e o "princípio" essenciais a eles, não elabora uma doutrina acabada deles. No entanto, mais do que seus predecessores, sabendo conjugar a análise psicossociológica do observador e a reflexão jurídica do constitucionalista, lançou sobre esse regime luzes suplementares que o discurso fundador da democracia não poderá deixar de levar em conta. Contudo, no momento mesmo em que ele tenta se formular efetuando a síntese dos elementos que pouco a pouco emergiram na história das idéias, esse discurso fundador é, como veremos, ao mesmo tempo aclarado e obscurecido pela meditação filosófica de Spinoza e de

Rousseau. As audácias políticas de um e o horizonte transcendental para o qual se orienta o pensamento do outro ressuscitam, no meio de suas luzes ofuscantes, as ambigüidades que a idéia de democracia sempre encobriu. A questão é saber se, depois dos progressos e das hesitações que acompanharam seu itinerário intelectual, a palavra fundadora da democracia poderá se fazer escutar claramente.

Capítulo 2
Os discursos fundadores da democracia

As dificuldades manifestas que, apesar das fendas de luz, acompanham a interrogação democrática a partir do século XVI são efeito da crise que afeta o pensamento humanista em seu movimento inicial. O absolutismo monárquico que reina na França, o centralismo político da Espanha e da Áustria, a Guerra dos Trinta Anos e suas conseqüências funestas refreiam tanto a autonomia dos povos como o grande sopro da liberdade que, no entanto, ganhara impulso desde o Renascimento. A gênese democrática do Poder continua sendo uma preocupação filosófico-política de grande importância, mas os conceitos, as categorias e os procedimentos que a tornariam possível continuam fragmentários e esparsos. É como se as forças mediadoras que permitiriam sua síntese não conseguissem emergir. Embora desde Maquiavel e Bodin a idéia do poder político tivesse ganho uma independência conceitual que tornou possível o refinamento das técnicas de governo, a monarquia parecia se impor naqueles tempos como um fato histórico inabalável. Hobbes, em sua ambição de fazer nascer "a ciência política", sem dúvida indagara-se, em pleno século XVI, sobre os modos de produção e de legitimação do Poder, que ele chegava até a submeter ao movimento constitutivo do povo. Acontece que a dinâmica constitutiva que, em sua filosofia política, explica a autoridade do Estado-Leviatã é pouco propícia para a exposição de uma tipologia dos governos; e mesmo quando a teoria hobbesiana do contrato propõe uma genealogia do Poder fundada numa democracia originária, ela nunca se apresenta como uma teoria e menos ainda como uma apologia da democracia.

Em contrapartida, a filosofia de Spinoza subordina expressamente a política à função da *multitudo*. Ao mostrar, por meio de seu percurso metafísico, que a "potência" dos indivíduos é a única força constitutiva do mundo sociopolítico, *Spinoza estabelece o primeiro discurso fundador da democracia*: nas suas palavras, substancialmente, é apenas na potência da "multidão" que o Poder encontra suas bases. Por conseguinte, uma vez que a condição humana se caracteriza pela potência inerente à coletividade, ela se afirma numa Constituição política que não pode significar outra coisa senão a liberdade metafísica da potência. Foi por isso que se disse que Spinoza, que em seus tratados políticos não tem medo de abalar o pensamento teológico-político veiculado por uma tradição secular a ponto de derrubá-lo, propõe, com sua defesa da liberdade, "um pensamento democrático acabado".

A democracia nem por isso ganhou a causa. Spinoza foi, de fato, considerado em sua época e por muito tempo um autor maldito. É verdade que na época em que Luís XIV encarnava a monarquia absoluta e que Bossuet enaltecia os méritos divinos da autoridade real, existia oposição ao poder monárquico. Mas nem o Grande Arnauld, nem Pascal, nem Fénelon, nem o duque de Saint-Simon propuseram, em sua hostilidade ao absolutismo real, uma teoria democrática. O próprio Jurieu, embora pregasse, como os monarcômacos em seu tempo, o direito de resistência do povo ao soberano, e embora, chegado o momento, expressasse admiração pela *Glorious Revolution* e ressaltasse de modo apaixonado os méritos dos *Whigs*, esteve muito longe de reunir numa síntese doutrinal os elementos filosóficos que seu conceito de democracia contina. Portanto, não surpreende que as idéias defendidas por Spinoza em seus tratados políticos – ainda que num futuro próximo elas viessem a ser pilhadas sem que, é claro, a paternidade fosse reconhecida a seu autor – tenham com freqüência sido associadas a um materialismo anticristão e que, como tais, cobertas de opróbrio, tenham sido colocadas sob a bandeira do escândalo.

Todavia, quando o século XVIII viu brotar, antes da "aceleração da história", o potente movimento das idéias políticas, é muito provável que o outro pensador intempestivo que foi Rousseau tenha meditado sobre a concepção democrática de Spinoza. Apesar das diferenças psicológicas e filosóficas entre os dois autores, ambos foram alvo de suspeita e até detestados em seus próprios países em razão de suas idéias políticas, pois, se os tratados de Spinoza remetiam sempre à política das Províncias-Unidas, *O contrato social* de Rousseau só adquiria todo seu sentido em relação à política de Genebra. Mas o leitor atento, que situa a meditação de Rousseau num quadro político mais amplo, percebe que com uma mão segura ele traçava, numa grande altura filosófica, a silhueta de uma *democracia ideal e pura*. Na obra de Rousseau, o discurso fundador da democracia que Spinoza havia forjado, sem no entanto ser corretamente entendido, encontra um eco amplificado e sublimado.

É difícil saber com exatidão e precisão o que Rousseau conhecia do pensamento filosófico-político de Spinoza e de onde provinha seu saber (talvez de Bayle). Seria decerto um erro fazer de Rousseau o discípulo de Spinoza e o porta-bandeira de sua teoria democrática. Ainda assim Rousseau, como Spinoza, faz o elogio de Maquiavel, e ambos o consideram "um partidário constante da liberdade"[1]; e Rousseau, que nesse ponto não desmentiria Spinoza, interpreta *O príncipe* como "o livro dos republicanos"[2]. Embora seja imperativo distinguir os conceitos de República e de democracia, Rousseau retoma todos os elementos da palavra fundadora de Spinoza; aperfeiçoa-os, cinzela-os e, pelo fato de ter imensas dúvidas quanto à maneira como os homens conduziriam uma democracia, ele esculpe sua *teoria pura*. Sem que o saiba e sem que domine os instrumentos intelectuais necessários para essa filosofia que ainda está por nascer, envereda sua teoria pura da democracia pela via do "criticismo" e já lhe confere o *status* transcendental de uma Idéia da razão.

---

1. Spinoza, *Traité politique*, V, 7. (No que se refere às obras de Spinoza, remetemo-nos à edição da Bibliothèque de la Pléiade, Gallimard.)
2. Rousseau, *Le contrat social*, III, 6.

A DEMOCRACIA 145

Depois da meditação filosófica que, dessa forma, lhe deu sua envergadura e altura, o problema levantado pela democracia consistirá no das relações entre sua teoria e sua prática. Melhor do que ninguém, num tempo em que a história política tomava novo rumo, Sieyès sentiu as dificuldades inerentes à realização de um ideal. Mas o que para ele contava acima de tudo era "a igualdade de civismo", ou seja, *a igualdade jurídica no trato de todos os cidadãos*. E, embora seja manifesto que no fundo de seu ser ele não é o que podemos chamar de um "democrata", ele pelo menos contribuiu, com sua defesa do "terceiro estado", para situar a liberdade e a igualdade, em plena luz, no frontão do regime democrático.

Neste capítulo, acompanharemos portanto o caminho filosófico-jurídico percorrido pelos três discursos fundadores da democracia que Spinoza, Rousseau e Sieyès gravaram na história do pensamento político.

1. A teoria democrática de Spinoza

O pensamento político de Spinoza não se vincula nem à técnica constituinte do direito público nem à técnica constituída do Poder. Mesmo que uma parte importante do *Tratado político* esteja dedicada ao exame dos órgãos constitucionais e dos procedimentos mais ou menos sofisticados que caracterizam os regimes políticos em sua especificidade, dentro do conjunto do sistema spinozista, ele está, em essência, situado num registro totalmente diferente que implica filosoficamente a reflexão do homem sobre si mesmo.

O grande obra spinozista está dominada pela idéia de liberdade: liberdade de pensamento e de julgamento, mas também autodeterminação em conformidade com a razão. Quanto ao pensamento político do filósofo, ele é obsediado pelo destino trágico dos irmãos de Witt, defensores, na Holanda, da idéia republicana que, aos olhos deles, encarnava as mais elevadas promessas. Portanto, na esfera do político há algo que vai além das técnicas de sua constituição. Em outras palavras, Spinoza acha que não basta remeter-se à noção de contrato social, embora o *Tratado teológico-político* explique que ele é necessário para instaurar a potência pública de um Estado. Para além desse modo de construção do poder político, é preciso procurar exigências, metapolíticas ou metajurídicas, que dêem conta de tudo o que a potência pública é capaz de fornecer aos povos. É por isso que Spinoza, depois de ter examinado metodicamente os diversos regimes políticos, eleva sua meditação ao nível metafísico no qual, segundo ele, se joga o destino dos homens.

Quando Spinoza, em seu *Tratado político*, estuda os regimes políticos, ele adota a trilogia clássica[3], sem por isso aceitar a lógica do número que a governa; essa lógica numérica talvez não seja falsa em suas aparências, mas ela é chata e sem profundidade. Por conseguinte, Spinoza situa seu estudo dos diversos regimes em outro nível. Assim, depois de ter, no *Tratado teológico-político*, multiplicado os anátemas contra a monarquia e declarado com veemência seu repúdio a todas as tendências hegemônicas, no *Tratado político* ele inquire a natureza de cada um dos três regimes cujo *status* reconhece, e demonstra que a autodeterminação do povo que a democracia implica é, no grande Todo da Natureza, o único caminho da liberdade.

Ao inquirir sobre a natureza de cada regime, não esconde nem sua desconfiança nem sua reprovação em relação à monarquia. Chega a recusá-la radicalmente sob a forma absolutista de que ela se reveste na época. Mas para ele, esse repúdio não é uma simples questão de sentimentos. Quando um único homem, diz ele, pretende carregar sozinho todo o direito da Cidade, produz-se uma distorção da ordem natural das coisas. Com efeito, não só o indivíduo é sempre fraco e a potência que ele pretende se arrogar tem em si algo de contraditório, mas caso se concordasse que um monarca pode monopolizar o poder, a condição expressa indispensável é que "o gládio do rei, ou seja, seu direito, [seja] na verdade a vontade da própria população". Para além das determinações históricas da política de um Estado, que só podem ter caráter acidental, é preciso

---

3. Spinoza, *Traité politique*, VII, 25.

remontar às determinações essenciais do poder. Ora, é o espírito democrático que, sem dúvida nenhuma, é a condição de viabilidade do regime monárquico: um monarca que não retira sua potência do povo possui apenas um simulacro de autoridade política, uma vez que esta fica desprovida de sua necessária fundação ontológica no corpo do povo.

Quanto ao regime aristocrático, Spinoza define-o de maneira clássica como aquele em que o governo é confiado a "alguns escolhidos na massa da população", ou seja, àqueles que o filósofo chama de "patrícios"[4]. Mas tal modo de governo tampouco inspira confiança em Spinoza, pois o medo que a ameaça plebéia engendra nele sem trégua o corrói inevitavelmente. Por isso, a primeira lei de um Estado de tipo aristocrático é a de estabelecer uma relação adequada e justa "entre o número dos patrícios e a massa popular"[5]. Não se trata aí de uma questão de cálculo ou de busca de equilíbrio. Essa "lei" tem um sentido mais profundo: o povo não deve ser mantido afastado dos assuntos públicos pois, em semelhante circunstância, a República não seria mas "pública" e, em razão da desnaturação de sua natureza, cairia na anarquia que em pouco tempo culminaria na sua dissolução total. Num regime aristocrático, portanto, a salvaguarda da ordem pública exige um funcionamento democrático.

O fato de o capítulo XI do *Tratado político*, no qual Spinoza trata do governo democrático, ter ficado inacabado não constitui um entrave insuperável para sua interpretação filosófica. No *Tratado teológico-político*[6], Spinoza declarava que a democracia não é um regime entre outros. Se afirmava sem rodeios preferir esse modo político a qualquer outro, é porque "ele parece o mais natural e o mais suscetível de respeitar a liberdade natural dos indivíduos". É verdade que a idéia de liberdade inscreve-se no horizonte de esperança da democracia há muito tempo. Mas Spinoza dá a esse tema uma ressonância

---

4. *Ibid.*, VIII, 1.
5. *Ibid.*, VIII, 13.
6. Spinoza, *Traité théologico-politique*, cap, XVI, p. 833. [Trad. bras. *Tratado teológico-político*, São Paulo, Martins Fontes, em preparação.]

metafísica que o arranca da banalidade. Temos de acompanhar aqui o progresso cada vez mais profundo do pensamento do filósofo. No *Tratado teológico-político*, a democracia é definida como "a união dos homens que gozam, enquanto grupo organizado, de um direito soberano sobre tudo o que está em seu poder"[7]. Os eixos centrais – a cidadania, o sufrágio e a lei – destinam-se filosoficamente a jugular as paixões pela razão. Nesse sentido, numa democracia os homens não têm outros senhores senão eles mesmos; o medo que naturalmente os torturava vê-se assim conjurado, eliminado até. Doravante, portanto, a potência da multidão, calma e segura de si, é capaz de fundar o Poder do qual, até mesmo ontologicamente, ela é a força constitutiva. Digamos em outras palavras que a dimensão metafísica da potência é o pressuposto ontológico de um regime político do qual a *multitudo* (ou seja, o "povo") é o fundamento e a engrenagem essencial. Por conseguinte, o povo, na medida em que designa o corpo público dos cidadãos e com a condição de que estes "sejam independentes e levem uma vida honrada"[8], dá a si mesmo, por meio de seus próprios sufrágios, a lei que o governa e que não tem outro objetivo senão a ordem pública e o bem comum. A democracia é o lugar político da autodeterminação ou da autonomia – por isso, a República, assumindo uma forma democrática, não poderia ter outro fim senão a liberdade.

Spinoza sabe muito bem que a democracia não encontrará necessariamente nessa silhueta de formas puras e sentido límpido as condições suficientes de sua eficiência prática na realidade política. De ponta a ponta, sua obra é uma busca da fundação teórica da ordem política e suas idéias pretendem ser antes explicativas que prescritivas. Ele traça, às vezes com pontilhados – mas o alcance do *Tratado político* também se lê em suas páginas não escritas –, o tipo *ideal*, ou, melhor, *idealizado*

---

7. *Ibid.*, XVI, p. 830.
8. Desse corpo público dos cidadãos estão excluídos, segundo Spinoza, os escravos, as mulheres, as crianças, os pupilos, os estrangeiros, os criminosos ou os delinqüentes – que ele chama "o vil populacho", *Traité politique*, XI, 3, p. 1043.

da democracia, pois ele conseguiu elucidar em sua fundação mais profunda a idéia-mestra da construção intelectual que esse regime exige. O esquema possui tamanho poder de fascinação que, mesmo ali onde não se espera, ele se esboça com insistência como uma advertência aos homens políticos: nos regimes que, por sua natureza, não são democracias, é da maior importância que os cidadãos, em número tão grande quanto possível e segundo modalidades jurídicas muito precisas que respeitem sua igualdade política, participem, com sua presença nas assembléias e nos conselhos, do governo da República e zelem para que "as leis fundamentais" do Estado não sejam violadas[9]. Em suma, monarquia e aristocracia só funcionam bem se forem democraticamente governadas.

Fazer apelo ao espírito democrático é, evidentemente, em primeiro lugar criar obstáculos para o descomedimento passional dos interesses particulares; tal é, com efeito, a condição necessária para a manutenção da coesão e da unidade do Poder no Estado. Mas esta não é, simplesmente, uma questão ética. É preciso, num segundo momento, ir ao fundo das coisas e compreender que o direito público não precisa fazer uso do artifício de um contrato social; ele encontra muito naturalmente sua pertinência e sua solidez na união consensual dos espíritos. Nessa união, a razão, que, por um processo continuado que tem como fonte o povo em seu conjunto, fornece legitimação da autoridade e do comando, acaba sempre por triunfar. Um comentador escreveu com muita precisão: "Só existe direito público democrático, e toda soberania é por essência democrática."[10] A força do regime democrático não provém, como se poderia pensar num primeiro momento, do movimento de expansão ou de reivindicação das liberdades que, nesse caso, correriam o risco de ser conflituosas; ela resulta da autonomia do político, ela mesma engendrada pela autodeterminação racional do corpo do povo. Tudo se passa, então, como se a formação do corpo político prefigurasse, pelo consenso normati-

---

9. *Traité politique*, VIII, 19-20, pp. 1002-3.
10. Lucien Mugnier-Pollet, *La philosophie politique de Spinoza*, Vrin, p. 249.

vo que se estabelece nele, o diagrama de um Estado constitucional. Este último não tem nenhuma necessidade de se prevalecer de uma transcendência qualquer: ele procede da potência que, em todos os indivíduos, exprime-se como um direito natural.

A ousadia de Spinoza foi conceber, para além dos exemplos sempre contingentes e imperfeitos dos tipos de governo que a história política fornece, um modelo puro e arquetípico de Constituição no qual o Poder seria impecável porque obedeceria à razão e iria ao encontro da ordem ontológica da natureza. A obediência absoluta dos cidadãos à lei que eles contribuíram para formar não é portanto simplesmente o indicador de uma ética democrática. Já que para os homens a liberdade consiste, então, em dependerem apenas de si, por intermédio dessa Constituição eles recuperariam, intacta, a potência original que a natureza lhes tinha dado. Pode-se portanto dizer que a democracia é a Constituição ao mesmo tempo mais racional e mais natural: ela é o espelho e, ao mesmo tempo, o cadinho da liberdade.

Nos tratados políticos de Spinoza houve quem visse, nos antípodas das superstições que habitam o pensamento teológico-político, "o manifesto de uma filosofia da liberação" e "o crepúsculo da servidão"[11]. Tal é efetivamente o sentido do último capítulo do *Tratado teológico-político* em que Spinoza escreve: "Partamos dos princípios de toda organização em sociedade demonstrados acima; segue-se, com total evidência, que o objetivo final da instauração de um regime político não é a dominação, nem a repressão dos homens, nem sua submissão ao jugo de um outro. Aquilo que se objetivou com tal sistema foi liberar o indivíduo do temor – de modo que cada um viva, tanto quanto possível, em segurança; em outras palavras, conserve no mais alto grau seu direito natural de viver e de realizar uma ação (sem prejudicar nem a si mesmo nem a outrem). Não, repito, o objetivo perseguido não seria transformar homens racionais em animais ou em autômatos! O que se quis dar a eles foi, antes, a plena liberdade de executar, em total se-

---

11. André Tosel, *Le crépuscule de la servitude*, Aubier, 1984, p. 7.

gurança, as funções de seu corpo e de seu espírito. Depois disso, estarão em condições de raciocinar mais livremente, não se enfrentarão mais com as armas do ódio, da cólera, da astúcia e se tratarão mutuamente sem injustiça. Em suma, o objetivo da organização em sociedade é a liberdade![12]" A democracia é precisamente o Estado que realiza esse fim porque nela a fundação da ordem política não é outra senão a disciplina da razão que, em seu alcance universal, vai ao encontro da ordem natural.

Assim, pelo valor fundacional da razão que se exprime na democracia, esse regime não é como os outros; não só ele se apresenta como a forma pura e eminente do governo do Estado cuja ação está totalmente voltada para a liberdade, mas participa da ordem metafísica da grande Natureza e traz assim em si uma força política ontologicamente fundada. A democracia é, em sua natureza fundamental, o "poder absoluto" de uma comunidade de homens livres. A radicalidade da potência que ela manifesta significa que a capacidade constitutiva da liberdade culmina nesse regime: não que a liberdade seja "maior" nesse regime que nos outros – não se trata de um problema de grau, mas de um problema de essência –, mas ela é mais verdadeira porque nela se exprimem as próprias potências da razão humana. Segundo Spinoza, a fundação metafísica da política só pode encontrar sua plena verdade na democracia dos homens racionais e livres.

O discurso teórico pelo qual Spinoza funda sua defesa da idéia democrática inscreve o pensamento político do filósofo em seu sistema unitário – o que explica em grande parte por que ele não foi compreendido. Por um lado, a conjuntura histórica e religiosa do século XVII não se prestava a uma defesa da democracia que dispensasse as potências da transcendência divina; por outro lado, e sobretudo, as perspectivas sistemáticas da grandiosa filosofia da Natureza que Spinoza desenvolvia faziam nascer uma desconfiança e uma desaprovação tão profundas que foram taxadas de pecado de materialismo, o

---

12. Spinoza, *Traité théologico-politique*, XX, p. 899.

que abriu caminho para múltiplas interpretações tão perversas quanto falaciosas[13]. No entanto, ao mesmo tempo em que não era compreendido e que só se via nele um pensador maldito, Spinoza tinha, na história da filosofia política, a estatura de um pioneiro que preparava em surdina um trabalho de solapamento.

Quase um século depois, no momento em que os debates políticos começaram a aparecer em plena luz na cena filosófica, Rousseau examinará de novo o problema da democracia. Mas, como veremos, também entenderam mal o sentido de sua mensagem. Com certo atraso e por meio do acontecimento revolucionário que abriria caminhos novos para a política, acreditou-se descobrir no *Contrato social* o apelo que Rousseau tinha lançado aos povos para que eles enfim instaurassem o regime democrático. Era um erro evidente, pois, na altitude reflexiva a que Rousseau elevava sua meditação, ele dava à Constituição democrática um *status* de idealidade pura, declarando, no meio dos paradoxos, que sua perfeição conviria a um povo de deuses mas não aos governos que os homens se dão.

Temos portanto de examinar esse novo discurso fundador dos governos democráticos a fim de identificar nele, como no sistema de Spinoza, as dificuldades que envolvem o próprio conceito da democracia, cuja força intrínseca, no entanto, se impunha com uma intensidade cada vez maior no final do século XVIII.

2. Rousseau e a idéia pura da democracia

Fazer de Rousseau o defensor da democracia costuma ser tido por um lugar-comum que muito contribuiu para forjar um verdadeiro mito em torno do autor do *Contrato social*. No entanto, esse lugar-comum, desmentido pela letra dos textos, soa falso; é um credo errôneo. É certo que Rousseau, fascinado

---

13. Cf. Paul Vernière, *Spinoza dans la pensée française avant la Révolution*, PUF, 1954; 2ª edição, 1982.

como era pela história antiga, é alguém obcecado pela idéia democrática, cujo lugar eminente na política ele conhece tanto quanto sua irresistível presença no curso dos séculos, não obstante as vicissitudes dos governos. Entretanto Rousseau, espantoso e aparentemente imprevisível, afirma que o governo democrático que, em razão de sua pureza, conviria a um povo de deuses é "tão perfeito" que "não convém a homens"[14].

Seria esta uma das contradições de sua teoria política, como tantas outras que existem no *corpus* das obras de Rousseau? De forma nenhuma. Mas Rousseau, sobretudo quando se trata da democracia, expõe um pensamento bem mas difícil do que uma leitura cursiva faz crer: chega a elevá-la a uma altitude que nenhum filósofo político antes dele entreviu ou mesmo suspeitou. Para avaliar o alcance disso, é preciso situar a idéia que ele tem da democracia na problemática geral da reflexão filosófico-política que ele conduziu. Com efeito, preocupado, como bem indica o subtítulo do *Contrato social*, com os "princípios do direito político", Rousseau atribui à palavra "princípios" o sentido forte de axiomas fundadores: procura descobrir, portanto, como ele mesmo diz, o que torna "legítima" a condição política dos homens, seja a forma que adote ou possa adotar aqui ou acolá. Portanto, está bem menos preocupado, a exemplo dos filósofos políticos da tradição, com a elaboração de uma tipologia dos regimes do que com a investigação da fundação das normas do direito político, ou seja, com o que confere validade às formas da República.

De certa maneira, Rousseau, um rematado pensador intempestivo, avança mascarado: embora seu conceito da política seja inseparável do da soberania do povo, a "obra-prima da arte política" que a democracia poderia ser é algo totalmente diferente, segundo ele, do que uma tradição secular definiu como o governo do povo pelo povo. Não há aí nenhum paradoxo. Impondo a si mesmo dominar a longa marcha decadente da história dos povos por meio de uma reflexão que ele modela o

---

14. Rousseau, *Le contrat social*, III, IV, p. 406.

tempo todo com a idealidade que a razão exige, Rousseau apega-se à *idéia pura da democracia* para remontar às próprias fontes da dinâmica dos regimes e para se afastar do ramerrão, provavelmente fatal, no qual a política dos "modernos" vem-se atolando e que ele mostra claramente.

Cabe a nós seguir o percurso filosófico de Rousseau em sua análise da Constituição democrática que, prevê ele, em breve aparecerá entre os modernos como um tema mobilizador perigoso. Esse percurso é pouco comum: numa espécie de impensado metodológico, ele anuncia o método do criticismo kantiano – o que, inédito e insólito em seu tempo, expôs sua teoria a muita incompreensão e a interpretações falaciosas. Nesse sentido, para retificar o erro corrente que faz de Rousseau, à luz da Revolução Francesa, o porta-voz do regime democrático, é preciso primeiro lembrar que, na problemática política que ele formula e examina, a soberania do povo é o fundamento de toda sociedade política e não o critério do governo democrático. Veremos em seguida como Rousseau, tendo estabelecido uma distinção clara entre soberania e governo, pode, examinando as modalidades estruturais do governo democrático, afirmar que sua instituição é impossível no mundo dos homens. Resta interpretar a análise que Rousseau faz para apreender o *status* filosófico original e poderoso da democracia como Idéia pura da razão: no nível ao qual se eleva o pensamento de Rousseau, não se situa nenhuma apologia do regime democrático, mas o discurso fundador de uma política perfeita que não é adulterada pelas ilusões de uma modernidade em via de se perder nos caminhos da história.

2.1. A soberania do povo e o governo democrático

Embora, segundo Rousseau, o problema da instituição da sociedade política se resolva com a idéia do pacto social que dá origem à vontade geral do povo soberano, é um outro problema que surge quando nos interrogamos sobre as formas constitucionais que o governo dessa sociedade pode assumir.

Desde seus primeiros *Discursos*, Rousseau rejeitou a idéia do progresso que, segundo os filósofos das Luzes, deveria ser o vetor de esperança da modernidade: ele venera o passado e encontra na Cidade antiga as virtudes que fazem a verdade e a grandeza da República[15]. No entanto, quando Rousseau, pensador tão ambíguo quanto fora Sócrates outrora, propõe o problema político em sua radicalidade mais profunda – "O homem nasceu livre, e em toda parte se encontra sob ferros... Como é feita essa mudança? Ignoro-o. Que é que a torna legítima? Creio poder resolver essa questão."[16] –, é na instauração dos governos do futuro que está pensando. Mas, embora o homem civil dos dias vindouros sempre conservará no âmago de seu ser a marca de sua natureza original, ele não suportará mais os ferros que no transcurso do tempo a sucessão de governos forjou com o objetivo de regrar sua existência. Sim, o homem é, por natureza, livre para o bem assim como para o mal e, porque nele convivem as paixões mais contraditórias, ele – Rousseau o pensa antes de Kant – "precisa de um amo". Problema vertiginoso: com efeito, o amo que fará as leis para que os homens se orientem, será, ele também, um homem habitado por paixões antagônicas; e os cidadãos para os quais se destinarão essas leis estarão sempre tentados a não renunciar às tendências passionais que, encerrando-os no egoísmo individual, ocultam o interesse geral da comunidade.

A esse problema perturbador que ele propõe à antropologia, Rousseau fornece logo de início um elemento de resposta que, apesar de sua forma negativa, constitui o axioma básico de todo o seu discurso político: o direito natural – ou, mais precisamente, naturalmente natural[17] – sobre o qual se apoiou a tradição filosófico-política não pode fundar a sociedade civil porque existe antinomia entre o bem comum que ela reivindica e o interesse do indivíduo previsto pela natureza. Portanto, é

---

15. Deve-se, evidentemente, entender o termo "República" em seu sentido original de *res publica*.
16. Rousseau, *Le contrat social*, livro I, cap. I, p. 351.
17. Rousseau distingue "o direito natural propriamente dito" (puramente natural) e "o direito natural racional".

preciso criar – ou, melhor, "instituir" – a sociedade civil ou política. Será, então, à busca dos fundamentos dessa instituição que Rousseau, abandonando as vias tradicionais do jusnaturalismo, dedicará *O contrato social*. A intenção de renovação que habita a teorização filosófica do fenômeno político proposta por Rousseau é, evidentemente, animada pela vontade de resolver o conflito que, na política dos tempos modernos, opõe o indivíduo ao Estado. A vocação do *contrato social* é a de superar esse antagonismo. Não deve surpreender, portanto, que os exegetas do pensamento político de Rousseau tenham feito desse conceito o cerne de sua obra, mesmo se esta dificilmente se deixa decifrar de modo unívoco. No entanto, um outro filosofema, mais encoberto, e que parece só se explicitar ocasionalmente, secundariamente até, percorre a meditação política de Rousseau dando-lhe sua originalidade. Com efeito, o contrato social faz nascer a sociedade civil que, por isso, enraíza-se sempre na vontade geral do povo. Mas embora a soberania do povo conote assim o critério de todo Estado ou República, ela não determina por si só nenhum modelo de governo. Em outras palavras, sublinha Rousseau, importa não confundir – como, segundo ele, fizeram todos os filósofos políticos até então – os conceitos de *soberania* e de *governo*. O erro de Hobbes, por exemplo, seria ter acreditado que o poder soberano do Estado-Leviatã engloba, como a República de Bodin[18], as funções do governo pelo exercício dos "poderes" legislativo, executivo e judiciário que estão indissoluvelmente ligados. Também Montesquieu, apesar de seu "belo talento"[19], teria considerado que as prerrogativas vinculadas às três instâncias do governo prevalecem sobre a idéia de soberania a ponto de ocultá-la[20]. Ao contrário, segundo Rousseau, as

---

18. Na verdade, Bodin, nos *Six livres de la République* (1576), estabeleceu uma diferença entre Estado e governo, livro II, cap. VII, pp. 121-2: o Estado se contrapõe ao governo assim como a forma, essencial e sempre simples, das repúblicas se contrapõe aos "inumeráveis acidentes" de seu regime (popular, aristocrático ou real).

19. Rousseau, *Le contrat social*, III, IV, *op. cit.*, p. 405.

20. É o que se poderia deduzir do mais célebre capítulo de *O espírito das leis* (1748), livro XI, cap. VI: "Da Constituição da Inglaterra".

noções de soberania e de governo, embora ligadas em qualquer Estado por uma relação muito precisa, são distintas em suas naturezas próprias.

Sua distinção é fundamental na economia geral do pensamento político. Essa importância transparece na arquitetura do *Contrato social*: a idéia de soberania, por sua ligação essencial com o conceito de vontade geral, é onipresente nas quatro partes da obra, ao passo que a questão do governo só é formulada em termos específicos e muito precisamente no livro III da obra. Essa diferença tópica não se deve ao acaso e é altamente significativa; por isso é importante destacar toda a importância da relação entre soberania e governo, que é, pensa Rousseau, a relação entre o geral e o particular. É uma relação rica ao mesmo tempo de sentido político e de alcance filosófico.

Por um lado, desde a teorização que dela fez Jean Bodin, a soberania aparece como a essência do Estado. Bodin por certo não propôs nenhuma análise do "contrato social", e pode-se até afirmar, como indica sua crítica aos monarcômacos, que rejeitava essa idéia; aliás, dizia ele, foram em primeiro lugar a "força e a violência" que engendraram as sociedades políticas. Charles Loyseau retomou a tese de Bodin: "O Estado e a soberania tomada *in concreto* são sinônimos", escreve ele em seu *Traicté des Seigneuries*; e ele acrescenta numa fórmula que continua célebre: "A soberania é a forma que dá existência ao Estado."[21] Depois Cardin Le Bret e Hobbes, em contextos filosóficos diferentes e menos "naturalistas", confirmaram essa tese. Ora, Rousseau, pensador *profundo*, aferra-se ao que é *fundamental*: embora não disseque, como fizeram Bodin e Hobbes, a natureza e os atributos da soberania, sublinha que ela é o "princípio" do direito político; e, pelo fato de a sociedade civil ser produzida pelo contrato social que, enquanto "ato de associação"[22], reúne a "multidão" e a transforma em "povo", a soberania, em toda República, é "a soberania do povo".

---

21. Charles Loyseau, *Traicté des Seigneuries* (1610), ed. de 1614, Paris, Abel l'Angelier viúva, cap. II, pp. 14-5.
22. Rousseau, *Le contrat social*, I, VI, p. 361.

Contudo, por outro lado, embora na potência soberana do povo resida a capacidade legisladora da vontade geral que é seu substrato, esse poder de legislar deve necessariamente encontrar seu prolongamento nessa potência prática de execução que é o *governo*. Por conseguinte, o único problema que se coloca no âmbito filosófico de uma teoria da prática política é o da relação entre a essência formal da República que reside na soberania do povo e sua expressão concreta no governo do Estado.

Antes de examinar esse problema central da política, é necessário aclarar os termos. "A autoridade soberana" é "o princípio da vida política"[23]: ela instaura a lei. Confundindo-se com a vontade geral da "pessoa pública" que é o Estado[24], ela pertence ao conjunto dos cidadãos que formam o corpo público. Situada, por sua origem, sob o signo da racionalidade do contrato, o qual é "um ato puro do entendimento que raciocina"[25], ela se caracteriza por sua generalidade: em sua fonte, pois nasce da unanimidade daqueles que formam o corpo político; em sua natureza, pois exprime a unidade do "eu comum" da República; em sua finalidade, pois tem o bem comum como meta. Por isso a legislação que ela tem por vocação editar deve "partir de todos para aplicar-se a todos", o que exclui a possibilidade de que, penetrando no terreno do particular, ela se pronuncie ou sobre um homem ou sobre um fato. "Comum a todos", a soberania reside no corpo da nação, no qual ela só reconhece a unidade da vontade geral e não a multiplicidade das vontades de todos. Em outras palavras, é necessariamente e sempre que a soberania é a soberania do "povo". E, como é inconcebível que o povo, em corpo, queira fazer mal a si mesmo, a generalidade do poder soberano, que provém da exigência de universalidade da razão que conclui o pacto social, significa seu caráter absoluto e inquestionável. A generalidade formal da vontade pública soberana explica, portanto, sua perfeita retidão. A von-

---

23. *Ibid.*, III, I, p. 424.
24. *Ibid.*, II, IV, p. 373.
25. Rousseau, *Manuscrit de Genève*, I, II, p. 286.

tade geral soberana é "inalterável e pura"[26]; em seu dever-ser, que é sua única maneira de ser, ela não pode nem falhar nem errar[27].

Dessa épura com valor de definição, não devemos deduzir que a soberania é o paradigma do Estado ideal: esse essencialismo dogmático não corresponde ao método especulativo e reflexivo de Rousseau que sempre "examina os fatos pelo direito". Compreendamos e guardemos antes que o contrato social define a soberania, pelo "ato puro do entendimento que raciocina", como uma idéia diretora ou reguladora da política, ou seja, como um princípio formal e normativo.

Quanto ao governo, ele tem uma natureza e uma função totalmente diferentes e que a antropologia esclarece. Com efeito, embora o povo soberano queira sempre seu próprio bem, ele nem sempre o vê e, por si só, não consegue realizá-lo. Além disso, "insuficientemente informado" e sujeito às paixões, em muitas ocasiões corre o risco de ser vítima das brigas e das facções[28] que dividem, *de facto*, a soberania, indivisível *de jure*. Como a particularidade das condições não pode ser colocada entre parênteses numa República, é ao governo, verdadeiro "cérebro do Estado", que cabe tomá-la em consideração e, para isso, executar a lei. Ora, pensa Rousseau, o erro comum da tradição, até mesmo em Montesquieu, foi não ter sabido distinguir – apesar de todas as nuanças – a Soberania que institui a lei e o Governo que a executa[29]. Por conseqüência, a filosofia política tradicional ocultou o problema inerente à articulação que, em toda República, liga entre si poder soberano e governo.

Poder-se-ia pensar que a idéia de Rousseau segundo a qual, sob o critério formal da Soberania como capacidade normativa geral própria à vontade do povo em corpo, o Governo está encarregado dos assuntos particulares é uma idéia sim-

---

26. Rousseau, *Le contrat social*, IV, I, p. 438.
27. *Ibid.*, II, III, p. 371.
28. *Ibid.*, II, III, p. 371.
29. *Ibid.*, III, XVII, p. 433.

ples. Ora, não é este o caso; muito pelo contrário. A relação do geral com o particular que se revela na relação do Soberano com o Governo torna a arte de governar tão difícil que lembra o problema da quadratura do círculo em geometria: trata-se nada menos que de "colocar a lei acima dos homens"[30].

É um problema que tem de ser formulado em termos rigorosos e precisos. E por isso é necessário estar atento à terminologia que Rousseau usa. É certo que o povo, em sua vontade geral, é soberano; mas, mais precisamente, o corpo político que ele forma é chamado por seus membros de "soberano" quando é ativo, e de "Estado" quando é passivo. A partir daí, a questão é saber como se opera a comunicação entre o Soberano e o Estado[31]; ou, já que os membros do povo se chamam "cidadãos" na medida em que participam da autoridade soberana e, como tais, são ativos, e que são denominados "súditos" quando estão submetidos às leis do Estado e, por isso, são passivos, o problema pode ser formulado em outros termos: trata-se de saber como se articulam no corpo público as condições de cidadão e de súdito.

A resposta a esta questão reside muito precisamente na noção de "governo": também este é um termo que parece fácil de entender e que, no entanto, é intrinsecamente problemático. O governo, escreve Rousseau, faz "de certa forma na pessoa pública o que a união da alma e do corpo faz no homem"[32]. Mas, "Como na constituição do homem, a ação da alma sobre o corpo é o abismo da filosofia, também a ação da vontade geral sobre a força pública é o abismo da política na constituição do Estado."[33] Rousseau, num tom cáustico, acrescenta: "Foi aí que todos os legisladores se perderam." Entendamos por isso que eles não souberam ver a problemática complexa envolvida na relação do Soberano com o Governo, e por isso não podiam

---

30. Rousseau, *Lettres écrites de la montagne*, carta VI, p. 871; Carta a Mirabeau, de 26 de julho de 1767; *Considérations sur le gouvernement de Pologne*, p. 955.
31. Rousseau, *Le contrat social*, III, I, p. 396.
32. *Ibid.*, III, I, p. 396.
33. Rousseau, *Manuscrit de Genève*, I, IV, p. 296.

apreender sua significação. Eles não compreenderam nem que o governo é "um corpo intermediário estabelecido entre os súditos e o soberano para possibilitar sua correspondência recíproca", nem que, em todo Estado, o governo é "encarregado da execução das leis e da manutenção da liberdade, tanto civil como política"[34]. Com efeito, em toda República, o Governo serve para a "comunicação" entre o Soberano e o Estado, ou seja, ele estabelece uma mediação entre a generalidade dos atos legislativos do Soberano e a particularidade dos comportamentos dos súditos. Ele é a instância institucional que tem por vocação subsumir os assuntos particulares ou privados sob a generalidade da regra pública. Como tal, trabalha pelo equilíbrio das funções e das forças do Estado. Pode-se portanto dizer que ele representa "as forças intermediárias" entre a generalidade da legislação e a particularidade própria às condições diversificadas dos súditos[35].

À primeira vista, tal análise parece clara – tão clara que Rousseau, para espanto de seus leitores, exprime essa relação triádica em linguagem matemática:

$$\frac{\text{Soberania}}{\text{Governo}} = \frac{\text{Governo}}{\text{Estado}}$$

Mas essa aparente clareza é obscurecida pela dificuldade decorrente do *status* específico dos "extremos" e do "meio" dessa "proporção". Se a soberania se caracteriza invariavelmente por sua unidade formal indivisível, e o Estado é o corpo político em que o povo é composto de cidadãos que são também súditos, o meio-termo que é o governo pode, para realizar o equilíbrio político que ele está encarregado de estabelecer, assumir figuras diversificadas que caracterizam os "regimes" da República.

---

34. *Ibid.*, III, I, p. 396.
35. Segue-se daí que, do ponto de vista da técnica jurídico-política, deve-se sempre distinguir as leis, que são de alcance geral, e os decretos de magistratura, que aplicam essas leis a casos individuais ou a objetos particulares.

Nesse ponto, a tradição filosófico-política perdeu o rumo a partir do momento em que tentou definir as "diversas espécies ou formas de governo", diferenciando-as "pelo número dos membros que as compõem"[36]. É claro que nada impede considerar que a monarquia, a aristocracia e a democracia são modos de governo respectivamente confiados a um magistrado único, a um pequeno número de magistrados ou ao povo, seja em seu conjunto, seja em sua maior parte. Todavia, embora Rousseau pareça, no começo do livro III do *Contrato social*, abonar tal apresentação dos diversos regimes, considera-a superficial e a julga inadequada à natureza conceitual e à articulação funcional entre Soberania e Governo. É por isso que, insistindo na idéia de democracia que ele prefere a qualquer outra, pretende corrigir a definição sedutora mas especiosa que deram e se obstinam em dar dela. Com efeito, já que em toda sociedade política o povo é detentor da potência soberana, não é possível, sem uma aproximação duvidosa, contentar-se em repetir com a tradição que a democracia é o governo do povo pelo povo. Diante disso, como ela deve ser entendida?

2.2. Um novo olhar sobre a democracia

Rousseau iconoclasta não quebra de imediato os ídolos e nem mesmo os hábitos de pensar da tradição filosófico-política. Depois de ter "fixado" o sentido preciso da palavra "governo"[37], nomeia e estuda metodicamente "as diversas formas" às quais se aplica esse termo. Em seu princípio, elas se distinguem – o que é tradicionalmente aceito desde Aristóteles ou Políbio – pelo número de membros do corpo governamental. Isso poderia levar a crer que Rousseau, segundo as palavras de Madame de Staël, não "inventou" nada. No entanto, isso não é verdade, o que se comprova pelo vocabulário de Rousseau, cuja originalidade, caso queiramos evitar os contra-sensos, não podemos negligenciar.

---

36. Rousseau, *Le contrat social*, III, III, p. 402.
37. *Ibid.*, III, I, primeira frase, p. 395.

Rousseau define o Governo[38] como um corpo "que recebe o nome de Príncipe"[39] e cujos membros chamam-se "magistrados ou reis, ou seja, governadores". Mas, mais adiante, precisa que "para expor a causa geral das diferenças [entre as diversas formas de governo], urge distinguir o Príncipe e o Governo"[40]. Entre essas duas afirmações, parece haver contradição. Porém a análise que Rousseau faz elimina esse aparente desacordo: o Governo, com efeito, é a potência que age pela potência que quer; em outras palavras, os "homens do poder", que formam o corpo governamental, são apenas os "ministros" ou os "oficiais" do soberano; portanto, o governo não tem por si mesmo "poder" e se limita a executar a vontade geral do povo. Mesmo se a concepção constitucional que aqui esboça Rousseau parece bem sumária (o executivo não é, numa República, um verdadeiro "poder" ao lado do "poder" legislativo?), através dela revela-se que o número de membros que compõem o corpo governamental é politicamente decisivo: "A força total do governo, que é sempre a do Estado[41], não varia: infere-se daí que, quanto mais ele faz uso dessa força sobre seus próprios membros, resta-lhe menos força para agir sobre todo o povo."[42] Portanto, quanto mais numerosos forem os magistrados, mais fraco é o Governo. "Essa máxima", declara Rousseau, "é fundamental." Por um lado, ela esclarece a diferença semântica e política entre o Príncipe (o termo conota o aspecto formal ou nominal do governo) e o Governo *stricto sensu* (caracterizado exclusivamente por sua função executiva de administração, portanto por sua nulidade decisional). Por outro lado, ela é a base jurídico-matemática do estudo comparativo dos diversos regimes governamentais da República.

---

38. *Ibid.*, III, I, p. 396.
39. Maurice Halbwachs, em seu comentário, observa que "o uso da palavra Príncipe para designar um corpo de magistrados parece muito próprio de Rousseau", edição do *Contrat social*, Aubier, 1943, p. 239, nota 151.
40. Rousseau, *Le contrat social*, III, II, p. 400.
41. Lembremos que para Rousseau a República se chama "Estado" quando o corpo político é passivo, *ibid.*, I, VI, p. 362.
42. Rousseau, *Le contrat social*, III, II, p. 400.

Nessas condições, declara Rousseau, todo governo legítimo é republicano[43], seja ele uma monarquia, uma aristocracia ou uma democracia. Contudo, a forma democrática de um governo merece uma atenção particular. Na verdade, a democracia não tem, como pensa a maioria dos autores antigos ou modernos, a soberania do povo como critério. Segundo Rousseau, é a sociedade civil, ou seja, esse corpo político outrora chamado de "Cidade" e agora de "República"[44], que se caracteriza, seja qual for a forma de governo que ela adote, pela soberania do povo em corpo. *A democracia, por sua vez, não é uma forma da soberania, mas um regime de governo*: aquele em que o corpo de magistrados encarregado de exercer legitimamente a potência executiva é o mais numeroso, já que o "depósito" desse encargo é confiado "a todo o povo ou à maior parte do povo". O efeito disso, sublinha Rousseau não sem um certo humor, é que nesse tipo de governo "há mais cidadãos magistrados que simples cidadãos particulares"[45]; no mínimo, eles existem em número igual! Mas Rousseau é um pensador às vezes enigmático. Segundo ele, a "máxima fundamental" do governo é que "quanto mais o magistrado é numeroso, mais a vontade [do] corpo governamental aproxima-se da vontade geral".

Numa primeira leitura, ficaríamos tentados a pensar que, mais uma vez, Rousseau não é muito coerente e que, em definitivo, seja lá o que ele tenha dito, o governo democrático se confunde com a soberania do povo. É preciso acompanhá-lo em sua análise para eliminar, por um sutil atalho, a equivocidade que parece pesar sobre suas colocações. Na pessoa do "magistrado", explica ele, é preciso distinguir três tipos de vontades: a vontade própria do indivíduo, a vontade de corpo comum a todos os magistrados e a vontade geral do povo soberano[46]. Uma vez clara essa visão analítica, é importante, prossegue ele, não confundir o *nível ideal* da "legislação perfeita" tal como ela deve ser, e a *realidade política* – o que ele chama de

---

43. *Ibid.*, II, VI, p. 380.
44. *Ibid.*, I, VI, pp. 361-2.
45. *Ibid.*, III, III, p. 403.
46. *Ibid.*, III, II, p. 401.

"ordem natural" – que traz a marca das imperfeições humanas. Portanto, numa *democracia perfeita ou ideal*, as vontades particulares devem ser "nulas", ao passo que a vontade de corpo, própria ao governo, deve ser "subordinada" à vontade geral soberana que, sempre dominante, se revela a "regra única de todas as outras". Em contrapartida, na *democracia real*, triunfa o individualismo natural: as vontades particulares, sempre as mais fortes, predominam sobre a vontade geral e sobre a vontade de corpo. Nesse tipo de governo, cada membro é "acima de tudo ele mesmo", antes de ser magistrado e cidadão.

Distinguir o ideal e o real seria banal se, para Rousseau assim como para todos os grandes filósofos, essa regra metodológica não extrapolasse sempre infinitamente o método. Assim sendo, é através desse procedimento que Rousseau avalia as conseqüências efetivas que se deixam apreender em seu exame da força dos governos. Quando, explica ele, a vontade particular e a vontade de corpo estão perfeitamente reunidas[47], esta possui "o mais alto grau de intensidade que possa ter", de forma que "o mais ativo dos governos é aquele de um só". Inversamente, quando todos os cidadãos são magistrados – o que é o caso na democracia –, a vontade de corpo, confundida então com a vontade geral, não é mais ativa que ela, e as vontades particulares afirmam-se com toda a sua força. Entenda-se que a vontade geral na democracia, nem mais nem menos que numa monarquia ou aristocracia, conserva sua perfeita retidão. Mas, "por mais que se multipliquem os magistrados, o governo não adquire maior força real, porque essa força é a força do Estado, cuja medida é sempre igual". Portanto, o governo democrático, no Estado cuja força absoluta não varia, encontra-se "num *minimum* de força relativa ou de atividade"[48]. Portanto, nele, a expedição dos negócios será tanto mais lenta quanto maior o número de pessoas disso encarregadas. Além disso, age-se ainda menos quando, alegando a necessidade de prudência, delibera-se muito e, aliás, numa permanente instabilidade.

---

47. *Ibid.*, III, II, p. 401.
48. *Ibid.*, III, II, p. 401.

Vêem-se de imediato os riscos a que se expõe a democracia, mesmo nos Estados "pequenos e pobres"[49]: por repousar sobre o falso princípio segundo o qual "a relação dos magistrados com o Governo" tende a igualar "a relação dos súditos com o Soberano", ela não realiza politicamente senão um equilíbrio ilusório: a democracia perde por um lado – do ponto de vista do executivo – o que acredita ganhar do outro – do ponto de vista do legislativo. A conclusão é clara e incisiva: quanto maior o número de governantes, mais o governo é fraco[50].

Com essa análise, Rousseau quis desmistificar o pensamento político de seus contemporâneos no qual via crescer o amor pela democracia em razão de que os mesmos que fazem as leis sabem melhor que ninguém como executá-las[51]. Mas, para erradicar a ilusão, não basta dizer, fazendo uso de um argumento de psicossociologia política, que o povo, no Estado, quer o bem, mas não o vê. A velha fórmula de Ovídio, que sublinha o engodo da infalibilidade popular: *Video meliora proboque, deteriora sequor* é correta, mas é insuficiente. É em termos de direito político que se deve raciocinar sublinhando a irredutível diferença de natureza entre Soberania e Governo. Ora, o regime no qual tende a se reduzir essa diferença – a democracia, precisamente, em que as vontades particulares e os interesses privados têm a pretensão de se identificar à vontade geral e ao interesse público – tende para a confusão das prerrogativas: nele, há ingerência dos interesses privados nos assuntos públicos ou, pelo menos, influência de uns sobre os outros; e "nada é mas perigoso" que esse fenômeno desviacionista que provoca a corrupção da própria sociedade política.

Dessa reflexão sociopolítica desencantada, Rousseau extrai, no capítulo do *Contrato social* que dedica à democracia, uma lição de direito constitucional. Ela se resume numa frase, cuja concisão é eloqüente: "Não é conveniente que quem redija as leis as execute."[52] Essa máxima jurídica tem um funda-

---

49. *Ibid.*, III, VIII, p. 415.
50. Rousseau, *Lettres écrites de la montagne*, carta VI, p. 808.
51. Rousseau, *Le contrat social*, III, IV, p. 404.
52. *Ibid.*, III, IV, p. 404.

mento filosófico: que "o grande número" governe vai "contra a ordem natural". Portanto, a definição tradicional da democracia como governo do povo pelo povo comporta um grave vício de fundo: a identificação que ela instaura entre potência legislativa e potência executiva basta para condená-la. Como é que o povo, pergunta Rousseau, poderia permanecer sempre "incessantemente reunido para cuidar dos assuntos públicos"? Como imporia ele silêncio às agitações intestinas e às revoltas que sacodem as massas populares? E, se pudesse recorrer, como se preconizou, a "comissões" ou a "representação", ele se atolaria em dificuldades lógicas que a prática não conseguiria superar: sendo a soberania indivisível, um povo que constituísse representantes para se governar não seria mais um povo[53]; o ilogismo da situação representativa torna praticamente impossível uma democracia verdadeira.

Pode-se decerto *imaginar* um Estado que reunisse todos os parâmetros teoricamente necessários para uma democracia viável – um Estado muito pequeno em que todos os cidadãos possam se conhecer; uma grande simplicidade de costumes a fim de que não surjam discussões espinhosas; muita igualdade de classes e de riquezas, pouco ou nenhum luxo, a onipresença de uma virtude impecável, muita vigilância e coragem para evitar as agitações intestinas e as mudanças de forma... Só que essa democracia imaginária transgrediria a natureza das coisas e se projetaria sobre o horizonte impossível da utopia. Do ponto de vista da *lógica*, que exige "tomar o termo [de democracia] no rigor de sua acepção", entende-se que um povo no qual as prerrogativas legisladoras e executoras coincidissem perfeitamente seria sempre bem governado; seria até tão bem governado que uma conclusão incisiva se impõe: tal povo não precisaria de governo. Conclui-se daí que um governo democrático perfeito tende a se autodestruir. É essa a razão pela qual "nunca existiu verdadeira democracia nem jamais existirá"[54]. O governo democrático só escaparia da desnaturação e da autodis-

---

53. *Ibid.*, III, XV, p. 431.
54. *Ibid.*, III, IV, p. 404.

solução da política se desaparecessem por completo todos os antagonismos entre os interesses privados e o interesse público. Ora, essa situação ideal, que poderia ser a de um "povo de deuses", é, no mundo dos homens, uma hipótese irrealizável. "Governo tão perfeito não convém aos homens."[55]

Rousseau não deduz daí que o melhor regime que os homens possam constituir seja o governo monárquico, que reúne num único magistrado – "uma pessoa natural" ou um "homem real" chamado monarca ou rei[56] – a vontade do povo e a vontade do Príncipe. Sem dúvida, esse modo de governo é aquele que, por seu princípio unitário, tem mais força. Mas em sua lógica imanente reside o germe da potência absoluta que é a pior das ameaças para a liberdade dos súditos. Quanto ao governo aristocrático, pelo menos sob sua forma eletiva[57], Rousseau não esconde que sente por ele certa ternura: "A melhor ordem e a mais natural é aquela em que os mais sábios governam a multidão"[58]; declara até que a aristocracia é, por sua estrutura institucional, por suas vantagens práticas e por sua virtude de moderação, o melhor dos governos[59]. No entanto, seu método reflexivo que busca os princípios fundadores da política afasta-o da velha problemática do "melhor regime". Ao se interrogar sobre as formas políticas, sua preocupação é apreender o que garante sua *legitimidade*. Por isso, sua investigação sobre o Governo e, singularmente, sobre o governo democrático, longe dos caminhos tradicionais da filosofia política, é o espelho no qual se reflete um modo de pensar puramente teórico, cuja novidade, ainda embaraçada em certa indecisão metodológica e lexicológica, não foi compreendida de modo geral. É por isso que tantos leitores e comentadores acreditaram encontrar sob a pena de Rousseau uma defesa da democracia à

---

55. *Ibid.*, III, IV, p. 406.
56. *Ibid.*, III, VI, p. 408.
57. Sob sua forma natural, a aristocracia "só convém a povos simples"; sob sua forma hereditária, ela é "o pior de todos os governos".
58. Rousseau, *Le contrat social*, III, V, p. 407.
59. *Ibid.*, III, V, p. 406; *cf.* Rousseau, *Lettres écrites de la montagne*, carta VI, pp. 808-9.

qual atribuíram uma ressonância política pragmática. Isso é um erro: o discurso fundador sustentado por Rousseau na verdade se eleva a uma altitude filosófica totalmente outra.

2.3. A altitude filosófica do discurso de Rousseau

Rousseau expõe sua filosofia da democracia ao preço de uma "revolução no método" que seu tempo, preocupado com as "luzes" e o "progresso", não estava pronto para compreender – o que explica em grande parte os erros de leitura e de interpretação cometidos em relação ao seu pensamento político.

É claro que poderíamos nos limitar a dizer que considerar Rousseau como o porta-bandeira da democracia resulta de uma leitura desatenta dos textos e, em particular, de uma ocultação da diferença de natureza e de nível entre Soberania e Governo. A fim de retificar essa abordagem sumária, poder-se-ia pensar que basta lembrar que o governo executa a lei e nada mais faz senão executar a lei; que, por si mesmo, não tem poder e eficácia. Em conseqüência, a natureza mesma da democracia, na qual a prerrogativa legisladora e a prerrogativa executora se misturam a ponto de se confundirem, revelaria, em termos lógicos, sua conformação viciosa. Mas tal atitude seria intelectualmente preguiçosa.

O equívoco que levou muitos leitores de Rousseau a fazer dele o defensor do regime democrático decorre da cegueira deles diante da revolução filosófica que permeia as análises políticas propostas pelo autor do *Contrato social*. Eles não compreenderam que o Rousseau pensador político coloca-se expressamente no terreno da especulação pura, no nível dos "princípios", como indica, contudo, o subtítulo de sua obra. Diferentemente dos dois textos dedicados respectivamente à Constituição da Córsega e ao governo da Polônia, o *Contrato social* não é a obra de um especialista que, consultado, exporia "considerações" suscitadas pelo acontecimento e destinadas a esclarecê-lo de forma pragmática. Rousseau pretende desenvolver um pensamento teórico, o único capaz de captar o alcance filosófico das estruturas institucionais da República e das funções específicas atribuídas a seus diversos órgãos. Por isso, é com uma atitude reflexiva que, excluindo qualquer preocupação prático-pragmática, ele trata os fatos pelo direito e, ao abordar particularmente o problema da democracia na República, inquire seu princípio fundador. Portanto, é necessário descartar de imediato um mal-entendido: Rousseau nunca quis enunciar uma defesa da democracia[60]. Muito pelo contrário, não vê nela nem o melhor dos regimes, nem mesmo um regime que conviria aos homens, sobretudo num mundo em que o progresso instila, segundo ele, o germe da decadência. Mas disso não se deveria deduzir que a verdade da democracia pudesse outrora ser encontrada nas fontes da história, quando cantava "a juventude do mundo"[61] e que é ali que se deve buscar seu princípio. Por um lado, não se pode voltar atrás no tempo e, nesse caso, a história não traz nenhum ensinamento. Por outro lado, de maneira mais geral, os princípios da democracia não se confundem com suas origens ou seus começos, pois não são da ordem do fato. Rousseau o diz e devemos acreditar nele: ele obedece à vontade de ruptura que o leva a descartar o dado da experiência e que o afasta dos dogmas contidos nos livros. Com efeito, os cânones tradicionais da filosofia jurídico-política edificados até então veicularam categorias formais e esquemas operatórios inadequados. A fim de pensar essa forma de governo que é a democracia, considera a política com um olhar novo ao qual uma acuidade penetrante confere um alcance que já é o da filosofia criticista.

A seu ver, as "idéias vagas e metafísicas" de seus predecessores só lhes permitiram exprimir concepções sempre superficiais que não dão conta da força dos verdadeiros princípios. Ao se referirem à democracia, filósofos e juristas, de Platão e de Aristóteles a Grotius e a Pufendorf, descreveram a fenomenalidade de um regime e inscreveram-na numa tipologia

---

60. Numa carta a D'Ivernois datada de 31 de janeiro de 1767, escreve: "Nunca aprovei o governo democrático."

61. Rousseau, *Projet de Constitution pour la Corse*, pp. 914-5.

dos governos: foi o que eles chamaram de "natureza" da democracia. Adotando uma problemática essencialista e seguindo a metodologia das ontologias clássicas, compararam-na à "natureza" dos regimes monárquico e aristocrático. Rousseau, em seu projeto reflexivo, não pode aceitar essa perspectiva simples. Não só o problema da democracia não é um problema de fato, mas vimos que ele implica – coisa de que o dogmatismo dedutivo da metafísica ontológica não podia dar conta – uma relação estreita entre Soberania e Governo. Segundo essa relação, que faz com que "todo governo legítimo seja republicano"[62], a democracia é a forma de governo em que o corpo dos magistrados que exercem a potência executiva seja "o mais numeroso" pois "abarca todo o povo". A vontade desse corpo aproxima-se então da vontade geral a ponto de, no limite, coincidir com ela. A "proporção contínua" matematicamente estabelecida, em todo regime, entre o Soberano e o corpo dos magistrados torna-se, nessas condições, quase perfeita, perfeita até: como tal, a média proporcional entre o Soberano e o Estado determina idealmente uma democracia direta. No entanto, embora tal governo, pensa Rousseau, seja a rigor concebível para "pequenos Estados", a dificuldade de seu conceito decorre do fato de que, "tão perfeito", ele não convém aos homens: seria preciso "um povo de deuses" para se governarem democraticamente.

Pode-se evidentemente afirmar, admite Rousseau, que, no mundo real em que vivem os homens, "a perfeição da ordem social consiste [...] no concurso da força e da lei"[63]. Resta ainda que, ao passar da idéia da democracia para sua realização, e mesmo supondo que "quem faz a lei sabe melhor que ninguém como ela deve ser executada e interpretada"[64], a definição do governo democrático como aquele em que o povo soberano confia a tarefa da potência executora aos mesmos que são detentores da potência soberana é duvidosa, ou mesmo francamente errônea. A confusão dos poderes legislativo e executivo altera

---

62. Rousseau, *Le contrat social*, II, VI, p. 380.
63. Rousseau, *L'état de guerre*, p. 610.
64. Rousseau, *Le contrat social*, III, IV, p. 404.

a substância do Estado, pois ela é contrária ao mesmo tempo à natureza da Soberania (em que se exprime a vontade geral do povo em corpo) e à natureza do Governo (que é um intermediário entre o soberano e os súditos). O povo não é magistrado[65]. Portanto, se o regime democrático deixa "o grande número" governar, ele se expõe, por transgredir a natureza das coisas, a temíveis perigos. Por isso "não é conveniente que quem redija as leis as execute e que o corpo do povo desvie sua atenção dos alvos gerais para concentrá-la nos objetos particulares"[66]. Aliás, um povo que sempre governasse bem conformando-se perfeitamente às leis nem teria necessidade de um governo.

A intervenção de "representantes" não resolveria as dificuldades de um regime democrático. Na prática política, um governo representativo é uma má forma de governo. Filosoficamente considerado, contém uma contradição fatal: sendo a soberania "una e indivisível" mesmo quando o corpo público é numeroso, ela "não pode ser representada pela mesma razão que ela não pode ser alienada"[67]. A democracia não tolera representantes; ou então, se um governo é dito "representativo", ele não pode ser democrático. "No instante em que um povo se dá representantes, deixa de ser livre; cessa de ser povo."[68]

Deve-se então pensar que a perfeição democrática, que exige "a arte admirável" pela qual se *imagina* a coincidência da Soberania e do Governo, inscreve inevitavelmente o esquema num reino utópico em que a idealidade de um modelo trans-

---

65. Rousseau, *Lettres écrites de la montagne*, carta VIII, p. 837: "A Constituição democrática foi até hoje mal examinada. Nenhum daqueles que dela falaram distinguiram de maneira suficiente o Soberano do Governo, a potência legislativa da executiva."

66. Rousseau, *Le contrat social*, III, IV, p. 404.

67. *Ibid.*, III, XV, p. 429: "A soberania não pode ser representada pela mesma razão que não pode ser alienada [...]. Portanto, os deputados do povo não são e nem podem ser seus representantes; são apenas seus comissários; nada podem concluir definitivamente. Toda lei que o povo em pessoa não ratificou é nula; deixa de ser lei."

68. *Ibid.*, III, XV, p. 431.

cendente significaria sua impossibilidade? Isso seria raciocinar precisamente conforme o modo de pensar ao qual Rousseau quer renunciar. Que o ideal democrático seja inacessível aos homens significa que ele representa para eles não o que há de melhor numa escala tipológica dos regimes políticos, mas a *norma pura* do governo, ou seja, o que, para uma interrogação reflexiva, indica sua fundação e legitimidade. Era isso muito provavelmente o que Rousseau queria que a Cidade genebresa compreendesse, ali onde as relações entre o Pequeno Conselho e o Conselho Geral eram, de fato, tão delicadas[69]. Para que essa difícil lição fosse entendida, ao longo de sua análise, Rousseau apura uma intuição epistemológica verdadeiramente revolucionária destinada a abalar a doutrina. Em termos que ele ainda não encontra, mas cuja força pressente, poderíamos dizer que Rousseau realiza, *avant la lettre*, a "revolução copernicana" que caracterizará o pensamento criticista. Aliás, sem seguir incondicionalmente Rousseau, Kant e Fichte captaram o sentido de seu método e avaliaram o alcance transcendental de sua proposta. A idéia democrática não se inscreve no quadro de um pensamento dedutivista e ela não é o princípio constitutivo de um regime governamental. O modelo político que ela conota não é um paradigma transcendente, como quis crer a épura desenhada nas teorias tradicionais pela "turba filosofesca"[70]; a idéia democrática se afirma, no andamento de um método reflexivo, como o princípio regulador de um modo de governo. Como compreender o *status* filosófico totalmente inédito de tal idéia?

A extraordinária intuição que guia o pensamento de Rousseau encontra-se mais além da palavra escrita do *Contrato social*. Por essa razão, deve dar lugar a uma paciente hermenêutica. Longe de indicar o engajamento ideológico em favor da democracia tantas vezes creditado a Rousseau, ela significa, pelos "múltiplos raciocínios hipotéticos e condicionais"[71] que

---

69. Rousseau, *Lettres écrites de la montagne*, carta VIII, pp. 839-40.
70. Rousseau, *Discours sur l'origine de l'inégalité*, nota X, p. 212.
71. Rousseau, *Lettres écrites de la montagne*, carta VI, p. 811.

ela comporta, a preocupação lógica de fundação dos governos que os homens são capazes de se dar. Com essa atitude, a idéia democrática aparece não como o ideal político cuja realização Rousseau desejaria em seu íntimo, mas como um *princípio transcendental de reflexão política*. Ela é como um farol cuja luz ilumina as condições de legitimidade de um governo e revela as razões que presidem à vontade de ordem expressa em suas decisões.

Provavelmente objetarão nesse ponto que Rousseau, na falta de instrumentos intelectuais e lingüísticos apropriados, não encontrou a fórmula *Quid juris?* que a filosofia criticista colocará no centro de seu método. Ninguém discorda. Mas Rousseau concebeu perfeitamente a problemática crítica da política e, à sua maneira, enunciou-a desde o começo do *Contrato social*: "O homem nasceu livre, e em toda parte se encontra sob ferros... Como se fez essa mudança? Ignoro-o. Que é que a torna legítima? Creio poder resolver esta questão." Descartados os fatos, o que Rousseau propõe é justamente a *questão de direito*. Essa questão "crítica" habita toda a sua filosofia política e principalmente seu estudo da democracia. Em todo caso, essa preocupação já criticista lhe permite mostrar que a democracia não é um regime como os outros. A Constituição democrática é sem dúvida, em sua idéia pura, a "obra-prima da arte política"; mas "quanto mais admirável é o artifício, menos todos os olhos conseguem penetrá-lo". A idealidade democrática tem muito mais *valor normativo* que prático. Acreditar que ela possa encontrar sua realização entre os homens é um erro funesto, pois significa projetá-la para fora de sua ordem[72]. Não basta dizer que as democracias de antanho, como mostraram os dois primeiros *Discursos*, nunca desapareceram. Nesse mesmo sentido, alimentar a nostalgia da "bela Cidade grega" é totalmente inútil; a pureza primitiva está definitivamente perdida[73]; os po-

---

72. Éric Weil compreendeu de forma magistral que "a teoria política de Rousseau é e tem de ser irrealizável", in "Jean-Jacques Rousseau et sa politique", *Critique*, 1952, pp. 3-28.

73. Rousseau, *Lettres écrites de la montagne*, carta IX, p. 881.

vos modernos estão irremediavelmente corrompidos. É necessário compreender por quê. É porque, pensa Rousseau, nos Estados que se dizem democráticos, o governo não se limita a usurpar a função do soberano; faz de tudo para que a potência executora triunfe sobre a legisladora[74]. Essa sua pretensão arrasta o Estado num movimento irreversível que secreta sua dissolução. Sob um regime democrático em que o povo governante ampara-se na soberania e faz do governo um Estado dentro do Estado, vivem os miasmas da degenerescência; o "cérebro do Estado", desmesuradamente inflado, entra em paralisia; o "coração do Estado", estufado, pára de bater[75]; no final de tudo está o esgar da morte política de um povo. É um veredicto sombrio e seria difícil ser mais severo em relação à Constituição democrática.

O destino histórico que, pensa Rousseau, irá condenar inevitavelmente os governos democráticos ao nada político decorre do erro filosófico que preside dogmaticamente à sua instauração, enraizando-a na soberania popular. Deve-se considerar a democracia com o olhar puramente reflexivo que irá colocar em evidência a intransponível cesura que separa o dever-ser, ideal e puro, da *norma democrática*, e a realidade factual, empírica e mortal, de um governo que se declara democrático. Este, situado sob o signo da temporalidade, é frágil e, assim como em todos os regimes existe um "pendor para degenerar", o regime democrático "começa a morrer desde seu nascimento"[76]. Mas, no nível *puro* em que se situa, a norma democrática é alheia às figuras concretas e históricas da particularidade: como toda norma, ela é universal, atemporal, anistórica. Sendo intransponível a distância entre as ordens do *fato* e do *Ideal*, deve-se poder concluir que nenhum regime político, em sua facticidade institucional, jamais atingirá a forma pura da Idéia democrática.

---

74. Rousseau, *Considerations sur le gouvernement de Pologne*, capítulo VI, pp. 970-971.
75. Rousseau, *Le contrat social*, III, XI, p. 424.
76. *Ibid.*, p. 424.

É também pesado o equívoco que consiste em crer que a Constituição democrática subjaz ao melhor governo que os homens possam se dar. Se assim fosse[77], seria possível efetuar a passagem entre a teoria e a prática. Caso essa passagem se desse, seria, de qualquer forma, uma queda. Mas isso é dizer pouco. Pois a mediação que o governo deveria operar entre o soberano e o Estado – ou seja, entre os cidadãos e os súditos – é impossível, porque a distância que separa e sempre vai separar a norma do político da realidade política é intransponível. Nesse sentido, Saint-Just não está errado quando diz que o povo tem um único inimigo: seu governo. Rousseau, por sua vez, não é homem de tiradas; mas filosoficamente, pensa que a pura retidão do Ideal democrático extrapola os limites da natureza humana – o que não deixa de sugerir, ao mesmo tempo em que a idéia pura da democracia desenha um horizonte transcendental aureolado da esperança da liberdade, que a práxis política, em seu discurso, é um lugar de fracassos ou, pelo menos, sempre de conflitos. Não é só nos regimes absolutistas e sob as Constituições monárquicas que se assiste ao fenômeno "do abuso do governo e de sua tendência a degenerar"[78]. A morte do corpo político é inexorável. É certo que a vontade geral é o princípio, indestrutível e puro, da política. Mas nenhum governo e sobretudo não um governo democrático lhe dará vida.

Só que para Rousseau, para além do tributo que os homens pagam à história, uma vez que quando a liberdade é solapada pela "civilização" "ela jamais é recobrada"[79], há algo mais profundo: algo de metafisicamente abissal até. Ao inverso do homem superficial que se satisfaz com a empiricidade temporal, o filósofo das profundezas que Rousseau é pensa que a impossibilidade de realizar politicamente o ideal democrático provém da "perfectibilidade" dos homens: livres para o mal tanto como para o bem, não conhecem nem bens nem males que não

---

77. Rousseau, *Lettres écrites de la montagne*, carta VI, pp. 808-9.
78. Rousseau, *Le contrat social*, III, X, p. 421.
79. *Ibid.*, II, VIII, p. 385.

dêem a si mesmos[80]. Com um olhar pessimista e triste, Rousseau considera que na administração democrática, para sempre incapaz de alcançar sua norma pura, insinua-se a sombra da desgraça. Pode-se portanto avaliar o embaraço de Rousseau para dar conselhos aos poloneses e aos corsas. Para os homens tais como são, a forma pura da democracia, como todo Ideal da razão prática, é inacessível. O artigo *Economia política* abrira, no entanto, um caminho de salvação para um governo de liberdade. "Se é conveniente saber empregar os homens tal como eles são", escrevia Rousseau, "é ainda mais conveniente fazer com que eles se tornem tal como precisamos que eles sejam."[81] Por conseguinte, se o governo democrático não quer cair no confusionismo que o espreita e se dispõe a desafiar as desgraças que o ameaçam, precisa dedicar seus maiores esforços para a educação política dos cidadãos[82], em quem não devem faltar as idéias da ordem e do bem públicos. O senso cívico e o patriotismo que uma educação valorosa forma constituem um dispositivo de segurança contra a perigosa aspiração democrática que envenena as almas dos povos modernos. São o antídoto para uma ilusão que eles alimentam imaginando-se possuidores do mágico anel de Giges[83]. Resta que a democracia, na realidade que a história política pretende lhe dar, está carregada de idéias falsas. Ela é tão perniciosa que melhor valeria jogar fora o maléfico anel a fim de exorcizar o mal. Tal conclusão, marcada por um pessimismo inapelável, não deixa de indicar que os "democratas", quando se pretendem filiados a Rousseau, cometem uma estranha "captação da herança"[84].

Nessas condições, compreende-se que a obra política de Rousseau tenha-se visto envolta, desde a época revolucionária,

---

80. Rousseau, *Émile*, p. 599.
81. Rousseau, *Économie politique*, p. 248.
82. Rousseau, *Considérations sur le gouvernement de Pologne*, cap. IV, pp. 966-9.
83. Rousseau, *Rêveries du promeneur solitaire*, VI Passeio.
84. Essa expressão foi tomada de Stéphane Rials, "Les socialistes trahissent Rousseau", *Le Figaro*, 17 de abril de 1984.

ou bem em incompreensão, ou bem em ambivalência. Depois daquele momento, as brumas não se dissiparam. Mas na época da Revolução, afora Kant e Fichte, os leitores de Rousseau não tentavam compreender o *status* transcendental que ele dava à idéia pura da democracia. Os doutrinários eram insensíveis até à altitude de sua filosofia. Já que a maioria deles situava o problema da democracia num terreno que poderíamos dizer "ideológico" – mas a ideologia está nos antípodas da filosofia –, esforçava-se também para elaborar a proposição fundadora do modelo que melhor correspondesse às esperanças que nela depositava.

Foi assim, por exemplo, que Emmanuel Sieyès fez da idéia aparentemente democrática de "soberania nacional" uma arma de combate para erradicar o sistema de privilégios do que logo viria a se chamar "Antigo Regime".

3. Sieyès e o projeto de uma Constituição democrática

Sieyès certamente não tinha consciência, ao publicar em 1788 seu *Ensaio sobre os privilégios*, logo seguido de seu panfleto *O que é o terceiro estado?*, que ocuparia um lugar na história das idéias políticas e, mais ainda, que venceria "a etapa preliminar da Revolução". No entanto, esses textos de circunstância não se limitam a clamar alto e forte a efervescência das paixões e das idéias que agitavam confusamente numerosos espíritos do momento; tampouco têm por objetivo vaticinar os acontecimentos que iriam dar à história uma nova inflexão. Embora traduzam em primeiro lugar a indignação e o engajamento de um homem revoltado com as desigualdades sociais e políticas, são também peças insubstituíveis de uma teoria política habitada por uma concepção constitucional da democracia.

Ao abordar esses dois opúsculos que se destacam tanto por sua concisão como por seu caráter incisivo, não se pode colocar entre parênteses a relação polêmica que eles mantêm com a conjuntura política da época. A monarquia francesa, depois de ter sido tentada pelo despotismo sob Luís XIV, atolavase então na paralisia e, pouco depois, iria morrer por sua fraqueza. Mas poucos autores o tinham compreendido. Montesquieu, Voltaire, os Enciclopedistas, Mably, Rousseau... tinham ousado denunciar os abusos do absolutismo e seus desvios de poder. Em contrapartida, a fraqueza da monarquia pré-revolucionária não era objeto de análises teóricas. É certo que a burguesia não escondia mais sua indignação diante do regime vigente que cheirava a feudalismo; porém nenhum autor alçavase a uma problematização e menos ainda a uma explicação desse estado de coisas. Embora, por um breve momento, a burguesia tenha-se sentido de acordo com a revolta dos parlamentos contra o governo, não procurou razões teóricas para essa convergência de objetivos. Aliás, ela rapidamente se afastou dessas ordens abastadas que, nem mais nem menos que a nobreza e o clero, gozavam de "privilégios" que, na realidade social do momento, ela considerava indevidos. O clima intelectual modificou-se quando o rei decidiu convocar os Estados Gerais, condenados ao sono desde 1614, para o mês de maio de 1789. Não só os antagonismos entre privilegiados e não-privilegiados estouraram à luz do dia, mas passou-se a indagar as incidências teóricas e práticas dessa discriminação. Uma questão em particular colocava-se com acuidade: iriam se conformar com o precedente dos Estados Gerais de 1614 e votar "por ordens" – caso este em que, mais uma vez, os privilégios triunfariam; ou bem se adotaria um procedimento inédito que consistiria em votar "por cabeça" –, caso em que, enfim, a igualdade de tratamento de todos os membros se realizaria, e a vitória, em razão do número dos representantes pertencentes ao terceiro estado, deixaria de ser dos privilegiados? Embora, assim colocada, a questão parecesse de uma banal evidência, Sieyès viu nela o revelador da febre que minava então a realidade social. Portanto, a questão era de grande importância. E por isso merecia, a seus olhos, um exame analítico minucioso, exame ainda mais aprofundado, pois, pensava ele, a seqüência dos acontecimentos dependeria da escolha entre essas duas alternativas. Por conseguinte, era preciso pôr em evidência as razões dessa escolha.

Portanto, Sieyès via longe. Para além dos dilaceramentos da conjuntura sociopolítica, o que engatava era um debate de fundo, sociológica e politicamente profundo. Exprimindo suas convicções e provavelmente também o rancor de um pobre abade no fim do século XVIII, desenhou a nova postura que o terceiro estado viria a adotar na França vindoura. Seu verbo ganhou tamanha potência e seu libelo teve uma repercussão tão extraordinária que, de imediato, Sieyès assumiu um lugar entre os teóricos do pensamento político: tornou-se, nas palavras de Sainte Beuve, "o Descartes da política".

Tendo denunciado "a triste invenção" que é a dos privilégios, cuja "essência" é estar "fora do direito comum"[85] – são derrogações cujo objetivo é, diz ele, "ou *dispensar* da lei ou dar um *direito exclusivo* a algo que não é protegido pela lei" –, Sieyès de certa forma elabora o manifesto do terceiro estado. O plano, anunciado desde as primeiras linhas, ressoa como um toque de clarim: "O que é o terceiro estado? Tudo. Que tem sido até agora na ordem política? Nada. Que deseja? Vir a ser alguma coisa." As respostas a essas três perguntas fornecem as bases de uma teoria da Nação-Estado, toda ela edificada sobre uma concepção renovada da idéia de democracia.

Depois, Sieyès evoca, como Montesquieu o fez meio século antes, os méritos da Constituição inglesa, mas os julga insuficientes. Esclarece então, por meio de um esquema constitucional, "o que se *deveria* ter feito" e o que *resta* para o terceiro fazer para "ocupar o lugar que lhe é devido". Num texto escrito alguns meses depois, enunciará, aliás, orientado pela mesma intenção, os *Preliminares da Constituição Francesa*, que compõem um breviário impressionante do regime animado pelo espírito de liberdade e de igualdade. Acreditando situar-se na esteira do pensamento de Rousseau – de um Rousseau, no entanto, revisto, corrigido e arrancado de sua ordem filosófica própria –, propõe *um outro discurso fundador* da democracia.

No terreno do realismo político, descarta "a democracia bruta" e cinzela – nos antípodas de Rousseau a quem crê ape-

---

85. Emmanuel Sieyès, *Qu'est-ce que le tiers état?*, reedição PUF, 1982, p. 1.

nas retificar – a concepção de um *governo representativo* que, "corpo político de associados que vivem sob uma lei comum e representado pela mesma legislatura"[86], busca sua força política na Nação. Esse corpo político resulta, explica ele, do compromisso contratual de todos aqueles que o compõem e exprime a vontade geral que o anima. A Nação-contrato forma assim uma comunidade democrática na qual nacionalidade e cidadania são uma única e mesma propriedade. No entanto, por causa de seu artificialismo construtivista, a nacionalidade não se manifesta espontaneamente. É por isso, diz Sieyès, que não se pode separar a Nação de seus representantes. Nesse sentido, o terceiro estado – que é "a própria Nação" – deve compor sozinho a Assembléia Nacional. Com efeito, os representantes são os órgãos da Nação; eles querem pela Nação inteira. O que eles detêm não é um mandato imperativo que faria deles os portadores de voto de seus eleitores, mas um "mandato representativo" pelo qual agem de acordo com a vontade nacional soberana. Em outras palavras, Sieyès descarta a idéia de "democracia bruta", que considera primitiva e simplista porque ela repousa exclusivamente sobre um mandato imperativo, e a substitui pela esperança de uma democracia conquistadora, que seria de um outro tipo porque obedeceria a uma outra técnica de sufrágio: encontraria sua legitimidade nos diversos corpos de representantes designados[87], em nome de toda a Nação, para agir em seu próprio domínio e segundo suas capacidades. Pela voz dos representantes, essa democracia conquistadora seria, pois, animada pela paixão nacional, pelo amor à liberdade e pela aspiração igualitária. Inaugurando o caminho que, sem dúvida nenhuma, conduzirá para o jacobinismo, Sieyès, que se diz filiado a Rousseau, na verdade deixa muito para trás a intuição criticista da idéia transcendental de uma democracia

---

86. *Ibid.*, p. 31.
87. Dessa forma, Sieyès inclui em sua concepção nova da democracia uma espécie de aristocracia funcional; propõe quatro corpos de representantes que formam um *tribunat*, que exprime os *desiderata* da Nação, um *governo*, composto de sete membros, uma *legislatura* e uma *jurie constitucionária* encarregada de vigiar o respeito pela Constituição.

pura. Sieyès, de fato, não pretende ser filósofo; ele só utiliza os conceitos centrais instituidores da democracia para integrá-los em seu devido lugar na arquitetura constitucional que procura edificar.

É assim que Sieyès propõe em termos vigorosos o valor de princípio da *soberania nacional* (não emprega a expressão "soberania do povo" elaborada, como vimos, pelas teorias anteriores)[88]. "A Nação", escreve ele, "existe acima de tudo; ela é a origem de tudo; sua vontade é sempre legal; ela é a própria lei. Antes dela e acima dela, há apenas o direito natural." Aqui, a originalidade de Sieyès consiste efetivamente em pensar em termos constitucionais os poderes da vontade nacional, que ele identifica com a do terceiro estado: como as ordens privilegiadas são repudiadas como "estranhas à Nação" em razão das desigualdades jurídicas que elas oficializaram, o terceiro estado, que é "o grande corpo dos cidadãos"[89] e forma "a Nação completa"[90], é o único substrato legítimo da Constituição.

Tendo, assim, a soberania nacional valor de princípio ou de postulado fundamental, é preciso deduzir seus efeitos. Até agora, o povo gemeu em estado de servidão; estava coagido, humilhado; não dispunha da proteção da lei. Tal situação, na hora em que a história e a civilização avançam a grandes passos, é inaceitável, pois ela nada mais é que um desafio à razão. Portanto, Sieyès considera que os *direitos do povo* só serão seus "verdadeiros" direitos no dia em que, recolocados na "ordem comum" e regidos pela "lei comum" que uma reta ra-

---

88. Notemos que a Declaração dos Direitos do Homem e do Cidadão de 26 de agosto de 1789 afirmará, como Sieyès, a soberania da Nação e a ilegitimidade de uma política inspirada pelos "corpos intermediários" ou pela vontade de um só. *Cf.* art. 3: "O princípio de toda soberania reside essencialmente na Nação. Nenhum corpo, nenhum indivíduo pode exercer autoridade que não emane expressamente dela."

89. Sieyès, *Qu'est-ce que le tiers état?*, cap. I, p. 31.

90. *Ibid.*, p. 30; p. 32: "O terceiro abarca tudo o que pertence à Nação; e tudo o que não é o terceiro não pode ser visto como sendo a Nação. O que é o terceiro estado? Tudo."

zão exige, pertencerem efetivamente a todos: tal será a verdade da liberdade democrática do futuro. Trata-se de um argumento ao mesmo tempo filosófico e jurídico, que provém, em primeiro lugar, de uma *concepção filosófica* do homem e da sociedade. Como Voltaire em suas *Cartas inglesas*, Sieyès invoca um critério de utilidade que Bentham não recusaria: em contraposição à inércia das ordens privilegiadas, é preciso que o terceiro estado, que extrai sua força de seu número, manifeste sua eficácia por sua função política e por seu trabalho. Como a Nação é "a reunião dos indivíduos" e Sieyès, diferentemente de Rousseau, vê na vontade nacional a soma das vontades individuais, é pelo esforço de cada um, portanto de todos, que ela pode subsistir e prosperar. Por conseguinte, o povo tem de se manifestar não só como "um todo livre", mas como um conjunto "florescente", pois tal é o único meio de construir e de respeitar o interesse geral do corpo comum que é o Estado. Por isso, convém em seguida elaborar uma *concepção jurídica* da política de que a Nação necessita. Não se trata, segundo Sieyès, de provocar uma igualização socioeconômica das condições; em matéria de propriedade, observa ele, as desigualdades são tão irremediáveis como as de idade ou sexo. Em contrapartida, "a igualdade de civismo" – em outras palavras, a igualdade jurídica de tratamento de todos os cidadãos – é de primordial importância, pois esse "corpo de associados" que é a Nação deve ser regido por uma "lei comum", ser representado pela mesma legislatura, e cada um deve ter nele os mesmos direitos porque tem as mesmas obrigações políticas a assumir. A igualdade adquire assim, no pensamento constitucional de Sieyès, uma dimensão criteriológica que ela nunca atingira com tanta clareza.

À luz dos critérios enunciados por Sieyès – os quais, embora não sejam novos na história do pensamento político, nem por isso deixam de adquirir nela, pelo efeito de um verbo apaixonado, uma intensidade que, esta sim, é nova –, a concepção da Nação e da representação dos cidadãos na Assembléia Nacional torna-se a pedra angular da política futura. É certo que, dado o princípio de que o povo não pode falar e agir senão por seus representantes[91], resta para resolver o problema de sua escolha. Embora seja fácil chegar a um acordo quanto à idéia que se tem de sua competência para julgar os problemas que terão de debater relativos aos assuntos comuns e para propor as normas mais apropriadas para regrá-los, os modos a serem utilizados para escolher os delegados da Nação exigem um exame minucioso. As idéias de Sieyès, nesse ponto, são um tanto hesitantes, como se estivesse dividido entre a confiança que considera necessário conceder ao povo e uma certa desconfiança ante sua psicologia pouco estável. É claro que o princípio segundo o qual o povo deve ser representado por deputados realmente saídos dele é fundamental. Mas esse princípio está longe de ser suficiente, pois é preciso contar, sublinha Sieyès, com o número de deputados convocados para representar o terceiro estado: "De vinte e cinco a vinte e seis milhões de almas." Deve-se compreender que o número de representantes intervém como uma noção verdadeiramente democrática que, associada à exigência do voto "por cabeça", tem por função eliminar qualquer hierarquia e, *a fortiori*, os privilégios de classe. Todavia, o procedimento que concede aos representantes o encargo de falar e agir em nome de todo o povo não deve repousar sobre o sufrágio universal: Sieyès não só distingue os "cidadãos ativos" dos "cidadãos passivos", mas admite a idéia de um monopólio eletivo capacitário – o que é bastante indicativo das suas reticências ante a psicologia popular. No entanto, há uma idéia que se afirma com força e que, dessa vez, devolve ao povo sua autoridade política: não se deve, em nenhum caso, dar lugar à ausência de controle dos cidadãos sobre aqueles que o representam. Não é um argumento simplesmente psicológico e, do ponto de vista constitucional, afirma-se como uma exigência central. Embora, com efeito, a Nação, por seu sufrágio, confie aos corpos constituídos a tarefa de agir em seu nome, é importante distinguir o *poder constituinte*, de que o

---

91. "O povo não pode ter outra voz senão aquela de seus representantes, não pode falar, não pode agir senão por intermédio deles", *Archives parlementaires*, primeira série, tomo VIII, discurso de 7 de setembro de 1789.

povo soberano é detentor, e o *poder constituído*, de que estão encarregados os deputados. Por um lado, o poder constituinte tem valor fundacional: permite o estabelecimento da Constituição. Por outro lado, o poder constituído tem valor organizacional: institui as regras necessárias para o funcionamento da sociedade. A distinção entre *poder constituinte* e *poder constituído* é fundamental no *status* jurídico do Estado. Contudo, para que não se rompa a unidade da vontade nacional, Sieyès estima ser necessário que os representantes sejam submetidos ao controle permanente dos representados; por meio desse controle, estes se asseguram de que a maneira como os governantes cumprem o "mandato de fazer", que, em tal ou qual domínio, lhes foi confiado em razão de suas competências, corresponde bem à vontade da Nação. Tais são as condições necessárias – "os verdadeiros princípios", sob a pena de Sieyès – para que o terceiro estado ocupe seu legítimo lugar no coração da sociedade política: assim, se o poder "vem de cima", como deve ser, "a confiança vem de baixo".

 O povo revolucionário se reconheceu a tal ponto na maioria das proposições que Sieyès emite em seu célebre panfleto *O que é o terceiro estado?*, que chegaram a dizer que "o espírito de Sieyès é o próprio espírito da Revolução Francesa". No entanto, suas idéias foram interpretadas de diversas formas: uns, como Tocqueville, viram em Sieyès o porta-voz de uma revolução burguesa acima de tudo sensível ao argumento do número de cidadãos como axioma da democracia; outros, como Proudhon ou Jaurès, consideraram-no como um de seus precursores porque, dizem eles, ele compreendeu que a classe popular, por seu ódio aos privilégios, tomava consciência do papel histórico que num futuro próximo ela seria chamada a desempenhar. A ênfase ora incidiu sobre o aspecto democrático de um pensamento que busca no próprio povo as condições de um governo de liberdade, ora sobre o aspecto aristocrático de uma doutrina que não renuncia ao caráter elitista da representação. Em ambos os casos, contudo, Sieyès exprime efetivamente uma ideologia democrática e, embora o opúsculo de 1789 não constitua de fato "o" discurso fundador da democracia, pode-se dizer, por um lado, que ele efetua a síntese dos parâmetros democráticos que, até então, eram enunciados de forma dispersa e, por outro, que ele é um dos primeiros textos a sublinhar com tanto vigor a importância do controle dos governantes pela Nação inteira.

Em 17 de junho de 1789, o terceiro estado, conforme os votos de Sieyès, proclamava-se Assembléia Nacional e, em 26 de agosto, a *Declaração dos direitos do homem e do cidadão* consagrava a soberania nacional. O espírito democrático decerto triunfava, mesmo se, nesse primeiro período da Revolução Francesa, a monarquia não fosse alvo da ira do povo. Algumas décadas mais tarde, o "fato democrático" viria a se afirmar, mas nele estavam contidas, entre as várias esperanças que o pensamento constitucional de Sieyès fizera nascer, dificuldades e armadilhas que os discursos fundadores da democracia não tinham previsto.

*

No momento em que a Revolução Francesa dá à história política ocidental um novo começo, é possível avaliar o caminho percorrido pela idéia de democracia em pouco mais de um século. No entanto, é notório constatar que o discurso filosófico-político, ao abordar essa questão cada vez mais presente, cujos princípios fundadores ele tenta definir, vê-se sempre envolto na ambivalência que, desde seu despertar, acompanhou a noção de democracia.

É incontestável que no final do século XVIII a monarquia francesa entrara em decomposição e que a idéia democrática vinha sucedê-la para a instituição de uma nova forma de governo. Como dirá Hegel, nascera uma "magnífica aurora". Depois de Rousseau (embora mal compreendido), Sieyès dera à idéia de soberania nacional, toda ela enxertada no terceiro estado, o "toque" do pensador político que fornecia a ela uma sólida caução. A Constituinte a reconhecera. A *Declaração dos direitos do homem e do cidadão* proclamava-a solenemente para todo o mundo. Acontece que, mesmo na fase jacobina da Revolução, no momento em que Robespierre, também ele se dizendo filiado a Rousseau, louva o Estado como encarnação do povo soberano, o termo "democracia" não é utilizado. Invoca-se a vontade geral do povo, a igualdade dos cidadãos, o amor vivo pela pátria; a Constituição da Montanha de 1793 (ano I da República) está de fato imbuída da lógica do princípio democrático quando considera que a soberania que reside no povo é "una e indivisível" e, mais ainda, quando preconiza o sufrágio universal direto como corolário dessa soberania popular. Nesse texto oficial, tudo, até mesmo a concepção do legislativo e do executivo como "funções" e não como "poderes", ou ainda a idéia segundo a qual os deputados são "comissários" antes que "representantes" do povo, evoca a idéia democrática. Só que a realidade política não corresponde à idealidade do texto constitucional: o "despotismo da liberdade", proclamado por Robespierre, Saint-Just e Marat, nada tem de uma democracia que defende a igualdade, a liberdade e, de forma mais geral, os "direitos" dos cidadãos. Rousseau e Sieyès são traídos. Da "pureza" do ideal democrático cujo *status* transcendental Rousseau tinha elaborado e da "utilidade" do esquema constitucional construído por Sieyès, resta apenas uma caricatura. Pela "salvação do povo", a "pureza" de um ideal transformou-se em sectarismo; a "igreja jacobina", como a chamaria Renan, não foi a encarnação da democracia. Bem mais tarde dirão, de maneira insólita, que ela foi uma "democracia totalitária". Aliás, em 1799, a constituição do ano VIII, na qual, no entanto, o próprio Sieyès imprimiu sua marca, exprime sem rodeios o autoritarismo do poder. Sob as cores de uma legitimidade democrática que invoca sem cessar o apelo ao povo e sua aceitação, o regime napoleônico era uma nova traição da idéia de democracia.

  Portanto, não deve espantar que as perspectivas da democracia tenham suscitado, de Burke a Madame de Staël ou a Benjamin Constant, uma reação contra-revolucionária e conclamado uma restauração. Dizer, tomando distância em relação à densidade dessas páginas da história, que a política obedece ao ritmo das alternâncias e que segue um movimento de balanço que a leva de um extremo ao outro, talvez seja tentador, mas, decerto, insuficiente. É *em si mesma* que a idéia de democracia está carregada de ambigüidade e de ameaças de ambivalência. Em relação a isso, o conceito "moderno" de democracia muito se parece com o conceito que os "antigos" tinham dela e não há motivo para opô-los. Kant viu muito claramente a equivocidade que mina a própria noção de democracia. Para ele, assim como para Rousseau, a vontade unida do povo é, no Estado que institui o *pactum unionis civilis*, a fonte de todo o direito público e ela lhe confere sua legitimidade[92]. A liberdade de cada um, que é o princípio da soberania do povo, é também seu fim. Com efeito, os homens, conscientes da imensa prerrogativa que constitui para eles a liberdade, não poderiam querer outro governo senão aquele no qual o povo legisla[93]. A idéia é de uma limpidez perfeita. Só que ela é, diz Kant, o fundamento do *republicanismo* e não da *democracia*. Não há dúvida de que ela integra os valores liberais e que, nesse sentido, exprimindo o que o humanismo político tem de mais profundo, ela reconhece aos homens – a todos os homens, portanto ao "povo" – sua dignidade e, por conseguinte, o que constitui a humanidade do homem. A autonomia não caracteriza apenas a consciência moral; ela dá conta filosoficamente do que são o sufrágio universal e a participação dos cidadãos na coisa pública. Mas essa capacidade que o povo tem de dar a si mesmo sua lei é o princípio da "Constituição republicana", e o republicanismo corresponde à idéia pura da política. Esse princípio, longe de ser a exigência imanente de um texto constitucional de inspiração democrática, é o princípio regulador da política racional de liberdade que Kant chama de "republicanismo". Nele, a República, racionalmente enraizada na soberania original do povo, encontra sua autêntica figura quando os "poderes" do Estado – o poder soberano que legisla, o poder executivo que governa conforme a lei, o poder judiciário que atribui a cada qual o que lhe é própri o segundo a lei – não estão con-

---

92. Kant, *Doctrine du droit*, § 46.
93. Kant, *Conflit des facultés*, seção II, art. 6, nota 1.

centrados e confundidos nas mesmas mãos[94]. Por isso, há despotismo sempre que a potência de legislar se arroga o poder de executar a lei e de decidir os litígios. Ora, observa Kant, é o que acontece não só quando o monarca decide e age a seu belprazer, mas também na democracia quando o povo legislador se ampara do executivo e, *a fortiori*, se atribui o poder judiciário. Tal é o malefício potencial de toda democracia: se o povo legislador erige a si mesmo em executor de sua própria vontade, à autonomia do soberano soma-se a heteronomia dos cidadãos-súditos. Portanto, a democracia porta em si a contradição mortal que separa a vontade geral e a liberdade dos cidadãos. Numa palavra, a democracia está, diz Kant, ameaçada pelo despotismo.

Não se deveria concluir que, segundo Kant, a "verdadeira República" só convém a um povo de anjos. Muito pelo contrário, "mesmo um povo de demônios", desde que dotados de inteligência, pode se dar uma Constituição republicana e respeitar assim os direitos fundamentais do homem[95]. Somente esse fundamento filosófico dos regimes políticos merece ser levado a sério. Então, seja qual for a força dos grandes discursos fundadores da democracia produzidos de Spinoza a Kant pela filosofia política, deve-se convir que não só a democracia está envolta numa inquietante ambivalência, mas, sobretudo, que a passagem pelo governo democrático não se apresenta nem como o imperativo categórico da ordem política nem mesmo como a única resposta à questão política.

* * *

Por mais que na virada do século XVIII para o século XIX o discurso filosófico sobre a democracia enuncie claramente a síntese dos parâmetros que deveriam constituir a força desse regime político, e lhe atribua princípios fundadores poderosos que garantem racionalmente sua legitimidade, é sobre um hori-

---

94. Kant, *Essai sur la paix perpétuelle*, Primeiro artigo definitivo.
95. *Ibid.*, Primeiro suplemento.

zonte carregado tanto de esperança como de desconfiança que seu conceito continua a se desenvolver, como na Grécia antiga em que ele se formou.

É certo que, ao libertar as raízes democráticas do Poder estatal, o humanismo emancipou a política descartando de maneira quase unânime as concepções teológicas da política que por tanto tempo tinham sido defendidas. No coração desse humanismo canta a idéia de liberdade, que conota simultaneamente a liberdade-participação dos cidadãos no Poder – o que implica o reconhecimento de sua "maioridade" – e os direitos individuais "fundamentais" inerentes à sua qualidade de homens – o que implica o reconhecimento de sua dignidade. Do ponto de vista "metafísico" como se dizia então (diríamos, antes, do ponto de vista "metapolítico"), a idéia democrática é assim aureolada das mais altas virtudes que, tal como a liberdade e a igualdade, são seu princípio, seu desafio e seu fim.

Mas a prova da verdade da democracia não se situa no nível da normatividade pura que Rousseau e Kant descobriram no fundamento das constituições civis capazes de responder, em homens que por fim atingiram sua "maioridade", a essa necessidade fundamental da razão que é a liberdade[96]. Ela requer a passagem, sempre difícil, da especulação teórica e abstrata à prática jurídico-política, o que exige considerar a Constituição democrática em seu conteúdo prático-empírico. Ora, o filósofo depara então com duas dificuldades importantes que o levam a envolver a esperança do humanismo liberal na densa desconfiança engendrada pelos arroubos populares – como se a história do pensamento democrático remetesse a seus primórdios.

A primeira dificuldade é aquela gerada pela representação do corpo do povo. Sabe-se que Rousseau, rejeitando o sistema representativo, admitia apenas a idéia de democracia direta, mas esta é tão perfeita, dizia ele, que não pode encontrar lugar entre os povos modernos. Kant, por sua vez, de acordo

---

96. Rousseau, *Lettres écrites de la montagne*, carta V, p. 811; Kant, *Doctrine du droit*, § 52.

sobre esse ponto com Sieyès, pensava que em toda "verdadeira República", "é absolutamente necessário que o povo seja representado"[97]; em outras palavras, achava que a idealidade da soberania do povo precisa encontrar sua realização no corpo de seus representantes. Mas a passagem da "teoria" à "prática" é particularmente delicada, pois entre a soberania "inteligível" do povo e sua representação "sensível" pelos deputados, intercala-se o conceito ambíguo da cidadania que não se aplica da mesma maneira aos "cidadãos ativos" e aos "cidadãos passivos". O *cidadão* é aquele em quem se opera "formalmente" a síntese da liberdade de cada qual como homem e da igualdade de todos como súditos[98]. Nessa síntese, o cidadão alcança a auto-suficiência; enquanto tal, é seu próprio senhor e, tendo atingido sua autonomia, pode ser co-legislador na República. Mas, prossegue Kant, é preciso distinguir "materialmente" o cidadão (*Staatsbürger*) que só serve ao Estado e o burguês (*Stadtbürger*) que pode servir ao mesmo tempo ao Estado e a um membro do Estado. Essa distinção contravém a exigência de igualdade de todos os súditos: por isso, certos operários (*operari*), um caixeiro, um serviçal, um cabeleireiro... não são reconhecidos, diferentemente dos "artesãos" (*artifices*), como membros do Estado; são apenas partes dele e não podem ser tratados como cidadãos "ativos", ou seja, com plenos poderes. Portanto, a dualidade inerente à cidadania produz na política um "efeito estrutural"[99] tal que a efetivação da democracia, idealmente fundada na igual cidadania de todos, é incapaz de corresponder à sua definição nominal.

A segunda dificuldade que mina a democracia é seu caráter anti-republicano. Não há aí nenhum paradoxo. Com efeito, pelo fato de que nesse regime todos querem legislar e, ao mesmo tempo, querem governar, a relação do comando com a obe-

---

97. Kant, *Reflexionen*, n. 8046, AK, tomo XIX.
98. Kant, *Théorie et pratique*, Bibliothèque de la Pléiade, tomo III, Gallimard, pp. 270 e 276; AK, VIII, 290 e 294.
99. Esse ponto é notavelmente destacado por Bernard Bourgeois, cf. "République et représentation chez Kant", in P. Laberge, G. Lafrance e R. Dumas (sob a direção de), *L'année 1795, Kant. Essai sur la paix*, Vrin, 1997, p. 79.

diência, que é o critério da ordem política, vê-se abolida; não existindo a distinção entre os diferentes "poderes", a democracia é habitada pelo germe do despotismo da massa. Filosoficamente consideradas, as reticências de Kant em relação ao regime democrático ganham uma intensidade que não deixa de ser perturbadora: segundo ele, uma vez que a idéia racional da soberania do povo oriunda do contrato é um princípio "regulador" da política, ela não pode se realizar e tornar-se o princípio "constitutivo" de um governo democrático. O erro consiste em crer que a realização da idéia republicana passa pela democracia: esse erro, sob o olhar crítico de Kant, é até mesmo um contra-senso absoluto.

No entanto, no movimento das idéias que dista muito de ser unilinear, Hegel viria a celebrar "o soberbo nascer-do-sol" que foi a Revolução Francesa. "Naquele tempo reinou uma emoção sublime, o entusiasmo do espírito causou frêmitos no mundo, como se, só então, se tivesse chegado à reconciliação do divino com o mundo."[100] A partir daquele momento, pelo fato de que, segundo Hegel, "a razão governa o mundo"[101] e de que a Revolução Francesa, em seu surgimento, manifestava as esperanças do racionalismo, a democracia pôs-se realmente em marcha lançando-se para a liberdade como destinação do homem. O problema foi que, pelo fato de naquela ocasião a razão democrática ter obedecido sobretudo às energias da paixão política, a virada revolucionária foi, com seus ímpetos de esperança, o momento trágico em que "as flores enegreceram": os ideais de liberdade e de igualdade forjados pelas potências da razão foram condenados, por sua própria encarnação, a carregar a cruz de uma finitude que já é desrazão.

Por mais dolorosos e conflituosos que tenham sido os primeiros passos dados pela democracia em marcha, o "fato democrático" acabou por se impor durante o século XIX como uma realidade histórico-política inegável. O "fato democráti-

---

100. Hegel, *Leçons sur la philosophie de l'histoire*, Vrin, 1967, p. 340.
101. *Ibid.*, p. 22.

co" foi o que Rousseau considerava impossível e o que Kant pensava ser contraditoriamente mortal: a exteriorização fenomenal da liberdade do querer dos povos. A genealogia da fenomenalidade democrática marcou, na história do mundo ocidental, um ponto sem retorno: o "Antigo Regime" foi definitivamente enterrado. Mas, como veremos na última parte deste ensaio, a democracia, uma vez instalada na factualidade política e devido ao seu progresso inflacionista, adotou uma forma imprevista cujo sentido imanente condena a uma crise endêmica. A progressão da democracia desperta os temores que Platão já formulara diante da efervescência incoerente dos humores populares que inchavam "a Cidade do desejo". Teme-se hoje que a tormenta multiforme que troveja nas democracias de nosso tempo segregue em grande velocidade a autodestruição do direito político.

TERCEIRA PARTE
O "fato democrático" e suas vertigens

Introdução à terceira parte

Hoje existem poucos países no mundo que não se dizem uma democracia, como se sua longa genealogia filosófica a tivesse conduzido, apesar das resistências e das dúvidas, a um triunfo inelutável. Na verdade, a antiga palavra "democracia", tantas vezes empregada no correr dos séculos pelos filósofos para designar teoricamente um modelo de regime político, só se impôs durante o século XIX na linguagem sociopolítica, adquirindo, então, não tanto uma conotação nova, como se costuma dizer, mas pelo menos um *status* semântico até então praticamente inédito: a democracia não mais designa apenas um esquema institucional pertencente ao quadro jurídico da política, mas também o fato social que caracteriza a potência ativa do povo no espaço público. Como tal, o conceito de democracia opõe-se às tendências aristocráticas que o processo revolucionário pretendeu enfraquecer ou até eliminar. A democracia, declarava Royer-Collard num discurso na Câmara dos Deputados em 22 de janeiro de 1822, "quis modificar o estado interno da sociedade, e ela o modificou". Constatava também, no mesmo discurso, que a democracia, tendo-se tornado "a forma universal da sociedade", instalara-se "por toda parte". Com essas declarações, antecipava as teses de Tocqueville, que, pouco depois, verá na democracia não mais, como queria a tradição, o regime político no qual o grande número é chamado a governar, mas "uma maneira de ser da sociedade", cujos membros se preocupam mais com a igualdade que com a liberdade. Ao mesmo tempo, a figura política da democracia exprimia de maneira cada vez mais clara os princípios fundadores definidos pelos grandes sistemas de pensamento dos dois últimos séculos: ela era laica, representativa e constitucional.

Mas as transformações da democracia que, desde o século XIX, foram se consolidando e se acelerando, fizeram dela um lugar de conflitos e de enfrentamentos, manifestando a impossível neutralidade ideológica dos cidadãos. É como se, ao realizar as esperanças contidas em seus princípios fundadores, corresse com uma freqüência cada vez maior o risco de trair ou de perder sua inspiração originária: paradoxalmente, o alento político que a fez surgir e crescer se enfraquece quando ela se torna um fenômeno social. Portanto, é menos a *política* democrática moderna que a *sociedade* democrática que se vê corroída por dificuldades e problemas. Os ímpetos que a animaram engendraram, além de sua inflação, distorções tais que a ênfase que ela abriga provoca, desde o seu interior, sua fragilidade e sua precariedade. A democracia é, pois, forçada a se defender de si mesma.

Ora, trata-se de um combate incerto – e, paradoxalmente também, ainda mais incerto à medida que um número cada vez maior de cidadãos nela se envolvem. Aliás, eles são tão numerosos que não só a sociedade democrática se massifica, como também é ameaçada por uma cegueira axiológica que, impedindo-a de ver os próprios critérios que ela criou para si, fica acuada por dilemas temíveis. Esses dilemas são tão graves que a queda do político no social e a redução do direito ao fato conduzem às vezes a razão popular à desrazão, por falta de espírito crítico. Seria certamente fácil demais concluir a partir dessa constatação que, ao contrário do processo rematado pretendido pelos defensores da liberdade e da igualdade, a democracia é uma mistificação ou, até, que ela traz em seu cerne sua própria falência. A questão que se coloca é, antes, saber se o advento incontestável do "fato democrático" em quase todos os cantos do planeta corresponde, no curso sociopolítico das coisas, ao progresso da consciência que a democracia, desde seu princípio, quis manifestar ou se, levado pelo desenvolvimento da psicologia dos povos, ele não é, ao contrário, o indicador do risco de regressão que, na história, paira sem trégua sobre o direito político como uma espada de Dâmocles. Essa angustiante questão equivale a indagar se a democracia, que o mundo contemporâneo revela como tão desesperadamente contraditória, não se tornou em nossos dias, por sua dinâmica intrínseca, um conceito reflexivo no cerne do qual jaz uma equivocidade que, por ter aparecido à primeira hora, é impossível desenraizar. Para os homens de hoje, a democracia não aparece como uma obra a ser refeita incessantemente, e que, no entanto, nenhum povo jamais conseguirá completar?

Depois de evocarmos o irresistível avanço da democracia no mundo e procurar compreender as razões do movimento inflacionista que a impulsiona desnaturando-a (capítulo 1), vamos interrogar os dilemas nos quais está acuada e por meio dos quais ela provavelmente se condena à autodestruição (capítulo 2).

Capítulo 1
A inflação democrática

O debate que, durante séculos, se deu em torno da *idéia de democracia* foi transposto, no século XIX, para o terreno do *fato democrático*. A Revolução Francesa não é alheia a essa passagem, mas não se deve exagerar sua influência. Assim, por mais que Sieyès, em pleno acontecimento revolucionário, tenha demonstrado claramente sua confiança no valor da soberania nacional e exprimido sem rodeios a necessidade da representação do terceiro estado, acabou finalmente rejeitando a perspectiva de um governo democrático. E, nessa recusa, ele não estava sozinho. De maneira geral, os homens da Revolução eram circunspectos no que se referia a um modo de governo que teria implicado o voto por cabeça nos Estados Gerais. Um recente artigo[1] que trata desse assunto, destaca que, de 1789 ao ano IV, liam-se na primeira página das gazetas os adjetivos "nacional", "patriótico" e, a partir de 1792, "republicano", mas que, embora o adjetivo "democrático" fosse empregado em diversos editoriais como antônimo de "aristocrático", o substantivo "democracia" não era utilizado; entre 1789 e 1791, diz o autor, a palavra "democracia" "não é pronunciada uma única vez" nos debates das assembléias. Entre os numerosos dicionários sociopolíticos daquele período, apenas um dedica um verbete à palavra

---

1. Pierre Rosanvallon, "Histoire du mot démocratie à l'époque moderne", in *La pensée politique*, 1993, n. 1, pp. 15 ss.

"democracia"; os outros não lhe concedem nem mesmo uma entrada. É um fato significativo. Com efeito, o tema político que então ocupava os espíritos era o da soberania e, mais precisamente, o da soberania do povo. Falava-se muito de "República" e – como Kant sublinhou com pertinência – dissociava-se seu esquema constitutivo do da democracia. "Uma vez que essa relativização institucional e política se inseria, escreve Pierre Rosanvallon, no arcaísmo ligado ao ideal da antiguidade herdado do século XVIII, compreende-se o caráter marginal da referência à democracia em 1791, até mesmo nos círculos mais radicais."[2] Deve-se notar, contudo, que o suplemento de 1798 ao *Dicionário da Academia Francesa* caracterizou o democrata por "seu apego à Revolução e à causa popular"; a palavra parece então vir carregada de "um sentido social e político e não jurídico e institucional"[3]. A mutação que parece estar afetando o registro e a significação do termo "democracia" revela um estado de espírito no qual o combate político contra o Antigo Regime é certamente menos decisivo que as aspirações, cada vez mais claramente expressas, ao progresso da consciência. Esse progresso é ao mesmo tempo político e ético: é inseparável do reconhecimento dos valores relacionados com a cidadania; vem junto com o respeito devido à dignidade da pessoa humana. De qualquer forma, é notável que, antes mesmo de Tocqueville descrever a propensão igualitária da sociedade democrática do outro lado do Atlântico, a noção de democracia tende, sem "revolução", mas pouco a pouco, a se implantar nas diferentes esferas da propriedade, do trabalho, da economia, da educação. Parece ser o norte de uma evolução social na qual a dimensão política, sem ser secundária, é contudo segunda. É pelo menos evidente que, nas primeiras décadas do século XIX, a palavra "democracia" não serve mais para definir um modo de governo ou o tipo ideal de um regime político; conota a dinâmica que, recusando a idéia tradicional de

---

2. *Ibid.*, p. 17.
3. *Ibid.*, p. 18.

hierarquia, introduz na condição social competências e regulações novas.

Pelo fato de a evolução das palavras vir sempre junto com a evolução das idéias, deve-se notar que a transformação e o deslocamento semânticos da palavra "democracia" foram inevitavelmente acompanhados, por seu próprio teor, de um extraordinário fenômeno de crescimento. A fim de explicitar sua lógica imanente, era evidentemente necessária uma nova abordagem. Alexis de Tocqueville deu o exemplo numa obra cujo alcance político e filosófico nem sempre foi bem compreendido. Seja como for, a inflação democrática começara, estava em marcha, e esse avanço era inexorável. Parecia que nada poderia detê-lo ou entravá-lo.

No entanto, embora o "avanço irresistível" da democracia se anunciasse duradouro e longo, ele não se efetuaria de maneira retilínea e simples. Raymond Aron mostrou como, na sociedade pluralista do século XX, a democracia, que pretende ser o oposto completo do regime de partido monopolista, só conseguiu se afirmar por meio das incertezas e das dificuldades que crescem, elas também, e às vezes até num ritmo mais acelerado que ela, à medida que ela se amplia e se intensifica. Por conseguinte, não se deve subestimar filosoficamente a gravidade das ameaças e das distorções que, no mundo, pesam sobre a marcha para adiante da democracia. As mais perniciosas são aquelas que, inerentes à sua essência, ameaçam, pelo mal-estar que secretam, arruinar suas esperanças e promessas.

Neste capítulo, acompanharemos, de Tocqueville a Aron, a progressão "irresistível" do "fato democrático" e veremos como, instaurando antes uma *mentalidade* que um *regime* político, a democracia se expôs, num século – o que é bem pouco comparado com a longa genealogia de seu conceito –, a distorções que, longe de exprimir o progresso da consciência por tanto tempo desejada, sobrecarregam a humanidade com o peso de uma regressão que lhe pode ser fatal.

1. O "avanço irresistível" do "fato democrático"

O discurso filosófico-político de Tocqueville foi muitas vezes esmagado sob qualificativos contraditórios: disseram que ele era conservador e que era liberal, a menos que não tivesse sido "liberal conservador", "conservador liberal", "liberal apesar dele mesmo" e até "liberal bizarro"[4]. Também se disse que Tocqueville era um pensador ao mesmo tempo destruidor e construtivo, pois, fazendo-se de coveiro da aristocracia, teria se apresentado como o anunciador e o teórico da democracia contemporânea. Tais juízos, repetidos com emulação, exigem ser retificados ou, pelo menos, fortemente matizados pela leitura atenta de sua obra, que tem de ser situada no contexto histórico, político e social de sua época para que se possa apreender e avaliar seu alcance.

Tocqueville pertencia a uma antiga família nobre da costa da Normandia, cuja história é possível retraçar – coisa rara – desde o século XII. Seu pai desposara a neta de Malesherbes, que foi o defensor de Luís XVI. Sua família sempre foi fiel à idéia monarquista; sua educação cristã reflete o catolicismo de seus ancestrais. Sua formação intelectual esclarece sua linha de pensamento: quando tinha apenas dezesseis anos, a meditação de Descartes sobre o *Eu* perturbou-o sobremaneira; sentiu em seguida forte inquietação diante do "materialismo" abraçado por certos filósofos das Luzes. Um pouco mais tarde, como todos os jovens liberais de seu tempo, leu Benjamin Constant e Madame de Staël e apreciou Chateaubriand; com seu amigo Gustave de Beaumont, fez o curso de Royer-Collard na Sorbonne e freqüentou o Collège de France onde, na época, circulavam idéias liberais. As origens e a formação intelectual de Tocqueville não pareciam predestiná-lo a uma reflexão sobre a democracia. No entanto, a idéia que formou da Revolução Francesa marcou de maneira indelével o curso de seu pensamento político e filosófico. Nascido em 1805, Tocqueville evidentemente não foi testemunha ocular do acontecimento; mas sabia

---

4. Alexis de Tocqueville, *De la démocratie en Amérique*, Introdução, p. CII. [Trad. bras. *A democracia na América*, São Paulo, Martins Fontes, 2.ª ed., 2000.]

que seu pai e sua mãe tinham sido feitos prisioneiros em Paris no período do Terror e só se salvaram devido à queda de Robespierre; além disso, sua família mantinha viva uma admirativa lembrança de Malesherbes, guilhotinado em 21 de abril de 1794.

Tocqueville podia, portanto, ter muitas razões para "detestar a Revolução de 1789". Embora ela lhe parecesse um acontecimento sem igual, fascinava-o sobretudo porque via nela o sintoma temível da democracia em marcha e ela o assustava. Da Constituinte à Convenção, detestava seus ímpetos apaixonados, a obsessão pelas idéias gerais e pelos direitos abstratos, o jacobinismo centralizador; deplorava o desaparecimento dos corpos intermediários; a uniformidade social que tendia a se espalhar feria seu senso de hierarquia. Diferentemente da *Glorious Revolution* da Inglaterra e da revolução, muito recente, da jovem América, a Revolução Francesa manifestava a seu ver a expressão medíocre e derrisória do individualismo democrático totalmente apático, no seu entender. Detestava por antecipação suas repetições que, conforme previa, seriam indigentes e provavelmente maléficas, pois decerto iriam achincalhar todas as promessas feitas. Os acontecimentos confirmaram seus temores: nomeado em 1827 juiz-auditor em Versailles, assistiu em Paris à revolução de 1830, cujo "acesso de delírios febris" e "clima de funeral" incitaram-no a abandonar a França. Se por certo tempo teve a esperança de ver instalar-se uma monarquia constitucional que, conforme lhe ensinara Montesquieu, protegia as liberdades, logo compreendeu, com uma infinita tristeza, que a França de 1830 era incapaz da pensá-la e organizá-la. A pretexto de realizar uma pesquisa sobre as instituições penitenciárias na América, atravessou o Atlântico com seu amigo Gustave de Beaumont. "Eu não fui para lá", garante ele, "com a idéia de fazer um livro, mas a idéia do livro acabou se impondo."[5] Esse livro é *A democracia na América*. O primeiro volume foi publicado em 1835 e o segundo, em 1840.

---

5. Tocqueville, *Oeuvres complètes*, tomo XII, *Souvenirs*, p. 374.

De abril de 1831 a fevereiro de 1832, Tocqueville observou, comparou a América e a França e refletiu. Pensou inicialmente, como Bodin e Montesquieu, que o determinismo geoclimático explicava em grande parte as características da sociedade americana[6]. Mas, rapidamente, suas observações começaram a ser organizadas segundo um outro esquema que estabelece, segundo expressão de R. Aron, "o tipo ideal da sociedade democrática"[7]. Na verdade, o tipo ideal que ele esculpe como que no intemporal é mais que uma épura sociológica. Desde o primeiro tomo de sua obra, adivinha-se o pensamento interpretativo e reflexivo que se verá confirmado pelo tom filosófico presente no segundo volume e em *O Antigo Regime e a Revolução*.

O ponto de partida da tese de Tocqueville é a constatação que ele já fizera em sua juventude: a democracia, que tende a igualar as condições em todo lugar, "corre como uma torrente" num crescente "irresistível". A América é a imagem disso em estado puro. Mas a progressão inexorável da democracia é o "espelho" que mostra, para quem souber olhar as imagens, o sentido da marcha do mundo. Basta elevar-se da *imagem* à *idéia* que ela veicula[8] ao fazer triunfar essa experiência sociopolítica para compreender, através dela, a marcha dos assuntos humanos. Metodologicamente, Tocqueville inverte o movimento por meio do qual o pensamento até então tratara o problema da democracia. A tradição filosófica, antiga ou moderna, partia da idéia que dela se tinha, examinava suas exigências essenciais e procurava, por meio do pensar, os parâmetros e os princípios de que necessitava; a realização dessa idéia – que se tornava um "modelo" – era de certa forma acessória. Tocqueville, por sua vez, olha e observa como vive e se exprime à sua volta a sociedade democrática americana. A partir disso decifra, "no fundo das mentes", os três vetores que formam a arquitetura

---

6. Tocqueville, *De la démocratie en Amérique*, vol. l, cap. I, "Configuration extérieure de l'Amérique du Nord", *op. cit.*
7. Raymond Aron, *Études sociologiques*, "Alexis de Tocqueville", Gallimard, 1967, p. 251.
8. Tocqueville, *De la démocratie en Amérique*, vol. 1, cap. II, p. 31.

que sustenta o fato democrático: a igualização das condições, a afirmação da soberania do povo e o poder da opinião pública.

1.1. Os três critérios da democracia

Desde sua juventude, Tocqueville observou à sua volta o recuo e o declínio da aristocracia. Os "bens raros" que são o nascimento, o saber e a riqueza e que, a seu ver, constituíam "os elementos aristocráticos" por excelência, estavam desaparecendo. Ora, da classe aristocrática tinham feito uma elite que se inscrevia numa sociedade naturalmente desigual, cuja estrutura orgânica permitia que cada um tivesse, na sua devida posição, sua função específica[9]. Em vez disso, as ordens e as classes se misturam e, por conseguinte, esfumam-se e desaparecem. "A aristocracia", nota Tocqueville com nostalgia, "fizera de todos os cidadãos uma longa cadeia que ia do camponês ao rei; a democracia rompe a cadeia e separa cada anel dela."[10] O desaparecimento das estruturas orgânicas da sociedade vem junto com o declínio da aristocracia: é esse o fato social cruel que inelutavelmente acompanha o desabrochar do individualismo igualitário. As sociedades contemporâneas – Tocqueville já estaria falando para nossas sociedades atuais? – encaminham-se para a "igualização das condições".

Ao se exacerbarem, o individualismo e a propensão à igualdade provocam efeitos notáveis. Por um lado, a seleção desaparece, as barreiras entre os homens cedem, e é isso que provoca a "grande revolução democrática"[11]. Por outro lado e sobretudo, o fato é "universal", "duradouro"; "escapa constantemente à potência humana" e, a despeito das "ruínas" que provoca, progride, amplifica-se inexoravelmente. É uma vaga que cresce. Tal é, diz Tocqueville, "o fato principal" que ele observa em seu tempo. Diante da ambição prometéica que devora

---

9. Tocqueville, *L'Ancien Régime et la Révolution*, vol. 1, "État social et politique de la France avant et depuis 1789", p. 45.
10. Tocqueville, *De la démocratie en Amérique*, vol. 2, p. 106.
11. *Ibid.*, vol. 1, p. 1.

cada indivíduo, confessa que sua alma se enche "de uma espécie de terror religioso"[12]. Na América, esse fenômeno, que ele exprime em termos tão fortes, apresenta-se em estado puro. Então, Tocqueville disseca os fatos, analisa as situações e os comportamentos. Busca compreender e se pergunta se o homem contemporâneo, no fluxo democrático que o arrasta, não está perdendo sua alma. Esta questão é para ele lancinante e dolorosa: não porque ceda à tentação romântica de lamuriar-se ou caia num irracionalismo niilista, mas, perante as figuras políticas e, sobretudo, sociais, que manifestam o fato bruto da igualização democrática, sente-se traspassado por uma angústia quase metafísica: o que o homem tem de mais profundo e de mais precioso, sua liberdade, está em perigo. E este não é o menor dos paradoxos do fato democrático: no extremo oposto da idéia democrática que fazia brilhar a esperança da liberdade, o fato democrático constitui, através da igualização das condições que por toda parte se estende abolindo as hierarquias e as complementaridades, uma das mais graves ameaças à liberdade.

Dessa pesada ameaça Tocqueville dá uma explicação impressionante. A "revolução democrática" que ele testemunha atesta, diz ele, o triunfo irresistível das classes populares. Isso parece banal. Mas poucos compreendem o quanto esse fato banal é deletério. Com efeito, os herdeiros do século das Luzes vêem nele uma expressão do "progresso". Mas um fenômeno de tal envergadura não pode ser explicado nem por uma palavra nem pela descrição de seus sintomas. Para compreendê-lo, é preciso falar a linguagem da causalidade. É o que faz Tocqueville no capítulo IX da primeira *Democracia* que ele intitula: "Das principais causas que tendem a manter a República nos Estados Unidos." A igualização das condições não é simplesmente um fato que se é levado a constatar; ela é – o fenômeno é grave pois está profundamente enraizado na sociedade – "a causa geradora das leis e dos costumes". Essa explicação causalista afasta logo de início a tese segundo a qual a marcha

---

12. *Ibid.*, p. 4.

democrática, que corresponderia à lei metafísica do progresso, traduziria a imanência da razão na história. É certo que os americanos "nasceram iguais em vez de se tornarem iguais"[13]. Mas o importante reside menos na imagem de sua condição que nas forças que a movem provocando prodigiosos efeitos. O essencial é portanto a capacidade geradora que a igualdade contém em si. Em outras palavras, há *um trabalho de igualdade democrática*, e esse trabalho, que é duplo, engendra efeitos a curto e a longo prazos. É antes de mais nada um trabalho negador que, de imediato, provoca rejeições: a abolição de qualquer vestígio de feudalidade, a supressão da tradição nobiliária, a renegação dos privilégios. Na pacífica América assim como na França revolucionária, a obra dissolvente das forças igualitárias significa a mesma recusa da alteridade e, mais ainda, a mesma rejeição de qualquer hierarquia: cada qual é igual a qualquer outro e se parece a ele como um irmão; além disso, as classes e as diferenças são suprimidas. Mas, em seguida, o trabalho da igualdade democrática é construtor e engendra efeitos a mais longo prazo. Dessa forma, modifica os costumes: por exemplo, as profissões, apesar de sua necessária diferenciação, acabam todas sendo exercidas apenas pelo salário que proporcionam. "O salário, que é comum a todas, dá a todas um ar familiar. [...] Mesmo o presidente dos Estados Unidos trabalha por um salário."[14] Em conseqüência, todas as profissões adquirem a mesma honorabilidade: nenhuma é superior; nenhuma é inferior[15]. A transformação dos costumes engendra, por sua vez, efeitos jurídico-políticos tais que cabe à condição social dar forma à política. Esse trabalho democrático é decerto lento; mas "a longo prazo, a sociedade política torna-se inevitavelmente a expressão e a imagem da sociedade civil"[16].

Essa idéia da relação entre a sociedade política e a sociedade civil – diríamos hoje entre Estado e sociedade – é, em

---

13. Tocqueville, *De la démocratie en Amérique*, vol. 2, 2.ª parte, cap. III, p. 108.
14. *Ibid.*, p. 159.
15. *Ibid.*, p. 159.
16. *Ibid.*, 3.ª parte, cap. VIII, nota 1.

Tocqueville, uma idéia original e forte: não por ter, por antecipação, uma ressonância marxista, pois não significa que o dado social é a infra-estrutura de uma superestrutura política; vai, isso sim, ao encontro da tese de Montesquieu segundo a qual o valor das instituições se mede por sua convergência com o "espírito geral de uma nação". Tocqueville, retomando, aliás, outro tema do *Espírito das leis*, acredita que, uma vez que as sociedades são regidas ou bem por um princípio que une ou bem por um princípio que separa, a tipologia política esgota-se no dualismo fundamental da aristocracia e da democracia, já que este está inscrito em suas fibras profundas. A partir disso, o inevitável corolário da igualização das condições é o dogma da soberania do povo.

No começo de *A democracia na América*, Tocqueville afirma: "Quando se quer falar das leis políticas dos Estados Unidos, é sempre pelo *dogma da soberania do povo* que se deve começar."[17] Esse dogma é "a lei das leis". Um manuscrito de trabalho precisa: "A democracia constitui o estado social; o dogma da soberania do povo constitui o direito político."[18] No entanto, a América não oferece a imagem de uma soberania ilimitada do povo e, portanto, absoluta; a regra da maioria garante sua expressão prática. Portanto, Tocqueville discorda de Rousseau, que tinha declarado que a vontade geral é sempre reta. Não é verdade, pensa ele, que, mesmo considerada formalmente, ela nunca falhe, e não possa errar. O povo, assim como um indivíduo, não tem sempre razão. O próprio "sábio" Locke se engana ao afirmar que a *reasonableness* (a razão racional) é a eminente qualidade do povo. Mesmo as leis editadas pela maioria podem ser injustas. É por isso, observa Tocqueville, que a soberania do povo acaba se exprimindo entre os americanos não pela vontade geral constituinte, mas, na linha de pensamento traçada por Montesquieu[19], por sua Constituição Fe-

---

17. Tocqueville, *De la démocratie en Amérique*, vol. 1, 1.ª parte, cap. IV.
18. Citado por J. C. Lamberti, p. 33, que remete ao manuscrito de trabalho de Yale, CVI a 1, anotação marginal de *De la démocratie en Amérique*, vol. 1, 1.ª parte, cap. III.
19. Montesquieu, *L'esprit des lois*, livro IX, cap. II e III.

deral[20]. Com efeito, como é "necessário estudar o que acontece nos estados antes de falar do governo da União"[21], percebe-se que o sistema federal, por exprimir a vontade das comunas, reflete a soberania do povo e, ao mesmo tempo, impõe-lhe limites. A descentralização administrativa permite que a pátria se faça sentir em todo lugar e, em conjunto, torna possível a manutenção de "uma muito grande centralização governamental". "Nos Estados Unidos, o dogma da soberania do povo não é uma doutrina isolada sem qualquer relação com os hábitos ou com o conjunto das idéias dominantes; pode-se, pelo contrário, considerá-la como o último anel de uma cadeia de opiniões que envolve o mundo anglo-americano inteiro."[22]

Através do sistema federal, a idéia da soberania do povo é portanto uma idéia concreta e não um conceito doutrinário. Ela é a figura política de uma condição social na qual ninguém, por natureza, tem vocação para o comando, pois a igualização social quer que ninguém seja subordinado a um outro. Assim, o povo soberano obedece às leis que ele mesmo se outorgou. Mas que ninguém se engane sobre esse ponto: a democracia americana não demonstra as glórias teóricas da autonomia da vontade; torna manifesta, na existência política e nos costumes, a vitalidade do "espírito público" e sempre coloca o "bem comum" acima dos interesses privados.

Compreende-se, por conseguinte, por que o governo da democracia não é aquele no qual a representação[23] é um princípio sacrossanto: como o corpo público é soberano, cada um pode participar do exercício da autoridade. Tocqueville sabe perfeitamente que a democracia direta, exceto nas pequenas comunas, é praticamente impossível e que, em conseqüência, as grandes democracias por vir serão representativas. Contudo ele não acha nem que "o povo é admirável para escolher seus representantes", nem que os representantes, ainda que bem escolhidos, se-

---

20. Tocqueville, *De la démocratie en Amérique*, vol. 1, 1.ª parte, cap. VIII.
21. *Ibid.*, cap. V.
22. *Ibid.*, cap. V, p. 414.
23. *Ibid.*, 2.ª parte, cap. V.

jam perfeitos; acha apenas que "o grande privilégio dos americanos é poder cometer erros remediáveis"[24], pois a *opinião pública está sempre presente no governo*.

Em 1840, Tocqueville escreve no segundo volume de *A democracia na América*: "À medida que os cidadãos vão se tornando mais iguais [...], aumenta a disposição a acreditar na massa"; como todos têm "luzes semelhantes", parece-lhes que a verdade está do lado do maior número[25]. Numa nota encontramos até mesmo esta afirmação: há "um império soberano da opinião pública". Os ingleses, no século de sua "revolução gloriosa", declaravam o tempo todo que era preciso submeter-se a ela; aliás, para eles, ela era apenas "uma noção ainda obscura do dogma democrático da soberania do povo"[26]. A idéia de dar grande peso à opinião pública nasceu, segundo Tocqueville, com a Reforma, e se tornou uma das aspirações mais intensas do humanismo das Luzes. O apelo à opinião pública constitui a revolução do Ocidente antes da Revolução Francesa, e como ela é, em suma, a consciência coletiva de um povo – "uma espécie de pressão imensa do espírito de todos sobre a inteligência de cada um"[27] –, a democracia se apóia nela. Sua pressão é tão intensa que "o indivíduo presta-se a reconhecer que está errado quando o maior número afirma [algo]. A maioria não precisa coagi-lo; ela o convence"[28]. A partir daí, "seja qual for a maneira como se organizem e equilibrem os poderes de uma sociedade democrática, será muito difícil acreditar no que a massa rejeita e professar o que ela condena"[29]. Assim, na democracia, "a fé na opinião comum irá se tornar uma espécie de religião da qual a maioria será o profeta"[30].

Nem por isso Tocqueville pende para uma explicação sociologista da política. Dá antes uma explicação psicológica, re-

---

24. *Ibid.*, 2.ª parte, cap. VI, p. 243.
25. *Ibid.*, vol. 2, 1.ª parte, cap. II, p. 18.
26. *Ibid.*, vol. 2, 3.ª parte, cap. VIII, nota.
27. *Ibid.*, vol. 1, 1.ª parte, cap. II, p. 18.
28. *Ibid.*, vol. 2, 3.ª parte, cap. XXI.
29. *Ibid.*
30. *Ibid.*, vol. 1, 1.ª parte, cap. II, p. 19.

conhecendo que as paixões desempenham um papel fundamental no avanço democrático. E, sublinhando o quanto a política democrática é tributária da opinião comum, indica ao mesmo tempo sua força e sua fragilidade: embora seu apego à opinião do grande número seja uma garantia de estabilidade porque ela é tenaz, portanto, uma garantia de duração, ele também significa sua adesão ao presente, como se o passado não existisse, e o futuro fosse pensado como simples ampliação ou prolongamento do presente.

Através da opinião pública, são as mentalidades, os costumes e o que constitui a "moral" de uma nação que se exprime; é por isso que a democracia, em vez de buscar poder e glória, preocupa-se antes de mais nada com o bem-estar e a tranqüilidade do maior número. Esse pragmatismo chão, fundado na cotidianidade, significa que a democracia não se constrói segundo grandes princípios teóricos; seu empirismo só se iguala à sua modéstia totalmente relativista. É fácil compreender que, nesse estado de coisas, nada seja mais perigoso para um regime democrático que a apatia ou a indiferença da opinião pública.

De um lado do Atlântico, a calma democracia da América e, do outro lado do oceano, a fogosa Revolução Francesa reconheceram nos três critérios da democracia – a igualização das condições, a soberania do povo, o reino da opinião pública – a condição *sine qua non* para que se abra diante dos homens a estrada de sua liberdade. Tocqueville, a quem o progresso do fato democrático perturba quase metafisicamente, se pergunta se é mesmo este o caminho que conduz à liberdade.

1.2. A democracia é o caminho da liberdade?

Tocqueville mais observou que leu. No entanto, "existem três homens", escreve ele a Kergorlay, "com os quais vivo um pouco todos os dias: são eles Pascal, Montesquieu e Rousseau"[31]

---

31. Carta de Tocqueville a Kergorlay, de 10 de novembro de 1836, in *Oeuvres complètes, Correspondance*, tomo XIII, I, p. 148.

– três homens que fizeram da liberdade "o bem que permite desfrutar de todos os outros bens". Além disso, conhece os doutrinários do liberalismo que é o grande problema da época fervorosa em que a política se debate entre revolução e restauração ou contra-revolução. Mas Tocqueville se nega a ser, como Benjamin Constant ou Royer-Collard, um pensador de sistema: para pensar a liberdade, não se deve partir de um *a priori* e construir um sistema hipotético-dedutivo, mas partir dos fatos e, depois de tê-los observado e dissecado, interpretá-los, referindo-os ao horizonte metapolítico que lhes dá sentido e valor.

Ora, situando-se nessa perspectiva e empregando esse método de trabalho, nenhum dos critérios da democracia aparece como um dado bruto, ou seja, neutro, para Tocqueville. Os parâmetros da democracia são portadores de sentido e o que chama a atenção do observador paciente e atento é que cada um deles está impregnado de ambivalência. A progressão da onda democrática não faz correr uma torrente límpida; a aparente sedução que acompanha essa progressão é embaçada por uma equivocidade que, por oferecer "um espetáculo assustador", não deixa, como mostra sobretudo o segundo volume de *A democracia na América*, de inquietar Tocqueville. Ele submete cada um dos critérios da democracia a um olhar crítico que é penetrante.

A paixão pela igualdade é certamente um poderoso motor do avanço democrático, porque tem aquele algo de "radical" cuja silhueta nua ele reconheceu no Far West, para lá do rio Mississippi: ali, um homem é simplesmente um homem como qualquer outro; ignora a história de seu mais próximo vizinho; escapa à "influência dos grandes nomes e das grandes riquezas", assim como dessa "natural aristocracia que decorre das luzes e da virtude"[32]. No Grande Oeste, existem homens, mas ainda não existe sociedade. Eis o axioma básico da igualdade democrática: uma espécie de comutatividade aritmética faz com que um indivíduo seja um indivíduo igual a qualquer outro indivíduo.

Ecoando essa passagem de *Democracia* de 1835, cinco anos mais tarde o segundo volume demonstrou como demo-

---

32. Tocqueville, *De la démocratie en Amérique*, vol. 1, 1.ª parte, cap. III, p. 50.

cracia e individualismo estão ligados[33], este último introduzindo na primeira seus efeitos separadores. É certo que o individualismo não é o egoísmo de nossos pais, diz Tocqueville; o egoísmo é um amor exagerado por si mesmo, um vício cego que insensibiliza; o individualismo é um sentimento pensado e sereno, está ligado à idéia de auto-suficiência. Mas, diferentemente dos séculos aristocráticos, os tempos democráticos estão cheios de homens negligentes com seus ancestrais, descuidados com seus descendentes e indiferentes a seus contemporâneos: "Habituam-se a sempre se considerarem isoladamente, imaginam que todo seu destino está em suas mãos."

Assim, a igualdade democrática revela, em seu próprio princípio, a ambigüidade que a mina. Por um lado, ela é a promoção do eu e corresponde à descoberta metafísica do homem de que se orgulha Descartes: todo homem pode dizer "Eu". Todavia, por outro lado, ela rompe a longa cadeia que ligava os homens no Tempo e no Espaço: o pontilhismo das mônadas humanas embriagadas com sua auto-suficiência prevaleceu, no mundo democrático, sobre o grande Todo da humanidade. O individualismo democrático não só faz com que os homens não se aproximem de seus semelhantes e se deleitem com seu "eu", mas também as revoluções democráticas – a exemplo da França revolucionária – os dispõem a se evitarem e se detestarem até a morte. Tocqueville está muito perto de pensar, como Bergson, que com serragem não se refaz uma árvore ou, como Pascal, que "o eu é odiável". Em todo caso, a seu ver é indubitável que a igualização democratizante não pode se dar sem efeitos destruidores, pois, no horizonte das promessas democráticas, o indivíduo não é ninguém. Ademais, não é difícil compreender as razões disso. Antes de Nietzsche, Tocqueville viu perfeitamente que a igualização das condições, ao suprimir as hierarquias, abole todo elitismo e conduz à mediocridade. Portanto, quando a democracia igualadora se instala, realiza um nivelamento social e intelectual por baixo: os grandes homens de

---

33. *Ibid.*, vol. 2, 2.ª parte, cap. II.

Estado – aqueles que têm o senso da responsabilidade e são capazes de iniciativas – não podem mais emergir. Em suma, a democracia convém a "homens imperfeitos" indiferentes à glória, à grandeza e mesmo ao ardor. O homem democrático não se interessa praticamente por nada, exceto por ele mesmo que, isolando-se dos outros, é, em sua solidão, fraco e, de certa forma, nulo.

No entanto, Tocqueville não é um homem de ressentimentos, um "reacionário" de coração amargo. Sua interpretação da soberania do povo é ao mesmo tempo lúcida e generosa. Revela contudo essa ambigüidade tenaz que inspira uma dúvida angustiante no tocante à democracia e à liberdade dos povos, cujo caminho pretende inaugurar.

A soberania do povo é decerto a indicação da unicidade do poder; designa nele "um único elemento de força e de sucesso" de modo tal que "a sociedade age por si mesma e sobre si mesma". No caminho da autonomia, a soberania do povo significa socialmente o desaparecimento das influências individuais; e, politicamente, a homogeneidade da massa que aparece como garantia da coesão, ou até da coerência do poder. Porém Tocqueville, como Constant e Royer-Collard, opõe-se a Rousseau para denunciar os perigos de uma soberania ilimitada do povo. Constant tem razão: há aí "o mais terrível colaborador de todos os gêneros de despotismo". Tocqueville concorda plenamente: a soberania do povo sem dúvida significa o direito de legislar, portanto de comandar, mas desde que não se "saia dos limites da justiça e da razão". Essa limitação é indispensável para salvaguardar a liberdade. Com efeito, deve-se lembrar que existem democracias livres e outras que não o são: a diferença provém da concepção que elas têm da soberania do povo.

Embora Tocqueville não possa ser considerado um teórico da soberania, por meio das reservas com que envolve esse conceito ao interpretar a Constituição dos Estados Unidos delineia as linhas de força de seu liberalismo. Todas as suas reservas vão no mesmo sentido: é preciso afastar o monismo político, venha ele de onde vier, pois ele sempre exprime o peso de uma sociedade uniforme e da monocracia. O mérito da Constituição Federal americana é evitar a centralização, que é o tipo de governo natural à democracia: ela se opõe à "concentração no poder legislativo de todos os outros poderes do governo"[34]. Próximo de Montesquieu, Tocqueville acredita que a concentração do poder, inerente à lógica da soberania do povo, é uma "máquina perigosa", propícia à inflação da administração e da burocracia, cujo peso é sempre esmagador. É por isso, segundo ele, que o bicameralismo do poder legislativo, um presidente (isto é, um executivo) acima dos partidos, e a independência dos juízes em nada mutilam a soberania popular, mas, ao contrário – e é este o mérito do federalismo americano –, evitam que se transforme num Estado tutelar com ares de Estado-Providência, que seria inevitavelmente uma força de opressão perigosa para todas as formas de liberdade. A soberania do povo necessita ser equilibrada pelo sistema de pesos e contrapesos da organização constitucional dos poderes. Não deve criar obstáculos nem à pluralidade dos partidos, nem à vida das comunas, nem às associações ou às "organizações voluntárias". O sentido dessas observações é claro: Tocqueville teme o inchaço do poder monocrático, tão nefasto quando a democracia exprime sem ponderação o dogma da soberania do povo como quando se instala o absolutismo monárquico. O povo é de fato "fonte" do poder político, mas o exercício da soberania é "uma obra de arte" que lhe impõe limites[35].

A mais pesada das ameaças contra a liberdade reside na opinião pública. Tocqueville não é muito propenso a louvar seus méritos. O espírito público, sujeito às paixões, portanto aos erros, parece-lhe logo de início suspeito. Fica tão impressionado com o *risco de onipotência da opinião*, que lhe dedica todo um capítulo[36]: nele denuncia, na "força natural da maioria" e no peso esmagador da centralização governamental que ela impõe, a *tirania* sempre possível da opinião pública.

---

34. *Ibid.*, vol. l, 1.ª parte, cap. VIII, p. 158.
35. *Ibid.*, p. 168.
36. *Ibid.*, vol. 1, 2.ª parte, cap. VII, pp. 257-72.

É patente que a lei, emanação da maioria, pode achincalhar a justiça achincalhando os direitos das minorias. Por causa de sua onipotência, a democracia torna-se assim a tirania da maioria, pois esta pretende ter um domínio absoluto. A regra da maioria que ela reivindica – que Locke, Rousseau e Kant justificaram considerando-a a manifestação expressa da vontade geral – é condenada por Tocqueville; as idéias adotadas pelo grande número, ou até por unanimidade, não são sinônimo nem de verdade nem de justiça. Na verdade, pensa Tocqueville, trata-se apenas de um mal menor, pois não há grande diferença entre a opinião da maioria e a das minorias. Mas há algo bem mais grave. A opinião geralmente aceita pela massa pode ser defendida por uma paixão delirante; pode proceder do arbítrio ou da adulação, obedecer a qualquer pequeno especialista em demagogia; também é freqüente acontecer que, na opinião pública, o fato seja confundido com o que é de direito. Em sua auto-enfatuação, o povo acaba muitas vezes achincalhando qualquer ordem jurídica e reconhecendo apenas a regra das relações de forças. Aí sim o drama é profundo. Em 1840, Tocqueville denunciou um mal que já pressentia em 1835: o reino da opinião pública, dizia ele, aniquila a liberdade de pensar: "Não conheço nenhum país em que haja tão pouca independência de espírito e verdadeira liberdade de discussão como na América."[37] Ele não interpreta esse estado de coisas como um conformismo cordato ou mesmo como o temor do que irão dizer. Vê a opinião comum funcionar como um fator de legitimação: uma idéia marginal à opinião pública não tem legitimidade; portanto, ela não existe.

O resultado é evidente: sob a influência da opinião pública, o pensamento perde toda originalidade, todo relevo. De um ponto de vista sociológico, assiste-se à invasão "dos termos genéricos e das palavras abstratas". Pensa-se que a aptidão e o gosto pelas ciências, pela literatura e pelas artes aumentam; na verdade, nas obras que surgem por todo lado – estaria Tocqueville se dirigindo ao nosso tempo? –, o pensamento permanece

---

37. *Ibid.*, p. 266.

vago, aproximativo, e todas as confusões são permitidas. A obra torna-se uma mercadoria e, na "indústria literária", "contam-se aos milhares os vendedores de idéias"[38] – entenda-se, vendedores de idéias concordes: as idéias do grande número. Do ponto de vista político, o desaparecimento da originalidade individual provoca um desejo consensualista: "Pareceria que a sociedade anda sozinha." Mas isso é uma ilusão: pois o consenso só pode funcionar "para grandes causas gerais"; ora, como já dissera La Fayette em suas *Memórias*: "O sistema exagerado de causas gerais proporciona maravilhosas consolações para os homens públicos medíocres."[39] Portanto, paga-se com a mediocridade a propensão da opinião pública à generalidade. E se, ademais, a opinião vê nas grandes causas ou bem uma Providência inflexível ou bem uma fatalidade cega, trata-se de um fato de toda liberdade: os povos nem pensam mais em modificar sua própria sorte. O triunfo da opinião pública significa obediência, submissão, paralisia. Esse "novo despotismo" menos tiraniza que embrutece; esfria e congela os homens, condena-os a "cair gradualmente abaixo do nível da humanidade". "Os indivíduos parecem menores e a sociedade, maior", "cada cidadão se perde na multidão"; "vê-se apenas a vasta e magnífica imagem do próprio povo", mas na verdade trata-se apenas de uma manada... Nesse quadro sombrio, Tocqueville sem dúvida expressa tão-somente *o risco* que paira sobre a sociedade democrática dominada pela opinião pública que, ele pressente, um dia há de se tornar a opinião da rua. Mas não esconde que é uma ameaça terrivelmente presente: basta, diz ele, escutar, no Parlamento, os discursos vazios dos oradores[40] – os representantes do povo e os porta-vozes da opinião! – para compreender que a generalidade de suas propostas só tem sentido para homens que começam a se parecer com todos.

O entusiasmo pela democracia que alguns atribuem a Tocqueville é no mínimo mitigado: cada um dos aspectos das so-

---

38. *Ibid.*, vol. 2, 1.ª parte, cap. XIII e XIV.
39. *Ibid.*, vol. 2, 1.ª parte, cap. XX, p. 91.
40. *Ibid.*, vol. 1, 1.ª parte, cap. XXI.

ciedades democráticas é uma promessa que inclui seu contrário. Os franceses, pensa ele, estão enganados quando acreditam que democracia e liberdade caminham juntas: o despotismo inédito a ser temido torna mais do que nunca patético o futuro de uma revolução democrática que nunca termina. Fica claro, portanto, que o fato democrático, em sua própria progressão, não traça a estrada da liberdade. Tocqueville chega a se perguntar se quando a igualdade democrática se espalha, a esperança da liberdade dos povos continua possível. Não haveria incompatibilidade entre a igualdade dos indivíduos ou das condições e a liberdade dos povos?

1.3. A incompatibilidade entre igualdade e liberdade

Perante o espetáculo de uma democracia que, por ser esta sua natureza, entrega-se "a seus instintos selvagens" e cai no "servilismo" que acredita ser a liberdade, Tocqueville diz que, se ainda houver tempo, seria preciso, sem mais tardar, "instruir a democracia, reanimar se possível suas crenças, purificar seus costumes, regrar seus movimentos, substituir pouco a pouco sua inexperiência por uma ciência dos negócios políticos, seus instintos cegos pelo conhecimento de seus verdadeiros interesses"[41]; em um palavra, corrigir a democracia em sua essencialidade profunda. Mas ainda haverá tempo? E será isso possível? Pensando no drama revolucionário vivido pela França, Tocqueville se indaga, à luz da aventura democrática da América, sobre o vínculo existente entre *democracia* e *revolução*, e se pergunta se é possível incluir alguma esperança de liberdade na expansão planetária da condição igualitária que a democracia estabelece. Sua resposta, como veremos, vem impregnada de muita tristeza.

Quando, depois da viagem deles para a América, Tocqueville e Beaumont voltaram para a França no final do mês de fevereiro de 1832, não estavam nada tranqüilos. A monarquia de

---

41. *Ibid.*, p. 5.

Julho que se instalara oferecia a eles "um insípido espetáculo". Partiram então para a Inglaterra, onde, para sua grande surpresa, encontraram uma verdadeira aristocracia que não sucumbia nem ao arbítrio real nem à sacrossanta opinião popular adulada pela democracia. Tocqueville, no entanto, se pergunta se a Inglaterra resistirá ao avanço democrático. Uma segunda viagem para lá, em 1835, lhe daria a resposta. Ela se baseia em dois pontos. Por um lado, as classes médias chegam ao poder, mas, por outro, a Inglaterra ignora a revolução democrática, pois, embora seus cidadãos vejam a lei como obra deles, sabem também, na qualidade de súditos leais e orgulhosos, amá-la e obedecê-la sem penar. Tocqueville encontrou a chave do problema que se coloca: essa chave é a relação entre democracia e revolução[42]. Essa relação esclarece-se no segundo volume de *A democracia na América* e se condensa em duas frases de *O Antigo Regime e a Revolução*, publicado em 1856: "a Revolução Francesa como que brotou por si mesma da sociedade que iria destruir"[43]; "portanto, costuma-se exagerar os efeitos que ela produziu"[44].

Sob a pena de Tocqueville, esta idéia retorna como um *leitmotiv*: "A Revolução foi o término súbito e violento de uma obra na qual dez gerações tinham trabalhado [...]; ela arrematou subitamente, por um esforço convulsivo e doloroso [...], o que teria se arrematado pouco a pouco, por si só, a longo prazo"[45]; "Tudo o que a Revolução fez teria se feito sem ela."[46] Numa palavra, a Revolução Francesa é o prolongamento do Antigo Regime, o que significa que ela não foi uma verdadei-

---

42. Aliás, Tocqueville publica em 1840, em *La Revue des deux mondes* (XXII, pp. 322-34), o capítulo sobre as revoluções, "Des révolutions dans les sociétés nouvelles", cujo tema é o ponto focal do segundo volume de *De la démocratie en Amérique* e de *L'Ancien Régime et la Révolution*.
43. Tocqueville, *L'Ancien Régime et la Révolution*, Preâmbulo.
44. *Ibid.*, p. 65.
45. *Ibid.*, p. 96.
46. *Ibid.*, p. 66. Poderíamos multiplicar as citações: "Por mais radical que a Revolução tenha sido, ela inovou bem menos do que se supõe"; "ela foi apenas um processo rápido e violento por meio do qual o estado político foi adaptado ao estado social, os fatos às idéias e as leis aos costumes."

ra "revolução": foi a manifestação política de um fenômeno social, ou seja, o lento enfraquecimento, desde o século XVII, da nobreza que se tornou supérflua na monarquia absolutista. É esse fenômeno social, refratado numa política que a ele se adapta, que chamam de democracia. O progresso das Luzes, no século XVIII, não é alheio a essa ilusão de óptica; com efeito, ele se deu facilmente porque a aristocracia deixava o lugar vago para o ascenso da burguesia. A separação das classes tornava-se assim ao mesmo tempo a doença de que morreu o Antigo Regime e o motor do gesto dito "revolucionário". Na realidade, a Revolução Francesa nada mais faz que atestar a marcha das idéias e da sociedade. É uma interpretação fácil demais ver nela "a brusca adaptação do real ao ideal" ou a passagem da teoria à prática. Ela assinala antes o momento em que se tornou visível na França o que a história, por seu próprio movimento, já preparava fazia muito tempo no mundo. A partir daí, pode-se fazer das reflexões de Tocqueville sobre a democracia leituras cruzadas: históricas, sociológicas, políticas, filosóficas; podemos nos perguntar se seu discurso é concreto ou abstrato; se fala do fato ou do direito; se sua meditação tem um alcance descritivo ou normativo... O importante parece ser que Tocqueville, passando de considerações sobre a Revolução Francesa para uma reflexão sobre o conceito de revolução, busca a relação entre o fenômeno revolucionário e o fato democrático.

Na França, ninguém ousaria negar que o acontecimento de 1789 foi grande. Até mesmo em seus dramas há algo de fascinante[47]. Mas, considerando todos os aspectos da questão, ele foi inútil, pois seu sentido pertence ao curso da história. Convém, portanto, convencer-se disso: a democracia, em sua marcha irresistível, não precisa da perturbação revolucionária. A Inglaterra e a América são prova disso. A doçura do homem democrático não tem nenhuma necessidade da violência da rua; a igualização das condições na sociedade democrática não se faz derrubando Bastilhas; e a política democrática, na medi-

---

47. *Ibid.*, p. 131.

da em que deseja que o poder seja contido constitucionalmente pelo poder, não exige o assassinato dos reis. Por isso, Tocqueville acaba se perguntando se a história e o direito políticos não são, pela própria natureza das coisas, uma revolução sem fim, lenta mas não violenta, antes um longo trajeto que um salto. A marcha das coisas não implica rupturas revolucionárias. Ela conduz ao face-a-face mais ou menos conflituoso da aristocracia com a democracia. Esse face-a-face é uma evolução que se dá sem revolução. Portanto, é uma ilusão acreditar que "o fato democrático" seja o resultado de um fenômeno revolucionário que muda a cara do mundo. Aliás, as mutações sociopolíticas que acompanham o avanço do fato democrático tampouco são o produto da "luta de classes" que é, à sua maneira, uma violência revolucionária. Como também é inútil invocar, para explicar a marcha do espírito democrático, alguma tensão conflituosa ou dialética entre as idéias e os fatos; deve-se admitir que a transformação democrática dos costumes e dos regimes é uma questão de historicidade: é o problema filosófico do tempo, como observava Ampère[48], que se esconde no fundo da experiência democrática dos povos. E há muito se sabe que, se o tempo é construtivo, ele também é destrutivo. É isso, justamente, o que torna perigosa a marcha inexorável da democracia. Movida pela história, a corrente igualitária, com suas ondas destrutivas, corre o risco de não promover mas de engolir o que faz a humanidade dos homens: sua liberdade. Não esqueçamos: os homens de 1789 acreditavam estar defendendo a liberdade, mas, até mesmo em suas declarações mais solenes, os direitos cuja exigência eles proclamaram são direitos abstratos, assim como era abstrato o racionalismo das Luzes. Por isso, ao dar um caráter absoluto à liberdade até mesmo pelo terrorismo da pureza moral, eles a mataram. O erro da Revolução Francesa e de todas as revoluções que tentam repeti-la em nome da democracia e da liberdade dos povos é pensar essa liberdade em termos de racionalidade. Ora, diz Tocqueville, a

---

48. *Correspondance avec Ampère*, in *Oeuvres complètes*, tomo XI, p. XVI: "No final das contas, no fundo o livro levanta a questão do tempo."

liberdade é antes de mais nada da ordem da vida e do sentimento; é até mesmo essa paixão extraordinária que, "em todos os tempos, fez os homens fazerem as maiores coisas"[49]. Nenhuma revolução jamais conseguirá racionalizar os afãs da vida e do coração. Na liberdade dos povos estão contidos os próprios afãs da vida. Ora, nas democracias, a igualização das condições e a proclamação da igualdade dos direitos provêm do uso abstrativo da razão. Tocqueville pressente a oposição que Bergson estabelecerá entre as "sociedades abertas" – abertas para a vida, portanto para a esperança e a liberdade – e as "sociedades fechadas" – encerradas dentro do conceito racional e abstrato da igualdade de condições e de direitos. A compatibilidade e *a fortiori* a aliança entre liberdade e igualdade são, aos olhos de Tocqueville, funestas ilusões: a relação entre liberdade e igualdade é essencialmente uma relação conflituosa. É por isso que Tocqueville gosta das associações e dirige a elas seus anseios: só elas são capazes, diz ele, de constituir, por seu pluralismo e sua generosidade, o contrapeso necessário à centralização racional pretendida pelos governos da igualdade de que a democracia se orgulha. Com efeito, por mais que o poder monocrático que acaba resultando da igualização democrática se declare filho do povo soberano, está nos antípodas de um regime de liberdade, e falta pouco para Tocqueville pensar que, em nome da igualdade, a democracia mata a liberdade.

Às vertigens mortíferas da democracia, Tocqueville contrapõe portanto seu liberalismo, que prolonga o pensamento de Montesquieu. A liberdade, diz ele, não é a independência, e o grande erro do individualismo democrático é confundi-las: ora, "não há nada menos independente que um cidadão livre"[50]. Por isso, ao mesmo tempo em que a democracia tornou-se um fato, a liberdade só pode ser salva se os homens souberem instituir um equilíbrio entre o poder legislativo que pertence ao povo soberano e o poder executivo que exige o elitismo das competências e a nobreza do coração. Tocqueville não é hegeliano,

---

49. Tocqueville, *L'Ancien Régime et la Révolution*, p. 131.
50. *Ibid.*, p. 30.

mas a aliança entre razão democrática e nobreza aristocrática seria, a seu ver, o único meio de garantir, no "universal concreto", a liberdade dos povos. Também seria ilusório crer que essa balança liberal poderia ser estabelecida, de uma vez por todas, de maneira definitiva. Ela tem de ser refeita incessantemente porque só a vida, com seu movimento, poderia fornecer seiva à estrutura igualitária que se instala nas sociedades modernas. Em outras palavras, enquanto houver homens, só a liberdade, seguindo o movimento da vida, poderia unir aqueles que a igualdade separa. Não há nada de fenômeno revolucionário nisso. Digamos antes que, segundo Tocqueville, as revoluções não revolucionárias da liberdade nunca terminarão ao longo da vida.

Portanto, por si só a democracia não é a estrada da liberdade. Ao fazer o individualismo triunfar, embora abrace o otimismo que envolve a idéia de progresso, e, embora acredite que os homens, obedecendo às leis que fornecem a si mesmos, alcançam a liberdade, ela atola na apatia e no imobilismo. Ao "terror religioso" que a democratização do mundo inspira a Tocqueville, ele contrapõe não só sua confiança no homem aristocrático, cuja virtude consiste em repudiar a aceitação da mediocridade que a igualização das condições engendra, como também, mais profundamente, sua fé metafísica e quase religiosa na liberdade, cujo valor consiste em manter o homem entre os dois abismos: do nada e do infinito.

De nada serviria negar "o advento próximo, irresistível, universal, da democracia no mundo": é um fato cuja força é invencível. Mas Tocqueville, longe de defender os valores da democracia em marcha, tenta mostrar, no momento em que ela anuncia aos homens "bens novos", que ela tem de ser incessantemente refeita se quisermos evitar as perversões de que ela é inevitavelmente objeto em sua embriaguez igualitária.

No entanto, a tristeza de Tocqueville diante dos efeitos destrutivos do "fato democrático" não era de forma alguma compartilhada por todos em seu tempo. Na ambivalência do fenômeno democrático, outras doutrinas ainda buscavam motivos de esperança que constituiriam a antítese das idéias de Tocqueville.

2. A oposição do socialismo democrático ao liberalismo

Em meados do século XIX, o "fato democrático" afirmou-se, como previra Tocqueville, com um vigor crescente. Mas o alerta que ele instilara em suas análises não foi escutado – exceto, a exemplo de Édouard Laboulaye, pelos defensores do liberalismo, embora com preocupações constitucionais e jurídicas sensivelmente diferentes das suas. Foi de fato a época em que, sob a influência da Revolução Industrial então em gestação, o fato democrático, no qual até aquele momento predominava a dimensão sociopolítica, pendeu cada vez mais para sua fenomenalidade socioeconômica a ponto de atenuar de maneira considerável a importância de seus componentes jurídico-políticos. Impõem-se então à doutrina duas versões da democracia, versões que tenderíamos a chamar de "democracia liberal" e "democracia socialista". Por serem ambas ditas "democráticas", é certo que as duas pretendem provir da vontade do povo. No entanto, são bem diferentes uma da outra. A história confusa de seus enunciados doutrinários merece ser interrogada mesmo que, em definitivo, ela pouco esclareça sobre a essência da democracia.

2.1. Uma pretensa "democracia liberal"

A idéia de uma "democracia liberal" pareceu triunfar no mundo ocidental – na Inglaterra, nos Estados Unidos, na França –, tirando seus princípios fundadores da filosofia do século XVIII. As idéias de liberdade e de igualdade, consagradas pela *Declaração de Independência* americana de 1776 e pela *Declaração dos direitos do homem e do cidadão* solenemente proclamada na França em 1789, não têm, contudo, um *status* muito claro na doutrina que as define porque, pelo fato de não provirem de uma fonte única e homogênea, não puderam ser formuladas de maneira simples. Por um lado, são bastante heteróclitas em sua inspiração. Com efeito, trazem a marca da filosofia de Locke e das teorias do direito natural, cuja influência é fácil de notar desde o artigo primeiro da *Declaração* de 1789: "Os homens nascem e permanecem livres e iguais em direitos"; tampouco são estranhas aos projetos constitucionais de Montesquieu que visavam estabelecer no Estado uma "balança de poderes"; nessa linha de pensamento, a preocupação de unir o direito à liberdade continua sendo uma das idéias centrais das teorias constitucionais elaboradas de Benjamin Constant a Édouard Laboulaye. Por outro lado, depois da Revolução Francesa, a teoria política, de Sieyès a Burke, a Royer-Collard, a Ballanche ou a Genoude, mostrou-se extremamente heterogênea. É verdade que sempre encontramos nela os mesmos temas promissores da liberdade pela lei, da distinção e do equilíbrio dos poderes, da representação, da eleição... Mas o princípio igualitário encontra-se nela fortemente matizado: assim sendo, a igualdade de direitos que, pela lógica, implica o sufrágio universal, às vezes aceita o sufrágio restrito pelo censo, que, por sua vez, encontra sua justificação na propriedade. Portanto, a doutrina liberal, ao defender as liberdades individuais e fixar limites para o poder político, não se inscreve propriamente na linha da democracia. Embora, em princípio, reconheça a propriedade como um "direito fundamental" para todos (o que a aproxima da igualdade democrática), sublinha intensamente que o uso da propriedade cria inevitavelmente desigualdades (aceitando, assim, o postulado aristocrático que será o do capitalismo do século XIX). A doutrina liberal detecta, como o pensamento político de Tocqueville, uma antinomia insuperável entre a *liberdade* e a *igualdade*. Isso explica por que, contra ela, tenha se erguido, tanto na doutrina como na prática, uma corrente política aparentemente antitética que, sobre a base de uma crença no progresso social, pretende selar uma aliança estreita entre democracia e socialismo.

    No entanto, seria ingenuidade acreditar que uma "democracia socialista" tenha pura e simplesmente se oposto a uma "democracia liberal". Essa ingenuidade teria duas razões de ser. Primeiro, a teoria do regime liberal não se contentou em retomar por sua conta as intuições de seus pais fundadores. Ela evoluiu e, sustentada, como observa Tocqueville, pela dinâmica igualitária, foi aos poucos atenuando, ou até apagando, os vestígios de elitismo e de aristocracismo presentes em sua inspiração original. Essa evolução pôde ser verificada nos fatos, pois o sufrágio universal – embora não se estendesse ao voto das mulheres – foi instaurado durante o século XIX, etapa por etapa, nos países ocidentais (Estados Unidos, Inglaterra e França, mas também Países Baixos, Alemanha, Noruega...). O princípio igualitário que assim dominava a vida política chamava evidentemente corolários tais como o surgimento dos "direitos sociais", a obrigatoriedade da educação aliada à gratuidade da instrução pública ou, segundo a mesma lógica, o reconhecimento de direitos sindicais... Medidas desse gênero, em que eram feitas concessões às reivindicações sociais, não deviam, no espírito dos teóricos do liberalismo, alterar em nada sua significação. Os direitos "sociais" assim definidos tinham o mérito de não depender da igualdade jurídica e formal dos cidadãos, e de se inscreverem progressivamente na realidade concreta do mundo social. Portanto, embora fosse incontestável para os teóricos do liberalismo que a dinâmica igualitária não deveria, em seu próprio progresso, apagar as desigualdades, seria falso afirmar que eles apenas enunciavam e só queriam enunciar uma doutrina abstrata e, por conseqüência, inoperante. A própria evolução do pensamento liberal significa que ele não podia deixar de tomar conhecimento das transformações que inclinavam a sociedade para a democracia, apesar das reticências que a doutrina continuou a manifestar em relação a ela. Além disso, a democracia socialista não se definiu logo de início e em bloco como a antítese do liberalismo porque, ao contrário do que se podia esperar, nem os projetos comunitários de um Charles Fourier, nem o idealismo de um Saint-Simon, defensor da propriedade e da felicidade comuns, nem a "revolução social" pregada por Proudhon levaram seus autores a uma defesa da democracia. Muito particularmente, um autor como Proudhon ergue-se vigorosamente contra o sufrágio universal que uma democracia verdadeira exige, e seu antiindividualismo o levou a defender, como a maioria dos liberais, a competência das elites em face da inércia das massas populares. Supondo, diz ele, que o "povo" seja outra coisa que uma entidade simplesmente nominal, não é possível confiar em seus julgamentos ou em seus votos. Ao acusar Rousseau de ter preparado o credo democrático – que ele não tenha compreendido Rousseau direito é um outro problema –, denuncia nele a mistificação cultivada até não poder mais – já naquela época! – por jornalistas tagarelas e oradores pouco escrupulosos.

Essas poucas observações bastam para que não se oponha, num dualismo antitético, duas formas irredutíveis de "democracia", uma liberal, a outra socialista. Houve no entanto pensadores políticos, tais como Louis Blanc, Lamennais ou Victor Considérant, que, mais ou menos engajados na luta social e política, defenderam, se não uma "democracia socialista", pelo menos a idéia de um socialismo democrático.

2.2. O socialismo democrático

Os teóricos do socialismo democrático esperam do sufrágio universal principalmente uma mudança política que, imaginam eles, não deixaria de repercutir na organização socioeconômica e possibilitar o reconhecimento seguido da promoção dos "trabalhadores". No começo e mesmo em meados do século XIX, esse anseio piedoso foi praticamente inoperante; para citar aqui apenas um exemplo, *O organizador* de Saint-Simon[51] não teve nenhuma repercussão. Foi somente mais tarde, sob a III República, que certos aspectos do socialismo democrático ganharam consistência nos fatos. Em contrapartida, relativamente cedo, a influência doutrinária de Engels e de Marx – embora pouco conhecidos em seu tempo fora dos meios intelectuais ou militantes – se fez sentir através de uma ideologia socializante que pretendia defender o espírito democrático. Na verdade, com sua defesa do proletariado, Marx tinha desfigurado a própria idéia da democracia e era apenas ao preço do contra-senso que se fazia referência a suas teorias.

---

51. Claude Henri de Rouvray, conde de Saint-Simon, *L'organisateur*, 1819.

Seria inútil procurar em autores como Proudhon ou Jaurès, que poderíamos aqui evocar como exemplos, a exposição doutrinal metódica de um sistema político que eles provavelmente não tiveram a intenção de construir. Em seu pensamento encontraremos apenas "teses", geralmente não demonstradas, que aparecem como orientações de seu pensamento. Por exemplo, quando Proudhon propõe a "filosofia da miséria" contra a "miséria da filosofia", pretende ao mesmo tempo se opor às perspectivas centralizadoras do marxismo que, segundo ele, se equivoca ao insistir na luta de classes, na infra-estrutura econômica da política, nos malefícios do capitalismo e da lei de bronze dos salários... No entanto, ele também pensa num "socialismo científico" no qual, com a disseminação do sufrágio entre a massa sempre crescente dos proletários, o socialismo e a democracia poderiam vir juntos[52]. O desenvolvimento industrial, que se dá num meio econômico cada vez mais evoluído, se harmonizaria com uma política[53] cada vez mais democrática. Vemos, portanto, o pensamento socialista, se não seguir as teses de Engels e de Marx, pelo menos manter-se próximo delas e admitir a idéia segundo a qual a igualdade democrática e parlamentar é a via de uma socialização da política. Em todo caso, era essa a posição da social-democracia alemã e, um pouco mais tarde, de Jean Jaurès na França[54]. Aqui e acolá se considerava que o desenvolvimento capitalista engendraria num espaço de tempo relativamente curto um Estado democrático. Este se caracterizaria pelo equilíbrio e pelo controle recíproco das duas classes, capitalista e proletária, de modo tal que "toda grande ação democrática é uma transação".

---

52. Pierre-Joseph Proudhon, *De la capacité politique des classes ouvrières*, Rivière, 1865.

53. A obra de Eduard Bernstein é, nesse sentido, significativa por seu revisionismo militantista destinado a corrigir o socialismo marxista; cf. *Les présupposés du socialisme et les tâches de la social-démocratie* (1899), tradução francesa, Le Seuil, 1974; *Socialisme théorique et démocratie pratique*, Stock, 1900.

54. Embora Jaurès tenha inicialmente sido um marxista ortodoxo, foi pouco a pouco se afastando do materialismo histórico defendido por Marx e, não acreditando na pauperização crescente do mundo socioeconômico, rejeitou o tema da luta de classes. Cf. *Histoire socialiste de la Révolution Française* (1901-1904), reedição Éditions Sociales, 1969-1972.

Para que assim seja, a revolução não é necessária: é na tribuna do Parlamento e pelas urnas que os "trabalhadores" conquistarão a maioria e exprimirão politicamente, na democracia e graças a ela, a transformação social que terá se dado. A defesa do "povo" feita por Michelet[55] vai nesse sentido. O solidarismo de um Léon Bourgeois e, em vários aspectos, a "democracia cristã" do começo do século XX também irão, por sua inspiração humanista, no mesmo sentido que o socialismo de Jaurès.

Seja qual tenha sido a inspiração generosa dessas doutrinas socializantes, elas não lançam muita luz, por falta de análises conceituais e institucionais, sobre a natureza essencial da democracia. Em termos gerais, é até mesmo difícil saber se, no seu afã de defender o mundo do "trabalho" assim como em seu militantismo oratório, elas são realmente de inspiração democrática.

O que é bem mais claro, em contrapartida, é que, no mundo político atormentado do primeiro quarto do século XX, a idéia democrática foi violentamente repudiada por Lênin. Ele denunciou o imenso engodo do sufrágio universal, proclamou que as regras constitucionais da democracia condenavam-na a permanecer "formal", e, portanto, longe das realidades sociais que, segundo ele, só a ditadura do proletariado poderia exprimir. Segundo ele, a passagem do capitalismo ao comunismo não se dá pela via da democracia constitucional; se dá pela revolução que instaura, com a morte do Estado, uma sociedade comunista que pode ser chamada – como não se surpreender? – de "democracia dos pobres".

As balizas que acabamos de colocar mostram que o tema da democracia se inscreve, no século XIX e ainda em princípios do século XX, numa imensa nebulosa na qual misturam-se argumentos muitas vezes contraditórios. A fé que um Lamennais[56] transpõe da Igreja para o povo, a de um Pierre Leroux[57], para quem o progresso necessário da democracia é desejado

---

55. Jules Michelet, *Le peuple* (1846), Flammarion, 1974. [Trad. bras. *O povo*, São Paulo, Martins Fontes, 1988.]
56. Félicité de Lamennais, *Le livre du peuple*, 1838.
57. Pierre Leroux, *Le Christianisme et la Révolution Française*, 1845.

por Deus, o romantismo de um Michelet[58], para quem o povo é o herói da história, o republicanismo de um Victor Hugo, para quem a democracia seria, enfim, o advento do direito, as perspectivas da social-democracia e o humanismo socialista de um Jaurès... convergem, sem dúvida nenhuma, em sua defesa da divisa francesa "Liberdade, Igualdade, Fraternidade". Mas seu idealismo e lirismo revelam, no embalo das palavras e das fórmulas, sua hesitação entre o culto da humanidade e o culto do povo. Nos ardores de seu pensamento, a confusão entre a idéia republicana e a idéia democrática é freqüente. Embora, no conjunto, haja acordo, juridicamente, quanto ao princípio do sufrágio universal e, socialmente, quanto à necessidade de pôr fim à miséria das classes populares, os desacordos e, mais ainda, as carências são freqüentes no que concerne à organização das instituições, à centralização ou não dos poderes, à questão das liberdades locais... No meio de numerosas incertezas que fazem os partidários da democracia penderem ora para o misticismo, ora para o racionalismo, a "política positiva" de Auguste Comte combate os valores democráticos e, de forma mais geral, os valores liberais pelo fato de ainda trazerem a marca da "idade metafísica"; o "positivismo" de Comte defende uma "sociocracia" definida como "o verdadeiro governo da opinião"... Assim, entre as correntes de pensamento que aparecem e tomam direções diferentes ou até divergentes, a análise conceitual da democracia faz uma falta terrível. A palavra reaparece com freqüência; mas a idéia que ela conota não dá lugar nem à teorização nem mesmo à argumentação. Poder-se-ia dizer que a noção de democracia, movida por ondas ideológicas que se entrechocam e que só conseguem fornecer ao pensamento político um quadro de limites indistintos e lábeis, continua alheia à sua racionalização epistemológica assim como à sua compreensão filosófica. Fala-se muito da democracia; mas não se sabe como pensar seu conceito. Aliás, ele se vê envolvido numa sentimentalidade difusa que o vincula à

---

58. Jules Michelet, *Le peuple*, 1846.

expectativa do grande número. A luz de um horizonte normativo lhe é recusada.

Pode-se assim compreender por que a "ciência política" do século XX, que se construiu a partir da recusa dos malefícios ideológicos, empreendeu um imenso esforço epistemológico para paliar as indecisões e as incoerências tão longamente acumuladas. Recolocando a democracia num esquema global dos regimes políticos das sociedades modernas que não podem ficar indiferentes às questões sociais e econômicas, realizou uma análise "fenomenológica" da democracia sobre a qual o filósofo tem de saber deter-se se quiser elevar a idéia ao nível da reflexão.

3. A "ciência política" e sua análise fenomenológica da democracia

Se admitirmos que a "ciência política" está apta para elaborar um *corpus* teórico das realidades políticas, é preciso admitir ao mesmo tempo que ela fornece delas uma representação racional que destaca suas regularidades e suas estruturas constitutivas elevando-as ao nível da inteligibilidade. Como todas as "ciências humanas", a "ciência política" não pode ter o rigor das ciências da natureza. Mas seu mérito consiste em rejeitar a especulação metapolítica e a ideologia militante para definir, apoiando-se na constatação dos fatos, tipos organizacionais da vida política a partir dos quais se torna possível apreender seu conteúdo e seus procedimentos. A metodologia aplicada pela ciência política não significa que, puramente empírica e descritiva, ela recuse as inferências, as hipóteses e o raciocínio. Embora não seja capaz de extrair, no universo a um só tempo maciço e movediço da política, parâmetros constantes e definitivos, ela analisa os fatores que intervêm no campo político, esclarece suas inter-relações e ajuda a compreender suas configurações diversificadas. Sem exigir dela uma cientificidade que não é de sua natureza, não deixa de haver interesse em interrogá-la, sobretudo quando se trata da democracia cuja marcha cada vez mais ampla se acelera na história de nosso século. Segundo a expressão muito pertinente de G. G. Granger, a ciência política sabe "transmudar significações vividas num universo de significações objetivas".

Tocqueville tinha razão quando prognosticava o avanço irresistível da democracia: em pouco mais de um século, ela não só se tornou o esquema sociopolítico dos países ocidentais, mas constitui para a maioria dos países do mundo um modelo sempre invocado, mesmo quando, por exemplo na África ou em Cuba, os fatos o desmentem; além disso, o desmoronamento do comunismo provou que o poder de autonegação inerente ao socialismo faz dele não o caminho da democracia, mas o da tirania. Ao estabelecer em 1993 "o estado da coisa" da democracia, um autor contemporâneo estima que, "atualmente, um só e único modelo do poder democrático, a democracia representativa moderna, constitucional e leiga, firmemente enraizada numa economia essencialmente de mercado, domina a vida política do mundo moderno"[59]. No entanto, englobar a vida política do planeta sob esse olhar sincrético decorre de um procedimento esquemático e simplista com que a ciência política não se satisfaz. Com efeito, em razão de sua longa genealogia intelectual e filosófica, em razão também das dificuldades históricas com que deparou, a democracia encarnou-se com maior ou menor rigor e precisão em formas institucionais diferenciadas. A ciência política, atenta à fenomenalidade dessas diversas formas, mostra que elas sobredeterminam o conceito, o que, longe de precisar seu sentido, envolve-o, ao contrário, na acumulação de características mais ou menos importantes, de incerteza e imprecisão.

Todos sem dúvida concordam em dizer que, ao longo de sua evolução secular, o termo "democracia" permaneceu vinculado à idéia de que o poder político tem como fonte o povo. Mas uma história ainda recente mostrou que, de acordo com os temores outrora formulados por Platão e cruelmente vividos

---

59. John Dunn, "Démocratie, état des lieux", in *La pensée politique*, n. 1, 1993: *Situations de la démocratie*, p. 82.

por Tocqueville, o poder do povo corre o risco de tornar-se monocrático e transformar-se nesse despotismo novo ao qual os totalitarismos do século XX proporcionaram uma odiosa figura. Por isso é útil que a ciência política explique quais são, na democracia, os requisitos – outros que os da ideologia febril dos movimentos populares tentados pelo "totalitarismo" – que governam sua existência e seu exercício.

Para examinar esse problema, exploraremos alternadamente a ciência política de Georges Burdeau e a sociologia reflexiva de Raymond Aron.

3.1. A democracia na "ciência política" de Georges Burdeau

O olhar que Georges Burdeau deposita sobre a democracia em seu magistral *Tratado de ciência política* é altamente sugestivo. "Sem qualificativos", escreve esse autor, "a democracia deixou de ser um regime."[60] É claro que sistemas governamentais nasceram da idéia democrática. Mas, ao encarnarem essa idéia num conjunto de instituições, deram-lhe figuras diversas. Burdeau examina suas características. Na tipologia por ele estabelecida, agrupa-as em duas grandes categorias: primeiro, as *democracias governadas* e as *democracias governantes*; em seguida, os *regimes democráticos fechados* e os *regimes democráticos abertos*.

Num primeiro momento, G. Burdeau, "voltando para trás", distingue, no curso da história, a "democracia governada" e a "democracia governante". A democracia governada[61] nasceu diretamente da idéia democrática forjada no século XVIII pelos filósofos das Luzes. Concretizou-se, na França, com as Constituições revolucionárias. Fundamentalmente, segundo a inspiração racionalista da filosofia do século XVIII, ela era bem mais um meio de temperar a autoridade governamental que um

---

60. Georges Burdeau, *Traité de science politique*, tomo V, *Les régimes politiques*, p. 567. Cf. também do mesmo autor *La démocratie*, La Baconnière, 1956.
61. G. Burdeau, *Traité...*, pp. 580 ss.

regime no qual se impõe "imediata e incondicionalmente" a vontade real do povo concretamente considerado. "A democracia governada é um regime democrático no sentido de que nela o povo é incontestavelmente soberano porque é ele o senhor da idéia de direito que é a idéia que faz trabalhar a instituição nacional."[62] Foi este o caso, na América, da democracia de tipo madisoniana[63] tão admirada pelos constituintes franceses pelo espírito de igualdade e de liberdade de que estava permeada. Os autores do *Federalist* – Hamilton, Jay e Madison sob o pseudônimo de Publius – tinham introduzido uma distinção essencial entre "República" e "democracia": "Numa democracia, o povo se reúne e governa ele mesmo; numa República, ele se reúne e governa por meio de representantes e agentes. Conseqüentemente, uma democracia deve se limitar a um pequeno espaço. Uma República pode abarcar um grande país."[64] Assim, a República tem uma base popular, e a originalidade da Constituição americana foi ter previsto, para conter os malefícios das facções, uma organização federal na qual se articulam a lógica liberal da representação e a lógica democrática da igualdade. G. Burdeau observa em seguida que o povo, passando do controle do poder para a ação política propriamente dita, arrogou-se o monopólio das iniciativas; a democracia tornou-se uma "democracia governante" – o que nos Estados Unidos é chamado de "democracia populista". Nessa transformação, as coisas são ao mesmo tempo claras e complexas. São claras na medida em que a vontade do povo, tendendo a ser hegemônica, não se limita a instituir e deter as instâncias governamentais, mas também pretende determinar seus fins. Portanto, ao mesmo tempo em que pretende ser fonte dos órgãos governantes e de suas funções, também pretende sê-lo do próprio princípio da ordem jurídica. Mas, e é aí que as coisas se tornam

---

62. *Ibid.*, p. 586.
63. Encontramos uma análise similar em Robert Dahl, *A Preface to Democratic Theory*, 1956.
64. *Le fédéraliste* (1788), tradução francesa, LGDJ, 1957, n. 10, p. 13; n. 14, p. 100.

complexas, a democracia governante possui simultaneamente uma silhueta ambivalente: ou bem, como é o caso dos países ocidentais, pôs o direito a serviço dos direitos, prolongando assim de maneira constitucional a inspiração liberal das Luzes francesas, ou bem, como era o caso da ex-URSS, inscreveu o direito no quadro da ideologia marxista-stalinista que levou ao totalitarismo. A ambivalência da democracia governante explica então "o enfrentamento entre os blocos do Leste e do Oeste" que caracterizou o meio do século XX: situação tanto mais complicada porque o dualismo entre democracias "governada" e "governante" transformou-se, agrega G. Burdeau, num trialismo[65]. Por um lado, a democracia governada estava historicamente ultrapassada como sistema político coerente "que implicava solidariedade" entre a forma da Constituição e a idéia do direito. Por outro lado, a democracia governante, nos países ocidentais, não contradizia a democracia governada, mas forjava um rearranjo constitucional que tornava possível o respeito do pluralismo das idéias de direito. Por fim, a democracia governante se amoldou a uma ideologia "única e homogênea". Refinando essa tipologia, G. Burdeau agrega "uma categoria nova" que denomina de "democracia de adesão" ou "democracia consenciente". Em princípio, sua preocupação é excluir qualquer competição e luta. Nela, o povo não exerce sua soberania, mas adere à política dos governantes que ele designou, com a condição de que esta "tenda para a elevação do nível de vida"[66].

Essa primeira classificação tipológica das figuras democráticas não dá conta, concede o autor, do que é política e filosoficamente essencial porque não descreve modelos políticos puros. Os modelos que ela descreve podem interferir uns nos outros e usar, às vezes, em seu funcionamento, procedimentos idênticos[67]: "As estruturas governamentais contemporâneas", em vez de adotarem fielmente uma ou outra das formas que

---
65. G. Burdeau, *Traité...*, p. 581.
66. *Ibid.*, p. 582.
67. *Ibid.*, p. 613.

distinguimos, tomam de ambas elementos às vezes contraditórios. Por isso G. Burdeau propõe, num momento posterior de seu estudo, uma segunda hipótese na qual diferencia as democracias conforme o poder seja "fechado" ou "aberto".

Num segundo momento, Georges Burdeau estabelece *um novo dualismo – o do fechado e do aberto* – que, utilizando o vocabulário bergsoniano, se superpõe à tipologia anteriormente estabelecida. Destina-se a completá-la e, sobretudo, a traçar o caminho de uma filosofia da democracia. A fim de apreender a significação do "fechado" e do "aberto" num regime democrático, G. Burdeau evoca o que foi, originariamente, a democracia governada. Ela podia ser reconhecida menos, diz ele, por suas instituições que pelo clima no qual se davam as relações políticas. O que, de fato, caracteriza a democracia governada, do triplo ponto de vista do fundamento do poder, de seus fins e de seu exercício, é, para além da diversidade de seus possíveis arranjos constitucionais – regime parlamentar, regime presidencial, aliança entre democracia direta e um sistema convencional... –, sua ancoragem na vontade popular soberana. Mas, no tipo ideal da democracia governada, essa vontade popular só era "decisiva porque elaborada, decantada, vivenciada por meio de procedimentos" destinados a suprimir[68], ou, pelo menos, atenuar as ligações passionais; seu motor era o civismo, ao qual os homens só têm acesso pela cultura e pela razão; enfim, o jogo entre a maioria e a minoria caracterizava-se – graças ao papel atribuído à oposição – pela tolerância, filha da liberdade. Trata-se portanto de um modelo que, pressupondo a confiança no homem e em sua capacidade de autonomia, define o regime do Estado liberal em que o poder respeita, na igualdade dos cidadãos anônimos, a liberdade dos homens reais. "Formal, a democracia o é incontestavelmente, mas seu formalismo procede do respeito que ela professa pelo homem, cujo destino ela se nega a confiar à arbitrariedade do poder."[69] Tal modelo político é autenticamente democrático, e

---

68. *Ibid.*, p. 586.
69. *Ibid.*, p. 587.

o é em razão de sua fundação política no povo; é democrático em razão da filosofia social que o sustenta, sempre preocupada em reencontrar, para além das diferenças entre os indivíduos, as duas prerrogativas sobre as quais o humanismo insiste: a autonomia e a igualdade; é democrático, por fim, em razão de sua estrutura governamental, que, pela distinção orgânica dos poderes que implica sua limitação e seu controle mútuo, ergue uma barreira contra o arbítrio e protege por conseguinte a liberdade dos cidadãos. A democracia governada que se estabeleceu sobre essas bases, embora com inevitáveis nuanças, na Inglaterra, na França, nos Estados Unidos, na Suíça e mesmo nas monarquias constitucionais da Bélgica, da Holanda e da Noruega, repousa sobre uma concepção metafísica da humanidade: "Nada se perde do influxo popular, mas ele é filtrado, experimentado, atenuado."[70]

No entanto, convém observar, continua G. Burdeau, que nenhuma forma governamental "única e imutável" jamais estabilizou o modelo original da democracia governada. A evolução das condições sociais, a maturação, nas massas populares, da consciência política cada vez mais vinculada à lei do número e à vontade de luta social e política que a move, a irrupção dos poderes de fato, a inflexão nova adotada pela idéia de direito quando emergiu a noção de "liberdades públicas"... transformaram a democracia que, de governada, passou a governante. Ora, é nessa fase da evolução política dos regimes democráticos que intervém o dualismo que estabelece nas democracias modernas uma linha divisória entre os regimes "abertos" e os regimes "fechados". Essa linha divisória era aquela que separava, até o desmoronamento do sistema soviético, as democracias ocidentais do regime de obediência comunista. Em ambas reinava, por certo, o dogma da vontade popular. "Só que, enquanto no Ocidente a vontade popular [era] o suporte e a justificação de um poder aberto a todas as aspirações presentes do povo e a todos os renovamentos que, no futuro, possam transformar sua vontade, no Leste o poder se fecha(va) sobre

---

70. *Ibid.*, p. 592.

uma vontade popular cuja preponderância justifica(va) a exclusão de qualquer contradição e cuja ortodoxia se opõe(opunha) a qualquer alteração futura."[71] Por um lado, com o poder aberto, a maioria prevalece mas a minoria pode se fazer ouvir, de modo tal que o resultado do jogo nunca é definitivo. A democracia aberta não repousa sobre imperativos abstratos; escuta as reivindicações e os apelos; favorece o pluralismo das idéias do direito; admite que não se esteja de acordo com ela; reconhece, portanto, a existência de uma "oposição" que ela não maltrata, mas, ao contrário, respeita, admitindo implicitamente que, amanhã, essa oposição poderá se tornar a maioria vigente. Pode, pois, rejeitar o liberalismo sem cessar de ser liberal. Nesse sentido, ela é a herdeira da democracia governada, porque funda-se sobre princípios que tornam o Estado disponível, imparcial e flexível, isto é, capaz de adaptação e de inovação quando surgem condições novas. Por outro lado, o poder fechado é o servidor da causa, definitivamente fixada, do povo ou do Partido; o programa e os planos de governo estão aprisionados; escapam de qualquer revisão. O poder fechado é partidário e dogmático; serve a uma ideologia e serve apenas a ela, pois nada mais conhece senão ela. "O poder fechado se fecha como uma couraça sobre o absolutismo de sua verdade."[72] No peso homogêneo desse clima sufocante, é evidente que as concepções políticas contrárias ou simplesmente divergentes não só não têm chance alguma de ter acesso, pelas vias legais, à direção do Estado, mas não podem fazer ouvir nem sua oposição nem mesmo sua diferença[73]. A unanimidade deve fazer eco à unificação da idéia dirigente. O caráter "fechado" das "democracias populares" decorre do dogmatismo de um poder total que "é ao mesmo tempo pregador e deus"; a vida política é uma "comunhão"; a propaganda é o instrumento do culto oficial; e o "totalitarismo" é seu inevitável destino.

Das duas tipologias dualistas expostas por Georges Burdeau, seria irrealista e simplista concluir que em certos regi-

---

71. *Ibid.*, p. 614.
72. *Ibid.*, p. 615.
73. *Ibid.*, p. 621.

mes tudo está certo e que em outros tudo está errado. Podemos nos perguntar – e a história política convida a isso com insistência – se a idéia democrática não conservou, em si mesma e desde sempre, o caráter compósito que faz com que nela se choquem temas antagônicos[74] ou, pelo menos, problematicamente compatíveis. A democracia estaria, pois, situada, *sub specie aeternitatis*, assim como a política em geral, sob o signo da conflitualidade – o que poderia explicar por que suas evoluções concretas a afastam dos modelos definidos pelas tipologias científicas. Em todo caso, a progressão do fato democrático dá lugar a um pluralismo que se reflete em todo o espaço da vida política. Esse pluralismo é, como explica Raymond Aron em sua sociologia reflexiva, o antídoto dos monismos totalitários.

3.2. A sociologia reflexiva de Raymond Aron

Nascido na aurora do século XX, em 1905, Raymond Aron, como todos os homens de sua geração, ficou mortificado pela história e política caóticas de seu tempo. A Segunda Guerra Mundial marcou-o profundamente, talvez menos por ela ter sido uma guerra, sangrenta e destruidora como são todas as guerras, e mais pela carga explosiva das ideologias que ela continha, ameaçando a liberdade. Essas ideologias são a prova trágica da maneira como os homens achincalham, na teoria e na prática, o imperativo moral convertido por Kant, de maneira inegável, em luz do mundo humano. Portanto, nada é mais frágil, aos olhos de Raymond Aron, que as ideologias políticas. Nada é mais deletério que sua exploração. Isso explica a tonalidade crítica da maioria de seus escritos. Sociólogo, desmonta, disseca, analisa e desarticula os acontecimentos ou as doutrinas para apreciar sua consistência e seu alcance. No entanto, enquanto filósofo, ele julga: e julga sempre em função

---

74. *Ibid.*, p. 623. Cf. Georges Vedel, "Existe-t-il deux conceptions de la démocratie?" in *Études*, janeiro de 1946.

dos ideais de liberdade e de igualdade de que se prevalecem as sociedades contemporâneas. Pensando, como Montesquieu, que a liberdade é o bem que permite desfrutar de todos os outros bens, defende-a contra os assaltos que a tirania está sempre pronta a cometer contra ela, pois, de onde quer que venha e seja qual for a forma que assuma, ela é e sempre será "o desprezo dos homens"[75]. Mas defender a liberdade é uma tarefa árdua que, segundo Aron, a mera palavra "liberalismo" não poderia resumir. Remeter-se, pelo uso de uma palavra, a uma doutrina, é uma atitude dogmática que ele recusa em razão de sua formação de filósofo e de sua vocação de sociólogo. Partindo dos fatos e dos acontecimentos próprios à história social e política que ele vive intensamente, às vezes dolorosamente, confronta-os com as doutrinas e as convicções ideológicas que preenchem o século de paixões. É somente então que, como "espectador engajado"[76], ele formula, sem concessões, seu juízo reflexivo e crítico.

Como Tocqueville, R. Aron postula, nas sociedades modernas, "o primado da política"[77], não só porque as estruturas dos Estados dependem da organização dos poderes públicos, mas também porque a política tem um "sentido humano" e concerne ao valor da existência. A partir desse axioma fundamental, mostra que as sociedades democráticas "constitucionais-pluralistas" constituem-se contra os assaltos dos reducionismos monopolistas e que elas só são o que devem ser se nelas a liberdade for mantida pelas leis e pelas regras jurídicas a despeito das hipertrofias e dos desvios, as tentações diabólicas do "progressismo". *Revisa assim o legado liberal clássico, revolta-se contra a intoxicação marxista e molda a topologia do pluralismo que a democracia liberal implica.* Mesmo tendo sido na Alemanha dos anos trinta que ele descobriu a política e a história, é a Montesquieu e, sobretudo, a Tocqueville que,

---

75. Raymond Aron, *L'homme contre les tyrans*, Gallimard, 1946, p. 67.
76. É este o título das entrevistas de R. Aron com J. L. Missika e D. Wolton: *Le spectateur engagé*, Julliard, 1982.
77. Raymond Aron, *Démocratie et totalitarisme*, Gallimard, 1965, p. 32.

nessa postura filosoficamente reflexiva, ele mais se refere para revisar o liberalismo. De fato, considera esses dois grandes pensadores os faróis que iluminam a estrada da liberdade dos povos. A seu ver, o pensamento deles extrapola sua época: o de Montesquieu, porque, em *O espírito das leis*, "a essência de [seu] pensamento filosófico é o liberalismo"[78] e porque isso lhe dá a estatura de um pioneiro; o de Tocqueville, porque o estudo descritivo e depois analítico e causal que ele faz do "fato democrático"[79] leva-o a delinear um tipo ideal de sociedade democrática com valor prospectivo. No escritor multidimensional que foi Montesquieu, R. Aron descobre, além de um método de trabalho, a idéia-força da política liberal moderna; em Tocqueville, reconhece sobretudo o mérito de ter formulado a problemática fundamental das democracias do Ocidente moderno: saber como tornar compatíveis a igualdade e a liberdade.

Além da lição de metodologia sociopolítica, cujas linhas principais ele decifrou em *O espírito das leis* e em *Democracia na América*, e que, a seu ver, abre caminho para a tipologia weberiana, Raymond Aron é sensível à expressão dos pluralismos – pluralismo das sociedades, dos hábitos, dos costumes, das idéias, das leis, das instituições – que alcança sua perfeição em Montesquieu e em Tocqueville. Pergunta se essa diversidade aparentemente incoerente não pode ser substituída por uma ordem pensada que repouse sobre "as relações entre os tipos de superestruturas políticas e as bases sociais"[80]. Portanto, muito longe das sistematizações dogmáticas que eram a regra na tradição filosófico-política, ele mostra que um regime político corresponde a um tipo de sociedade: portanto, se morfologia social e modelo governamental dependem um do outro, a tipologia dos regimes, que dá conta de sua natureza e de seu princípio, "conduz manifestamente a uma teoria da organização social".

---

78. Raymond Aron, *Les étapes de la pensée sociologique*, "Charles-Louis de Secondat, Baron de Montesquieu", Gallimard, 1967, p. 63. [Trad. bras. *As etapas do pensamento sociológico*, São Paulo, Martins Fontes, 6.ª ed., 2002.]
79. *Ibid.*, "Alexis de Tocqueville", p. 223.
80. *Ibid.*, p. 33.

É por isso que ele se empenha em desfazer um erro tantas vezes cometido e cuja responsabilidade recai sobre os intérpretes do marxismo[81]: Marx não é o filósofo da alienação, como tanto se repete, mas o sociólogo e o economista do regime capitalista[82]. Dito isto, toda a exposição que Raymond Aron faz do pensamento de Marx está situada sob o signo da crítica: os temas marxistas, "simples e falsamente claros", estão tão carregados de equívocos que "qualquer um pode encontrar o que quiser"[83]. Com efeito, quando Marx atribui um sentido à história na qual o homem encontra sua realização, pretende opor-se a Hegel e constrói sua "crítica" em torno de três temas: a oposição entre particular e universal, a idéia do homem total e o conceito de alienação. É principalmente este último conceito que permite situar o pensamento marxista em relação à filosofia hegeliana. Hegel entendia metafisicamente a noção de alienação: o espírito, dizia ele, projeta-se para fora de si em suas obras; aliena-se, pois, nas e pelas suas construções intelectuais ou sociais; dessa forma, a história do espírito, que é a história da humanidade, é tecida pelas sucessivas alienações que ele mesmo efetua. Segundo Marx, a alienação tem um sentido totalmente outro: ela é a expressão de um processo sociológico cuja raiz se encontra na economia do regime capitalista. A partir daí, se, para Hegel, o espírito é, no fim da história, dono de suas obras, de seu passado e consciente de ser detentor de seu conjunto, para Marx o homem se perde pouco a pouco e finalmente por completo na organização econômica da coletividade em que, degradado em instrumento, ele se torna uma engrenagem anônima de um vasto mecanismo. O homem, em razão das estruturas do regime capitalista, encontra-se, pois, privado de sua humanidade, e, portanto, de sua liberdade.

Ora, diz Raymond Aron, é aí que começam os "equívocos" e as "obscuridades" que acabam inevitavelmente se refle-

---

81. É evidentemente importante distinguir as idéias de Marx do "marxismo sutil" de seus adeptos.
82. Raymond Aron, *Les étapes de la pensée sociologique*, "Karl Marx", *op. cit.*, p. 143.
83. *Ibid.*, p. 147.

tindo na imagem das democracias. Com efeito, os conceitos sociológicos utilizados por Marx – forças produtivas, relações de produção, luta de classes, consciência de classe, infra-estrutura e superestrutura etc. – não são esclarecidos. Outras noções, mais filosóficas, dão lugar a interpretações cuja diversidade as torna suspeitas: assim, a assimilação do devir histórico a uma ordem supra-individual exige uma compreensão objetivista que insista na destruição do capitalismo por suas próprias contradições? ou exige uma interpretação dialética que se funda na dupla reciprocidade da ação entre, por um lado, o mundo histórico e a consciência que o pensa e, por outro, os diferentes setores da realidade histórica? No primeiro caso, não se sabe nem quando nem como irá se produzir a inevitável destruição do capitalismo, e esse acontecimento, em razão de sua indeterminação, não terá "grande significação"[84]. No segundo caso, a "dialética" não permite encontrar "nem a necessidade da revolução, nem o caráter não antagonista da sociedade pós-capitalista, nem o caráter total da interpretação histórica"[85]. O veredicto de R. Aron é inapelável.

A partir daí, a comparação que Aron estabelece entre Marx e Tocqueville[86], contemporâneos um do outro mas soberbamente ignorantes um do outro, é o prólogo do requisitório lançado contra a ideologia marxista e sua falsa concepção da democracia proletária[87]. Embora Tocqueville, escreve R. Aron, tenha hesitado em "romper a ligação entre a definição social e a definição política da democracia", e embora tenha dado "uma justificação propriamente sociológica do preço que ele dá à liberdade política"[88], não atribui à palavra "democracia" o mesmo sentido que Marx. A sociedade à qual se refere não se caracteriza economicamente, como pensa Marx, pelo capitalismo;

---

84. *Ibid.*, p. 179.
85. *Ibid.*, p. 179.
86. Raymond Aron, *Essais sur les libertés*, cap. I, pp. 17 ss.
87. R. Aron assimila a democracia proletária segundo Marx às "democracias populares"; mas esta última expressão, que ganha todo seu sentido no século XX, não faz parte do vocabulário de Marx.
88. *Ibid.*, p. 23.

longe de implicar o antagonismo de classes, ela se caracteriza pela igualização das condições. Além disso, Tocqueville, diferentemente de Marx, não subordina a política à economia; em vez de anunciar um movimento irresistível da história rumo a um regime socialista, contenta-se em ser um "probabilista" e pensa que a superestrutura política da democracia se inclinará ou bem para o despotismo das massas ou bem para o liberalismo. Portanto, embora a liberdade seja, para Tocqueville, o valor supremo, e embora Marx conceba seriamente a libertação dos homens, eles não se situam no mesmo registro e não é nos mesmos termos que eles elaboram uma solução para o problema da liberdade: a democracia racional e liberal de Tocqueville é hostil ao socialismo; a democracia proletária segundo Marx exprime a revolta contra a burguesia e implica o dirigismo da classe operária organizada. Tocqueville é apaixonado por liberdades intelectuais, pessoais e políticas; aceita, resignado, o fato da modernidade democrática e vê no governo representativo a condição necessária para salvaguardar as liberdades. Marx, com uma "ambição prometéica", não concebe outra fonte para a liberação dos homens senão uma revolução econômica. Uma vez que suas escalas de valores eram tão diferentes, é compreensível que eles tenham reagido de maneira oposta à Revolução de 1848, o que, aos olhos de R. Aron, constitui um indício eloqüente. As *Lembranças* de Tocqueville são "de uma admirável franqueza": para além de seu "ceticismo moroso", sua reação foi de "quase desespero e desânimo" diante da "monarquia bastarda" – na linguagem de R. Aron, um "império autoritário"[89] – que nascera e na qual a ação dos socialistas foi "insensata". Marx, por sua vez, exclama, "com um tom triunfante, que a revolução social, a seu ver necessária, está se realizando"[90]. O "erro fundamental" de Marx consiste na previsão segundo a qual ele afirma que a condição das massas só pode se agravar em regime de propriedade privada e de mercado. Uma vez que a previsão está errada, as conclusões –

---

89. R. Aron, *Les étapes de la pensée sociologique*, "Karl Marx", *op. cit.*, p. 281.
90. *Ibid.*, p. 286.

a morte do capitalismo por causa de suas contradições e da luta de classes, e o poder libertador da revolução radical – são falsas. A isso acrescenta-se outro erro relativo à dialética entre liberdades formais e liberdades reais; é até mesmo um erro pior que o precedente, pois, de uma crítica correta, deduz-se uma conseqüência falsa: é verdade que a concessão de liberdades formais (o direito de se exprimir, de escrever, de escolher seus representantes...) àquele que não tem meios para exercê-las jamais lhe dará a sensação de ser efetivamente livre; mas é falso deduzir da mentira ideológica que acompanha as liberdades formais que elas são "um luxo de privilegiados", pois no dia em que a autoridade do Estado se estender ao conjunto da sociedade e suprimir a esfera privada, nesse despotismo, mesmo que seja "a ditadura do proletariado", não haverá mais lugar algum para "privilegiados". Portanto, Marx se enganou. Não soube nem quis compreender que "o pluralismo – pluralidade das esferas privada e pública, pluralidade dos grupos sociais, pluralidade dos partidos" – é, numa sociedade realmente democrática, a condição *sine qua non* de uma autêntica liberdade. O pensamento de Marx está carregado de ilusões. Mas há algo mais grave: ele não só desencadeou crises políticas dolorosas, mas secretou delírios que, muitas vezes embutidos uns nos outros, são a peçonha mais venenosa que já intoxicou uma *intelligentsia* que se pretendia democrata e progressista. O marxismo foi "o ópio dos intelectuais"[91] de esquerda que, com suas divagações sobre a Esquerda, a Revolução, o proletariado, a liberação ideal, a democracia dos trabalhadores..., estragaram tudo (inclusive o pensamento de Marx!). Soçobrando no sectarismo e na intolerância de uma "religião secular", forjaram um "dogma absurdo" que é a "justificação da tirania"[92]. Os valores democráticos e liberais viam-se assim negados pelo cesarismo demagógico; a tentação "totalitária" estava a caminho...

Diante dos efeitos deletérios do marxismo ou de seus "adeptos", a posição de Raymond Aron em relação à idéia

---

91. *L'opium des intellectuels*, Calmann-Lévy, 1955.
92. *Les étapes de la pensée sociologique*, "Karl Marx", *op. cit.*, p. 312.

democrática é das mais claras: já é tempo de a consciência política livrar-se das armadilhas da ideologia e parar de se obstinar em ignorar a pluralidade dos estilos de vida. Cada país e cada época devem encontrar "seu lugar exato na conjuntura planetária"[93]. É importante dar lugar à pluralidade e à relatividade histórica, o que implica não só a colocação em prática de uma verdadeira tolerância, mas também a erradicação dos modelos absolutos e das utopias, e o repúdio dos profetas da salvação bem como dos anunciadores de catástrofes. Numa palavra, cabe a quem quiser defender a liberdade dos povos e uma autêntica democracia "lutar contra o totalitarismo"[94].

Nada é mais refletido que a preocupação com a liberdade que deve, segundo Raymond Aron, animar, por meio do respeito ao pluralismo constitucional, uma "autêntica democracia". Ele viveu essa preocupação em contato com filosofias e acontecimentos e, a partir dessa relação tanto com as idéias como com os fatos, elaborou pacientemente um pensamento formado de dosagens hábeis, de equilíbrios refinados e dessa medida delicada que em outros tempos teria sido chamada de sabedoria ou prudência. Por isso os projetos humanistas da democracia se exprimem com múltiplas nuanças nos regimes constitucionais-pluralistas que se situam entre o totalitarismo e o hiper-liberalismo.

Raymond Aron relembrou com freqüência que a história política do meio do século XX foi dominada pelo enfrentamento do bloco soviético com o bloco ocidental. Ao se interrogar sobre o regime soviético, descobre o que foi o terror, no qual vê, não as "aventuras da dialética", como Merleau-Ponty, mas o efeito da própria ideologia[95]. Uma vez que essa ideologia era a do Partido, tem-se um regime de tipo "monopolista" por excelência. Mas o devir do Estado russo, teoricamente co-

---

93. *Ibid.*, p. 328. Deve-se, evidentemente, relacionar esse tema com as teses desenvolvidas em *Paix et guerre entre les nations*, Calmann-Lévy, 1962.
94. *Ibid.*, p. 331.
95. Raymond Aron, *Démocratie et totalitarisme*, Gallimard, 1965, reedição, 1990, p. 268.

mandado pela necessidade histórica, na verdade obedece às decisões de um pequeno número de homens, às vezes um só. A contradição é gritante. Segue-se que na Rússia bolchevista – o fenômeno é idêntico na Alemanha hitlerista –, a liberdade não tem mais lugar; ela é derrotada tanto pelo determinismo materialista da história como pelo decisionismo de vontades individuais. O campo de concentração fecha suas portas sobre aqueles reputados recalcitrantes.

Num regime monopolista desse tipo, o terror assume três faces. Uma primeira forma é "legal, codificada"[96], de modo tal que a simples preparação, real ou imaginada, de um ato criminoso é considerada crime: é preciso, antes de mais nada, prevenir a impunidade de um tal "culpado". Uma segunda forma de terror é aquela exercida pelos tribunais administrativos ao praticarem uma repressão sumária e expeditiva, evidentemente sem possibilidade de defesa ou de apelação para o acusado. A terceira forma de terror é a deportação de populações inteiras. A essa enumeração formal, Aron acrescenta uma "classificação concreta ou material"[97] que permite apreender o sentido desses três tipos de terror. Há, diz ele, um terror "normal", que acompanha qualquer fenômeno revolucionário: é uma forma de guerra civil praticada por um partido ou uma facção contra aqueles que a eles resistem e são seus adversários políticos. Nesse ponto, a história se repete: houve terror sob a ditadura de Cromwell, houve terror sob a férula de Robespierre, houve terror sob o governo de Lênin. O segundo tipo de terror visa à eliminação dos inimigos de classe; foi aquele praticado na Rússia por volta de 1930, no começo da coletivização agrária; é explicável racionalmente, embora não desculpável, pela vontade de fazer triunfar um regime. Quanto ao terceiro tipo de terror, ele é praticado contra os opositores ou dissidentes, virtuais ou reais, "no interior do próprio Partido Comunista". Esse terror redobrou na URSS à medida que o regime ia se estabilizando; os processos de Moscou, em 1936, foram seu ponto culmi-

---

96. *Ibid.*, p. 275.
97. *Ibid.*, p. 277.

nante caracterizado pela utilização odiosa da "lógica das confissões". Ela revela a aliança do frenesi ideológico com o terror policial[98]. Stálin nunca a concebeu nem praticou de outra maneira. Ela é o indicador decisivo do *fenômeno totalitário*.

Diante das aberrações do terror, Raymond Aron enfatiza em que consiste "a alternativa vivida"[99] entre os *regimes monopolistas* e os *regimes pluralistas*. É inútil, comenta ele, distinguir, como faz Hannah Arendt, diferentes tipos de totalitarismo[100]: este é sempre o esmagamento do homem. O que importa é barrar o caminho para o totalitarismo e, para isso, criar institucionalmente obstáculos para o monopólio do Partido, para a estatização da vida econômica e dos meios de comunicação e, acima de tudo, para o terror ideológico. Aliás, não se deve jamais esquecer que, embora um regime de partido único não seja necessariamente totalitário, ele comporta sempre um *risco* de desenvolvimento totalitário. Portanto, *não existe liberdade fora do pluralismo de partidos e de idéias*[101]. Chegamos a uma época, prossegue R. Aron, em que a soberania democrática é aceita como evidente. A classificação tradicional dos regimes em monarquias, aristocracias e democracias é hoje caduca. Os agentes da vida política são os partidos. A representação, que é o corolário da existência dos partidos, tornou-se o pivô da vida política. Isso era algo que Montesquieu já compreendera, mas que, até então, não fora suficientemente notado; todavia, não se pode mais ficar indiferente a essa "modalidade institucional da tradução do princípio democrático"[102]. Portanto, para que a liberdade seja salva, é absolutamente ne-

---

98. *Ibid.*, p. 285.
99. *Ibid.*, p. 98.
100. Raymond Aron não nega as diferenças que possam existir entre os regimes totalitários. Mas, ainda que o totalitarismo ouse prevalecer-se de seus objetivos sublimes, ele é sempre, por causa de seus meios impiedosos, totalitário: "Quem quer se fazer de anjo, faz a besta." E se, por sua vontade demoníaca, um homem tem por objetivo parecer-se com uma besta feroz, consegue-o bastante bem. *Ibid.*, p. 302.
101. *Ibid.*, p. 75.
102. *Ibid.*, p. 98.

cessário que os partidos estejam legalmente em competição para exercer o poder em nome do povo. Em outras palavras, a sociedade democrática do século XX implica um regime *pluralista* e *constitucional*; caso contrário, não haverá democracia. Já que a coexistência dos partidos é legal, mas que todos os partidos não podem exercer o poder ao mesmo tempo, é preciso que a *oposição* seja, ela também, legal[103]. O exercício da autoridade política será portanto legal e moderado. A democracia liberal assim concebida certamente não exclui as divergências; mas exclui o recurso à violência e ao golpe de Estado. Eis o que importa na democracia: uma vez que a competição para o exercício do poder é legal, ela também é pacífica[104]. Como faz parte dela o recurso a eleições, ela exclui a tomada de poder e a usurpação. Como as eleições devem ser periódicas, o poder eterno é impossível, e até inconcebível, nesse regime. A quem objetar que, no melhor dos casos, nessa democracia os governantes só representam a maioria e não a totalidade do povo, e, portanto, que a maioria impõe suas regras a todos, inclusive à minoria, R. Aron dá duas respostas. A primeira, no plano teórico, é clássica: mesmo não estando de acordo com a maioria, sou livre quando obedeço às suas ordens, pois eu quis um regime em que a vontade da maioria fosse lei. A segunda, no plano prático, é mais complexa: é preciso conciliar o entendimento nacional e a possibilidade da contestação[105]; esse ponto de equilíbrio com certeza é sempre instável, mas é possível chegar a ele ou bem colocando o chefe de Estado, como se dizia na III República, "acima dos partidos", ou bem, "o que é mais difícil e eficaz", instituindo uma democracia em que o campo de decisão e de ação dos governantes é limitado. Isso é mais ou menos fácil de realizar, mas a lógica

---

103. Não deixa de ser interessante notar que François Guizot já mencionara a necessidade do caráter legal da "oposição", cf. *Des moyens de gouvernement et d'opposition*, 1821.

104. É um "regime no qual existe uma organização constitucional da competição pacífica para o exercício do poder", *Démocratie et totalitarisme*, p. 76.

105. *Ibid.*, p. 78.

interna do regime "constitucional-pluralista" que Raymond Aron almeja faz dele a antítese do regime monopolista[106], sempre impregnado, seja qual for sua tendência ideológica, das virtualidades totalitárias que esmagam o homem. Nesse sentido, esse regime é uma promessa tanto de "democracia verdadeira" como de "verdadeira liberdade".

Para analisar as estruturas dessa democracia constitucional-pluralista, R. Aron utiliza o conceito de "princípio" que toma do instrumental intelectual de Montesquieu: o princípio de um governo é o que o faz mover-se, ou seja, "o sentimento adaptado a uma organização institucional que responde às necessidades do poder num regime dado". Assim, num regime monopolista, instalam-se dois sentimentos: a fé e o medo. A fé é a dos militantes revolucionários, e seu entusiasmo explica o descomedimento das ambições que o Partido alimenta; quanto aos que não crêem na doutrina oficial, podem ficar indiferentes ou resignados; mas são impotentes e têm medo. Ao contrário, num regime pluralista, combinam-se dois sentimentos bem diferentes: o respeito à legalidade ou às regras, e o senso do compromisso. R. Aron adapta às sociedades do século XX a definição que Montesquieu dava da virtude democrática como esse "amor pela República" que é feito de frugalidade e de igualdade: o princípio central da democracia, diz ele, só pode ser "o respeito às leis". "Uma democracia sadia", escreve ele, "é aquela em que os cidadãos respeitam não só a Constituição que fixa as modalidades da luta política, mas *todas as leis* que conformam o quadro dentro do qual a atividade dos indivíduos se desenvolve."[107] O respeito à legalidade não é apenas o princípio filosoficamente constitutivo da liberdade; ele é, juridicamente, o princípio do pluralismo democrático e liberal. Quanto ao "senso do compromisso", ele não está necessariamente ligado ao formalismo da legalidade e pode muito bem ser um

---

106. Nesse ponto, Raymond Aron diferencia sua posição da de Éric Weil que, em sua *Philosophie politique*, distingue dois tipos de governo que, nos Estados modernos, denomina respectivamente de "autocráticos" e "constitucionais", *Démocratie et totalitarisme*, pp. 101-4.

107. *Ibid.*, p. 85.

princípio não escrito. R. Aron não ignora o que a idéia de compromisso comporta de ambigüidade e de ambivalência; é bom, é ruim? Isso depende, pois em todo compromisso há um risco de comprometimento. Mas, por um lado, "aceitar o compromisso é reconhecer a legitimidade parcial dos argumentos dos outros, é encontrar uma solução que seja aceitável para todos"[108]. Por outro lado, há dois usos do compromisso: um multiplica os perigos pela soma de inconvenientes de duas políticas opostas; o outro não deve "alienar nenhuma fração da coletividade, sempre considerando as necessidades da ação eficaz"[109]. Talvez isso seja a quadratura do círculo, pois esse uso do compromisso não pode ser definido de uma vez por todas. Nas palavras de R. Aron, é essa a via para uma política sábia e eficaz: ela adapta ao mundo atual a antiga *phronèsis*, feita de ponderação, de equilíbrio e dessa moderação tão cara a Montesquieu. Mostra com isso que a política não deve jamais perder de vista a exigência de eficácia.

É claro que o regime da democracia constitucional-pluralista realiza mais ou menos bem seu esquema teórico essencial. Mas, ao dar lugar, com seu pluralismo, às diferenças, à competição pacífica, portanto a equilíbrios sempre modificáveis, é um regime em que as liberdades não são postas em perigo por uma autoridade unitária e virtualmente totalitária do Estado. E como "O mundo atual" –, escreve R. Aron –, "manifestamente não entra em acordo com nenhum esquema simples"[110], é justamente desse regime que os povos de hoje necessitam. O problema da democracia, no entanto, continua sendo difícil, pois "a antítese entre o regime constitucional-pluralista e o regime monopolista pode ser expressa de quatro maneiras diferentes: antítese entre competição e monopólio; entre Constituição e revolução; entre pluralismo dos grupos sociais e absolutismo burocrático; enfim, entre Estado de partidos e Estado partidário (esta última antítese pode ser traduzida por Estado lei-

---

108. *Ibid.*, p. 86.
109. *Ibid.*, p. 100.
110. *Ibid.*, p. 369.

go – Estado ideológico)"[111]. É evidente que Raymond Aron escolheu seu lado: a idéia que ele defende é "a santidade da Constituição", base de uma democracia que não cai nem na utopia nem na mentira: "Todos os cidadãos devem consentir em resolver suas disputas segundo as regras constitucionais."[112] Isso pressupõe que eles renunciem à violência, portanto pressupõe toda uma filosofia: "A confiança na discussão, na possibilidade de transformações progressivas." Em outras palavras, segundo Aron, a marcha irresistível da democracia de que falava Tocqueville jamais terminará. Tanto mais que é preciso bastante lucidez para ver que os regimes constitucionais-pluralistas que são sua condição obrigatória "são imperfeitos seja por excesso de oligarquia, seja por excesso de demagogia, e quase sempre por limitação de eficácia"[113]. A democracia tem de ser incessantemente recomeçada e remodelada. No entanto, por sua dimensão constitucional e pluralista, ela é o único regime aberto para o humanismo liberal, o único que, em face da ameaça totalitária, desenha-se, apesar de suas imperfeições, como um horizonte de esperança.

O avanço do fato democrático no mundo moderno é realmente "irresistível", apesar das ameaças de todas as ordens que diante dele desfilam. Mas, depois de ter interrogado a reflexão doutrinal que por tanto tempo se deteve sobre esse fenômeno sociopolítico, duas observações se impõem. A primeira é que a democracia, ao se instalar no mundo moderno não mais apenas como um modelo de regime político, mas antes como um fato social que exige uma organização jurídico-constitucional, conservou, a despeito de suas transformações, a ambivalência que a caracterizava desde seu primeiro despertar no mundo antigo. Portanto, devido à sua ambigüidade essencial, continua sendo um conceito fluido e impreciso: "Nem suas formas nem seu conteúdo permitem, por si sós, fixar sua identidade."[114] Essa

---

111. *Ibid.*, p. 341.
112. *Ibid.*, p. 346.
113. *Ibid.*, p. 346.
114. Patrice Rolland, in *La pensée politique*, n. 1, 1993, *op. cit.*, p. 124.

característica exige intrinsecamente uma segunda observação, decorrente da natureza problemática da sociedade democrática: no movimento que, em face da contingência do acontecimento, força-a incessantemente a se remodelar, a sociedade democrática não tem como escapar de ataques destrutivos. Ao mesmo tempo em que se reconhece em formas constitucionais e valores humanistas, ela se expõe a distorções tão graves que a crítica ressoa nela como os dobres do impossível.

4. As distorções da democracia

Em meados do século XIX, a análise que Tocqueville fazia da democracia estava filosoficamente carregada da desconfiança que tinha em relação a seu conceito. Quase ao mesmo tempo, o jurista Édouard Laboulaye denunciava na progressão do fato democrático essa sujeição às utopias que – dizia ele – é "o joio das revoluções". Na "balbúrdia de teorias e de sistemas"[115], as doutrinas que, por ódio à monarquia, exigem uma "república democrática" são insensatas: não têm consciência das "loucuras" e dos "erros brilhantes" que não deixará de secretar. A crítica da democracia que Laboulaye apresenta é severa. Contudo, mesmo sua denúncia dos sofismas que sobrecarregam a democracia traz a marca do espírito de moderação que herdou de Montesquieu.

Bem mais veemente é a crítica nietzscheana que, alguns anos depois, aplica à democracia uma impiedosa "filosofia a golpes de martelo", cujo caráter profético ainda hoje é perturbador. O caráter visionário da filosofia nietzscheana encontra pelo menos certos ecos nas obras de Leo Strauss e de Hannah Arendt. E, muito próximo de nós, quando vivemos em sociedades democráticas ditas "avançadas", a suspeita e, às vezes, a condenação de que elas são objeto por parte desses autores convidam à reflexão. É por isso que vale a pena interrogar-se

---

115. Édouard Laboulaye, *Questions constitutionnelles*, "Considérations sur la Constitution", 1848, p. 11.

sobre as acusações pronunciadas há mais de um século e até hoje contra a democracia e as distorções que a dilaceram. Nelas repercutem, com timbres inquietantes, os alertas patéticos dos filósofos diante da degenerescência da democracia ateniense.

4.1. O trabalho de sapa das paixões populares

Em todos os tempos houve quem denunciasse as paixões populares que, alojadas no coração da idéia democrática, governam sua aventura política e social. No entanto, ainda resta escrever[116] um tratado das paixões políticas, que deveria comportar um longo capítulo sobre a democracia porque nela *o descomedimento do grande número* provoca o *jogo deletério das facções* e destila o *veneno da demagogia*.

Platão já se dera conta do descomedimento que caracteriza os ímpetos do povo e ameaça perverter a democracia. A filosofia política moderna, de Maquiavel a Tocqueville, também sublinhou a irracionalidade dos comportamentos do povo, especialmente quando sua ambição o leva ao poder. Numa democracia, dizia Montesquieu, "o povo deve fazer por si mesmo tudo o que puder fazer bem" e "o que não puder fazer bem, tem de fazê-lo por meio de seus ministros"[117]. É óbvio que tal comentário contém o princípio que permite responder à questão da devolução do direito de sufrágio. Contém também uma referência, mais sutil e mais aveludada, à psicologia popular da qual a democracia, desde suas origens, é inevitavelmente o reflexo.

Com efeito, como Platão, Demóstenes ou Aristóteles disseram, cometeríamos um erro se subestimássemos o juízo e o discernimento do povo: ele é "admirável", declara até mesmo Montesquieu, "para escolher aqueles a quem deve confiar alguma parte de sua autoridade". Tem a capacidade natural de

---

116. Mencionemos, apesar de tudo, o livro de Olivier Mongin, *La peur du vide. Essai sur les passions démocratiques*, Le Seuil, 1991.
117. Montesquieu, *L'esprit des lois*, II, II, p. 240; XI, VI, p. 399.

discernir os méritos. Perspicácia e bom senso são tamanhos nele que, com claro reconhecimento do sucesso militar ou do heroísmo guerreiro, pode contar entre suas fileiras com um brilhante general; pode até mesmo, por saber apreciar a imparcialidade ou a retidão de um magistrado, saber eleger – como se viu em Roma – notáveis pretores. A história ensina também que o povo raramente se engana sobre aqueles que elege. Mas, embora o discernimento popular seja capaz de realizar escolhas felizes, isso também é, por si só, uma confissão de impotência: pois escolher seu senhor é confessar que não se sabe nem se pode governar a si mesmo. Por mais que a virtude tenha sido, como lembrava Montesquieu, o princípio da democracia, o povo não é um povo de anjos. Então, cedendo a arrebatamentos ou sendo alvo da propaganda, deixa uma fração de si mesmo monopolizar essa virtude. As paixões dominam a massa popular. Disso resulta que ela "sempre age de mais ou de menos"[118]. Os arroubos passionais não só privam-na do senso da medida, como a tornam irracional, mutável e imprevisível em sua instabilidade. "Às vezes com cem braços [o povo] derruba tudo; às vezes, com cem mil pés, apenas avança como os insetos."[119] Tocqueville observa nesse mesmo sentido que "o povo sente bem mas não raciocina" e "procede por esforços momentâneos e impulsos súbitos"[120]. Sentir, submeter-se, amar ou odiar são atitudes que condenam as massas a empreendimentos contraditórios. Na impulsividade das multidões, por natureza irracional, a impetuosidade prevalece sobre os projetos. Mil armadilhas ameaçam, pois, a massa popular, incapaz de prevê-las. Desde sempre, as paixões humanas formam o motor que movimenta a mecânica governamental; mas, embora sejam onipresentes na política, mostram-se particularmente nefastas numa democracia porque desafiam essa forma prática da razão que Locke qualificava de "racional". Por mais que a virtude seja essa "coisa muito simples" que é "o amor pela re-

---

118. *Ibid,*, II, II, p. 241.
119. *Ibid.*, II, II, p. 241.
120. Tocqueville, *De la démocratie en Amerique*, vol. l, tomo I, pp. 133 e 349.

pública"¹²¹, está tão gangrenada pelas paixões que as exaltações da ambição, da inconstância, do desejo, da impertinência... sufocam o interesse geral sob a multidão dos interesses particulares. Esse individualismo hipertrofiado mata a política. No turbilhão dos egoísmos, a qualidade dos costumes se vê a tal ponto afetada pelo despertar dos instintos que o povo acaba acreditando que será livre desobedecendo as leis. "O que era máxima, chamam de rigor; o que era regra, chamam de entrave; o que era atenção, chamam de temor."¹²² O jogo das paixões provoca uma inversão de valores que equivale a uma recaída no estado de natureza: a política corre perigo de morte.

A psicologia das paixões populares tão bem analisada por Montesquieu não só encontrou um eco poderoso, como era de esperar, na obra de Tocqueville, mas explica em grande parte por que, nas democracias liberais do século XX, a porta está sempre aberta – como ocorreu na democracia ateniense – para desvios ao sabor dos quais as tentativas de liberalização, sob o falacioso pretexto de libertar ainda mais os homens, se multiplicam e se intensificam. Desde o século XIX, em todo caso, esses desvios, imiscuindo-se mais que nunca na vida política, engrenaram a espiral libertária em cujo movimento cada qual, fazendo pouco da ordem e dos outros, pensa apenas em satisfazer seus desejos e suas ambições. A "Cidade do desejo", cujas vertigens mortíferas Platão tão bem expôs, repete, num mundo político que hoje se pretende evoluído, suas ilusões e suas desilusões. A exaltação das paixões transforma o individualismo em egoísmo. Ela entrega a existência política aos interesses privados e, assim desvirtuada, a democracia cai numa "anarquia selvagem"¹²³. Essa desordem, por um lado, achincalha as leis fundamentais da ordem pública ou política; por outro, faz o povo pender para a intolerância. As paixões exacerbam-se a si mesmas e, contrariando toda lógica, enervam-se num fenômeno contestatário generalizado. Fecham-se numa

---

121. Montesquieu, *L'esprit des lois*, V, II, p. 274.
122. *Ibid.*, III, III, p. 252.
123. Sobre esse tema, cf. Allan Bloom, *L'âme désarmée, op. cit.*, pp. 627-8.

incomunicabilidade absoluta cujos delírios não tardam em destilar um verdadeiro terrorismo intelectual[124].

O descomedimento que se insinua na democracia, provocando desvios psicossociais aos quais responde sem tardar a figura (ou melhor, a desfiguração) política que é a demagogia, manifesta-se também no jogo diabólico das facções. O fenômeno, já detectado na Grécia antiga, foi igualmente mencionado por Montesquieu. Rousseau também pressentira o papel nefasto das facções na vida pública, mas não previra que nas "democracias avançadas" os membros das facções não seriam mais facciosos mas pertenceriam a essa "opinião pública" que nunca se acaba de "sondar". Tocqueville, que estudou o fenômeno na América em que era particularmente fácil de constatar, foi mais sagaz sobre esse ponto. O princípio fundamental da democracia, lembra ele, é a igualdade de condições dos cidadãos. Ora, no mundo moderno, essa igualdade jurídica foi consagrada pela instituição do sufrágio universal. Simultaneamente, a liberdade dos cidadãos afirmou-se para todos como uma liberdade de opinião. Estavam dadas as melhores condições para que se formassem e se desenvolvessem "partidos" políticos que, como se sabe, foram chamados a desempenhar um papel central nas democracias liberais do Ocidente moderno. É verdade que no Antigo Regime existiam clãs e corrilhos que influíam na vida política. Mas os partidos modernos – que Max Weber considera "os filhos da democracia"[125] – correspondem a uma determinação psicossocial: as massas populares necessitam ser organizadas, estruturadas e conduzidas. Sua formação é ao mesmo tempo o resultado do sufrágio universal – o povo encontra neles um guia eleitoral – e a condição de seu funcionamento – colocam em evidência a pluralidade das opiniões.

A existência desses partidos, que podemos considerar como estruturas organizacionais da vida democrática, é a indicação, como destacou Raymond Aron, do jogo competitivo que nela se desenvolve e faz parte de sua dimensão institucio-

---

124. Raymond Polin, *La liberté de notre temps*, Vrin, 1977, pp. 31-3.
125. Max Weber, *Le savant et le politique*, p. 141.

nal. Isso torna patente o fato de que, embora a relação "amigo-inimigo" seja constitutiva, como diz Julien Freund tomando a idéia de Carl Schmitt, da vida política em geral, torna-se especialmente central quando se incrementa a exigência democrática. A competição entre os partidos, atiçada pela propaganda e, caso necessário, pela manipulação, se exaspera e, sem se deixar reduzir a determinações econômicas ou morais, transforma-se numa luta intestina que nada mais é senão uma relação de forças. A democracia fica então bem longe, apesar do critério jurídico da igual liberdade de todos de que ela se vale, de caracterizar uma sociedade política homogênea. Ela comporta antagonismos que, sob a bandeira de ideologias, são motivos para divisões e rivalidades, o que não deixa de perturbar, para além do jogo político, a vida social. Haverá quem diga que o mérito da democracia é precisamente deixar a "oposição" se exprimir (pelo menos legalmente) e, portanto, ser pluralista. É verdade. Mas isso também significa que a democracia, longe de corresponder a uma política de união ou de concórdia, é um espaço permanente de discórdia e de polêmica. A partir daí, a democracia fica exposta ao risco de ver os partidos não corresponderem apenas ao pluralismo das engrenagens governamentais (como pensavam Hume e Montesquieu, em seu tempo, no contexto de sua teoria constitucional). Os partidos, com efeito, não refletem apenas a diversidade das opiniões, mas são o espaço em que se confrontam os interesses, a rivalidade de sentimentos, o choque das paixões, a desordem dos ímpetos irracionais, a labilidade das resoluções... Sempre carregados de ideologia, estão expostos a uma extrema versatilidade. Então, transformam-se em facções, sempre sensíveis ao fluxo dos acontecimentos, e, em vez de serem a expressão de um "liberalismo organizado", tornam-se o lugar por excelência das disputas e das brigas. As facções, alimentando entre si uma radical inimizade, são ferrenhamente rivais. Portanto, embora seja verdade que o pluripartidarismo faz parte, enquanto reflexo das opiniões diversas do povo, das exigências da democracia, não é possível subestimar os sérios riscos de desvio ao qual ele está exposto. A multiplicação dos grupos de opinião, longe de ser uma garantia absoluta de liberdade, pode, ao contrário, revelar a conflitualidade que os habita – a qual, como Péricles já compreendera, é inerente à democracia. Os elementos que fazem da democracia uma "sociedade aberta" – a raça, a língua, os usos e costumes... – tornam-se pontos de fricção, que se traduzem pela agitação social e política. As facções, intolerantes por natureza, são um fenômeno patológico da vida política. Elas minam a sociedade democrática, já frágil por si só, expondo-a a uma suspeita endêmica, a clivagens, a fraturas, até mesmo a rupturas. Por causa das situações potencialmente explosivas que elas criam, e que vêm geralmente acompanhadas de movimentos protestatórios e reivindicativos, elas a tornam desconfortável e inquietante. Talvez a distinção entre amigo e inimigo não seja essencial para a política como afirma Carl Schmitt; mas ela ameaça se implantar na política e, semeando a perturbação, a desordem e às vezes a violência, ser maléfica. A pluralidade, a heterogeneidade, o respeito pelas diferenças que, no cerne de uma verdadeira democracia, são elementos constitutivos de uma sociedade de liberdade, no enfrentamento das facções correm o risco de se revelarem portadoras de uma conflitualidade terrivelmente destrutiva.

Em outras palavras, não é só quando se instala um partido monopolista, mas também quando o jogo dos partidos[126] degenera em um confronto de facções que desumanizam os homens transformando-os em instrumentos, que a sombra do mal e da morte paira sobre a democracia. Sem dúvida haverá quem objete, aparentemente com certa razão, que esta é uma situação-limite raramente atingida. Mas sempre se pode considerar que a idéia mais profunda da política tem sua origem e ganha sentido em situações-limite. Convém então destacar que a existência, real ou potencial, de facções significa que a democracia não é, e não pode ser, neutra: ela está sempre lidando com adversários que, de dentro dela, provocam sua distorção conflituosa. Esse risco endêmico significa que não existe "modelo" da liberdade.

---

126. Cf. Giovanni Sartori, *Parties and Party System*, Cambridge U.P., 1976.

É isso aliás o que corrobora um outro desvio da democracia quando ela cede à *tentação demagógica*. Essa forma de corrupção é conhecida há muito tempo, pois Platão e Aristóteles inscreveram seu esquema em suas tipologias das Constituições. Os filósofos de antanho já a condenavam de maneira intransigente porque, por um lado, o poder demagógico adula as massas populares para obter seu favor e as excita para melhor explorá-las e porque, por outro lado, a multidão, cujas paixões e arroubos seus líderes avivam sabiamente, pesa sobre as decisões e os comportamentos dos governos. Quanto a isso, não existe diferença de natureza entre a demagogia dos "antigos" e a demagogia dos "modernos"; só mudaram os meios de propaganda e de pressão, aliás, de maneira bastante relativa. A demagogia, que procede, como observa Hannah Arendt, da "ordem igualitária da persuasão"[127], é uma armadilha[128]. A demagogia, antiga ou moderna, é não só o sinal da decadência da democracia, mas, mais profundamente, da decadência da autoridade política e da degradação do poder e da política. Com efeito, do lado dos governantes, ela favorece a multiplicação de aproveitadores corruptos e corruptores, cuja perversidade é ainda mais grave por ser hipócrita e insidiosa. Os governantes demagogos enganam pelo poder das palavras: alguém disse, com razão, que a demagogia é "um falso falar"[129]. Os demagogos praticam a mentira por meio de antífrases e se arvoram, verbalmente, os campeões de uma liberdade que, tingida de promessas, eles cingem com milagres que são miragens. Do lado dos governados, os demagogos usam da contestação reforçada por manifestações e gritos para fazer aqueles que go-

---

127. Hannah Arendt, *La crise de la culture*, tradução francesa, Gallimard, 1972, p. 123.

128. Cf. Benjamin Constant, *Principes de politique*, Hofmann/Droz, 1980, tomo II, p. 432: "Nada é mais curioso de observar que os discursos dos demagogos franceses. O mais espirituoso deles, Saint-Just, compunha todos os seus discursos em frases curtas, apropriadas para despertar almas simples. E, ao mesmo tempo que parecia supor a nação capaz dos mais dolorosos sacrifícios, reconhecia-a, por seu próprio estilo, incapaz até mesmo de atenção."

129. J.-L. Porquet, *Le faux-parler ou l'art de la démagogie*, Balland, 1992.

vernam ceder. À astúcia dos primeiros, correspondem as manobras dos segundos. A sinceridade está ausente em uns e outros, dando lugar à intriga e à ameaça: nem uns nem outros agem de boa-fé. A demagogia é o reino da mentira zelosamente destilada e dosada; a ausência de probidade de que ela faz uso para adular as paixões provoca tal perversão que a situação resultante não corresponde a nenhum regime político; ela se atola na corrupção; de uma maneira ou de outra, o governo fica tão fragilizado que é, direta ou indiretamente, dominado por uma tirania popular que equivale à decomposição da democracia e, mais além dela, da própria política.

É necessária uma inegável coragem intelectual para denunciar esses desvios[130] que, no horizonte, apontam para a despolitização da política e, simultaneamente, para o embrutecimento do homem. Para esse pensamento crítico, a democracia está prenhe de seu contrário e, em vez de manifestar o progresso da consciência política e do humanismo, ela tem todas as chances de se transformar numa condição social e cultural que reflita um anti-humanismo terrível. Tal foi, a partir do final do século XIX, a tonalidade fúnebre do profetismo nietzscheano que, no final do século XX, ressoa, segundo outros harmônicos, no pensamento político de Leo Strauss e de Hannah Arendt.

4.2. A anemia do "humano, demasiado humano" democrático

Nietzsche não é um filósofo político. Mesmo quando, depois de condenar a "pequena política" que desde Sócrates instilou no mundo dos homens venenos niilistas, ele delineia a "grande política" que deveria devolver à humanidade sua verdade originária e essencial, ele não propõe nenhuma teoria política[131]. A "política" nietzscheana situa-se além de toda ideo-

---

130. Não se deve confundir aqui a denúncia natural dos pensadores monarquistas ou neomonarquistas da Contra-Revolução (como Burke, Ballanche ou Chateaubriand e, com diferentes tonalidades tingidas de misticismo, De Bonald, De Maistre ou Barrès) com a crítica filosófica das distorções da democracia.

131. Remetemos a nosso livro *Nietzsche et la question politique*, Sirey, 1977.

logia e de toda práxis; é fundamentalmente uma metafísica da vida sem qualquer relação com um manifesto político.

No entanto, quando Nietzsche vê o mundo à sua volta desabar numa queda niilista é a democracia que ele denuncia. Segundo ele, a democratização começou no dia em que as tragédias de Eurípides fizeram o espectador subir ao palco[132] e em que a razão socrática achincalhou as forças da vida com as formas lógicas do esquematismo. Símbolo da incultura plebéia, Sócrates[133] inaugurou o gigantesco "mal-entendido" por meio do qual o homem democrático destila "a mentira extra-moral", cuja dialética, que asfixia a vida, é niilista. Sócrates deveria ter sido um espantalho. O paradoxo é que ele fascinou[134]. Na esteira dele e apesar da recuperação de vitalidade que fez o orgulho do Renascimento, desenvolveu-se "a doença metafísica" que caracterizou, em meados do século XIX, o filistinismo da cultura ocidental. Ela está carregada do historicismo e do cientificismo por meio dos quais a sofística, desenvolvida por um monismo racionalista, desvaloriza os valores. O drama do homem moderno é o prolongamento do mal democrático que tem suas raízes no mundo grego dos séculos V e IV a.C. Esse drama é ao mesmo tempo psicológico e sociopolítico, mas tem uma ressonância metafísica: num mundo de "esgotados"[135], "o humano, demasiado humano" designa todo o mundo e ninguém. Todos os europeus começam a se parecer uns aos outros. Numa imensa onda de panurgismo, marcha-se para a uniformidade, a unanimidade, que é o nivelamento pela mediocridade. A democratização dos povos modernos é sua massificação no anonimato. A sociedade está portanto doente de sua massa[136]. Nela pululam tarântulas embriagadas com o veneno da igualdade[137]. Os "modernos" têm o espírito da gravidade, ou seja, não têm nenhuma nobreza de espírito, e aliás,

---

132. Friedrich Nietzsche, *L'origine de la tragédie* (1872).
133. Nietzsche, *La volonté de puissance*, notas dos anos 1880, 1, 70.
134. Nietzsche, *Le crépuscule des idoles*, "Le problème de Socrate", §§ 1 e 8.
135. Nietzsche, *Le gai savoir*, § 23.
136. Nietzsche, *Par-delà le bien et le mal*, § 241.
137. Nietzsche, *Ainsi parlait Zarathoustra*, II, "Des tarentules".

nem nobreza nem espírito[138]. Para esses homens sem virilidade, instala-se uma nova escravidão no reino da indiferenciação e do conformismo que, de resto, não passa de "uma virtuosa bobagem"[139]. A hierarquia aristocrática das origens foi substituída pela mediocridade niveladora e impessoal cuja baixeza só admite o maior desprezo. "O deserto cresce."[140] Tudo vacila. A terra treme com a universal desvalorização.

Nietzsche decifra particularmente a implicação metafísica desse quadro coberto de negro que retrata a política de decadência na qual a democracia não cessa de dizer "não" à vida. Pois não só o *homo politicus* está debilitado, como também o mundo político é uma palinódia senil: depois da morte de Deus, o político substituiu o teológico e a praça pública se encheu de bufões ruidosos[141]; mas eles não passam de "supérfluos" (*die Uberflüssigen*); em nome da razão universal, selam um compromisso com a escravidão. Os "chavões socialistas" são o canto de uma manada de pigmeus tão servis na máquina política quanto na mecânica econômica. O triunfo democrático é o reino dos abortos cujos interesses mais baixos são adulados com prioridade pelo Estado; depois disso, ele recorre ao terrorismo para aniquilar os degenerados da massa[142]. Justiça, igualdade, liberdade, bem comum, civilização... procedem do moralismo dos fracos. "O democratismo é a forma de decomposição da força organizadora."[143] A democracia, que transmuda a força em forma, é uma agonia.

Nietzsche acusa Rousseau de ter fabricado "a peçonha mais venenosa" que existe[144]: a doutrina do igualitarismo, essa "lengalenga" adotada por Fichte, Saint-Simon, Auguste Comte e os outros..., que provoca "a obtusa jubilação das massas"[145].

---

138. *Ibid.*, III, "De la vision et de l'énigme".
139. Nietzsche, *Le gai savoir*, § 76.
140. *Ainsi parlait Zarathoustra*, IV, "Les filles du désert".
141. *Ibid.*, I, "Des mouches de la place publique".
142. Nietzsche, *Humain, trop humain*, § 473.
143. Nietzsche, *Flâneries inactuelles*, § 39; *Humain, trop humain*, § 318.
144. Nietzsche, *Flâneries inactuelles*, § 48.
145. Nietzsche, *Aurore*, § 448.

Mas essa doutrina, toda impregnada das "lições de moral" que correm nas veias judaico-cristãs, é a doutrina da decadência: anuncia a agonia, a morte e os funerais da humanidade.

A crítica nietzschiana não incide apenas sobre os desvios passionais, partidários e demagógicos da democracia. Fazendo uso, como sempre, de um pensamento radicalizante, Nietzsche, com seu olhar visionário, remexe nas profundezas "abissais" da democracia. Não descobre nela apenas uma vasta enganação política, mas, sobretudo, uma mentira metafísica em relação à vida e à vontade de potência que a anima. Ao anunciar: "Não sou um homem, sou dinamite"[146], ele sem dúvida preveniu seu leitor antes de mergulhar nas trevas da loucura. Denunciando a civilização ocidental, coloca-se contra Deus, contra o homem, contra a metafísica, contra a história, contra a democracia, contra tudo... Sua crítica veemente do nivelamento democrático, no qual vê o rebaixamento da humanidade culminar em seu aniquilamento, é a denúncia da deriva ontológica e axiológica dessa estranha modernidade que, segundo ele, começou com Sócrates: ela tem algo de desesperado e de desesperador. A era democrática é o indicador de um cataclismo iminente.

A hostilidade contra a ontologia niilista que a onda democrática traz consigo não ficou sem repercussão e, apesar da equivocidade de um pensamento perturbador que dá lugar a interpretações divergentes, a crítica nietzschiana extrapolou seu tempo.

4.3. A condição exangue do homem democrático de hoje

Leo Strauss, a quem a revolta filosófica move deliberadamente, embora sem arroubos, no contrafluxo das tendências do século XX, também fustigou "o espetáculo deprimente" da democracia sociopolítica. Não há por que se espantar. Leo Strauss, em Fribourg-en-Brisgau, teve como mestre Martin

---

146. Nietzsche, *Ecce homo* (1888), ed. Gonthier, 1971, p. 153.

Heidegger, que, naquela época, era assistente de Husserl; ora, em seus trabalhos dirigidos e em seus cursos, Heidegger afirmava a significação excepcionalmente profunda da obra de Nietzsche. Sendo Heidegger, portanto, como que a ponte que une Nietzsche a Strauss, não é indevido pensar que uma filiação intelectual aproxima seus respectivos juízos.

Leo Strauss jamais escondeu que era o contendor das tendências de sua época – viveu de 1899 a 1973 –, que, acentuadas, são também as dos últimos anos de nosso século. Sua crítica da modernidade é cáustica: tudo o que o racionalismo triunfante gera, tudo o que o indivíduo pretensamente emancipado venera, todos os direitos que ele reivindica, tudo o que a história repisa... é denunciado. Estas são as raízes de um mal que, como um câncer, consome a humanidade moderna: ela marcha para sua autodestruição. Nesse sentido, a crítica que Strauss faz da democracia começa pela crítica do racionalismo inaugurado pela fórmula cartesiana *mens sive ratio sive intellectus*. Sem lançar um anátema e sem manejar a ironia como uma arma, ele constata que essa atitude mental culmina no positivismo jurídico, que tece sobre o mundo dos homens (como o positivismo cientificista sobre o mundo das coisas), sem nenhuma referência metapositiva, uma rede de relações e de leis que costuma ser denominada de "direito político". O racionalismo positivista seria "a própria razão que não tolera nenhuma autoridade ao lado ou acima dela"[147]. As "três ondas da modernidade"[148] fizeram rolar o controle racionalista que se tornou sinônimo de antinaturalismo. Mas, mais significativa ainda sob a pena de Strauss, é "a análise crítica do pensamento de Max Weber"[149] – considerado "o mais importante representante do positivismo nas ciências sociais" – que lhe permite mostrar que essas glórias racionalistas foram na ver-

---

147. Leo Strauss, *Études de philosophie platonicienne*, tradução francesa, Belin, 1992, p. 49.
148. Leo Strauss, "Les trois vagues de la modernité" (1975), in *Cahiers philosophiques*, n. XX, setembro de 1984.
149. Leo Strauss, *Droit naturel et histoire*, tradução francesa, Flammarion, 1986, pp. 45 ss.

dade um fracasso de que a democracia fornece o exemplo paradigmático.

Na medida em que o conceito de democracia conota um regime político e em que, por suas transformações imanentes, passou progressivamente a designar um modo da vida social e até mesmo um estado de espírito, ele é o objeto dessas "ciências sociais" que Weber tantas vezes disse serem "eticamente neutras"[150]: não por negarem os valores, mas porque elas postulam, por uma referência implícita ao dualismo kantiano do ser e do dever-ser, uma irredutível alteridade dos fatos e dos valores. Ora, diz Strauss, o divórcio entre realidade e normatividade conduz inevitavelmente a um impasse, pois a ciência do normativo não é possível. Por conseguinte, é pura ilusão pensar que uma ciência axiologicamente neutra da democracia seja possível. No mundo "desencantado" em que hoje o homem se instalou, a razão só se exprime de acordo com as escolhas contingentes impostas pela "guerra dos deuses". Portanto, *falar da democracia é julgá-la*. O juízo de Leo Strauss é incisivo. Os pensamentos, as crenças e os valores que inspiraram as manhãs férteis da humanidade vêem-se dissolvidos na e pela expansão do fato democrático. A aventura historicista encontra-se na base desse veredicto. Aparentado ao positivismo, o historicismo que, depois de Hegel, pretendeu historicizar o universal, foi incapaz de extrair da história as normas objetivas que deveriam substituir os princípios transcendentes e eternos da filosofia política clássica. A partir daí, a democracia, no seio da história, viu-se, como ela, privada de significação objetiva. Não tinha outros critérios senão os subjetivos, outros fundamentos senão a livre escolha dos indivíduos. Atolando-se no subjetivismo, seus "esforços para dar uma morada ao homem neste mundo acabaram por exilá-lo dele"[151]. Assim como a história na perspectiva historicista parece "contada por um idiota", também a democracia envolve-se em tamanha falta de sentido que nela acabam sendo sufocadas as "questões fundamen-

---

150. *Ibid.*, p. 48.
151. *Ibid.*, p. 29.

tais" que, no entanto, concernem tão intimamente ao homem. Mesmo e sobretudo quando a democracia se gaba de promover os "direitos do homem" e exalta as liberdades, seu racionalismo individualista, jactando-se de coincidir com a autoconsciência, tem por horizonte o niilismo. Pelo fato de o homem de hoje viver na imanência rejeitando a transcendência dos valores, a democracia, no enfraquecimento generalizado da política, não pode ser uma ordem justa. O anti-humanismo é seu erro gigantesco.

A oposição de Strauss à democracia é tão radical quanto a de Nietzsche, mesmo se não está aureolada nem do lirismo nem do profetismo que o verbo de Zaratustra possui. Strauss pretende mostrar que a obsessão de controle que toma conta do homem moderno e que ele introduziu na construção das democracias acreditando, assim, ampliar seu sentido e seu alcance porque ele compreende perfeitamente, diz ele, aquilo de que é autor, é, na verdade, uma grande ilusão. Isso levará à morte da democracia; a humanidade perderá sua alma.

Acusaram Leo Strauss de ser mais repetitivo que demonstrativo e de ter desenvolvido um pensamento crítico cuja força provém apenas de sua ruptura com o naturalismo da filosofia antiga. Não são recriminações totalmente infundadas. Ainda assim, a meditação de Strauss sobre a política moderna sublinha vigorosamente a deficiência filosófica, a um só tempo ontológica e axiológica, dos ímpetos democráticos que, num prazo mais ou menos breve, serão um fracasso. Por isso, a fim de conjurar a decadência e o desmoronamento, Strauss propõe uma volta às fontes puras do naturalismo antigo... Tal terapêutica da doença democrática é provavelmente inaplicável; e o homem democrático dos tempos modernos evidentemente não deseja adentrar o caminho que o privaria das aquisições de sua história. No entanto, o antimodernismo de Strauss chama a atenção para o que há de enganoso e de negador no avanço democrático – como se o que tantos pensadores depois da Revolução Francesa consideraram como sendo a progressão da liberdade no mundo fosse, de fato, uma regressão da humanidade do homem.

Quando Hannah Arendt, por sua vez, se indagou sobre "a condição do homem moderno"[152], também ela se engajou na via de uma crítica dos desvios que conduzem a democracia a uma catástrofe política e metafísica. Os desvios da "democracia política" contribuíram, explica ela, para o surgimento dos totalitarismos do século XX, nos quais vê "o principal fato de nosso tempo". Como disse um comentador, ela "é uma filósofa que assumiu o risco de pensar as obscuridades do século"[153]. Entre essas zonas de sombra, examinou particularmente a dinâmica da democracia que, erguendo-se, em nome do indivíduo e do igualitarismo, contra os valores e a hierarquia das normas, acabou por fazê-la perder todo seu sentido. A meditação de H. Arendt traz a marca do pensamento de Heidegger, de quem foi aluna na Alemanha dos anos vinte. Ela evidentemente não podia esquecer um mestre como aquele (ainda que sua influência tivesse limites, pois não levou H. Arendt, como Heidegger, aos horizontes filosóficos da Antiguidade pré-socrática). Assim, encontramos em seus numerosos trabalhos a crítica do humanismo moderno que Heidegger não cessou de proferir ao longo de sua obra.

Na condição do homem do século XX, o feixe de indícios que convergem para o sistema totalitário e sua "terrificante originalidade" suscita, em Hannah Arendt, um arrepio de horror. Ela descreve esses indícios numa abordagem fenomenológica e considera que o mais forte deles é "a lei da igualdade" que constitui o elemento essencial da democracia. Contudo, ela não se limita, como fizeram Tocqueville e Laboulaye, a estabelecer uma comparação entre a revolução americana e a Revolução Francesa; diz claramente que prefere o mundo da liberdade que se instalou do outro lado do Atlântico ao reino da democracia igualitária que a França de 1789 gerou. Mas ela leva mais longe sua exploração da "condição moderna". Embora, como Tocqueville, leia no fenômeno democrático uma atomi-

---

152. Hannah Arendt, *La condition de l'homme moderne* (1958), tradução francesa, Calmann-Lévy, 2.ª edição, 1983.
153. Roger-Pol Droit, *Le Monde*, 28 de janeiro de 1991.

zação do social[154], vai mais longe em sua interpretação do que o autor de *Democracia na América*. A atomização do social provocada pelo pensamento individualista que subjaz à democracia não prova tão-somente a "fragilidade" das coisas humanas e "a incerteza" que ameaça o mundo dos homens, sobretudo na esfera política[155]. Ela é, por si, a destruição da sociedade: não só quebra todos os laços que compõem a comunidade humana, mas suprime "as classes e as diferenças" que estruturam as hierarquias sociais, abole as relações de comunicação e de intercompreensão. Em nossos tempos, só se fala de reduzir as desigualdades; mas quando todos os indivíduos se parecem uns aos outros, sentem-se como estrangeiros entre si. Cada qual se fecha em si mesmo e acredita bastar-se. A atomização da condição democrática dos homens engendra, pois, uma sociedade sem relevo, nivelada e, em razão de sua homogeneidade, paradoxalmente maciça – portanto, uma pseudo-sociedade na qual um homem é a réplica exata de um outro homem: ele está nu, sem personalidade, sem existência verdadeira. A paixão individualista que triunfa no igualitarismo democrático não acarreta apenas a desnaturação da condição social; é também a esclerose da política. A uniformização democrática na verdade erode a pluralidade humana que é o fato fundador da política[156]. "A política", escreve Arendt, "trata da comunidade e da reciprocidade entre seres *diferentes*"; a democracia, ao contrário, por repousar sobre a noção unanimista de "povo", apaga as diferenças, portanto as complementaridades e as reciprocidades. A democracia é a era das massas em que todas as fronteiras são abolidas. Essa massificação é uma condição sem liberdade, que se instala num "espaço de aparências" inexpressivo e chato em que as identidades singulares são asfixiadas num agregado proteiforme. Nesse universo, tudo acaba se misturando e se confundindo e mais ninguém tem personalidade.

---

154. Hannah Arendt, *Le système totalitaire*, pp. 40 ss.
155. Hannah Arendt, *La condition de l'homme moderne*, p. 260.
156. Hannah Arendt, *Qu'est-ce que la politique?* (1993), tradução francesa, Le Seuil, 1995, p. 31.

A banalização acompanha a massificação. Ela se espalha e, simultaneamente, a ação criativa e inovadora enfraquece e acaba desaparecendo. Os homens democráticos não agem; eles "são agidos". A partir daí, a multidão, vítima do que hoje chamaríamos de uma "clonagem", fica saturada de sua massa repetitiva. Por sua simples presença e pelo que Claude Lefort chama de "a representação da não-divisão", mina os quadros institucionais do Estado, embaralha as relações entre o público e o privado, destrói a autoridade do Poder (pois não há autoridade sem ordem hierárquica): avista-se a morte da política.

Essa tese percorre toda a obra de Hannah Arendt. Já estava presente, de maneira perfeitamente clara, na obra que ela dedicou em 1951 às "origens do totalitarismo"[157]. O nazismo e o stalinismo, explica ela naquela época, não se originaram "de uma nova idéia" da política; nasceram, em grande parte, dos vícios imanentes à democracia e expuseram à luz do dia os miasmas do desmantelamento político de que esses vícios estão prenhes. É verdade que, no advento desses regimes, não se deve negligenciar o peso do "anti-semitismo" e do "imperialismo europeu" (pangermanismo e colonialismo) que marcaram o século XIX com sua tendência racista e com a inflação gestionária e burocrática. As políticas de Stálin e de Hitler[158], que seria intelectualmente imprudente aproximar das categorias tradicionais da tirania ou do despotismo, inauguraram um tipo específico de regime em que a dominação, em vez de provir do "princípio de autoridade", é, "em essência, diametralmente oposta"[159] às exigências que ele contém. Pelo fato de a democracia, em sua massividade, estar composta "de pessoas neutras e politicamente indiferentes"[160], ela fica inerte e prestes a

---

157. Cf., em particular, o terceiro ensaio de *Origines du totalitarisme*, traduzido com o título de *Le système totalitaire*.
158. Curiosamente, Hannah Arendt não aplica o conceito de "totalitarismo" ao regime de Lênin, pois este, diz ela, ainda foi um "autêntico homem de Estado"; tampouco o aplica ao que ela chama, num estranho eufemismo, de o "despotismo esclarecido" de Krouchev; ela exclui o fascismo de Mussolini do quadro totalitário pelo fato de que ele reconhecia as estruturas estatais da política.
159. H. Arendt, *Le système totalitaire*, p. 134.
160. *Ibid.*, p. 32.

submeter-se, sem dizer palavra, ao jugo de um poder que a doutrina e molda. É escorregadio o declive que vai do igualitarismo ao totalitarismo quando a mistura sabiamente dosada das instâncias paralelas às estruturas do Estado – como o Partido, a polícia, a burocracia – faz desaparecer tudo o que ainda poderia conservar alguma singularidade. Por meio do doutrinamento e da violência, essas instâncias paralelas servem à ideologia vigente, ou seja, "à lógica de uma idéia". A autocracia desse aparelho de dominação tende à mobilização das massas e, para ter sucesso em sua empreitada, não hesita em instaurar o *terror*, que Arendt considera a "essência do totalitarismo". A polícia e o Partido não toleram nenhum antagonismo; para obter a homogeneidade passiva da massa, precisam eliminar qualquer forma e até qualquer suspeita de alteridade. Por sua natureza, o totalitarismo – é isso o que o distingue da tirania, do despotismo ou da ditadura – implica o esmagamento "total" do homem, a ponto de, secretando o terror, vir a considerar cada um como um adversário, real ou virtual, do regime. O sistema concentracionista situa-se no final desse processo que rejeita os opositores, reais ou imaginados, assim como aqueles que são decretados "inimigos objetivos". As práticas de purificação e de extermínio são, pois, o correlato da dominação totalitária. Com isso, não se deve entender que, segundo Hannah Arendt, todo regime democrático é por essência terrorista, mas que a democracia realiza, tanto em sua existência como em sua mentalidade, as condições de "desolação"[161] nas quais a engrenagem cínica do sistema concentracionista destinado a esmagar as vidas e a aniquilar os espíritos existe em germe. O avanço democrático do mundo contemporâneo é a marcha da desgraça.

Embora seja inegável que o intuito de Hannah Arendt seja antes erguer-se contra as figuras mortíferas dos totalitarismos nacional-socialista e stalinista do que se deter numa crítica metódica da democracia, insiste com vigor no perigo de erosão do sentido do humano e no risco de erradicação do sentido da po-

---

161. *Ibid.*, p. 226.

lítica que se ocultam na progressão do fato democrático. A hipertrofia dos fatores econômicos, a apatia das massas, a cegueira das multidões, a desagregação das estruturas sociais, o triunfo da lei igualitária consagrada pelas declarações solenes dos direitos do homem, o enfraquecimento da vontade geral dos Estados-nações, a homogeneização imposta pela racionalidade burocrática... introduzem nas democracias forças de morte que não só desprezam e humilham as almas, mas chegam a secretar, nos campos da morte, o mal absoluto.

As monumentais obras que, nos anos sessenta, Ernst Nolte dedicou aos fascismos[162] inspiram-se filosoficamente na crítica do humanismo formulada por Heidegger. Mas, para o historiador de Marburg que ele era então, "a precária 'vitória da democracia' [era] a via aberta para o fascismo"[163]. Mais precisamente, o "sistema liberal" e, mais ainda, "o sistema europeu dos partidos"[164] constituíram sua condição prévia.

Na via aberta por Hannah Arendt, Claude Lefort mostrou, em uma análise matizada, como, por sua auto-suficiência e sua vontade de homogeneização das massas, os totalitarismos situam-se, numa relação complexa, "no reverso da democracia". Digamos que eles revelam tragicamente à luz do dia o que é o desvio da democracia quando ela cede à sua lógica imanente de unidade homogênea da sociedade humana. Por seu lado, Raymond Aron tem razão ao atribuir ao conceito de totalitarismo tal como apresentado na obra de Hannah Arendt apenas um "valor descritivo e não teórico". Além disso, é incontestável que a reflexão conduzida por H. Arendt trabalha com "extremos", o que muitas vezes lhe foi censurado e que, sem dúvida nenhuma, corre o risco de infletir ou até falsificar a realidade histórica. Contudo, não se pode permanecer insensível ao grito de alerta lançado pela obra de Hannah Arendt quando ela

---

162. Ernst Nolte, *Der Fascismus in seine Epoque. Die Action française. Der italienische Faschismus. Der Nationalsozialismus* (1963), tradução francesa, Julliard, 1970; *Die faschistischen Bewegungen* (1966), tradução francesa, *Les mouvements fascistes. L'Europe de 1919 à 1945*, Calmann-Lévy, 1969, 1991.

163. E. Nolte, *Les mouvements fascistes, op. cit.*, p. 11.

164. *Ibid.*, p. 102.

mostra como a amplificação democrática do século XX pode, caso ceda às vertigens de uma ideocracia monopolista, ser perigosa. As vertigens do vazio encontram-se no final do desenvolvimento democrático, e não é um paradoxo menor que ela se efetue em nome da liberdade.

*

As metáforas de Nietzsche, o requisitório de Leo Strauss e as hipérboles de Hannah Arendt, apesar da diferença de estilos, têm um denominador comum: a denúncia do "fato democrático" que, seja através de suas distorções e desvios, seja em razão do potencial de negação que ele envolve em sua própria inflação, corre o risco de ser mortífero. Como já dissera Platão, no progresso democrático existem sempre virtualidades antidemocráticas. Isso significa que o selo do negativo está profundamente impresso no fenômeno de democratização que se desenvolveu no século XX e continua a se expandir ainda hoje. Ele enche o mundo atual de sombras espessas, carregadas dos fermentos de hostilidade à liberdade que elas contêm.

A questão é saber se os dilemas contidos nas incertezas e nos riscos mortais que as democracias escondem tiram dos homens de nosso tempo toda esperança numa liberdade verdadeira. Em outras palavras, na condição humana presente, será ainda possível encontrar com que superar os riscos aporéticos, cujas virtualidades maléficas a genealogia filosófica da democracia revela?

Capítulo 2
A democracia diante de seus dilemas e de suas aporias

Desde seu despertar na luz auroreal da Antiguidade grega, a idéia democrática chocou-se sem cessar não só com contradições sociais e históricas, mas com uma lógica interna dilacerada por sua ambivalência. Os esforços seculares da filosofia política não foram suficientes para elucidá-la e, ainda hoje, seu conceito continua carregado de trevas temíveis na medida em que nelas se escondem perigos mortais para a humanidade. É certo que todos concordam geralmente sobre os desafios globais da democracia e especialmente sobre um ponto: uma democracia sem uma igual liberdade para todos seria um fenômeno contraditório. Mas a genealogia filosófica da democracia e o exame das ameaças que, de fora ou de dentro, sempre e cada vez mais a acompanham no mundo contemporâneo mostraram que não se pode simplesmente identificá-la à conquista da liberdade e que a igualdade que ela reivindica é ilusória. O problema é muito antigo porém é sempre lancinante, pois revela a essencial e eterna fragilidade da política. Se hoje ele é tão atual é porque, em nossa época, os deuses se calaram e o homem, num imenso orgulho, quer, num mundo que se gosta de qualificar de "desencantado", ter o controle de todas as coisas. A rejeição de uma política teocrática veio, pois, acompanhada dos complexos ímpetos de um humanismo político no qual se exprimem tanto as potências e glórias do homem como suas fraquezas e dissabores. Portanto, é preciso convir que, por um lado, a democracia não pode ser reduzida a um esquema simples e unitário; por outro lado, marcada pela essencial ambigüidade da natureza humana, ela mesma fabrica, em meio às suas conquistas, as armadilhas nas quais se enreda.

Quanto ao primeiro ponto, não é difícil concordar: no mundo político caracterizado pela pluralidade humana, a certeza unitária da democracia revela-se tão pouco possível que se multiplicam os adjetivos para tentar identificá-la melhor. Num exercício intelectual sem fim, fala-se de democracia liberal ou popular, governada ou governante, direta, eletiva, parlamentar, representativa... ao que se acrescenta, segundo a fraseologia da moda, que a democracia pode ser ou deve ser! – plural, cidadã, televisiva, midiática, e até "intelectual"[1]!... como se não fosse possível esgotar a intenção de sua fundação. Notemos, de passagem, que a noção de "cidadania", que surgiu no mundo grego junto com a idéia de democracia, envisca-se hoje na mesma logomaquia: fala-se, numa inflação da linguagem que às vezes beira o sem-sentido, de cidadania na empresa, de cidadania na escola, de jornadas da cidadania, e até de "nova cidadania"... Como, ademais, esses diversos caminhos, verbais e caóticos, se encontram, nas "encruzilhadas do labirinto"[2], de maneira eminentemente problemática, todos também concordam sobre sua falta de unidade já que no seu trajeto não se encontra nem ponto de referência nem critério estabilizador.

É aí que o segundo ponto ganha toda sua importância. As incertezas e as vertigens da democracia decorrem da precariedade multiforme de toda a obra política dos homens. Digamos, de maneira mais precisa, que elas exprimem os dilemas que habitam o humanismo político e que nenhuma dialética conseguiu até agora desfazer. Esses dilemas, que se tornam aporias, não são, de maneira abstrata, o reflexo das conotações polêmicas dos conceitos políticos; são concretamente comparáveis a armadilhas em que a coerência lógica do pensamento e da ação

---

1. Cf. Judith Schlanger, in H. Meschonnic (ed.), *La philosophie hors de soi*, Presses de l'Université de Vincennes, 1995.
2. Cornelius Castoriadis, *Les carrefours du labyrinthe*, II, Le Seuil, 1986.

se refrata e corre o risco de se romper. Em outras palavras, o trabalho dos conceitos acaba implodindo as instituições inventadas pela democracia ao longo de sua grande aventura, e, em conseqüência, o laxismo do modo de vida democrático de hoje não corresponde à retidão de suas intenções pioneiras. Esse afastamento é fonte de crise de modo tal que, embora o poder democrático tenha alguma possibilidade de ser respeitado, corre sempre o risco de uma falência que, no espaço político, é geradora de preocupação e, às vezes, de desespero.

O esforço do filósofo deve então consistir em compreender o sentido da fenda cada vez mais ampla e inquietante que, para além da facticidade puramente empírica e mais aquém da norma pura do inteligível, se abre nas democracias contemporâneas. Depois de ter examinado alguns dos dilemas mais marcantes que hoje abalam a democracia política, indagaremos se a busca febril de um "novo paradigma", realizada por alguns autores no final do século XX, pode arrancar a democracia do ramerrão da ambigüidade e da suspeita.

1. A ruptura da democracia política

Quando, em nossa época, o jurista se pergunta sobre as formas institucionais da democracia, ele pode responder de maneira precisa. Os critérios jurídicos de um regime democrático são numerosos e aparentemente claros. No entanto, não estão destituídos de problematicidade.

O regime da democracia política repousa hoje sobre uma organização constitucional na qual as autoridades e as instâncias políticas estão, elas mesmas, submetidas ao direito: dessa concepção da democracia, *o estado de direito* é a forma jurídica acabada. Apoiando-se na idéia da soberania do povo e, correlativamente – já que a democracia direta é impossível no mundo moderno –, no axioma da representação que faz com que os governantes falem em nome dos cidadãos, o estado democrático apóia-se no sufrágio universal, subentendendo-se que o princípio majoritário é a regra da representação parlamentar. A representação, que pressupõe a concordância entre os atos dos representantes e a opinião dos representados, é portanto produtora da legitimidade dos governantes; nela, fala a "vontade geral", de que a lei é a expressão. O regime democrático implica também a existência de órgãos políticos distintos, cujas funções específicas consistem em elaborar as leis, fazer executá-las, controlar sua constitucionalidade e a legalidade das decisões que emanam das diversas autoridades estatais, punir a falta de observância das regras de direito. O respeito pela hierarquia das normas jurídicas encontra-se, pois, no princípio da ordem pública na medida em que se supõe que esses órgãos governamentais agem em nome de todos os cidadãos e em uníssono com os interesses deles[3].

Considerado em termos filosóficos, esse esquema jurídico organizador da democracia repousa sobre três pressupostos: o assentimento que o povo dá ao poder, a igual liberdade de todos os cidadãos e a garantia da legalidade pela organização constitucional dos poderes. Assim instituída, a democracia encontra sua inspiração na reivindicação política do liberalismo: é preciso proteger as liberdades individuais contra toda forma de arbitrariedade estatal. Recorre portanto aos instrumentos da técnica jurídica que, apresentados como o antídoto do Estado autoritário em seu repúdio liberal do absolutismo, são capazes de salvaguardar as liberdades. Citemos, por exemplo, em diferentes planos: a divisão dos poderes, a independência dos tribunais, a legalidade das práticas administrativas, a proteção jurídica dos direitos fundamentais... Na simbólica democrática, o vetor mais poderoso é a exigência da igual liberdade de cidadãos que são também homens. Na "Cidade das consciências autônomas", a democracia é "o governo da liberdade"[4]. Esta é, com certeza, a definição ideal e pura das democracias modernas que, com razão, podem ser qualificadas de democracias liberais.

Mas, na realidade política, as coisas são menos claras e mais complexas. Com isso não queremos dizer que elas, às ve-

---

3. Max Weber, *Le savant et le politique*, pp. 114 ss.
4. Michel Debré, *Revue du droit public*, 1949, pp. 21 ss.

zes, manifestam a contingência e a labilidade da experiência vivida: este fenômeno, quando se produz, é por sorte excepcional e decorre antes da filosofia da história que da filosofia do direito político. Pensamos, mais precisamente, que a democracia na qual vivemos obedece a um aparelho jurídico-político infinitamente mais flexível (ou, se preferirem, menos rigoroso) que o arcabouço institucional da democracia idealmente liberal. Ora, a flexibilização da democracia, com os graves dilemas que engendra, a expõe a um laxismo que prepara e, até mesmo, provoca sua degradação. Três questões, centrais nos debates filosófico-políticos contemporâneos, põem em evidência essa "transformação" inquietante da democracia: a questão da *legitimidade do poder*, o problema dos *direitos do homem* e *a relação entre as esferas do "público" e do "privado"*. Afora a constatação de desagregação, que se impõe a qualquer olhar objetivo, a reflexão filosófica encaminha-se, quanto ao futuro da democracia, para um juízo pessimista.

1.1. A questão da legitimidade do Poder

A questão da legitimidade do Poder evidentemente não surge nos debates contemporâneos como uma questão inédita. No entanto, ela ganha um novo sentido, que manifesta a evolução radical de sua problemática.

Desde a aurora da política, todos concordam em reconhecer no Poder algo que se encontra além do próprio Poder e que o fundamenta ao mesmo tempo em que o justifica. Na história do Ocidente, a idéia da legitimidade do Poder enraizava-se outrora num modelo teológico segundo o qual a prerrogativa da autoridade política provinha de um mandato divino; depois, quando o pensamento moderno afirmou a secularização da soberania, a legitimidade do Poder passou a implicar a referência à razão enquanto especificidade da natureza humana. Embora essa interpretação tenha sido criticada pelas teorias românticas e pelo historicismo por seu caráter especulativo e dogmático, dá conta da mutação que o pensamento efetua ao se afastar dos horizontes teológico-políticos da Idade Média: a antropologização – ou, segundo a expressão de Weber tantas vezes repetida, o "desencantamento" – do Poder significa que ele tem de buscar sua justificação num critério laico e racional.

Contudo, a célebre trilogia dos modelos de legitimidade estabelecida por Max Weber[5] não se situa nem no contexto evolutivo da história política nem no âmbito de uma filosofia especulativa: ela é descritiva. Os três "tipos ideais" da legitimidade que Weber distingue são: a legitimidade carismática, ligada ao caráter prestigioso e sagrado ou às qualidades exemplares de uma pessoa; a legitimidade tradicional, baseada na santidade dos usos e costumes nos quais se manifesta a autoridade do "eterno ontem"; a legitimidade racional, enfim, na qual o "portador do Poder" é legitimado pelas regras que definem as competências dos órgãos do Estado. No entanto, em essência, as "três razões internas" que justificam a dominação correspondem aos três modelos que a filosofia política elaborou ao longo dos séculos, subentendendo-se que, na história, essas formas acabaram interferindo umas nas outras. Na verdade, o importante está em outra parte. O método de Weber visa, para além das diversas combinações dos tipos ideais da legitimidade, compreender as significações diferenciadas de seus esquemas. Ora, essas significações são evidentes.

A legitimidade carismática afirma-se principalmente, segundo Weber, em períodos de mutação, de revolução até; por isso não pode durar muito tempo. Em contrapartida, a legitimidade tradicional e a legitimidade racional condicionam a estabilidade dos regimes, embora isso se dê por caminhos diferentes que são, por um lado, a contribuição da experiência e, por outro, a regulação jurídica. A legitimidade democrática poderia ter tomado uma ou outra destas duas últimas vias. No entanto, desde o século XVIII, a vida política, fortemente intelectua-

---

5. Max Weber, *Wirtschaft und Gesellschaft* (publicado em 1922, dois anos após a morte do autor), traduzido para o francês sob o título de *Économie et société*, Plon, 1971, p. 222; *Le savant et le politique*, p. 101. Cf. Philippe Raynaud, *Max Weber et les dilemmes de la raison moderne*, PUF, 1987.

lizada, deu um caráter jurídico à própria idéia de democracia. Assistimos à sua legalização: esta dá forma à vontade pública que ela molda e estrutura. Disso resulta que, assim como uma "lei injusta" seria logicamente uma contradição, também uma Constituição ilegítima ou uma legitimidade ilegal seriam fenômenos teratológicos. Tal é, segundo Weber, o sentido vinculado ao constitucionalismo liberal que abre a via para nossas democracias. A *legalidade* tornou-se assim o padrão da *legitimidade*. E, como o aparelho legislativo emana da vontade geral, o único fundamento da legitimidade democrática é a opinião do povo. Esta se inscreve no quadro racional e formal da regularidade jurídica[6], o que explica o inchaço do Poder com funcionários públicos, a especialização das tarefas, o aspecto processual das decisões políticas, a inflação administrativa e burocrática. Num prazo mais ou menos breve, quando o princípio da legitimidade racional, enraizada na opinião do povo, e a sistematicidade do aparelho jurídico chegarem a coincidir, a "democracia de massa", diz Weber, estará triunfalmente instalada.

Quando Weber designou "São Burocratius" como o auxiliar do poder democrático, ele sem dúvida teve uma visão profética que o século XX confirmou amplamente. No entanto, embora também tenha percebido que a relação da legitimidade com a legalidade não é, nos fatos, nem um pouco clara e unívoca – o que explica o caráter ambivalente e movediço da política –, apenas entreviu a problematicidade intrínseca da legitimação do Poder. Com efeito, a história moderna mostra que o fenômeno da revolução, que instala um governo fora dos procedimentos constitucionais, traz sempre em si a potência de uma restauração possível, o que põe em evidência a instabilidade, até mesmo a incerteza da relação entre legitimidade e legalidade. A equivocidade dessa relação é a fonte das crises de legitimação que, em nossa época, a quase totalidade das democracias vive de maneira endêmica.

---

6. Weber, *Le savant et le politique*, p. 114.

Admitindo-se que a força de uma legitimação depende da capacidade de fundação e de justificação que ela contém, ou seja, do tipo de razões que ela é capaz de produzir, constata-se que hoje se abre uma brecha entre o crédito que o Poder reclama e as justificações que dá das exigências impostas por ele aos cidadãos. Essa falha, que Paul Ricoeur chama de "brecha de legitimação", significa que o Poder que se diz democrático está habitado por uma crise fundamental, que nada mais é que uma crise de identidade: o povo soberano não se reconhece mais no aparelho do Estado que o governa.

Dizer que no fim do século XX surgiu em todos os domínios um fenômeno de crise é uma banalidade; a dúvida surge diante dos múltiplos comportamentos sociopolíticos das instâncias governamentais. Ela leva a desconfiar dos procedimentos racionais de legitimação teoricamente em funcionamento numa política democrática. Ao mesmo tempo, pesa uma suspeita sobre a existência de valores suficientemente compartilhados para que possa se estabelecer um consenso com base neles. Por conseguinte, a crise provém do fato de que, no sistema democrático estabelecido, os imperativos estruturais internos são abalados por outros imperativos, dificilmente conciliáveis com os primeiros. Não se trata de uma dificuldade de ordem lógica, mas de um mal-estar concreto e vivenciado, como demonstra a inflação contestatória cuja expressão mais corrente são as manifestações de rua. Pode até chegar a acontecer que, sob a pressão de certos grupos – políticos, sindicais, profissionais... –, os protestos desemboquem numa explosão violenta. Este não é um fenômeno de revolução, mesmo considerando as manipulações ideológicas que nunca deixam de aproveitar a ocasião para se exercerem; as manifestações de rua exprimem o descontentamento das massas populares e os desacordos da opinião pública. As instâncias do Poder, que os cidadãos acreditavam ter instalado democraticamente, estão, sob o peso da crítica, em via de perder sua identidade. A opinião não lhes confere mais o certificado de conformidade que a legitimidade deles exige.

Jürgen Habermas, que, a partir de 1973, analisou esse fenômeno de crise nas sociedades ocidentais "avançadas"[7], vê nessa situação "um problema de regulação"[8]. A opinião pública, abalada em suas crenças mais firmes, não dá mais sua adesão às regulações que o direito constitucional ou, mais amplamente, o direito positivo do Estado formaliza. Os indivíduos e os grupos não reconhecem mais suas aspirações e suas motivações nas instâncias que criaram e na legislação que, pensavam eles, deveria ser a expressão de sua vontade. Pelo fato de o sistema de regras estabelecidas lhes parecer degradado, exigem regras novas; é como se no povo – ou, mais precisamente, no espírito do povo e pela ação suscitada por uma revolta mais ou menos aguda – se produzisse um "deslocamento" da regulação.

Podem apresentar-se, então, duas situações: ou bem a opinião pública, num movimento de emancipação, recorre a um trabalho inventivo que, impulsionado por líderes e pelo efeito da propaganda, pode chegar até a uma revolução; ou então a opinião pública, num gesto de retraimento, vai buscar na tradição o que não encontra nas regras do momento e se refugia num conservantismo que adota a forma de reação ou de restauração. Uma terceira atitude é possível: o refúgio num torpor apático ou no sonambulismo. Esse comportamento, comprovado pela existência inegável das "maiorias silenciosas", é evidentemente uma renúncia política. Embora seja interessante do ponto de vista sociológico, não o é na perspectiva de uma reflexão de filosofia política. Seja como for, interpretar a crise de legitimação vivida pela maioria das democracias contemporâneas como o deslocamento da legitimidade de um aparelho de Estado para um outro aparelho de Estado é insuficiente. Na verdade, o bloqueio das instituições vigentes é mais significativo que o "deslocamento" dos fatores de legitimação, muitas

---

7. Jürgen Habermas, *Legitimationsprobleme im Spätkapitalismus*, 1973, traduzido para o inglês com o título de *Legitimation Crisis* (Londres, 1973) e para o francês com o título de *Raison et légitimité. Problèmes de légitimation dans le capitalisme avancé*, Payot, 1978.

8. *Ibid.*, versão francesa, p. 42.

vezes apresentado, aliás, como uma "superação" da situação presente. Ele indica que as estruturas normativas que as instituições representam não são mais congruentes com as necessidades e os ideais da sociedade civil – o que serve de pretexto para muitos autores insistirem sobre a diferença entre "Estado" e "sociedade civil".

É um fato comprovado nos dias atuais que as democracias ocidentais estão ameaçadas por uma crise de identidade do tipo que acabamos de evocar e que ela se deve à crise da legitimação racional. Nas sociedades "avançadas" que se declaram democráticas não existe mais consenso relativo aos ideais políticos, aos interesses sociais e aos valores éticos; no lugar do sistema de valores tradicionais, o jogo da competição se instalou nessas sociedades industrializadas ao máximo e, com esse jogo competitivo, se dá livre curso ao pluralismo, à irracionalidade, ao individualismo e até ao egoísmo. A obsessão com a produção e a eficácia econômica engendrou uma desintegração axiológica. A herança moral perdeu seu sentido. Como já pressentia dolorosamente Husserl em 1935, em sua célebre conferência do *Kulturbund* de Viena, os avatares da democracia intensificaram o pluralismo das idéias, das crenças, dos interesses e dos valores, acelerando, em seu incremento, o processo de decomposição do regime político e da sociedade civil. O mundo democrático começou a claudicar. Sua busca de uma legitimação renovada ameaça-o, desde o período entre as duas guerras mundiais, de pulverização. Embora seja verdade que uma força legitimante necessita, não de um consenso forçado – evidentemente antidemocrático –, mas da adesão livre da maioria dos cidadãos a regras comuns, pode-se avaliar o quanto o processo de legitimação é difícil e precário, pois a opinião pública que, sem cessar, recoloca em questão sua adesão às regras do Poder é, em sua labilidade, passionalmente exigente. É certo que "a democracia é a institucionalização do direito à crítica"[9]. Mas a questão da legitimidade democrática faz surgir,

---

9. Philippe Nemo, Introdução a Michaël Polanyi, *La logique de la liberté* (1951), tradução francesa, PUF, 1989, p. 8.

hoje mais que nunca, um dilema doloroso: abriu-se uma brecha entre o princípio que funda racionalmente a democracia na vontade geral legisladora do povo soberano e o processo de legitimação das instâncias de decisão por uma opinião pública tão versátil quanto ruidosa. O dilema que a distância entre esses dois modos de legitimação manifesta – o apelo à vontade geral do povo e a capitulação diante da opinião pública – tem um caráter agonístico. Isso indica claramente a gravidade da crise que corrói, até seu princípio fundador, as democracias contemporâneas.

Esse estado de crise, seja ela latente ou explosiva, intensifica-se quando se coloca a questão dos "direitos do homem" que, de maneira problemática e sempre ambígua, a evolução democrática colocou na raiz do Estado-Providência.

1.2. Os direitos do homem e o Estado-Providência

O problema de filosofia política que discute o reconhecimento dos direitos do homem revelou-se, desde o início, delicado porque se situa no contexto de um pensamento compósito. Embora os autores da *Declaração* de 1789, cansados da "sociedade de ordens" caracterizada pelos privilégios do Antigo Regime, portanto pelas desigualdades que provocavam, na monarquia francesa, as "infelicidades públicas" e a "corrupção dos governos"[10], se empenhassem em traçar as vias de um reformismo emancipador (não pretendiam derrubar a monarquia e não eram revolucionários), não podiam prever a evolução que, em dois séculos, o conceito de "direitos do homem" viria a conhecer nem como ele pesaria sobre as formas da política.

O enraizamento histórico dos direitos do homem consagra sua modernidade[11]. O reconhecimento deles mostra sem

---

10. Essas expressões encontram-se nas primeiras linhas da *Declaração* do 26 de agosto de 1789.
11. Segundo Michel Villey (*Le droit et les droits de l'homme*, PUF, 1989, p. 159, nota), a expressão "direitos do homem" pode ser encontrada pela primeira

sombra de dúvida que o homem está pronto, segundo expressão de Kant, para sair de seu "estado de minoridade" e alçar-se à consciência da capacidade normativa de que ele é portador. Em relação a isso, é correto dizer, numa fórmula que teve alguma repercussão, que "os direitos do homem não são uma política"[12]. No entanto, não se pode afirmar que seu reconhecimento não procede de uma política – que, ademais, sentiu a necessidade de lhes dar uma formulação jurídica e soube refiná-la de maneira exemplar. Esta, no entanto, era uma obra difícil porque o humanismo do século XVIII que inspira o ato de reconhecimento dos direitos do homem e do cidadão abebera-se em fontes múltiplas e heterogêneas: o *ego cogito* de Descartes, o direito natural de Grotius, o elementarismo mecanicista de Hobbes, o naturalismo ético de Locke, a monadologia de Leibniz, o logicismo hipotético-dedutivo de Wolff, a sensatez de Burlamaqui... Seria necessário um livro volumoso para estudar detalhadamente os argumentos que o humanismo político e jurídico toma dessas filosofias. Por mais que misture e amalgame filosofemas heteróclitos, o pensamento dos direitos do homem retém deles principalmente o parâmetro individualista. Isso, no entanto, não basta para que se conclua peremptoriamente, como há alguns anos vários comentadores do texto declarativo de 1789 fizeram, que, inspirando-se no humanismo racional e abstrato das Luzes, os redatores da *Declaração* pro-

---

vez, em latim (*jura hominum*), em *Historia diplomatica rerum Bataviarum* de Volmerus de 1537. Mas o sentido da idéia importa mais que a literalidade de uma fórmula. É claro que o mundo antigo, onde prevaleciam as normas da Cidade como "bela totalidade", não conhecia os direitos do homem e não concedia prerrogativas ou poderes ao "súdito". Em contrapartida, além da *Magna Carta* de João-sem-Terra em que se delineia, em 1215, a preocupação com o homem e com aquilo a que ele tem direito como homem, os tempos modernos produziram textos significativos – na Inglaterra, a *Petition of Rights* de 1628, o Ato de *Habeas Corpus* de 1679 e o *Bill of Rights* de 1689 e depois, na América, a *Declaração de independência* de 1776; na França, a *Declaração dos direitos do homem e do cidadão* de 26 de agosto de 1789, com seu caráter sintético, dá uma figura solene e oficial à idéia dos direitos.

12. Marcel Gauchet, "Les droits de l'homme ne son pas une politique", in *Le Débat*, julho-agosto de 1980.

clamaram que "direitos subjetivos" pertencem naturalmente ao indivíduo e situam-se de imediato sob o signo do universal. No momento em que se considerou que a vontade geral, que manifestava a soberania do povo, devia exprimir-se pela lei, foram os direitos "do homem e do cidadão" que os autores do texto de 1789 proclamaram. Atenuando a tonalidade ético-naturalista dos direitos por meio de um forte legicentrismo, foi a uma concepção *civilista* (no sentido em que se empregava essa palavra no século XVIII) dos direitos que, depois de longos trabalhos preparatórios, eles aderiram. Portanto, quando, mais preocupados com o direito político e com a legislação que com a ética, eles declaravam que "os homens nascem e permanecem livres e iguais em direitos" (art. 1) e que "o objetivo de toda associação política é a conservação dos direitos naturais e imprescritíveis do homem [sendo esses direitos] a liberdade, a propriedade, a segurança e a resistência à opressão" (art. 2), não estavam pensando em exprimir os ímpetos de uma ideologia igualitarista fundada no individualismo. Os constituintes que, sem se pretenderem democratas, buscavam a maneira de impedir os abusos da monarquia francesa cujo absolutismo se tornara inaceitável, queriam, na França futura que tinham a consciência de estar preparando, promover antes de mais nada os direitos dos *cidadãos* franceses[13]. Mesmo que o texto declarativo de 1789 não tenha valor constitucional – o que não ocorre com as disposições sobre a garantia dos direitos incorporadas à Constituição de 1791 –, ele reconhece, junto com "os direitos naturais, inalienáveis e sagrados do homem" (preâmbulo da *Declaração*), os direitos que pertencem ao conteúdo político

---

13. É preciso em primeiro lugar prestar atenção – coisa que nem sempre fazem aqueles que pretendem comentar a *Declaração* – à literalidade de seu título; é também preciso observar que o artigo 3 concerne à soberania nacional, que o artigo 6 define o direito político de cada cidadão, que o direito à segurança é uma liberdade civil (isto é, do cidadão), que o artigo 16 sublinha a obrigação do poder constituinte de garantir os direitos. Como diz Raymond Aron, a *Declaração* de 1789 não se dissocia "nem da revolta burguesa contra o Antigo Regime [...] nem da filosofia particular e não universal que a inspira", "Pensée sociologique et droits de l'homme", in *Études politiques*, Gallimard, 1972, p. 232.

do povo-nação. O respeito que eles impõem é inseparável da lealdade dos cidadãos e dessa obrigação cívica que testemunha sua liberdade-responsabilidade.

Os chamados direitos do homem de "primeira geração" certamente não fazem parte de uma profissão de fé democrática deliberadamente proclamada. Exprimem, no entanto, na forma da lei civil, expressão da vontade geral, a liberdade inviolável que a dignidade de todo cidadão implica. Pressentindo a necessidade que logo surgiria de transpor as exigências éticas dos direitos naturais do homem para o registro constitucional, a *Declaração* abria caminho para a elaboração do quadro jurídico-político no qual viriam a se inscrever os "direitos do homem e do cidadão". Esses direitos, que Jean Rivero chamou de "direitos-liberdades", não designam a independência individual; eram, para todos os cidadãos, a possibilidade, juridicamente garantida, de fazer o que as leis permitiam.

A marcha da história modificou consideravelmente a extensão e a compreensão dos direitos do homem[14]. Por um lado, a Constituição de 1848, ao insistir em seus artigos 1 e 2 sobre o caráter democrático da República francesa, determinou como sendo suas "bases" o trabalho e a ordem pública, que colocou na mesma categoria da propriedade e da família. Os direitos ditos de "segunda geração" tinham adquirido uma conotação econômica e social expressamente mencionada pelos textos. Não é falso ver nessa transformação a influência da ideologia socializante que triunfava nesse período da história. Convém também observar que essa nova concepção dos direitos correspondia, tanto por sua expressão quantitativa como por sua forma qualitativa, ao avanço do "fato democrático" em sua ressonância político-social e existencial. Essa evolução foi diversamente interpretada. Os autores de obediência marxista opuseram as "liberdades reais" da segunda geração às "liberdades formais" da primeira geração na qual fustigaram a "mistificação liberal". Outros autores afirmaram que o pensamento libe-

---

14. Cf. Bernard Bourgeois, *Philosophie et droits de l'homme de Kant à Marx*, PUF, 1990.

ral de 1789 e o ideal socializante de 1848 tinham gerado dois tipos de direitos, "direitos-liberdades" que definiam a parte do homem que o Poder não deve governar, e "direitos-créditos" que correspondiam à dívida que o Estado deve saldar para com seus membros, individuais ou coletivos. A terminologia utilizada nesse sentido é pouco feliz[15] e deturpa o pensamento de Jean Rivero, que é seu autor: com efeito, um "direito" (no sentido jurídico do termo) implica, seja qual for seu objeto, e mesmo quando se trata de uma liberdade, individual ou coletiva, "a intervenção do poder para reconhecê-lo e regulamentá-lo"[16]. Como tal, um direito, na juridicidade de seu conceito, é sempre um direito de crédito. Mas um uso abusivo e desviante dessa noção fez a noção de "direito" corresponder à obrigação que o Estado tem de fornecer seguros e serviços aos que sob ele vivem: um direito é, em suma, como foi declarado, uma dívida do Estado para com eles. A partir daí, na sociedade de massa que a democracia se tornou, os indivíduos e os grupos não tardaram em multiplicar suas reivindicações em relação ao Estado. O direito se pluralizou em direitos. Assim nasceu a idéia do Estado-Providência ao qual se pede que proveja tudo.

A proliferação dos direitos, numa democracia que se tornou "providencial", foi vertiginosa. Os efeitos dessa deriva são funestos. Por um lado, já que cabe ao Estado-Providência responder à maioria das reivindicações individuais e coletivas, os princípios de autonomia das vontades e da responsabilidade dos sujeitos de direito, sobre os quais repousa a democracia, cor-

---

15. Do ponto de vista da teoria do direito, a dicotomia tantas vezes repetida entre "direitos-liberdades" e "direitos-créditos" é muito frágil, pois, já que todo "direito" só obtém seu ser jurídico das normas legislativas que o produzem – Rousseau dizia nesse sentido que todos os direitos "são fixados pela lei" (*Le contrat social*, II, VI) –, ele faz necessariamente do sujeito de direito o credor do Estado legislador. Do ponto de vista político, essa idéia, transportada para um contexto democrático, foi explorada com pouca probidade intelectual, tornando-se uma palavra de ordem, até mesmo um *slogan* ideológico. Ora, a ideologia política não se confunde com a ordem jurídica. As conseqüências dessa confusão (que não é inocente) são enormes.

16. Jean Rivero, *Libertés publiques*, tomo I, *Les droits de l'homme*, PUF, p. 23.

rem perigo. Correlativamente, o espaço político definido e desejado por sujeitos livres entra em diluição. Aliás, há uma estranha contradição em pregar o intervencionismo estatal em todos os domínios quando se defende, com a idéia democrática, o respeito à dignidade própria à pessoa humana: essa dignidade não se vê afetada quando se instala um regime de assistência que só se amplia e se generaliza? Por outro lado, a inflação quantitativa dos direitos provoca sua desvalorização qualitativa de modo tal que, numa democracia "providencial", se tudo é direito, mais nada é direito. Assim como Hegel denunciava a vertigem do nada que ameaça a absolutização da liberdade, também se deve denunciar o vazio que a superabundância dos direitos do homem cria. Ela falsifica totalmente o conceito da democracia, a ponto de engendrar sua delitescência. Sua desagregação é em primeiro lugar *jurídica*: o próprio conceito de direito se dissolve no movimento descontrolado de reivindicações sem fim, o que é contraditório com o princípio da democracia em que o poder do povo exige a constitucionalidade das decisões; "A organização dos direitos é por natureza restritiva dos direitos"[17] e isso na exata medida em que a coexistência impõe a compatibilidade das liberdades de ação e a reciprocidade do exercício e do uso dos direitos. Sua dissolução é, em seguida, *ontológica*, pois o fato de que o ser humano decline de sua responsabilidade pessoal em proveito de uma responsabilidade dita coletiva (ou nacional) engendra a irresponsabilidade. O que é fundamental no homem e que a democracia pretende proteger deixa de ser reconhecido como algo que vale a pena defender: é uma renúncia. Essa decomposição, enfim, é *axiológica*: a permissividade total que se encontra no horizonte de uma democracia laxista erigida em um Estado-Providência que instala a superprodução delirante dos direitos contém as sementes de uma passagem aos extremos na qual o descomedimento e o excesso trazem consigo forças gravitacionais aparentadas com uma torrente niilista.

---

17. Jacques Mourgeon, *Les droits de l'homme*, PUF, 1978, p. 68.

Portanto, no Estado democrático, a realização dos direitos do homem depara com uma dificuldade de ser. Foram precisos apenas dois séculos para que o conceito dos direitos do homem, pelos excessos e abusos da institucionalização criada para lhe dar caráter jurídico, se esvaziasse dos sonhos idealistas que, no afã da esperança democrática, fizeram parte de seu advento. É verdade que, ao longo da evolução do espírito democrático, os Estados modernos compreenderam que o valor dos direitos do homem decorre antes de sua eficácia que de sua idealidade e que o importante é transformar seu dever-ser num dever-fazer aplicado e obedecido. Mas o preço a pagar por essa transformação é pesado: o Estado-Providência transforma-se numa sociedade que provê seguridade e é regida pelo "direito da necessidade".

Portanto, quando o filósofo político indaga sobre a questão dos direitos do homem nas democracias contemporâneas, não pode manter na sombra o dilema com o qual elas se confrontam no que a isso se refere: o respeito pelos direitos do homem tal como hoje são interpretados orienta as democracias para o Estado-Providência, no qual a política se enche de problemas e corre o risco de se anular. Será preciso despolitizar o Estado para garantir o respeito dos direitos? A dificuldade do problema assim criado é ainda maior na medida em que a "terceira geração" dos direitos do homem oriundos da *Declaração Universal* de 1948 está menos preocupada com sua substância – eles continuam sendo ou individuais ou sociais – que com a abrangência planetária de seu *status*. Agora, a exigência de solidariedade é levada em consideração pelos Estados membros da comunidade internacional. As instituições internacionais que atualizam o texto declarativo de 1948 – citemos, por exemplo, a Convenção Européia dos Direitos do Homem, a Corte Européia dos Direitos do Homem, a Organização Internacional do Trabalho, a Organização Mundial da Saúde... – e que, amanhã, irão impor uma legislação supranacional em terrenos tão delicados como a bioética, a eutanásia, a inseminação artificial..., nada mais têm a ver com a idéia política de democracia. Originam-se num humanismo que, ganhando dimensão de universal, significa que o valor dos direitos do homem não está condicionado pelas concessões sem fim do Estado-Providência, mas se alimenta do sentido do dever que, em todos os cantos da Terra, se impõe a esse animal normativo que é o homem.

A dificuldade do mundo atual de articular entre si os aspectos propriamente jurídicos e a envergadura moral dos "direitos do homem" torna-se ainda maior pelas inúmeras interferências que se estabelecem entre a vida "pública" e a vida "privada". Essas interferências provocam um amálgama político, jurídico e ético tão grave que lembra uma doença. O mal, que se amplia a cada dia, corrói a democracia e inverte o progresso do fato democrático transformando-o numa regressão política.

1.3. As interferências entre a vida "pública" e a vida "privada"

O lugar da política é, por definição, o "domínio público" em que se exerce o "poder público". Ela se encontra situada sob o signo da "publicidade", cuja importância na vida política como um todo foi destacada por Kant: uma política secreta contraria a exigência essencial de publicidade da política. No fundamento das democracias afirma-se sobretudo a idéia segundo a qual a gestão dos assuntos públicos é da alçada do "público", ou seja, dos próprios cidadãos, não diretamente, como vimos, mas pela mediação eleitoral e a função representativa: disso decorre a responsabilidade dos eleitos para com seus eleitores. Isso não quer dizer que a vida pública se oponha à vida privada, mas que, na política, a primeira prevalece sobre a segunda.

No entanto, essas duas noções não são, por si, muito claras. Por um lado, a vida privada não encerra o indivíduo nele mesmo; por outro, a vida pública não se desenrola toda "em público". É por isso que, na era do pluralismo que é a das atuais democracias, a questão das relações entre o que é público e o que é privado é delicada. Às vezes fica difícil traçar a linha divisória quando se trata, por exemplo, de uma personalidade política, de um alto funcionário, de uma princesa, de um artista famoso. Contudo, todo indivíduo possui "uma esfera secreta de vida" que corresponde à sua liberdade interior, à sua intimidade: ela lhe pertence, ela é pessoal e não deve ser violada. Quanto à vida pública, ela adota teoricamente o aspecto daquilo que, dizendo respeito a todos os cidadãos da República, se expõe à vista e ao conhecimento de todos, no quadro da legislação em vigor e sem que a vida privada dos agentes tenha de intervir. Mas, nas ações ou decisões que a manifestam e mesmo nas intenções que a animam, ela tem às vezes zonas secretas nas quais o olhar do "público" não pode penetrar. O caráter indeciso dos limites entre as categorias do "privado" e do "público" nunca mudou: os exemplos de Cleópatra ou de Sócrates ilustram-no bem. Mas, hoje, a evolução das democracias dá lugar tanto à intrusão das decisões públicas na esfera privada quanto à irrupção da vida privada nos assuntos públicos.

Tomemos alguns exemplos antes de interrogar a teoria. Admitir que a exigência de liberdade é um dos princípios fundadores da democracia é admitir *ipso facto* que o humanismo liberal é sua ponta-de-lança. Nessa perspectiva, a intimidade do indivíduo deve ser protegida e tudo o que ameace sua vida privada é condenável. Ora, à medida que a democracia progride, uma regulamentação cada vez mais severa pesa sobre a vida própria dos indivíduos; por exemplo, no direito da família, a separação dos esposos é objeto de uma gestão pública; as liberdades fundamentalmente enraizadas na pessoa humana, como a liberdade de expressão ou o direito ao respeito, estão todas regulamentadas. A dimensão pessoal que caracteriza a identidade de cada um está subsumida por regras gerais como se a afirmação estritamente individualista e privada do ser humano não fosse compatível com o avanço legalista da democracia. Uma vez que a valorização da esfera privada é denunciada como instauradora de um pólo de negatividade na vida política[18], pois dissolveria o laço social, fissuraria a esfera pú-

---

18. Cf. Richard Sennett, *The Fall of Public Man* (1974), tradução francesa, *Les tyrannies de l'intimité*, Le Seuil, 1979.

blica e seria danosa para a democracia, a legislação impõe suas regras num número cada vez maior e mais extenso de setores até então considerados privados, tais como a família, a educação ou a saúde. Fala-se até de "liberdades públicas", de "educação nacional", de "saúde pública"... Em contrapartida, a ingerência do privado nos assuntos públicos traduz-se pelo crescimento de uma certa imprensa que fornece a seus leitores informações confidenciais (verdadeiras ou não) sobre personalidades políticas, econômicas ou artísticas. As pessoas privadas são como que postas em cena, oferecidas em espetáculo à opinião de uma multidão que gosta de conhecer "a verdadeira vida" dos governantes, mas que é ao mesmo tempo ávida de imagens sensacionalistas, tanto mais apreciadas quanto mais escândalos envolvam. Os meios de comunicação desempenham nesse assunto um papel importante. Mede-se o nível de popularidade de tal ou qual homem político. Fazem-se às vezes escutas telefônicas... Sem chegar a tanto, a mania de "transparência" fez com que se pedisse aos candidatos à presidência da República a demonstração de seu patrimônio; essa quase patrimonialização da autoridade política é a irrupção do privado no público, o que, evidentemente, não constitui nenhuma garantia para a democracia. A confusão entre as esferas pública e privada na verdade é totalmente deletéria: é "o sinal da busca da popularidade pela emoção artificial e a exploração da irracionalidade"[19]. Em todo caso, esses exemplos parecem mostrar *a contrario* que, numa democracia, a separação das esferas da vida pública e da vida privada deveria ser um penhor de ética comum.

O problema é suficientemente grave para ter suscitado, desde os anos setenta, uma querela doutrinária que opõe "libertaristas" e "comunitaristas". Essa querela, originariamente anglo-saxã, tem hoje certa repercussão no pensamento europeu.

A *corrente libertarista* propõe-se a difundir e renovar o pensamento liberal clássico que, apoiando-se na filosofia de Locke, considera necessária a ausência de ingerência do públi-

---

19. Alain Duhamel, *La politique imaginaire*, Flammarion, 1995, p. 145.

co na esfera individual privada. Na filosofia anglo-americana, costuma ser entendida como uma apologia dos direitos do homem. Mais profundamente, é uma filosofia *ética* com incidências políticas que, colocando o problema das relações entre a liberdade e o Poder, resolve-o por uma defesa vigorosa da esfera privada e de sua autonomia ante os assaltos da autoridade pública. Embora a preocupação dos libertaristas seja antes de mais nada ética e axiológica, é no entanto em termos políticos que eles se opõem a qualquer tendência socializante[20] na qual vêem os germes do totalitarismo que o comunismo russo, segundo eles, levou ao extremo. Embora se limitem a condenar o estatismo legicentrista e só admitam, como Robert Nozick, um "Estado mínimo"[21], nem por isso são menos ferrenhamente hostis a toda regulamentação ou planificação, que consideram atentatórias à soberania do indivíduo. Chegam até a pregar a "desobediência civil" como meio de salvar "a individualidade das pessoas", a intimidade da vida privada e a radicalidade da liberdade[22]. Tirando do esquecimento o artigo que Henry David Thoreau dedicara, em 1849, à *civil disobedience*, reatam com a filosofia de Locke[23] e com a tradição jusnaturalista. Murray N. Rothbard e James Tully oferecem dois exemplos bem característicos dessa tendência[24]. Com estilos muito diferentes, apóiam-se na teoria da propriedade exposta por Locke[25] sublinhando que cada um, sendo proprietário de sua pessoa e das ações que

---

20. Os matizes políticos dos libertaristas chegaram até a se transformar em militantismo quando, durante a guerra do Vietnã, denunciaram violentamente o intervencionismo estatal na vida privada dos cidadãos americanos.
21. Robert Nozick, *Anarchie, État, Utopie*, tradução francesa, PUF, 1988. "Qualquer Estado mais extenso que o Estado mínimo violaria os direitos dos indivíduos", p. 405.
22. *Ibid.*, pp. 52-3.
23. Autores como Robert Nozick, Ronald Dworkin, Charles Larmore ou Joseph Raz referem-se explicitamente a Locke; na Europa, Maurice Cranston, Joël Feinberg e Will Kimlicka utilizam a mesma referência filosófica fundadora do liberalismo.
24. Cf. M. N. Rothbard, *For a New Liberty*, Nova York, 1978; *The Ethics of Liberty Highlands*, 1982; J. Tully, *A Discourse on Property: John Locke and his Adversaries*, Cambridge U.P., 1980, tradução francesa, PUF, 1992.
25. Locke, *Traité du gouvernement civil*, §§ 25 e 26.

realiza, também o é de seu trabalho e dos frutos que ele produz. Por isso, o solo ao qual o indivíduo misturou seu suor torna-se seu bem próprio. Eis, segundo M. N. Rothbard, o direito natural fundamental, absolutamente privado, inalterável e inviolável, que é, em todas as circunstâncias, oponível à febre intervencionista da regulamentação estabelecida pelos poderes públicos. Mais filosoficamente, James Tully, também partindo de Locke, mostra que, como o direito de propriedade e a liberdade estão inscritos na natureza humana universal, o fundamento ontológico da esfera privada impõe categoricamente a obrigação de respeitá-la[26]. De maneira geral, os libertaristas encontram na natureza o critério normativo universal que fundamenta a independência inalterável do domínio privado.

A *corrente comunitarista* não só envolve num ceticismo crítico a tese libertarista de uma "sociedade dos indivíduos"[27], como, em nome da justiça distributiva proposta pela democracia, desenvolve uma teoria institucionalista segundo a qual os poderes públicos do Estado estão encarregados, por um dispositivo regulador, de administrar tanto a esfera da vida privada dos indivíduos (pelo menos parcialmente) como os assuntos públicos. É por isso que eles defendem a idéia segundo a qual até os direitos fundamentais do indivíduo são de natureza puramente institucional; e eles preconizam, pelo efeito das decisões do "público", multiplicar e até remodelar o sujeito de direito. Na opinião deles, convém dar, de tudo o que é privado, uma justificação pública.

O embasamento filosófico de sua teoria nem sempre é muito claro, e o "naturalismo" que evocam pretendendo rejuvenescer Aristóteles na verdade esconde a antimodernidade deles. Por constatarem à sua volta a desagregação da comunidade provocada, nas democracias, pelo inchaço do individualismo, deploram que a inviolabilidade da vida privada condene os indi-

---

26. Encontramos uma argumentação similar em Ronald Dworkin, *What is equality?*, partes I e II, in *Philosophy and Public Affairs*, 1981; e em Will Kimlicka, *Liberalism, Community and Culture*, Oxford, 1989.
27. Norbert Elias, *La société des individus*, Fayard, 1991.

víduos a uma existência fragmentada em que todos são estrangeiros uns aos outros[28]. As políticas democráticas liberais são, segundo eles, responsáveis por essa decomposição social, cultural e moral porque são vítimas da hipocrisia com a qual invocam, de maneira puramente abstrata e especulativa, os valores universais da humanidade. De Locke a John Rawls, passando por J. Stuart Mill e Kant, diz por exemplo Michaël Sandel, o erro é o mesmo: no pensamento desses autores, a esfera privada está tão separada da esfera pública que todos buscam apenas seu próprio interesse, esquecendo assim do caráter comunitário da existência concreta cotidiana. A democracia liberal, que faz eco à filosofia individualista deles, de certa forma renega sua fundação num "corpo político", pois eles não vêem na sociedade nada a não ser um "agregado" de indivíduos e não sua "associação" numa comunidade que é um todo. Nas palavras de Michaël Sandel, quando, hoje, John Rawls reivindica sua filiação a Kant, desconsidera tanto quanto ele o papel e a importância da subjetividade numa democracia. Sua falta de "realismo" é patente, pois ele esquece que "a pluralidade das pessoas [é] um postulado antropológico filosófico" cuja realidade implica recusar o princípio da individualidade e de sua diferença. Cada indivíduo, segundo os comunitaristas, está sempre situado[29]; entra o tempo todo, "com os outros, em engajamentos cooperativos"[30] que, de qualquer maneira, exigem uma regulação de dimensão pública. Sua identidade não se resume à sua pessoa privada; ela traz necessariamente a marca do que é público[31].

A oposição entre libertaristas e comunitaristas repousa sobre o antagonismo de suas postulações filosóficas. Mas é sintomático avaliar o sentido da inflexão que John Rawls deu

---

28. Michaël Sandel, *Liberalism and the Limits of Justice*, Cambridge U.P., 1982.
29. *Ibid.*, p. 51.
30. *Ibid.*, p. 53.
31. Cf., por exemplo, P. Nonet e P. Selznick, *Law and Society in Transition: towards Responsive Law*, Nova York, 1978; cf. também a obra mais sutil de R. Unger, *Knowledge and Politics*, Nova York, 1975.

ao seu liberalismo ante a evolução dos comportamentos democráticos. Embora sua *Teoria da justiça* repouse sobre os princípios da "igual liberdade" e da "diferença dos indivíduos"[32], ele no entanto considera que as normas públicas, portanto políticas, têm prioridade sobre as normas privadas que são simplesmente éticas. Elas não se opõem entre si; nem mesmo estão separadas; mas as regras públicas, que exigem o justo público, misturam-se com as regras privadas que visam o bem pessoal e predominam sobre elas porque faz parte da vocação fundamental da justiça proteger pública e coletivamente os direitos dos indivíduos[33]. Parece, pois, que, segundo J. Rawls, a fragilidade das democracias liberais, que reside em sua referência individualista, deve ser corrigida graças à gestão, pelo menos parcial, do privado pelo público ou, pelo menos, pela intervenção da benevolência, da simpatia e da eqüidade que só encontram sentido na intersubjetividade. O pertencimento de todo indivíduo a uma comunidade exige a articulação do que é da ordem privada com o que é da alçada da ordem pública. Nessa perspectiva filosófica, John Rawls retoma a idéia kantiana de "um uso *público* de nossa razão", que desempenha um papel essencial no processo democrático bem compreendido. As dificuldades que o individualismo introduz nas democracias liberais ficariam dessa maneira resolvidas pelo apelo à mediação da razão pública e a "sua obra de reconciliação" entre privado e público, cujas naturezas próprias parecem conflituosas. No quadro constitucional, é também a razão pública que torna concebível a cidadania não formal, mas real, e que, portanto, torna possíveis meu engajamento político bem como o de qualquer outro, possibilitando assim a participação efetiva de todos na vida política. Em suma, pelo fato de a distinção entre privado e público não corresponder mais à realidade das democracias atuais, uma *social-democracia* substitui a democracia li-

---

32. John Rawls, *Théorie de la justice*, §§ 11-13 e 46. [Trad. bras. *Uma teoria da justiça*, São Paulo, Martins Fontes, 2.ª ed., 2002.]

33. John Rawls, *Justice et démocratie; libéralisme politique*; Respostas a Habermas em *Débat sur la justice politique*.

beral clássica: só existe liberalismo "deontológico" e na intersubjetividade, afirma Michaël Sandel. Vemos reaparecer, portanto, no "consenso por coincidência parcial"[34] manifestado pelas transformações da democracia, o sentido da *Sittlichkeit* hegeliana: as liberdades privadas que o liberalismo defende concordam sinteticamente, no respeito da pluralidade que caracteriza a democracia, com a cidadania que a razão pública exige; na "unidade social"[35] que o "consenso por coincidência parcial" sela, as normas públicas passam a reger o domínio privado.

Por mais brilhante que seja em John Rawls a demonstração que, em nome do "uso público da razão", leva-o a pregar a "reconciliação" do privado com o público, a social-democracia esboçada por ele não consegue eliminar nem os valores nem as exigências normativas da democracia liberal. Ela os integra, antes, numa vida política incumbida de garantir o bem comum e a justiça[36].

No entanto, as democracias do mundo contemporâneo nos fazem assistir a um outro espetáculo. O Estado-Providência prova que o que tornar público o privado custa caro não só porque as subvenções e seguros de todo tipo, ao se multiplicarem, engendram déficits financeiros, mas porque o aparelho jurídico necessário para enquadrar e administrar a esfera privada exige ajustes e adendos constantes que redundam numa proliferação de normas mais ou menos facilmente compatíveis entre si. Nos países em que se instalou o modelo da social-democracia, constata-se ademais que os tributos sociais são pesados, tão pesados que os indivíduos obtemperam a contragosto. Isso significa que as sobreposições entre público e privado (complicadas e embaralhadas por numerosas considerações de

---

34. John Rawls, "L'idée d'un consensus par recoupement", in *Revue de métaphysique et de morale*, 1988, n. 1, John Rawls, *Le politique*, pp. 3-32.

35. *Ibid.*, p. 13.

36. Em torno das teses de Rawls, a discussão filosófica anglo-saxã tem tonalidades diferentes: simples reserva em R. Nozick, é uma franca oposição em M. Sandel e torna-se uma rejeição categórica em A. MacIntyre. Sobre essa discussão, remetemos à exposição que fizemos dela em Michel Meyer, *La philosophie anglo-saxonne*, PUF, 1992, pp. 132 ss.

ordem econômica, como, por exemplo, a privatização de empresas nacionais, os monopólios de direito ou de fato) são, por um lado, movediças, isto é, instáveis e, por outro, não satisfazem nem à ordem pública nem aos interesses privados. Portanto, se, no final do século XX, alguma coisa aparece nitidamente é que na democracia o privado não se contrapõe ao público em nome do liberalismo, assim como tampouco o público se contrapõe ao privado em nome do socialismo. A situação da democracia é, nesse sentido, confusa, e as mutações vindouras serão ainda mais numerosas na medida em que a conjuntura dos acontecimentos sempre tem um coeficiente de imprevisibilidade; os prognósticos só podem ser hipotéticos. Disso não se deve deduzir que essas mutações devam ou ser recusadas *a priori* ou ser provocadas à força, mas que, em razão dos dilemas que, tanto nos fatos como na doutrina, insinuam a suspeita, a inquietude pesa sobre o futuro da democracia.

A crise de identidade com que depara hoje a legitimação da democracia, a emergência do Estado-Providência dispensador, em matéria de "direitos do homem", de bem-estar e de ação social, a substituição da democracia liberal pela social-democracia são, hoje, reveladores convergentes: o conceito da democracia não só não é um conceito claro, distinto e unitário – o que sua genealogia filosófica já permitia prever de longa data –, mas contém fermentos perturbadores e conflituosos que, produzindo tensões e crises, mostram a pulverização da democracia política. Os governos são permanentemente avaliados por uma opinião pública ávida por práticas insólitas como as sondagens, a estimativa das intenções de voto, a mensuração das taxas de popularidade... A política-espetáculo convive às vezes, com a ajuda da televisão e da imprensa, com uma política-mentira em que já não se sabe mais muito bem qual é a relação entre governados e governantes. Nessas condições, certos autores não hesitam em fustigar "a regressão democrática"[37], em decifrar nela uma recessão social e política que se manifesta pelo mal-estar e pela crise endêmica que pai-

---

37. A. G. Slama, *La régression démocratique*, Fayard, 1995.

ram sobre vários países ocidentais. Será que os paradigmas, clássicos ou "revisitados", de que a democracia se prevaleceu até agora perderam sua pertinência? Num momento em que se constata nas democracias a fluidez ou até a depauperação das instituições e a decadência dos costumes, a busca de um "novo paradigma" não será necessária para a refundação filosófica de seu conceito? O problema que assim se coloca é grave, pois diz respeito a uma das "questões fundamentais" que conformam a própria "base" da política. Com efeito, em nossa época, esta repugna a só reconhecer como válido um "pensamento único". Cientistas políticos, juristas e filósofos concordam em ver na pluralidade, que é, como tão bem disseram Hannah Arendt e Carl Schmitt, "a lei da Terra", o critério que nenhuma organização política aceitável ousaria desafiar. No entanto, embora exista a certeza de que um desafio ao pluralismo só poderia se dar na arena totalitária onde ele significa a morte do político, tem-se muito menos certeza, devido às ambigüidades que caracterizam a democracia pluralista e os dilemas com os quais está confrontada, da estrutura legal que é preciso edificar para ela e sobre quais bases convém fazê-lo. Por isso, um dos traços de nosso tempo é o de não mais pensar a política em termos de "regimes", mas antes em termos de "modelos de sociedade". O esquema classificatório dos regimes políticos – o de Aristóteles construído segundo a lógica do número ou aquele, mais sutil, de Montesquieu que apela ao "espírito geral das nações" – está hoje ultrapassado[38]. Ele deu lugar a "desclassificações" numerosas e diversas, por exemplo no economismo de Marx, na sociologia de Pareto, na ciência política de Robert Dahl[39]. A renovação do olhar sobre a política provocou a diluição da idéia clássica das "formas de governo" e, correlativamente, do conceito de "regime". Embora se fale mais do que nunca de democracia, a referência é sobretudo a uma maneira de viver da qual é difícil, como mostramos, dar uma definição clara e precisa, pois ela é compósita e fluida.

---

38. Sobre essa questão, cf. Philippe Bénéton, *Les régimes politiques*, PUF, 1996.
39. Cf. Robert Dahl, *L'analyse politique contemporaine*, Laffont, 1973.

Isso explica por que uma "teoria da democracia" é eminentemente problemática, embora seja obsedante.

No entanto os ensaios dedicados à democracia são numerosos – cada vez mais numerosos, aliás – no último meio século. Atribuem-lhe fundamentos filosóficos diversos, que ou bem traduzem versões quer moderadas (R. Aron) quer radicais (a corrente libertarista) do liberalismo, ou versões socializantes (M. Walzer, J. Rawls). Procurando ir mais longe que esses estudos que muitas vezes imprimem a suas análises tons polêmicos, a filosofia jurídico-política, partindo da constatação das aporias e da crise da democracia, procura dar-lhe uma fundação nova e mais pertinente. Mas, nessa empresa, parece atraída, como o mostram as duas obras que dominam o imbróglio democrático da segunda metade do século XX, por dois pólos antagônicos. Hans Kelsen e, mais perto de nós, Jürgen Habermas propõem dois "modelos" de renovação do paradigma democrático a fim de paliar a fragilidade sociopolítica das democracias. Os dois autores procuram na vida social o ponto de ancoragem mais profundo da idéia democrática. Mas sua busca é conduzida segundo métodos e estilos incomparáveis: por um lado, a concepção jurista de Hans Kelsen e, por outro, a teoria comunicacional de Jürgen Habermas. Interroguemos sucessivamente esses dois autores e os acompanhemos em seu esforço para "repensar a democracia".

2. O paradigma transcendental do juridismo democrático segundo Hans Kelsen

O nome do jurista austríaco Hans Kelsen está tão vinculado à sua celebre *Teoria pura do direito*, publicada em 1934, que suas reflexões mais políticas em geral e, em particular, sua obra sobre *A democracia*[40] são esquecidas. No entanto, em sua volumosa obra, o número de estudos políticos não é nada negli-

---

40. Hans Kelsen, *Vom Wesen und Wert der Demokratie* (Tübingen, segunda edição, 1929), tradução francesa de Charles Eisenmann (1932), *La démocratie. Sa nature. Sa valeur*, reeditado por Michel Troper, Economica, 1988.

genciável[41] – o que seu amigo R. A. Metall, que é também seu historiógrafo[42], explica destacando que a reflexão política de Kelsen é indissociável das penosas experiências que ele viveu, primeiro na Áustria em 1928-1929[43], e depois na Alemanha em que, com a ascensão do nacional-socialismo, sofreu humilhações e ofensas na Universidade de Colônia e, destituído de sua cátedra, teve de tomar o caminho do exílio. Sua crítica das ideologias, sejam elas conservadoras ou revolucionárias, é feroz: situadas à margem do conhecimento e da preocupação com a verdade em razão de seus projetos militantes, elas são ao mesmo tempo uma ilusão e uma mentira perpétuas. A mistificação ideológica instala na política o mal dogmático. Para erradicar esse mal, Kelsen, tomado pela profundidade filosófica do pensamento de Kant no qual foi iniciado pelos neokantianos da escola de Marburg, particularmente por Cohen e Natorp, "elucida seu método com um espírito crítico"[44]. Esse projeto metodológico, cujo objetivo é fundamentar a legitimidade normativa da política, leva-o a rejeitar os pressupostos doutrinários, tanto liberais como socialistas, e a investigar a natureza e o valor da democracia. Kelsen refletia sobre esse problema, que ele coloca no centro da interrogação política, justamente no momento em que seus cargos jurídicos em Viena faziam dele um filósofo engajado. Em 1920, publicou em *Archiv für So-*

---

41. Citemos, por exemplo, ao longo de sua carreira, o estudo dedicado a Dante em 1905, a análise da soberania, que data de 1920, as reflexões sobre o marxismo de 1923, sobre o parlamentarismo em 1925 e, precisamente, sobre a essência da democracia em 1929. Embora, depois de 1934, Kelsen tenha retomado em várias ocasiões as questões do Estado, da justiça, do comunismo, da ideologia, da república platônica..., pouco renovou, em termos de conteúdo, suas teorias de juventude. Empenha-se com constância em demonstrar que a política só realiza a verdade de seu conceito mediada pelo direito.
42. R. A. Metall, *Hans Kelsen, Leben und Werk*, Viena, 1969.
43. Membro vitalício da Corte Constitucional desde 1920, co-redator da Constituição austríaca, foi banido em 1929 da Alta Assembléia depois do sórdido caso das ditas "dispensas matrimoniais" durante o qual se enfrentaram com agressividade os social-democratas e os cristãos sociais. Kelsen, partidário da laicidade do Estado, foi alvo de violentos ataques políticos e religiosos. Teve de abandonar a Áustria e aceitar uma cadeira de direito na Universidade de Colônia.
44. H. Kelsen, *Théorie pure du droit*, tradução francesa, Sirey, p. 147.

zialwissenschaft und Sozialpolitik um primeiro texto dedicado à democracia; reelaborou profundamente esse texto entre 1920 e 1929 e, nesta data, sob o título *Vom Wesen und Wert der Demokratie*, fez uma exposição definitiva de suas idéias. Assim como Rousseau ou Kant, Kelsen não discute fatos. As provações por que passou lhe ensinaram que o ponto de articulação da política com o direito é um temível cabo das Tormentas. Sem ocultar sua intenção de "participar do combate dos democratas da Áustria contra os comunistas e também contra os partidários da ditadura fascista"[45] – esse engajamento é totalmente coerente com sua crítica das ideologias[46] –, aplicou-se a escrutar esse cabo nevrálgico com um olhar crítico profundo. Num primeiro nível da reflexão, Kelsen, que desde aquela época já avaliava a importância das sobreposições entre direito e política e percebia por meio delas a gravidade da vida política tanto nos Estados como na cena internacional, fez das exigências da idéia de democracia a base a partir da qual deve ser estudado (e a partir da qual, em suas obras posteriores, ele estudará) o esquema organizacional do Estado. A lógica de seu método leva-o a um segundo nível de análise, que lhe permite pôr em evidência as duas únicas figuras ideais típicas da política: a democracia e a autocracia, e submetê-las ao tribunal da razão.

Situemo-nos sucessivamente nesses dois níveis da reflexão.

2.1. Dos princípios democráticos à instituição parlamentar

Num primeiro momento, o método crítico de Kelsen leva-o dos princípios da democracia à sua realização institucional. Costuma-se afirmar, diz ele, que a igualdade e a liberdade são os dois princípios da democracia. Isso não está errado, pois a

---

45. H. Kelsen, *La démocratie*, Introdução de Michel Troper, p. 8.
46. A esse respeito, Kelsen precedeu os estudos de Raymond Aron, de Hannah Arendt e de Hélène Carrère d'Encausse. Em 1926, em Tübingen, por ocasião do Congresso dos sociólogos alemães, declarava firmemente o caráter antitético da ideologia e da realidade (*Verhandlungen des fünften Deutschen Soziologentages*, Tübingen, 1926, pp. 38 ss.).

igualdade e a liberdade são como "os instintos fundamentais do ser social"; mas como esses "instintos" correspondem a "dois postulados de nossa razão prática"[47] – por um lado, "o sentimento que cada um tem de seu próprio valor" e por outro, "a reação contra a coerção que resulta do estado de sociedade" – seria mais correto considerar que a democracia suscita a síntese deles. Cabe a essa síntese operar a metamorfose da liberdade: de natural, ela deve "se transformar em liberdade social ou política"[48]. Em outras palavras, a liberdade natural originária que, *stricto sensu*, é *an*-arquia, deve se metamorfosear por meio de sua inscrição numa ordem social estruturada pelos laços de direito. Essa mutação é, segundo Kelsen, "da maior importância"[49] para o pensamento político; constitui até mesmo sua exigência cardinal. Por isso é um erro filosófico limitar-se a inscrever o problema da democracia numa tipologia descritiva e procurar sua "essência e valor" formulando a questão tradicional do "melhor regime". Trata-se antes de descobrir como é concretamente possível para o homem ser livre obedecendo ao mesmo tempo às regras organizadoras da ordem social.

Diante desse problema, poderíamos pensar que Rousseau, em *O contrato social*, formulou de maneira exemplar a pergunta para a qual a idéia democrática fornece a resposta, pois, segundo ele, é politicamente livre aquele cuja liberdade individual concorda com a vontade geral. É o que acontece, dizia Rousseau, quando a ordem sociopolítica é criada pelos mesmos indivíduos cujas condutas ela regula. Então, liberdade significa obedecer à lei que nós mesmos criamos: ela é autonomia e implica autodeterminação.

Essa referência ao esquema contratualista utilizado por Rousseau é de importância primordial para compreender, na democracia, o valor fundador da liberdade. Contudo, não se deve ceder, nesse ponto, à confusão fácil dos planos do pensa-

---

47. H. Kelsen, *La démocratie*, p. 17.
48. *Ibid.*, p. 18.
49. H. Kelsen, *General Theory of Law and State*, Nova York, 1949, p. 285. [Trad. bras. *Teoria geral do direito e do Estado*, São Paulo, Martins Fontes, 3ª ed., 1998.]

mento. Para tanto, precisão e senso da nuança devem se aliar. O que importa lembrar aqui é que a autodeterminação só ganha todo seu sentido no Estado ideal instituído pelo contrato. A liberdade-autonomia caracteriza portanto a situação-limite puramente *ideal* na qual a vontade geral está de pleno acordo com a vontade de todos. Rigorosamente falando, isso significa que é preciso procurá-la no instante em que, para fundar a sociedade política, o contrato exige unanimidade. Ora, a sociedade política *real* "supõe a possibilidade de discordância entre a ordem social e a vontade de seus sujeitos"; em outras palavras, dever e querer nem sempre coincidem. Por conseguinte, *de fato*, "a democracia se satisfaz com uma simples aproximação de seu ideal primeiro". Deve-se, portanto, diferenciar entre a idealidade e a realidade democráticas: se, por um lado, a fundação do Estado pelo contrato e a criação de uma ordem jurídica à base de autodeterminação são hipóteses especulativas e só têm alcance teórico, a efetividade de um regime democrático só pode dar lugar a uma constatação. E, como em geral se nasce num Estado preexistente, "sob o império de uma ordem jurídica de cuja criação não se participou", o princípio com que se vê confrontada qualquer postura compreensiva não é a máxima transcendental da unanimidade, mas a regra prática da maioria. Como é mister admitir, prossegue Kelsen, que "mesmo aquele que vota com a maioria não está submetido apenas à sua própria vontade"[50] – "o que ele percebe assim que muda de opinião"[51] –, também é forçoso admitir que a regra majoritária implica a limitação da autodeterminação. Eis o que Rousseau, essencialmente preocupado com a busca dos "fundamentos" do direito político, não expôs, sublinha Kelsen, com suficiente vigor. Embora seja incontestável que a busca dos fundamentos é um procedimento necessário, ela é insuficiente e sua insuficiência é ainda mais deplorável na medida em que sempre corre o risco de se atolar nos meandros pantanosos da metafísica (que Kelsen tanto teme). Portanto, embora seja claro que a liberdade é o princípio-chave da democracia, não se trata

---

50. Kelsen, *La démocratie*, p. 20; *General Theory of Law and State*, p. 286.
51. *Ibid.*, p. 20.

da liberdade abstrata que um racionalismo intemperante credita universalmente ao indivíduo humano. Para pensar os princípios da democracia, não devemos nos afastar do concreto. Eles só têm pertinência e valor quando relacionados com a efetividade democrática.

Pode-se então afirmar que a democracia, concretamente considerada, é uma forma de Estado na qual, com sujeito e objeto do poder identificando-se entre si, há governo do povo pelo povo. Mas essa definição, segundo Kelsen, é especiosa. Com efeito, explica ele, o conceito de povo é um artifício intelectual, uma ficção[52]; ele só representa uma unidade "na medida em que os indivíduos que o compõem estão submetidos a um mesmo sistema normativo"[53]. A idéia do povo-sujeito, ou seja, titular do poder e legislador, é uma noção ideal que não coincide com o povo real, que é o povo objeto do poder e submetido às leis. O Estado democrático que proclama: "Eu, o Estado, sou o povo", é justamente a mentira que Nietzsche denunciava: o "povo-chefe" não é o "povo obediente"[54]. Deve-se, pois, distinguir a *democracia ideal* da *democracia real*: a primeira corresponde a uma visão puramente intelectual; a segunda está longe de ter a transparência da pura idealidade. Disso resulta que, no mundo moderno, a democracia real repousa menos no povo que nos partidos políticos. Ela nem sequer é possível sem eles, pois "o indivíduo isolado, sem poder adquirir nenhuma influência real sobre a formação da vontade geral, não tem, do ponto de vista político, existência verdadeira"[55]. Na verdade, numa democracia os partidos são os órgãos constitucionais do Estado; têm o *status* jurídico de "órgãos de formação da vontade estatal"[56]. O fato de que a democracia seja "necessária e inevitavelmente um Estado de partidos"[57] explica, segundo Kelsen, a importância da democracia parlamentar.

---

52. *Ibid.*, p. 26.
53. *Ibid.*, p. 27.
54. *Ibid.*, p. 28.
55. *Ibid.*, p. 29.
56. *Ibid.*, p. 29.
57. *Ibid.*, p. 30.

Conforme Kelsen, na verdade somente o *parlamentarismo* "é hoje a única forma verdadeira de realização da idéia democrática" e, "por conseguinte, o destino do parlamentarismo decidirá o destino da democracia"[58]. É certo que num regime parlamentar a vontade geral não é diretamente a vontade do povo em corpo e, de qualquer forma, o parlamentarismo é apenas uma das modalidades da democracia representativa. Todavia, bem melhor que um regime presidencial, um regime parlamentar é capaz de operar a mutação essencial da liberdade que a democracia exige. Totalmente em desacordo com Carl Schmitt – que, na mesma época, considera que existe uma crise aguda e provavelmente fatal do parlamentarismo devido ao caráter obsoleto de sua construção e de seu funcionamento[59] –, Kelsen defende a tese segundo a qual a *regra majoritária* é o indicador de seu valor político. Mais que a representação proporcional, a regra majoritária constitui, explica ele, o axioma regulador do parlamentarismo; enquanto tal, ela é, na democracia real, seu indicador de verdade. A argumentação de Kelsen a esse respeito repousa por completo na análise de todos os *pormenores* dessa regra majoritária fundamental.

Por um lado, embora a regra majoritária seja evidentemente um meio de conciliar liberdade individual e ordem social, por seu próprio princípio ela permite sobretudo apurar e ajustar a concepção de *igualdade*. A regra majoritária não é a dominação do número[60]. Se assim fosse, teríamos uma mecânica política em que os mais numerosos seriam necessariamente os mais fortes. Ora, todos conhecem os perigos que se anunciam quando a força é erigida em regra de direito. Portanto, é preciso que o princípio majoritário não seja a supremacia absoluta e quase física da maioria sobre a minoria, mas seja acompanhado do direito de existência de uma minoria: do que chamamos de "direito de oposição". Como tal e em seu próprio

---

58. *Ibid.*, p. 38.
59. Carl Schmitt, *Parlementarisme et démocratie* (1923), tradução francesa, Le Seuil, 1988.
60. Kelsen, *La démocratie*, p. 21.

princípio, ela significa que, numa democracia, todos os cidadãos, quer pertençam aos partidos da maioria ou aos partidos da minoria, têm direito de participar da criação da ordem jurídica. Mesmo que o conteúdo de uma ordem jurídica traga incontestavelmente em si a marca da maioria, não se deve subestimar o fato de que a minoria influencia, de uma maneira ou de outra, a maioria. É claro, portanto, que o princípio majoritário não consiste em contradizer sistematicamente as vontades das minorias. A democracia parlamentar implica uma combinação ou uma dialética entre maioria e minoria, quer esta se expresse no Parlamento, pela voz dos representantes dos partidos, ou se manifeste pelos meios de expressão, oral ou escrita, da opinião pública. Um regime antidemocrático é um regime que, apoiando-se nas diferenças e nas discriminações, priva as minorias de todo meio de expressão, o que equivale a praticar sua exclusão.

Sobre a base desse princípio, o Parlamento aparece como o órgão por meio do qual a democracia pode dar conta, através da diversidade das tendências, da pluralidade das idéias e dos interesses. A equação entre democracia e parlamentarismo significa que o pluralismo, que é o espelho da opinião pública, é essencial para um regime de liberdade. Aliás, "uma democracia sem opinião pública é uma contradição"[61]. A influência dessa opinião pública plural e diversificada mostra que a democracia não recorre à igualdade *absoluta* dos indivíduos, mas à igualdade *política* dos cidadãos: assim como a liberdade política não é a liberdade natural, a igualdade política não é a igualdade natural.

Por outro lado, os meandros da regra majoritária assim entendida são eloqüentes e, no espírito de Kelsen, nada têm a ver com esses "produtos bolorentos" denunciados por C. Schmitt com tanta virulência. Se, como ele escreve, "O parlamentarismo é a única forma de realização da idéia democrática"[62], é porque, estabelecido sobre a base do sufrágio universal, encontra sua justificação, para além do princípio da representação,

---

61. Kelsen, *General Theory of Law and State*, p. 288.
62. Kelsen, *La démocratie*, p. 38.

na idéia da liberdade-autonomia que se torna *liberdade-participação*. Aparece assim como a expressão da liberdade política na exata medida em que esse princípio fundamental está aliado, no plano prático, à divisão do trabalho, portanto à complementaridade das tarefas: nele, cada um desempenha seu papel, cada um recebe sua parte e, nesse sentido, a igualdade tem lugar. É o que explica, observa Kelsen, por que os países comunistas e os regimes fascistas lutam com tanto ardor contra o parlamentarismo[63]. Em todo caso, o parlamentarismo assim concebido impõe uma vigilância constante: por isso é oportuno melhorar sua forma e até mesmo "reformá-lo" cada vez que isso se revele indispensável. "A reforma do parlamentarismo poderia ser tentada", escreve Kelsen sem qualquer equívoco, "no sentido de um reforço adicional do elemento democrático."[64] Por exemplo, embora esteja excluída a hipótese de que o mandato imperativo renasça sob sua antiga forma[65], não se pode "rejeitar, sem prévio exame, a idéia de um controle permanente dos deputados pelos grupos de eleitores constituídos em partidos políticos"[66]. Esta seria até uma maneira de "reconciliar as massas com o parlamentarismo". A irresponsabilidade do deputado para com os eleitores não é um elemento necessário do parlamentarismo. É por isso que seria conveniente "fazer desaparecer ou pelo menos restringir essa irresponsabilidade do deputado chamada 'imunidade'"[67]; esse "privilégio", que data do tempo da monarquia feudal, está "absolutamente ultrapassado" e não tem mais sentido numa República parlamentar em que "o governo nada mais é que uma comissão do Parlamento" e se encontra submetido ao controle da oposição e mesmo da opinião pública. Também seria conveniente desenvolver a prática do referendo, instituir o controle dos deputados pelos eleitores e pelos partidos, aprimorar as técnicas da representa-

---

63. Cf. a longa nota de Kelsen, *La démocratie*, pp. 44-5; cf., também, *Sozialismus und Staat*, 2.ª ed., 1923.
64. Kelsen, *La démocratie*, p. 47.
65. *Ibid.*, p. 48.
66. *Ibid.*, p. 48.
67. *Ibid.*, p. 49.

ção proporcional..., medidas estas que não dependem apenas da técnica jurídica, mas dizem respeito a questões de fundo que, todas, reforçam a democracia.

Dessa maneira, Kelsen afirma que a democracia parlamentar vem junto com a *limitação do poder de autodeterminação* que, depois de Rousseau, habituaram-se a considerar a chave de um regime de liberdade, pois, diziam, quando cada um obedece à lei que ele mesmo se outorgou (é a autonomia), a ordem sociopolítica é criada pelos mesmos agentes cujas condutas ela regula. Ora, o que a democracia visa não é a liberdade do indivíduo, é "a liberdade da coletividade", o que implica não confundir o cidadão com o sujeito. Para uma filosofia individualista, como a que subjaz ao liberalismo, o sujeito, no Estado, continua sendo um indivíduo isolado. Ao contrário, na concepção juridista do Estado que é a de Kelsen, o cidadão é um membro não-independente do ser coletivo da sociedade civil da qual ele é um elemento. O cidadão pertence ao "ser comum" do Estado. O palavra de ordem da democracia não é "o indivíduo livre", mas "o Estado livre"[68]. No Estado livre, as liberdades e os direitos subjetivos serão e nada mais serão senão a incidência individual das normas objetivas comuns.

O estudo dos pormenores da regra majoritária que Kelsen transforma no pivô do parlamentarismo mostra, pelo menos, o engano daqueles que consideram que a "separação dos poderes" é a exigência de princípio de um regime democrático. É verdade que, historicamente, a distinção dos órgãos do Poder e a distribuição funcional de suas atribuições permitiram combater a concentração monárquica. Mas, quando nos indagamos sobre "a natureza e o valor da democracia", a questão não é a do "melhor regime". É a das condições da validade das normas democráticas. Para levar adiante essa indagação, o pensamento tem de se situar num nível puramente reflexivo. A originalidade de Kelsen foi pôr em funcionamento o método do criticismo kantiano, convocando a democracia a comparecer perante o tribunal da razão para ali perguntar *Quid juris*?

---

68. *Ibid.*, p. 24.

2.2. A democracia no tribunal crítico da razão

Este é o *segundo momento* do pensamento de Kelsen, que revela a originalidade de seu estudo sobre "a natureza e o valor" da democracia. Kelsen, com efeito, não considera a democracia, numa tipologia dos regimes, como sendo o "melhor" deles: a questão do "melhor regime"– ele repete freqüentemente – carece de pertinência. Essa concepção axiológica da política, tingida de metafísica, não tem como evitar o erro do dogmatismo ideológico que substitui a verdade científica pela mentira militante. Ao submeter a democracia ao tribunal crítico, Kelsen procura colocar em evidência o que a funda e legitima.

Tendo renovado a idéia kantiana da "insociável sociabilidade"[69] e evocado os "dois instintos fundamentais" do homem que são a liberdade e a igualdade, Kelsen mostrou, desde o início de sua obra, que o importante é compreender como se conciliam esses "dois postulados de nossa razão prática"[70], pois, afinal, eles são, por sua própria natureza, antinômicos: o exercício da liberdade cria inevitavelmente desigualdades; e a manutenção da igualdade implica forçosamente restrições da liberdade. É essa antinomia que Kelsen exprime ao dizer que, por um lado, a necessidade de *liberdade* surge em cada um "contra o tormento da heteronomia"[71] e que, por outro, a necessidade de *igualdade* se exprime no "anti-heroísmo" por meio do qual são rejeitadas as figuras do senhor e do chefe, e suas ordens, terminantemente repudiadas. Mas, diz ele, não basta, como se repete incansavelmente desde o século XVIII, procurar em sua síntese a chave da democracia. Com sua análise do parlamentarismo, Kelsen mostrou que, do ponto de vista institucional, era preciso matizar fortemente tanto o seu conteúdo

---

69. Kant, *Idée d'une histoire universelle au point de vue cosmopolitique* (1784), in *La philosophie de l'histoire*, tradução S. Piobetta, Aubier-Montaigne, Paris, 1947, p. 64; Bibliothèque de la Pléiade, tomo II, Gallimard, p. 192; AK, VIII, 21.
70. Kelsen, *La démocratie*, p. 17.
71. *Ibid.*, p. 17: "É a própria natureza que, na reivindicação da liberdade, se rebela contra a sociedade."

como o seu espírito, pois a democracia só vive pela liberdade-participação dos cidadãos. Do ponto de vista filosófico, ao qual se eleva doravante em sua reflexão, explica que sua tese só pode ser compreendida por intermédio de "uma concepção crítico-relativista"[72]. Nessa concepção, ele assume, em duas etapas, o legado do kantismo.

Em 1929, as últimas páginas do texto definitivo sobre a natureza e o valor da democracia sublinham a necessidade de adotar um "esquema crítico-relativista" para apreender seu sentido e, de modo mais geral, designar-lhe seu lugar no quadro da política. Assim como Kant quis evitar o escolho "místico-metafísico" com que o dogmatismo se choca, Kelsen repudia a concepção "metafísico-absolutista" do mundo: tal concepção é, diz ele, um convite para o despotismo e, ademais, contradiz a finitude do homem. Como o ser humano é um ser de limites, o absoluto da verdade ou dos valores está fora de seu alcance[73]. É por isso que o valor da democracia reside, segundo ele, na "filosofia relativista"[74] que a suporta, permitindo-lhe acolher o pluralismo e a relação dialética entre maioria e minoria[75].

Em 1955, Kelsen, no artigo intitulado "Foundations of Democracy"[76], aprofunda essa idéia sobre a qual, no entretempo, tinha insistido em *Teoria geral do direito e do Estado*[77]. Segundo a atitude criticista que Kant emprestara dos jurisconsultos[78] e que comanda a lógica transcendental que subjaz ao normativismo kelseniano, ele a submete ao tribunal da razão: *quid juris*? Assim como a *Teoria pura do direito* decifra o espaço normativo criado por uma ordem de direito como a "apresentação", no sentido kantiano do termo (*Vorstellung*), de uma Idéia da razão, também Kelsen acredita, em "Foundations of

---

72. *Ibid.* pp. 90-1.
73. *Ibid.*, p. 90.
74. *Ibid.*, p. 92.
75. Cf. também *Allgemeine Staatslehre*, p. 370.
76. "Foundations of Democracy", in *Ethics*, 1955, vol. 66, pp. 1-101.
77. Kelsen, *General Theory of Law and State*, p. 444.
78. Kant, *Critique de la raison pure*, PUF, p. 100; Bibliothèque de la Pléiade, tomo 1, Gallimard, p. 842; AK, III, 99.

Democracy", que a exigência de liberdade que confere à democracia parlamentar sua unidade normativa é "uma necessidade da razão" pura e *a priori*. A lógica da teoria política, bem como a da teoria do direito, só poderia ser uma lógica transcendental.

Vê-se portanto que, nas perspectivas fundacionais desenhadas por essa lógica pura, o modo de produção da normatividade jurídica é o único critério de validade de uma política. Segundo esse critério, só podem existir dois modelos de política[79]: a *autocracia*, que instala no Estado a heteronomia, pois são as normas que a autoridade política – chefe ou partido – produz que são impostas pela coerção a cidadãos que nada mais são que sujeitos; e a *democracia*, que implica autonomia, porque os criadores das normas (direta ou indiretamente, o que é apenas um problema de técnica institucional) são também seus destinatários. Mostrando dessa forma que a democracia é uma *quaestio juris*, Kelsen leva ao seu apogeu a concepção kantiana da razão prática na qual a Idéia de liberdade aparece no horizonte numenal como o axioma ao mesmo tempo regulador e legitimador da democracia.

Essa observação permite eliminar um grave mal-entendido. Kelsen, ao assumir o legado do criticismo kantiano, elimina de sua concepção da política não só toda dimensão de empiricidade, mas também toda referência metafísica, situando-a nos "simples limites da razão". Portanto, não se deveria buscar na obra kelseniana nem uma genealogia do político nem os elementos de uma ontologia política. A reflexão que Kelsen desenvolveu sobre a democracia procede de um esforço para colocar em evidência a *norma* sem a qual ela seria impensável. Seria igualmente errôneo ver nessa preocupação normativista a expressão de uma axiologia: o horizonte de transcendência de uma teoria dos valores não pertence à orbe filosófica da concepção kelseniana da democracia; com efeito, a

---

79. Esta é uma idéia constante nas obras de Kelsen: por exemplo, *Théorie pure du droit*, p. 186 e p. 371; *Allgemeine Staatslehre*, p. 62; *General Theory of Law and State*, p. 283.

atitude crítica não tem outra referência senão as exigências *transcendentais* que a razão encontra nela, sem jamais sair de seus próprios limites. Portanto, é uma exigência pura de racionalidade que se encontra no princípio da política democrática no Estado bem como da política em geral, que, ampliando-se e adotando as dimensões do mundo, estará subordinada ao direito internacional. Tal é o sentido do monismo normativista que Kelsen defende: ele se inscreve e só se inscreve "nos limites da simples razão" cuja exigência imanente é a única capaz de arrancar a política da contingência da empiricidade, da labilidade das estratégias oportunistas e da arbitrariedade dos dogmatismos propensos a engendrar fanatismos. Em conseqüência, segundo Kelsen, sempre fiel à lição do criticismo kantiano, cabe apenas à capacidade reguladora da razão, mais profunda que a virtude mediatizante do direito positivo, ordenar e conduzir uma política democrática, seja ela de envergadura nacional ou internacional. Somente a lei da razão faz a normatividade penetrar na diversidade das situações que encontra. Seja qual for a escala considerada, ela só encontra sua verdade se, estabelecendo e julgando o fato pela norma – no que reencontramos o ato da qualificação que, tanto no terreno político como no terreno jurídico, é central –, manifestar o poder de síntese que é a função transcendental do espírito humano por excelência.

Na altitude crítica a que se eleva o pensamento de Kelsen, passa a ser possível desvelar o sentido que ele dá à democracia. Do ponto de vista do jurista, fica claro que a instauração e prática da democracia exigem sua subordinação ao direito. Do ponto de vista do filósofo que nos interessa aqui, a originalidade de Kelsen é mostrar que o paradigma da democracia reside em sua fundação transcendental. Sua idéia não se inscreve nem no discurso reducionista dos empirismos materialistas nem na esperança teleológica dos idealismos. Ele é elaborado, de maneira arquitetônica, em torno de um centro de equilíbrio de onde irradia a capacidade reguladora, mas não constitutiva da razão. Com efeito, diante do mundo desorganizado em que a violência e a desrazão aparecem para ele como os sinais da falsificação ideológica da política – contrafação tão grave que ela pende para o "impolítico" e ameaça engendrar a decadência de uma civilização –, Kelsen tem a lucidez de buscar a garantia da ordem política nas estruturas de racionalidade das instituições (nacionais e internacionais). Em outras palavras, a ordem política, como a ordem jurídica da qual não é separável, só pode encontrar sua funcionalidade no desenvolvimento de sua *fundação pura*. As normas da política e, particularmente, de uma política democrática, remetem ao postulado fundamental da razão prática. O mérito da metodologia criticista da filosofia é mostrar que, em nome da exigência de liberdade que é a necessidade imanente da razão, elas convocam sua capacidade organizacional e arquitetônica. Poder-se-ia dizer que a obra de Kelsen contém, na esteira da filosofia de Kant, todos os elementos de uma "crítica da razão política".

Também nos parece importante isentar Kelsen da acusação tantas vezes lançada contra ele segundo a qual seu normativismo poderia justificar qualquer regime, até mesmo o regime nazista. Como teria ele podido justificar o regime que foi seu pior inimigo? Como teria podido, caso tivesse justificado esse regime, defender ao mesmo tempo o valor da democracia? Mas, sobretudo, para além dessas inconseqüências difíceis de conceber, essa recriminação – que só pôde ser enunciada porque o pensamento de Kelsen foi transportado para fora de seu âmbito epistemológico – denota uma imensa incompreensão filosófica. Uma *Idéia da razão* serve de guia ou de compasso; ela não se objetiva num regime político. Princípio regulador, ela tem um sentido "metódico". Como tal, é "evidentemente irrealizável". Mas possui um potencial normativo tal que os homens têm de agir em política como se aquilo que, talvez, nunca será, devesse ser: a democracia é uma *Idéia*; tem o *status* epistemológico e o valor filosófico de um *princípio regulador*. Tal máxima não é destituída de angústia e Kelsen sabe, por experiência, que a realização dessa Idéia está longe de pertencer ao mundo político vivido. Seu sentido, no entanto, permanece intacto a despeito de todas as derivas empíricas da história: a Idéia democrática significa que "a liberdade colocou a razão no fundamento de sua ação"[80]. Ao esquecer o alcance fundacional dessa máxima pura, a democracia fica "entravada por noções errôneas"[81]: sem bússola, é apenas um barco à deriva que navega ao sabor da desrazão dos homens.

Quando Kelsen situa sua concepção da democracia no ponto de articulação entre teoria do direito e teoria política, é efetivamente um pensador "engajado". Mas, em razão da altitude filosófica à qual eleva sua reflexão, esta é difícil e os paradigmas por meio dos quais ele funda e legitima a democracia nem sempre foram bem compreendidos. Acusado, por um evidente juízo intelectual falso, de justificar com sua teoria do direito todos os regimes, foi julgado com severidade. Sua obra sobre a democracia teve tão pouca receptividade que o paradigma transcendental que ele propunha para explicar sua natureza e seu valor foi desconsiderado.

Pode-se lamentar esse falso juízo, sobretudo quando se conhece o sucesso de que desfruta um autor como Jürgen Habermas, também ele em busca de um "novo paradigma" em sua teoria da democracia. Como veremos, ele situa sua investigação num registro de pensamento totalmente diferente.

3. O paradigma "comunicacional" da democracia segundo J. Habermas

Jürgen Habermas, ao longo de uma obra volumosa, tem denunciado o tempo todo a razão prática em ação no direito moderno e, particularmente, no direito político. Essa "razão instrumental" que, a seu ver, ocupa os sistemas do Estado liberal ou do Estado-Providência deixou de ser pertinente. A constatação de crise que é tão fácil de fazer no universo atual do direito e da política e, mais ainda, a vontade reformista explícita que nos leva a assistir a correções reiteradas do tecido jurídico são prova suficiente disso. Cada legislador contribui com

---

80. Kant, *Critique de la faculté de juger*, § 43.
81. Kelsen, *Théorie pure du droit*, 1.ª edição, p. 196.

seu quinhão de novas leis a ponto de os aparelhos legislativo e infralegislativo tenderem a se tornar pletóricos. O pontilhismo das decisões legislativas adotadas numa pressa parlamentar hipersensível aos ataques de febre sociopolítica provoca o olvido dos princípios fundamentais da ordem jurídica. Assiste-se então ao inchaço burocrático, estatal e paraestatal, que responde à vontade de autoridade criativa dos tecnocratas e dos magistrados; ela prefigura a tirania da administração e o "governo dos juízes". Isso, como J. Habermas bem sabe, já foi dito muitas vezes desde Tocqueville e Max Weber. Mas, na onda dos atos administrativos e na profusão dos atos jurisdicionais que geram jurisprudência, ele vê, com muita lucidez, insinuar-se um delírio de justiça social em que se imiscuem de maneira muitas vezes passional e, em todo caso, ideológica, as exigências democráticas e a defesa dos direitos do homem. Além disso, as organizações internacionais enfraquecem ou alteram a soberania dos Estados; as interdependências do mercado mundial e das decisões políticas se acentuam; as pressões da mídia exercem-se com frenesi sobre o poder. Afora o laxismo generalizado que se instala, o fenômeno de degenerescência tem raízes tão profundas que a juridicidade do direito é adulterada por uma mistura insólita dos parâmetros e dos gêneros: a força obrigatória da lei parlamentar é alterada, o chamado princípio da "separação dos poderes" está ameaçado, a jurisprudência vai de encontro com a lei, o Estado de direito é erodido pela hipertrofia administrativa... J. Habermas, como muitos outros autores, constata a crise que, corroendo o Estado moderno, falsifica a normatividade de suas regras e não corresponde mais às aspirações democráticas das comunidades[82]. Corrigir semelhante situação não é um assunto fácil. Habermas explica em sua recente obra *Faktizität und Geltung*[83] que, considerando-se

---

82. Jürgen Habermas, *Raison et légitimité*, tradução citada, p. 102.
83. J. Habermas, *Faktizität und Geltung. Beiträge zur Diskurstheorie des Rechts und des demokratischen Rechtsstaats*, Frankfurt, 1992, foi traduzido para o francês com o título (pouco fiel em sua literalidade) *Droit et démocratie. Entre faits et normes*, Gallimard, 1997.

que o impasse das democracias contemporâneas é total, é urgente elaborar uma teoria do direito político fundamentando-o num "novo paradigma". Este, escreve ele de maneira bastante hermética, está concentrado na "integração normativa das interações estratégicas libertas da moral tradicional" e, como tal, constitui a ponta-de-lança de uma "concepção processualista do Estado de direito democrático"[84]. Em outras palavras, uma vez que "a atividade comunicacional" é constitutiva da sociedade, as bases do direito só podem ser encontradas no pensamento, dito "pós-metafísico", da intersubjetividade. Depois da queda das grandes metafísicas, uma norma jurídica deve buscar sua validade (*Geltung*) no acordo, ou "consenso", que resulta, numa comunidade, de uma "discussão prática" entre seus diversos membros[85]. Examinemos essa tese. Já que ela adota a forma de um processo, consideremo-la em seus *considerandos* e em suas *conclusões*.

3.1. O processo da "modernidade"

Basta lembrarmos que a tese de Jürgen Habermas se apóia, *quanto aos seus considerandos*, sobre a conhecida crítica da "modernidade", que o autor expôs em suas obras anteriores.

A filosofia da consciência, que, no dizer simplificador de Jürgen Habermas, triunfa unanimemente no pensamento moderno, estaria definitivamente morta. Esse trespasse se explicaria pelo esgotamento do paradigma do sujeito sobre o qual ela teria se apoiado constantemente. A razão que ela utilizava – qualificada de "instrumental" – teria se perdido nos impasses do logocentrismo. Não basta dizer que ela se embrenhou por

---

84. Por uma questão de comodidade, usaremos como referência a tradução francesa citada. *Droit et démocratie*, posfácio, p. 480.

85. Portanto, a *Geltung* ou "validade" de uma norma não designa, para Habermas, a conformidade à Constituição, como é o caso para Carré de Malberg; tampouco designa o fato de uma norma estar em vigor *hic et nunc*, como é o caso para Kelsen. Nessas condições, é difícil qualificar de "jurídica" a "validade" de que fala Habermas.

caminhos que não levam a nenhum lugar; ela era perversa. Eis por que "tendo perdido a inocência de um saber de fundo que lhe servia de guia, a concepção paradigmática do direito suscita uma justificação autocrítica"[86]. Então, com uma precipitação cujo entusiasmo é por si só suspeito, Habermas denuncia o normativismo vinculado à tradição do direito racional moderno. O prescritivismo de um direito racional normativo, diz ele em suma, não peca só por sua arquitetura teórica, sua abstração e sua generalidade. Cometeria duas faltas fundamentais, uma material, outra formal. Em seu *conteúdo*, o direito racional moderno ignoraria as particularidades históricas e os dados socioculturais. Em sua *forma*, cairia num monologuismo que insere as normas nos requisitos do sujeito racional; procederia de uma filosofia da consciência que o condena ao subjetivismo. Em última instância, aliás, essas duas faltas – a material e a formal – são apenas uma: esse direito só reconheceria o paradigma individualista.

Portanto, a lógica do direito moderno se resumiria à autorreflexão do sujeito como fonte de autodeterminação e de autonomia. Esse monologuismo explicaria a defesa dos direitos do homem como "direitos subjetivos" (proteção da vida, liberdade pessoal, propriedade, liberdade de crença e de opinião[87]), bem como a promoção do Estado de direito (*Rechtsstaat*) no qual "a autolegislação exercida pelos cidadãos [...] põe em marcha uma espiral de auto-aplicação do direito"[88]. Ora, diz J. Habermas, as aporias da filosofia da consciência, desenvolvida, segundo ele, por Hobbes, Kant e mesmo Hegel[89], são a causa da patologia sociojurídica do mundo contemporâneo; esta se manifesta na ilusão dos direitos do homem de primeira geração, na mistificação liberal, na disfunção do Estado de direito e mesmo nas vertigens do Estado-Providência que, em definitivo, trabalha para a maximização das oportunidades pessoais.

---

86. *Ibid.*, p. 420.
87. Cf. J. Habermas e J. Rawls, *Débat sur la justice politique*, textos de 1995 e 1996, tradução francesa, Le Cerf, 1997, pp. 41-2.
88. J. Habermas, *Droit et démocratie*, p. 53.
89. Cf. *Théorie de l'agir communicationnel* (1981), tomo 1.

Numa palavra, a dominação do paradigma individualista exaltado pelo racionalismo dos modernos é acusada de ter engendrado a crise do direito. Nessa perspectiva, impõe-se para Habermas a conseqüência: enquanto o direito refletir a imagem de Narciso[90] e suas normas tiverem como fonte e como destinatários os indivíduos em sua singularidade, entrará num beco sem saída e não responderá à sua vocação pragmática. Portanto, é necessário realizar, como Weber e Durkheim tinham compreendido, uma "mutação social do direito". No entanto, já que a sociologização do direito provoca apenas "o desencantamento objetivista"[91], ela não é a terapêutica aplicável às patologias atuais. Para evitar cair de Caribde em Cila, é preciso proceder *radicalmente* e realizar a refundação do direito sobre novos princípios: sobre uma *ética da discussão*, a única capaz de substituir o direito formal e abstrato que proviria da especulação dos modernos pelo *direito processual e pragmático* oriundo, no modo argumentativo, da opinião pública. No centro de nossas sociedades pluralistas e complexas, o novo paradigma do direito se alimenta, repete J. Habermas em seu jargão, das contribuições do "agir comunicacional".

3.2. O "agir comunicacional"

As conclusões a que chega J. Habermas ao término do processo que ele instruiu contra a modernidade jurídica são incisivas: o novo paradigma do direito só pode pertencer à razão comunicacional em funcionamento, no âmago do Estado de direito democrático, na discussão pública. Vejamos como ele apresenta sua tese.

Todas as teorias modernas teriam, diz ele, um denominador comum resultante de seu monologuismo: sua cegueira ante

---

90. Christian Lasch, *Le complexe de Narcisse* (1975), tradução francesa, Le Seuil, 1979.
91. J. Habermas, *Droit et démocratie*, p. 57.

a tensão existente entre a realidade factual (*Faktizität*) e as pretensões à validade normativa (*Geltung*) do direito. Para sanar essa carência, é preciso adotar o "novo olhar" exigido por "uma teoria crítica da sociedade"[92]. Esta não pode prescindir do conceito da "racionalidade comunicacional que [...] resiste à redução cognitiva instrumental da razão"[93]. É verdade que a crítica da "razão instrumental" foi feita na Escola de Frankfurt por Horkheimer e Adorno. Mas J. Habermas, que insiste mais que seus predecessores nas "patologias" social e jurídica, pretende propor uma terapia por meio da nova conceituação que confere à "razão comunicacional": ela rompe a clausura sistêmica de um direito curvado sobre as singularidades individuais a fim de moldar, no "espaço público", uma "ética da discussão". É por isso que Habermas dá tanta importância à "virada lingüística", pois a linguagem é a "mídia" universal[94] que cria a possibilidade da comunicação. As relações interpessoais passam então a ter prioridade sobre a individualidade. O paradigma do sujeito é assim evencido pelo paradigma da intersubjetividade que também é, de maneira concreta e pragmática, interação e intercompreensão[95].

Posta essa premissa, a discussão abre caminho para uma "política deliberativa" da qual se espera que forneça as condições para a gênese do direito de nossos tempos[96], pois a deliberação pública, diz Habermas, é "capaz de provocar um efeito de legitimação". É preciso lembrar que em 1973, em *Legitimationsprobleme im Spätkapitalismus*[97], Habermas situava a origem da crise que as sociedades do capitalismo avançado do Ocidente atravessam na brecha que se abre entre o crédito exigido pela autoridade soberana do Estado e as justificações

---

92. J. Habermas, *Théorie de l'agir communicationnel*, tomo 1, p. 14.
93. *Ibid.*, p. 14.
94. J. Habermas, *Droit et démocratie*, pp. 17, 22, 23, 30.
95. J. Habermas, *De l'étique de la discussion*, Le Cerf, 1992, p. 61.
96. J. Habermas, *Droit et démocratie*, pp. 311 ss.
97. Essa obra foi traduzida para o inglês com o título *Legitimation Crisis*, Londres, 1973, e para o francês com o título *Raison et légitimité. Problèmes de légitimation dans le capitalisme avancé*, Payot, 1978.

medíocres demais que ela é capaz de fornecer a suas exigências[98]. Em outras palavras, a opinião pública, no estado atual, deixou de dar sua adesão às regulações que o direito positivo formaliza hoje. O sistema jurídico não responde mais às necessidades e reivindicações de uma opinião que o jurislador não escuta. Vinte anos depois, J. Habermas, considerando que "a edição legítima do direito depende de pressuposições comunicacionais"[99], "reconstrói" o direito e seu conteúdo normativo num contexto deliberativo que implica uma "sociologia da democracia". Essa passagem – desejada e consciente – para a sociologia política exige um esforço de conceituação para fixar o critério operatório desse direito renovado em suas bases fundadoras. Esse esforço se concentra no "conceito processual do processo democrático" enraizado[100] na "ética da discussão" – é esta a idéia central da teoria.

Diversos autores, admite Jürgen Habermas, pressentiram o parâmetro que é a discussão e chegaram até a elucidá-lo. Mas nem a tese econômico-empírica de Jon Elster, nem a teoria da regulação de Helmut Willke, nem o funcionalismo sistêmico de Niklas Luhmann... souberam avaliar sua dimensão pragmática. Habermas, por sua vez, inscreve-o na sociedade civil como "espaço público autônomo e passível de ressonância"[101]. Este funciona como "um sistema de alerta dotado de antenas" que, afora sua função sinalética, é "uma estrutura de comunicação" mediadora entre os setores privados do mundo vivido e o sistema jurídico-político[102]. Por isso a política deliberativa encontra nele seu lugar de excelência. Portanto, o novo paradigma do direito que essa "democracia processual" convoca pede que a discussão argumentada predomine sobre a decisão voluntária do poder[103]. Substituir o monologuismo pelo dialoguismo ain-

---

98. *Ibid.*, texto francês, p. 68.
99. J. Habermas, *Droit et démocratie*, p. 311.
100. *Ibid.*, pp. 327 ss.
101. *Ibid.*, p. 356; cf. pp. 386 ss.
102. *Ibid.*, p 401.
103. Cf. J. Habermas, "La souveraineté comme procédure. Un concept normatif d'espace public", in *Lignes*, n. VII, Paris, 1989.

da é insuficiente enquanto este último não se inscrever no registro da argumentação pública. A razão processual exige uma prática de entendimento "consensual", o que evita, pretende Habermas, não só o que ele considera como o momento dogmático que é uma teoria constitucional do Estado, mas também as aporias da metafísica ontológica ou axiológica e os impasses da filosofia do sujeito.

Resumamos a posição de J. Habermas: as figuras do pensamento jurídico "pós-metafísico" não têm o que fazer com a idealidade transcendente e a universalidade abstrata de seus conceitos. A validade das normas jurídicas depende de seu acordo com o mundo cotidiano vivido, o que é o próprio *télos* do "agir comunicacional"[104]: é preciso haver uma discussão prática real para que as normas do direito estejam habilitadas a governar, o que deve ser feito[105]. Em outras palavras, o novo paradigma hoje necessário, depois da queda dos princípios do pensamento moderno, para a refundação e a reconstrução do direito, é o recurso à razão processual de uma política democrática deliberativa animada pela atividade comunicacional.

A tese seduziu alguns de nossos contemporâneos por seu aspecto e seu verbo aparentemente novos e embelezados, crêem eles, pelo qualificativo de "pós-metafísico". Ademais, o fervor que o último representante da Escola de Frankfurt revelou ao longo de sua obra talvez tenha parecido, no contexto intelectual confuso do último quarto de nosso século, atraente e salvador. No entanto, apesar da sedução provocada pelo paradigma comunicacional que a democracia de nosso tempo exigiria, ele suscita sérias reservas.

3.3. Exame crítico do "novo paradigma" democrático

Ninguém contesta o interesse de que se reveste, diante da crise contemporânea do direito, o empreendimento que consiste numa refundação das normas jurídicas. Digo mais: fazer um

---

104. *Théorie de l'agir communicationnel*, tomo 1, p. 396.
105. J. Habermas, *Droit et démocratie*, p. 279.

uso crítico da razão a fim de acabar com as ilusões dogmáticas é, sem dúvida nenhuma, em meio ao mal-estar intelectual que os sistemas jurídicos vivem, um projeto salutar que não deixa de evocar, *mutatis mutandis*, a virada kantiana da filosofia. Por isso, quando Habermas instala sua proposta num contexto processual, podemos agradecer a ele por querer respeitar a juridicidade do direito que ele não pretende alterar por meio de considerações metajurídicas de transcendência ou de moral. A postulação na qual ele baseia a mutação de princípios da democracia é clara: como o direito é autônomo e só direito cria direito, é no próprio direito que residem as bases fundadoras da democracia: comunicação e argumentação fazem parte de sua textura própria. No entanto, o exame crítico do novo paradigma proposto como idéia reguladora de que necessita o direito das sociedades democráticas contemporâneas leva a indagar se a teoria comunicacional não prepara o terreno para um gigantesco mal-entendido. Desse mal-entendido, alguns sinais são intelectualmente muito inquietantes. Só analisaremos três, que, no entanto, abrem ameaçadoras fendas na reconstrução do universo democrático.

Em primeiro lugar, o *paradigma comunicacional brota de uma surpreendente mistura de gêneros*. Poderíamos questionar aqui o repúdio de Habermas ao humanismo racional moderno a ponto de fazer desse repúdio a postulação constante sobre a qual repousa a renovação paradigmática do direito democrático que ele preconiza. Vamos nos ater ao campo jurídico. É digno de nota que, em seu livro, Habermas confere às suas colocações apenas um *status* epistemológico extremamente frágil, em razão de suas indecisões metodológicas. Embora seja evidente que uma atitude crítica, criticista até, foi o ponto de partida da tentativa de processar o direito racional moderno, os caminhos da reflexão filosófica sobre o direito das democracias são em geral abandonados por Habermas em proveito dos da teoria política e da sociologia política. O paradigma comunicacional é desenhado numa espantosa mistura de gêneros em que o deslizamento metodológico e epistemológico é deplorável: não só as regras operatórias do método adotado não são fixadas, mas a tese proposta é de cientificidade duvidosa.

Essa indecisão epistemológica leva Habermas a cair numa polêmica permanente. O fato de que as concepções do direito de Weber e de Parsons estejam sempre no horizonte nada tem de surpreendente: ele é sociólogo. Em contrapartida, não se pode evitar certa surpresa ao ler, por exemplo, que a "política deliberativa" e a discussão argumentativa implicam a crítica das teses de Werner Becker, de Norberto Bobbio, de Josuah Cohen ou de Robert Dahl[106]; que a noção de espaço público político é declarada incompreendida na virada autopoiética teorizada por Helmut Willke; que a idéia de comunicação não foi elucidada por B. Peters; que A. Arato não levou longe o suficiente o estudo da sociedade civil[107] etc. Esse tom polêmico é perturbador. Observemos ademais que a filosofia do direito francesa parece não existir – somente Alain Touraine, no final de uma página[108], merece que seu nome seja citado – e que, coisa curiosa, a doutrina de Duguit, Hauriou, Gény, Ripert..., na qual, no entanto, a interrogação sobre as metamorfoses e os fundamentos do direito ocupa bastante espaço, não tenha direito a nenhum a menção.

Mas há algo mais grave. A polêmica é tão extensa que favorece o deslizamento do tema da teoria jurídica para a sociologia política. O paradigma comunicacional é, declara o autor, explicitamente evocado pela teoria social[109] que sublinha a tensão existente entre "a factualidade social dos processos políticos" e "a concepção normativa que o Estado de direito tem de si mesmo". Ora, esse ponto de vista metodológico contém uma contradição de fundo. Como é possível insistir ao mesmo tempo na autonomia do direito que faz com que seus critérios pertençam à interioridade de sua ordem, e procurar numa teoria social, ou seja, exteriormente ao direito, os critérios de sua validade? A contradição é ainda mais embaraçosa se considerarmos que o conceito de direito é reduzido aqui à

---

106. *Ibid.*, pp. 314 ss., 328 ss., 330 ss., 340 ss.
107. *Ibid.*, pp. 369 ss., 382 ss., 395 ss.
108. *Ibid.*, p. 397.
109. *Ibid.*, p. 312.

organização do Estado de direito e, no entanto, que os critérios de sua instituição e de seu dispositivo, longe de serem considerados – o que a coerência lógica exigiria – do ponto de vista do Estado, são abordados exclusivamente na perspectiva da sociologia política que põe em evidência, diz-se, o "conceito processual do processo democrático". Isso não equivaleria a admitir que a fundação democrática das normas jurídicas leva a teoria do direito para fora do direito? Assim, a mistura de gêneros – jurídico, político e sociológico, aos quais se acrescentam considerações psicopsicanalíticas –, em vez de esclarecer a fundação do direito, envolve-a de opacidade de modo tal que a explicação ou bem é repetitiva ou é insuficiente.

Em segundo lugar, o *tema da ação comunicacional como novo paradigma do direito democrático se vê prejudicado por um grave equívoco*. Podemos decerto convir com Habermas que a produção deliberativa das normas de direito corresponde a um movimento emancipador na medida em que a comunicação se contrapõe à dominação. Tampouco é incongruente considerar que, na sociedade, as interações e a intercompreensão são o meio de escapar tanto da utopia idealista como de certo dogmatismo racional. Contudo, parece que a teoria do "agir comunicacional" simplifica muito a história das idéias ao reduzir a razão moderna a seus ímpetos de idealismo axiológico e a seu poder técnico-instrumental. Não pretendemos examinar aqui o processo generalizado instruído contra a modernidade. Atenhamo-nos mais uma vez ao terreno da filosofia do direito.

Afora sua virada lingüística, a idéia da atividade comunicacional não é tão nova quanto querem fazer crer. Kant não ignorava nem a intersubjetividade nem o comércio e as trocas que caracterizam a coexistência humana. Em registros filosóficos diferentes, Fichte e Husserl e depois Merleau-Ponty insistiram na impossível solidão do sujeito: a vida em sociedade, incluindo as regras de direito que a regem, é feita de um tecido de encontros e de relações mais profundas e mais eficientes que as liberdades dos indivíduos. Reconheçamos, todavia, no que concerne à fundação das normas jurídicas, a originalidade do paradigma comunicacional. Ela decorre de três aspectos: ele fornece uma infra-estrutura lingüística ao direito; enraíza a validade das normas numa metodologia argumentativa; a discussão deliberativa destina-se a estabelecer um vínculo constitutivo entre política e direito. Mas essa tripla originalidade na verdade repousa sobre uma *tripla ambigüidade*.

A primeira ambigüidade reside no fato de que não se sabe mais muito bem – o próprio Habermas hesita – o que é meio e o que é fim, já que a reconstrução do direito é tributária da linguagem, ou seja, de um "tecido de discussões em que se formam ao mesmo tempo opiniões e decisões"[110]. Ora os "atos de fala" são apresentados como "o meio de comunicação universal em que se encarna a razão"[111], o que torna possíveis o sentido e a coesão de uma sociedade juridicamente organizada, ora é o direito – o direito positivo – que é apresentado como o "meio de comunicação" entre factualidade e validade. Portanto, não se sabe se "as condições da integração social" residem na linguagem ou no direito, que, afinal, são difíceis de assimilar uma ao outro. Como a grade conceitual da "virada lingüística" não foi suficientemente aprofundada para dar conta das exigência específicas da regulação jurídica, não se compreende o que, na linguagem, é gerador da normatividade do direito.

A segunda ambigüidade reside naquilo que é o ponto forte da teoria comunicacional, que consiste em enraizar numa metodologia argumentativa a validade das normas destinadas a regular o mundo factual. A metodologia processual da discussão prática eliminaria o paradigma esgotado da razão prática considerada despótica; o direito escaparia do racionalismo voluntarista e dogmático expresso nas decisões do Estado; as normas encontrariam sua validação crítica no processo argumentativo da discussão deliberativa. Mas nunca se sabe em que consiste esse procedimento da discussão incessantemente evocado; não se sabe se ele obedece, como supostamente deve-

---

110. *Ibid.*, p. 19.
111. *Ibid.*, p. 22

ria ser quando se trata de procedimentos judiciais, a regras, nem quais são elas. Nesse ponto, as perguntas precipitam-se em cascata. Será que a ética da discussão prática dá lugar, de maneira conjuntural e contingente, à consulta, à exposição de motivos e de conselhos, a um comércio ou a uma troca de idéias, à negociação, ao debate, à transação, aos compromissos...? Como e por quem são conduzidas as sucessivas fases da discussão? A que critérios obedece a *performance* argumentativa que parece ser o nervo central da discussão? Não se deveria, por meio da reflexão, selecionar e controlar as pressuposições e implicações da discussão? Ora, tudo leva a crer que não se resolvem essas questões delicadas da retórica argumentativa pela simples remissão, como diz Habermas, a inspirações "estratégicas". Com efeito, quando se trata de "competência comunicacional"[112], a partir de que critérios se pode julgar? Quem possui a competência para avaliar essa competência? Deve-se admitir uma total liberdade da comunicação lingüística? Deve-se supor que discussão e comunicação estão reservadas aos "atores visíveis" que são os homens políticos ou os jornalistas dos grandes meios de comunicação?[113] Numa palavra, a comunicação, diferentemente da velha retórica, prescinde de ordem e coerção? Teme-se, portanto, que a "estratégia" intelectual do projeto repouse sobre graves incertezas. O próprio Habermas reconhece que esse projeto tem "contornos bastante imprecisos"[114]. É uma confissão importante! É no mínimo desconcertante que a processualização da comunicação seja alheia a modalidades, regras e formalidades de organização, competência, execução... exigidas, *stricto sensu*, por um processo, que, no terreno jurídico, só pode ser concebido como juridicamente institucionalizado; Aristóteles, e os próprios sofistas, tinham um entendimento mais sutil da argumentação retórica...

---

112. Expressão tomada de Paul Ricoeur, *L'idéologie et l'utopie*, Le Seuil, 1997, p. 330.
113. Jean-Marc Ferry, *Philosophie de la communication*, Le Cerf, p. 32.
114. J. Habermas, *Droit et démocratie*, p. 437.

A terceira ambigüidade resulta do fato de que a comunicação, segundo Habermas, é "o lugar constitutivo entre política e direito". Tal seria, no contexto "pós-metafísico", o resultado da "justificação autocrítica"[115] necessária para a compreensão da ordem jurídica do mundo atual. Essa idéia remete, segundo a lógica da tese, à superação das concepções modernas do direito privado, estabelecidas sobre o princípio da autonomia da vontade, e implica a rejeição do modelo do Estado-Providência oriundo, em nome da proteção social, "da crítica reformista do direito civil formal". O mundo presente de fato percebe de outra maneira os processos sociais. – Esta parece ser uma idéia aceitável. No entanto, olhando as coisas de mais perto, é nesse ponto que os planos se confundem e que o pensamento se fecha num círculo em que a logomaquia se sente em casa.

O fato de que o paradigma processual só tenha sentido no "Estado de direito democrático", como tanto repetem Habermas e aqueles que seguem seus passos, exige, declaram eles, "a legitimação democrática do legislador"[116]. Isso, aparentemente, é óbvio – com a ressalva de que a idéia de democracia, tão invocada, não dá lugar a nenhuma análise conceitual e que se entra num círculo vicioso porque, ao mesmo tempo em que o direito "democraticamente concebido" depende da política, ele prescreve para a política as condições nas quais ela moldará as normas jurídicas e as aplicará.

Nas nossas sociedades em que as tarefas aumentam quantitativamente e são qualitativamente novas[117], seria de fato pertinente renunciar a uma concepção simplesmente funcionalista, e portanto instrumental, tecnocrática e administrativista, do direito. No entanto, por mais que Habermas repita que o direito regulador e processual estabelecido sobre a base da comunicação democrática e da opinião é o "meio" que efetua "uma outra institucionalização", esse "novo paradigma" conduz a um

---

115. *Ibid.*, p. 420.
116. *Ibid.*, p. 456.
117. *Ibid.*, p. 459.

dilema: cabe ao "Estado de direito democrático" moldar a sociedade[118] ou o Estado, e as regulações normativas que ele produz nascem, na sociedade, do processo democrático? Agreguemos que o "metanível"[119] no qual, segundo o autor, o legislador parlamentar deve doravante se situar só lança uma falsa luz difundida pela utopia prolixa da democratização da administração. Julguemos por suas próprias palavras: "Teria de ser institucionalizado um espaço público jurídico que superasse a cultura existente de especialistas e que fosse suficientemente sensível para submeter ao debate público as decisões de princípio que suscitam problemas."[120] Concordemos que o realismo ao qual ele, no entanto, tantas vezes recorreu está cruelmente ausente aqui!

Em terceiro lugar, *assiste-se, no "Estado de direito democrático", à confusão entre direito e direitos*. Temos de distinguir nisso dois pontos. Primeiramente, a idéia democrática onipresente na teoria deliberativa envolve-se nas brumas conceituais do "espaço público político" e até mesmo da "opinião pública"; em segundo lugar, encoberta pelos "fluxos comunicacionais" constantemente invocados, ela favorece a confusão perigosa entre direito e direitos. Examinemos essas duas dificuldades.

Voltemos primeiro à gênese democrática do direito. Segundo Habermas, o direito encontraria seu princípio na "combinação conseqüente entre uma soberania do povo juridicamente institucionalizada e uma soberania do povo não institucionalizada"[121]. Se a expressão "soberania do povo não institucionalizada" tiver algum sentido, este só pode ser muito impreciso; além disso, está carregado da equivocidade que envolve parâmetros múltiplos como "a preservação de espaços públicos autônomos, a ampliação da participação dos cidadãos, a domesticação do poder dos meios de comunicação e a função

---

118. *Ibid.*, p. 461.
119. *Ibid.*, p. 468.
120. *Ibid.*, p. 469.
121. *Ibid.*, p. 471.

mediadora dos partidos políticos não estatizados"; ao que se somam procedimentos plebiscitários (*referendum*, iniciativa popular...), elementos que visam a introduzir processos de democracia direta, por exemplo para o escolha dos candidatos, ou fixar constitucionalmente o poder dos meios de comunicação... J. Habermas repete que esses parâmetros são "capazes de garantir o nível de discussão próprio à formação da opinião pública, sem afetar a liberdade comunicacional de um público convocado para tomar posição"[122]. Mas eles não são e não devem ser institucionalizados? Parece, aliás, que é isso que Habermas admite bastante contraditoriamente. Escreve no posfácio de sua obra: "É na medida em que o princípio de discussão ganha uma forma jurídica que ele se transforma em princípio de democracia."[123] John Rawls certamente não estava enganado quando, num recente debate com Jürgen Habermas, levantou dúvidas sobre a legitimidade processual que se inscreveria nesse contexto[124]. Mas, sobretudo – Rawls também o aponta[125] –, a idéia democrática encontra pouca clareza na definição puramente verbal do paradigma processual do direito. Nas suas palavras: "O espaço público político não é simplesmente concebido como o vestíbulo dos parlamentos, mas como uma periferia que dá impulsos e que encerra o centro político."[126] Desse embrulho metafórico, o próprio Habermas fornece uma "tradução" que não é muito mais convincente. Ele prossegue: "As diversas formas de opinião pública convertem-se em poder comunicacional exercendo simultaneamente um efeito de autorização sobre o legislador e um efeito de legitimação sobre a administração reguladora."[127] Isso seria esclarecedor se os problemas mais difíceis do direito político – autorização, legitimação, regulação, justiça... – fossem não só mencionados,

---

122. *Ibid.*, p. 471.
123. *Ibid.*, Posfácio, p. 485.
124. John Rawls e Jürgen Habermas, *Débat sur la justice politique, op. cit.*, p. 134.
125. *Ibid.*, pp. 136-7.
126. J. Habermas, *Droit et démocratie*, p. 471.
127. *Ibid.*, p. 472.

mas metodicamente examinados e estudados. Ora, busca-se em vão tal estudo.

Vejamos em seguida como se dá, em Habermas, o deslizamento do pensamento do conceito do *direito* para a categoria dos *direitos*. Em termos clássicos, o direito apresenta-se como um *corpus* de normas positivas portadoras de um poder de coerção e de sanção. Por seu caráter processual, o novo paradigma do direito se opõe a essa concepção clássica, condenada porque somente "o processo democrático tem a tarefa da legitimação"[128]. Isso significa que na teoria comunicacional um vínculo interno une Estado de direito e democracia e que, por conseguinte, os direitos subjetivos resultam do uso público das "liberdades comunicacionais garantidas pelo direito"[129]. É claro que ninguém questionaria o fato de que, do ponto de vista jurídico (e não moral), o reconhecimento dos direitos subjetivos passa por sua positivização por meio das regras do direito positivo. Mas, na política deliberativa concebida por Habermas sobre a base da "ética da discussão", como remédio tanto para os impasses patológicos do liberalismo individualista como do coletivismo estatal, o direito dito democrático se reduz ao exercício dos direitos subjetivos (direitos do homem e liberdades individuais). É um erro grave. Aos olhos do jurista, esse reducionismo é enigmático, pois os direitos do homem não correspondem a todo o direito. Aos olhos do cientista político, a multiplicação dos direitos do homem no *corpus* jurídico ameaça engendrar, num prazo mais ou menos breve, a tirania da opinião, da mídia e dos grupos de pressão. Aos olhos do filósofo, a pressuposição recíproca do direito e dos direitos é ainda mais espantosa porque o "contradiscurso da modernidade" sustentado por Habermas condena esta última precisamente porque ela explorou o paradigma do sujeito e caiu nas aporias da filosofia da consciência.

Ademais, além da leitura eminentemente contestável (provavelmente herdada de Heidegger) que J. Habermas faz da fi-

---

128. *Ibid.*, p. 480.
129. *Ibid.*, p. 493.

losofia moderna como "metafísica da subjetividade" que justifica a inflação dos direitos do homem, sua tese falsifica a própria idéia do direito. Falsifica-a inclusive duplamente. Por um lado, o direito, ao longo de sua história – mesmo que esta se resumisse aos tempos modernos –, nunca se fechou na esfera das consciências individuais; destinado, em todos os setores da sociedade, a reger as relações de coexistência, ele sempre se inscreveu, na comunidade reconhecida – a doutrina do direito de Kant mostrou isso de maneira exemplar[130] –, como intersubjetividade. Por outro lado, a instituição jurídica não se resume ao enunciado das regras que satisfazem as exigências e as aspirações da opinião pública, na qual a discussão faria de cada cidadão o co-legislador e o destinatário do direito. Não só a democracia faz, no plano prático, promessas que nem sempre pode cumprir, mas, filosoficamente, a legitimidade da legislação não pode resultar apenas das considerações empírico-pragmáticas do processo comunicacional[131], pois uma exigência racional, transcendental e pura continua sendo o horizonte de sentido e de valor que torna possível a teorização do direito[132], inclusive numa sociedade democrática.

*

Jürgen Habermas tem razão de não fechar os olhos diante da crise que ameaça o universo jurídico dos Estados democráticos do fim do século XX. Sua idéia de renovar os paradigmas do direito parece ainda mais interessante uma vez que já Portalis reconhecia para o direito uma dimensão histórico-evolutiva. Sem cair no historicismo, é preciso saber pedir ao direito para

---

130. Sobre esse ponto, remetemos a nossa obra, *La philosophie du droit de Kant*, Vrin, 1996.
131. "A legitimidade da legislação se explica, escreve Habermas, em virtude de um procedimento democrático que garante a autonomia política dos cidadãos", Habermas, *Droit et démocratie, op. cit.*, p. 46.
132. Sobre esse tema da fundação transcendental do direito, remetemos a nossos artigos em *Droits*, n. 4 e n. 11, e a nossa obra *Les fondements de l'ordre juridique*, PUF, 1992. [Trad. bras. *Fundamentos da ordem jurídica*, São Paulo, Martins Fontes, 2002.]

responder às situações que o movimento das sociedades cria. No direito privado e no direito público, é preciso aceitar a necessária mutabilidade do objeto e do conteúdo das normas jurídicas: o caráter arcaico de certas regras, a ab-rogação de certas leis, a edição de novas medidas em matéria de escolaridade, de circulação ou de agricultura, o surgimento de um direito novo em matéria de exploração dos espaços siderais... bastam para demonstrá-lo. No entanto, a adaptação do direito à factualidade, cedendo às contestações e às reivindicações de todo tipo, corre o risco de não ser um progresso nem para o universo jurídico nem para a democracia que supostamente o funda e o legitima.

Considerando as idéias de comunicação e de discussão deliberativa como os novos paradigmas do Estado de direito democrático, Habermas edificou uma teoria que virou moda, e isso é muito significativo. É verdade que, dos pontos de vista econômico e político, as sociedades atuais não são mais as do tempo das Luzes em que os triunfos da razão, à sombra de um humanismo abstrato, também eram os do individualismo e do liberalismo. As sociedades atuais querem que o legislador ouça a voz dos cidadãos e responda aos anseios da opinião pública. Mas não é absolutamente certo que a verdade da democracia resida na multiplicação das "mesas-redondas" como lugar de discussão ou, como se diz, de "negociações", e, menos ainda, na pressão dos movimentos de protesto, nas petições de todo tipo ou nos *slogans* da rua. As regras de um direito erigido sobre tal base têm ademais uma precariedade perturbadora, pois as reivindicações de amanhã são imprevisíveis. Além disso, é filosoficamente imprudente bradar, no final do século XX, o esgotamento do paradigma do sujeito e da consciência, e querer rechaçar os pretensos efeitos "instrumentais" de seu logocentrismo: por um lado, é um erro reduzir a modernidade jurídica à expressão de um individualismo calculista; por outro, é uma grande temeridade proclamar, na pós-modernidade, as glórias de uma pós-metafísica que, fundada na teoria intersubjetiva dos atos de fala, forneceria ao direito político os novos paradigmas da comunicação e da discussão democráticas. Com efeito, há uma grande parcela de ilusão em acreditar que a razão comunicacional é "conciliadora"[133] e que, portanto, democracia e "consenso" se identificam. Considerando a conflitualidade inerente à natureza humana, a pluralidade discordante das culturas, como não admitir que uma pesada suspeita paira sobre o paradigma comunicacional? Nem o direito nem a democracia encontram as razões decisivas de uma renovação radical nesse "novo paradigma". Nele há indecisões demais para que "as formas de vida concretas" sobre as quais ele supostamente se apóia possam, como afirma Habermas, "substituir a consciência transcendental unificadora"[134].

Que a obra de Kelsen tenha sido desprezada e que o livro de Habermas tenha tido sucesso não autoriza a concluir que a *fundação transcendental* da democracia seja falsa e que o *paradigma comunicacional* seja sinônimo de verdade. Quando a genealogia filosófica da democracia culmina no olhar crítico que se pode lançar sobre ela, percebe-se que a consciência transcendental não está nem um pouco ameaçada de autodestruição. Muito pelo contrário, ela fornece à arquitetônica e à normatividade da ordem jurídica as condições que as tornam possíveis e válidas. É precisamente disso que a sociedade democrática precisa: se é verdade que ela deve dar atenção à opinião pública, nem por isso deve submeter-se a ela; o importante é que ela reconheça, junto com os direitos de cidadãos maiores e livres, as exigências de princípio da ordem pública; sobre essa base, cabe a suas instituições efetuar a síntese entre ordem e liberdade.

* * *

O balanço da bibliografia contemporânea que seria possível fazer hoje limitando-se ao problema da democracia seria considerável[135]. Isso, por si só, é um sinal – sinal tanto mais ex-

---

133. J. Habermas, *Droit et démocratie*, pp. 362 e 372.
134. *Ibid.*, p. 386.
135. Damos uma idéia disso na bibliografia seletiva que apresentamos no final deste livro.

pressivo porque está sempre nimbado da ambigüidade que, desde suas origens, envolveu a idéia democrática. Louvada por uns porque aureolada de esperança ou criticada por outros até a diabolização, a democracia não se deixa englobar num conceito claro e distinto. Embora possamos enumerar os principais parâmetros aos quais recorre sua instauração, a busca do paradigma fundador que lhe conferiria uma certeza inabalável continua sendo, como acabamos de ver, problemática e delicada. Podemos até nos perguntar, numa época em que os povos experimentam cada dia mais as desilusões de um tipo de sociedade política na qual tinham depositado tantas esperanças, e em que se multiplicam os dilemas cada vez mais árduos com que estão confrontados os governantes, se algum dia será possível dar à democracia fundações suficientemente sólidas para que seja duradouras.

No entanto, para administrar a infelicidade que a democracia corre o risco de engendrar, não seria o caso de colocar a sociedade contra o Estado: este seria um ato de desespero que expressaria a luta duvidosa de uma desrazão anarquizante. No mundo atual, o Estado democrático constitui uma conquista tão importante que não se devem adotar medidas atentatórias à humanidade do homem, ao interesse geral e às liberdades públicas – liberdade de pensar, de se exprimir, de trabalhar, de circular, liberdade de imprensa ou liberdade de religião... No entanto, uma vez que a política democrática é inseparável do estado de espírito das populações, ela comporta sérios riscos de desvio que, sob o efeito das pressões e das paixões populares, orquestradas por líderes ou exploradas pela propaganda e pelos meios de comunicação, arrastam-na para o lodaçal da demagogia e da desordem.

Porque é um ser livre, o homem considera conveniente que a vontade pública molde a política, lhe dê forma e estrutura; mas ele também sabe, porque vez por outra tal provação foi imposta aos homens em certos lugares e em certas épocas, que, quando o social ou a ideologia prevalecem sobre o político, não se exclui a possibilidade de o peso da democracia tornar-se esmagador. Portanto, não existe um modelo único e perfeito de democracia, mas democracias mais ou menos autênticas. Essa pluralidade, que é também plurivalência, coloca em questão – e sem dúvida hoje mais que nunca ao longo da história – ao mesmo tempo a natureza e o funcionamento da democracia, sempre dividida entre a idealidade de seus princípios fundadores e a mobilidade muitas vezes irracional de sua realidade. Por isso, recentemente, alguém caracterizou a democracia de nossa época de "democracia de equilíbrio"[136]. No entanto, deve-se sobretudo sublinhar o quanto esse "equilíbrio" é instável. Nossas sociedades democráticas parecem quebra-cabeças; nelas justapõem-se e se acumulam de maneira mais pragmática que racional, e, em geral, sobre a base de compromissos nos quais a prudência degenera em demagogia, instituições, leis e regulamentos, procedimentos eleitorais ou referendários, precedentes jurisprudenciais... A evolução das mentalidades, a transformação das sociedades, a inadequação dos órgãos institucionais conjugam-se não tanto, como diz P. Rosanvallon, "para fazer a democracia retornar à sua incompletude primeira", mas para mostrar à luz do dia as ambigüidades e os equívocos que o pluralismo engendra sobre as vias mal balizadas da democracia. É certo que a idéia democrática sempre se oporá ao espectro da tirania estatal, real ou imaginária, e, inscrevendo-se nas perspectivas do relativismo, sempre se afirmará como a antítese das concepções absolutistas e, *a fortiori*, totalitárias do poder. Mas, justamente devido a esse relativismo, a diversidade insinua nela, com diferenças, os desacordos dos indivíduos sobre as finalidades da política assim como sobre os meios que ela deve empregar.

No intervalo que se estende entre a pureza dos princípios e a impureza da realidade, todas as figuras são possíveis. É verdade que nos últimos dois séculos a democracia constitui o horizonte do que Kant chamava de o "bem político". Porém, no mundo contemporâneo, instalam-se freqüentemente dissensões no lugar do consenso desejado e assistimos ao confronto das convicções singulares, dos fenômenos de competição, das cli-

---

136. Pierre Rosanvallon, *Le peuple introuvable*, Gallimard, 1998.

vagens ideológicas e éticas... Isso basta para indicar o quanto, para além do inevitável relativismo da democracia, é difícil procurar nela coerência e coesão. Posto isso, não deveria nos espantar que a democracia, num momento em que está supostamente assentada sobre paradigmas novos que implicam a renúncia aos valores da tradição, ainda esteja embaçada de ceticismo. Estranho *status* o de uma condição sociopolítica que, apesar do aperfeiçoamento de suas estruturas para torná-las congruentes com as aspirações do povo à liberdade e à igualdade, permanece envolvida, não obstante as esperanças que, apesar de tudo, a nutrem incansavelmente, no espesso véu da dúvida! A história da democracia deu lugar a tantos fenômenos de desregulação, ela manifesta hoje tal clima de crise que, oculta entre os preconceitos que pululam no imbróglio das aspirações populares, perfila-se a rejeição da política. Devemos concluir disso que a idéia de democracia é sempre mais ou menos traída e que "o governo do povo pelo povo" é uma ficção?

Conclusão

O povo de Atenas cultuava a democracia e, ao mesmo tempo, Platão denunciava seus perigos. O povo de Roma, nas palavras de Cícero e de Tácito, mais louvava as virtudes da República que prezava a democracia; mas sabia por experiência que tinha de lutar para ter acesso ao poder político, embora nunca tivesse a certeza de uma vitória durável. No entanto, apesar da ambivalência que outrora acompanhou o surgimento das democracias originais, foi nela que a história do pensamento político foi buscar as máximas ordenadoras do ideal democrático que sempre se ergueu contra o inchaço de um poder tirânico: é preciso que o povo tenha a liberdade de designar aqueles que o governam; é preciso que os governantes trabalhem sem se afastar da preocupação constante com a igualdade e a justiça, pelo bem de todos.

1. Ao longo de toda sua história, as democracias nunca renegaram esses dois princípios fundamentais. Pode-se até dizer que sua axiomática geral, ao afirmar as idéias básicas da cidadania, da soberania do povo, da representação, do sufrágio universal, da regra majoritária, da eqüidade social... constitui seu desenvolvimento metódico e progressivo – o que não deixa, diga-se de passagem, de fragilizar o dualismo tantas vezes afirmado hoje entre democracias antigas e democracias modernas. É claro que já foi o tempo em que, por razões demográficas evidentes, eram possíveis as democracias diretas nas quais o con-

junto dos cidadãos, reunidos em assembléia, deliberavam e decidiam por um voto de mão erguida. Mas as democracias que conhecemos no final do século XX repousam sobre uma opinião pública dispensadora de legitimação; por meio de seu sufrágio, cada um pode fazer ouvir livremente sua voz e, por meio de seus representantes eleitos, participar do exercício do Poder. Isso explica por que a idéia democrática, em seu teor antiabsolutista que vai ao encontro da vontade de autonomia dos cidadãos, corresponde a uma concepção aberta e pluralista da política. Por intermédio desse pluralismo, necessariamente diversificado, cada um pode reconhecer sua diferença e sua liberdade; tem então o sentimento de se engajar de maneira responsável na vida da Cidade e, em troca, espera do Estado que ele se ponha a serviço dos direitos individuais.

Mas cabe à história da democracia julgar a democracia. Ora, ela mostra que, justamente pelo pluralismo que é sua alma, a democracia é particularmente vulnerável. Por causa da diversidade das individualidades que, ao se exprimirem, tentaram e continuam tentando dar uma unidade à vontade geral do povo, a democracia secretou ilusões de que, hoje, se tem consciência e pelas quais ela é severamente censurada. Em outras palavras, as virtudes da democracia são também suas fraquezas, sua força é também o que produz sua impotência. É por isso que, no mundo contemporâneo que vive globalmente na era democrática, denuncia-se a crise que mina esse regime pelo qual tantas gerações lutaram dando o melhor de si.

Em páginas célebres, Tocqueville acusara o individualismo que triunfa na democracia dos tempos modernos de engendrar os males que a minam: "À medida que as condições se igualam, encontramos um número cada vez maior de indivíduos que, não sendo suficientemente ricos nem suficientemente poderosos para exercer uma grande influência sobre o destino de seus semelhantes, adquiriram ou conservaram luzes ou bens suficientes para poder bastar-se a si mesmos. Não devem nada a ninguém; habituam-se a sempre se considerarem isoladamente, imaginam que todo seu destino está em suas mãos. Assim, a democracia faz cada homem esquecer seus ancestrais, mas esconde dele seus descendentes e o separa de seus contemporâneos; devolve-o sem cessar apenas a si mesmo e ameaça confiná-lo por inteiro na solidão de seu próprio coração."[1] A democracia, pensava Tocqueville, decompõe a sociedade e, rompendo todos os laços que, no espaço e no tempo, unem os homens aos homens, espalha-se num mundo atomizado: o interesse e o egoísmo que se instalam fazem as sociedades democráticas correrem um risco mortal. Na democracia há uma tirania da individualidade, de modo tal que, em vez de ser um progresso político como acreditavam os homens do século XVIII, está carregada de riscos de uma regressão social – não porque se oponha à aristocracia do Antigo Regime, mas porque desestrutura até a desagregação a comunidade dos homens na qual se decompõem, sob seu efeito, as tradições e as normas que constituem suas referências e são a base de seu valor.

Nos últimos anos de nosso século, enfatizou-se sobretudo o perigo do nivelamento democrático que, dando-se necessariamente por baixo, é uma ameaça de empobrecimento para a cultura e para a inteligência. O profetismo nietzscheano ressaltara esse aspecto perverso da inflação democrática que elimina as distâncias sociais e rebaixa em todos os domínios o nível geral. É forçoso constatar hoje que esse nivelamento se produz em todos os campos da sociedade: o consumo, a vestimenta, o hábitat, o automóvel, os estudos, as viagens... Ele é intensificado, às vezes até a desrazão, pelo condicionamento desencadeado pela "máquina igualitária", por certas práticas publicitárias, pela generalização dos empréstimos bancários, pela inflação da tecnologia e pela produção de geringonças mais ou menos baratas, pelo fenômeno da moda amplificado pelos meios de comunicação... No turbilhão do consumo, os "valores" da democracia perigam tornar-se simplesmente os antivalores da cultura. Certos autores chegaram até, não sem certa razão, a deplorar a "barbárie" que invade a era democrática: o homem tornou-se um ser de "consumo" (H. Marcuse); sonha com a "opulência" (J. K. Galbraith); está despersonalizado (A.

---

1. Tocqueville, *De la démocratie en Amérique*, vol. 2, 2ª parte, p. 127.

Finkielkraut); sua alma está desarmada (A. Bloom); a era do vazio chegou (G. Lipovetsky); o efêmero triunfa; os novos tempos democráticos são "o crepúsculo do dever"... a sociedade democrática nada mais é que um "espetáculo". Quanto à política que se pretende democrática, ela é uma "mentira", pois, nela, o povo é "inencontrável" (P. Rosanvallon). Nessas condições, não é abusivo falar da "crise" que sacode a condição democrática do mundo contemporâneo e que lamentavelmente lembra, nos meandros psicológicos da alma popular, as mais sombrias horas da democracia ateniense, marcadas pelas sombras da morte. Convenhamos que, no pluralismo do mundo democrático, governar os indivíduos que reivindicam o tempo todo, com direitos cada vez mais numerosos, sua igualdade com qualquer outro e sua liberdade sem limites é uma tarefa das mais delicadas. Os homens nem sempre compreendem que, como tão bem dizia Charles Péguy, "A ordem, e só a ordem faz a liberdade. A desordem faz a servidão. Só é legítima a ordem da liberdade"[2]. Então, por causa de sua incompreensão, a avaliação do estado da coisa da democracia é sombria.

2. A filosofia política não pode se contentar, em razão de suas exigências reflexivas, com a constatação de mal-estar e de crise que caracteriza a democracia e que, repetindo-se ao longo dos séculos, foi se acentuando para atingir hoje, ao que tudo indica, um ponto culminante. Ela tentou explicar esse mal-estar generalizado de diferentes maneiras. Os marxistas enfatizaram a diferença entre a "democracia formal" e a "democracia real"; Tocqueville deplorou a onda tumultuosa do individualismo e o peso esmagador da opinião pública; Nietzsche procurou no embrutecimento do homem democrático as razões da insatisfação que o mata; Heidegger incriminou a técnica; Hannah Arendt procurou a fonte do mal democrático no divórcio entre a palavra e a ação; J. Habermas deplora a inadequação dos paradigmas do direito político às aspirações dos povos de hoje; Paul Ricoeur fala da diluição dos valores; outros invocam a

---

2. Citado por Raymond Polin, *L'ordre public*, quarta capa, PUF, 1996.

corrupção dos costumes, o perigo das ideologias, a miragem das fantasmagorias e das utopias, a indiferença generalizada em relação à ordem pública, o apagamento da memória histórica, a penumbra do labirinto existencial... Pela diversidade de facetas que ela revela e através da multiplicidade de explicações que se tenta dar, percebe-se que a crise atual da sociedade democrática vai ao encontro da "crise da consciência européia" cujos estigmas Husserl já identificava nos anos trinta. Tomando caminhos diferentes e utilizando múltiplos argumentos, os autores, em sua quase totalidade, concordam em desvelar as paixões e a ilusões que se insinuam como fatores perturbadores nas sociedades democráticas. Desestruturando-as, destilam nelas, à força de amálgamas e de desvios corruptores, um medo igualmente estranho e torturante: o "medo do vazio"[3].

Diante desse quadro sombrio, enuncia-se sempre uma objeção: o bom uso da democracia torna possível, sob as Constituições e por meio de leis justas, a emancipação do homem; e acrescenta-se que quando falha na "sociedade civil" o bem-estar que um trabalho bem organizado proporciona, a democracia permite, recorrendo a instituições públicas de assistência, paliar tal carência e evitar dramas. É uma objeção a que se deve dar ouvidos. No entanto, uma resposta se impõe de imediato. A realidade prática da democracia na verdade dista de coincidir perfeitamente com sua perspectiva ideal: as situações sociais são muitas vezes equívocas; o descontentamento e a miséria podem ser explorados por líderes ou grupos de pressão que não hesitam, preconizando o recurso a petições, a manifestações e a greves, em atiçar um fermento de anarquia; eles sabem que ele está presente em toda sociedade democrática e é fácil de inflamar. A representação da sociedade democrática vem, portanto, indubitavelmente acompanhada de uma imagem de crise.

Mas, embora a crítica que se faz atualmente à democracia seja particularmente acerba, é preciso dar-lhe sua verdadeira dimensão e seu verdadeiro alcance.

---

3. Olivier Mongin, *La peur du vide. Essai sur les passions démocratiques*, Le Seuil.

Por um lado, no contexto filosófico do último quarto do século XX, essa crítica não se resume a deplorar a disfunção das instituições; ela é um aspecto do vasto processo aberto contra a "modernidade" (justificadamente ou não, está é uma outra questão). De fato, considera-se em geral que os parâmetros da democracia foram forjados pela razão "moderna" inaugurada por Descartes – o "herói moderno" por excelência segundo Hegel. Por isso, a política e a sociedade democráticas encontrariam sua fonte, diz por exemplo Friedrich Hayek[4], no "racionalismo construtivista" de Descartes – o que pode parecer paradoxal, pois o próprio filósofo se recusava a tirar conclusões políticas e sociais de seu método. Ora, prossegue Hayek com insistência, os erros dessa postura são patentes: ela faz pouco-caso da tradição, do costume, da história e "ignora a maioria dos fatos sobre os quais repousa o funcionamento da sociedade"[5]. A partir dessas premissas, às quais subscrevem, explícita ou implicitamente, numerosos autores contemporâneos, são denunciados, numa grande miscelânea, a idéia do contrato social como base arquitetônica da democracia, a abstração geométrica das Constituições, o espírito de sistema que preside à política e acarreta a legitimidade da coerção legal, a metafísica uniformizante dos direitos do homem, a desvalorização dos valores, as glórias do individualismo e do egocentrismo, a busca da felicidade confundida com o bem-estar e o conforto, a prevalência dos interesses privados e dos cálculos utilitaristas sempre tingidos de preocupações econômicas... Esse requisitório contra a democracia é o mesmo que é pronunciado contra a "modernidade", acusada de proceder de uma "razão instrumental", para a qual a legitimidade da política e do direito decorre – dizem – de considerações de oportunidade e de eficácia. Portanto, quando, dados esses considerandos, acusa-se a democracia de ser apenas uma utopia intelectual e favorecer, mesmo sem saber, conseqüências niilistas, o motivo

---

4. Friedrich Hayek, *Droit, législation et liberté*, tradução francesa, tomo I, PUF, 1980, p. 11.
5. *Ibid.*, p. 16.

profundo do ato de acusação reside no fato de que, forma política, tipo de sociedade ou estado de espírito, ela está carregada, em sua lógica interna, dos próprios pecados da "modernidade".

Na verdade, esse julgamento tão reiterado é superficial e precipitado. O problema não é o fato de o racionalismo cartesiano ser incriminado: Descartes sem dúvida ficaria muito surpreso com os delitos político-institucionais de que o acusam. Deixaremos, portanto, de lado essa interpretação, no mínimo audaciosa, de sua obra filosófica, e consideraremos apenas o mundo moderno.

Seria decerto absurdo contestar que o mal-estar da modernidade[6] se refrata nas dificuldades que têm de enfrentar as instâncias políticas, e que os repetidos sobressaltos, às vezes dissimulados, às vezes violentos, das sociedades democráticas atuais são indícios evidentes de uma profunda insatisfação. No entanto, quando se constata o clima de crise aguda no qual se debatem os governos que se dizem democráticos – e quase todos, hoje, o fazem –, convém *por outro lado* tomar consciência da significação profunda e grave desse estado de coisas. Essa tomada de consciência extrapola em muito o contexto da conjuntura atual. Com efeito, pelo fato de a democracia encontrar suas raízes, desde seu surgimento na aurora da história, no poder construtor dos homens, ela se inscreve nos limites do humano e, por conseguinte, traz, indelével, a marca da imperfeição. Nesse sentido, não há (e não pode haver) diferença entre as democracias antigas e as democracias modernas e contemporâneas. Faz vinte e cinco séculos que as democracias, para governar, devem refletir, pensar, prever, mas também escutar o povo, adaptar-se a suas exigências, escolher entre suas reivindicações. Antigas ou modernas, elas repousam sobre o mesmo princípio antropológico intangível que constitui ao mesmo tempo sua força e sua fragilidade, sua grandeza e sua mediocridade e que explica tanto as esperanças que elas fazem nascer como as desilusões que engendram. Sob a ambivalência que as caracteriza, o humanismo em que se inspiram todas as democracias impli-

---

6. Charles Taylor, *Le malaise de la modernité*, Le Cerf, 1994.

ca a imperfeição. Não há e jamais haverá democracia perfeita. Rousseau já o compreendera, mas ele não foi compreendido: ele dizia que era preciso "um povo de deuses" para se governar democraticamente.

Seria imprudente deduzir daí que uma teorização fundadora da democracia é impossível. Compreendamos de preferência que a crise de que padecem, em escala planetária, as democracias contemporâneas não é acidentalmente conjuntural, mas essencial. Nas democracias de todos os tempos, seja qual for a forma que adotem, exprimem-se certamente os intuitos mais nobres que os homens depositam em sua aspiração à liberdade; e é preciso creditar à humanidade o fato de que esses intuitos tenham podido se traduzir, graças a combates perseverantes, na forma do reconhecimento da liberdade de opinião, de expressão, de circulação, de domicílio, de crença etc... As "liberdades públicas" de que se orgulham as democracias de hoje são em honra da humanidade. Mas, para que essa honra seja imaculada, não devemos jamais esquecer que a liberdade democrática não equivale à independência anárquica dos indivíduos *ut singuli* e que, portanto, ela necessita, política e socialmente, de diques e de parapeitos sem os quais ela se perde numa espécie de loucura existencial. Portanto, é preciso saber compreender que a liberdade só ganha sentido numa democracia dentro dos limites da natureza humana e que, como tal, ela se situa sob o signo do realismo e da finitude. Liberdade-autonomia ou liberdade-participação, ela faz parte apenas do campo limitado da existência humana. Ela termina para uns ali onde começa a dos outros. Ela sempre comporta, ademais, fatores de desequilíbrio na medida em que é preciso levar em conta as vontades contraditórias que também procuram se exprimir. Numa democracia em que cabe aos cidadãos decidir sobre as modalidades de sua condição política e social, a progressão da liberdade é inseparável das incertezas e, às vezes, até das angústias decorrentes dos obstáculos com os quais ela se choca. Seu trajeto é às vezes até mesmo aporético porque nem sempre é possível, no mundo fluente dos homens, estabelecer um acordo entre as diferenças ou a unidade da pluralidade. A dificuldade de existir que caracteriza a democracia – em sua forma antiga bem como em sua silhueta moderna, e quer esta adote uma faceta liberal ou um aspecto social – resulta da imperfeição de tudo o que é humano. As ameaças endêmicas que pesam sobre ela refletem a fragilidade essencial da natureza humana na qual coexistem desconfortavelmente razão e paixão.

É por isso que a ambivalência da democracia existe em todos os tempos. A democracia sempre foi desejável. A esperança da liberdade é sua força profunda e, como nenhum homem sensato pode racionalmente defender a servidão, ela está inscrita na essência da humanidade. Mas, em seu conjunto, a democracia é temível: para os povos bem como para os indivíduos, é árduo assumi-la, porque a liberdade tem limites e esses limites, que são a indicação da imperfeição dos homens, são difíceis de traçar de modo duradouro. Por isso é preciso convencer-se de que a democracia não é, como se pensou por tanto tempo, apenas um regime político possível entre outros modelos de governo. "Não são os artigos de uma Constituição que fazem a democracia."[7] Ela faz parte do horizonte da natureza humana, ao mesmo tempo cheio de luz e carregado de nuvens. Porque ela é a energia de uma idéia, ela é uma disposição reguladora rica em esperança; porque ela pertence a um contexto humano, está marcada por uma precariedade essencial. Entre o desejo de uma união harmônica e serena de homens livres e iguais e o peso de um individualismo que ameaça ser anárquico, a democracia é, em sua própria essência, habitada por um déficit que é inerente à sua natureza e que se traduz por um estado de instabilidade e de crise que a ambivalência da natureza humana impõe a suas maiores obras. Ela se alimenta sempre das mais elevadas esperanças e ela é, sem trégua, minada pelas mais angustiantes crises; mas ela não é nem a utopia de uma Cidade do Sol, nem o mito do Inferno. Obra humana a ser sempre repensada e recomeçada, ela remete a condição humana, diante de toda a história, a seu sentido mais profundo e mais perturbador: sempre imperfeita, essa grande aventura humana é um fardo pesado de carregar.

---

7. Georges Burdeau, *La démocratie*, La Baconnière, 1956, p. 6.

Bibliografia selecionada

1. Obras clássicas

Poucas filosofias deixaram de abordar a questão da política e do direito. No entanto, apenas em algumas grandes obras clássicas uma interrogação metódica sobre a democracia aparece como um eixo temático. Por ordem cronológica, traçamos aqui sua sinopse.

HESÍODO (fim VIII-começo VII a.C.), *Les travaux et les jours*, Belles Lettres, 1928.
SÓLON (640-560 a.C.), *Elégies et Iambes*, Clarendon Press, 1972.
ÉSQUILO (525/4-456/5 a.C.), *L'Orestie*, Belles Lettres, 1920-1925.
HERÓDOTO (484 c. 420 a.C.), *Les histoires*, Belles Lettres, 1970; Bibliothèque de la Pléiade, 1964.
TUCÍDIDES (c. 460 c.-404 a.C.), *La Guerre du Péloponnèse*, Belles Lettres, 1953-1972; Bibliothèque de la Pléiade, 1964.
ARISTÓFANES (c. 450 c. 388 a.C.), *Les cavaliers, Les guêpes, Les nuées* (423).
ISÓCRATES (436-338 a.C.), *Aréopagitique* (380 a.C.), Belles Lettres, 1929-1962, tomo III.
PLATÃO (c. 427-348/347 a.C.), *Gorgias ou sur la Rhétorique* (390-385 a.C.); *La République* ou sur la Justice (385-370 a.C.); *Le politique* (antes de 370 a.C.); *Les lois* (depois de 370 a.C.), in Bibliothèque de la Pléiade, 1950.
XENOFONTE (426-355 a.C.), *Cyropédie*, Belles Lettres, 1971-1973; *Mémorables*, in *Oeuvres complètes*, Garnier-Flammarion, 1967.
DEMÓSTENES (384-322 a.C.), *Harangues et plaidoyers politiques*, in *Chefs-d'oeuvre de Démosthène et d'Eschine*, Charpentier, Paris, s.d.
ARISTÓTELES (384-322 a.C.), *La politique*, Belles Lettres, 1960-1973; Vrin, 1962; *La Constitution d'Athènes*, Belles Lettres, 1967.

CÍCERO (106-43 a.C.), *De la République* (54-51 a.C.), Garnier 1954; Belles Lettres, 1980; *Traité des lois* (50 a.C.), Belles Lettres, 1959.
TITO LÍVIO (59 a.C.-17 d.C.), *Histoire de Rome depuis sa fondation* (a partir de 26 a.C.), Leipzig, 1857 ss.
AGOSTINHO (Santo) (354-430 d.C.), *La Cité de Dieu*, Desclée de Brower, 1959-1960.
AQUINO (Tomás de) (1225-1274), *Somme théologique* (1266-1273).
MARSÍLIO DE PÁDUA (c. 1275-c. 1343), *Le défenseur de la paix (Defensor Pacis)*, (1324), Vrin, 1968.
MAQUIAVEL (1469-1527), *Le prince* (l513); *Discours sur la première décade de Tite-Live* (1513-1519), Bibliothèque de la Pléiade.
MORE (1478-1535), *L'Utopie* (1516), Mame, 1978; Flammarion, 1987.
LA BOÉTIE (1530-1563), *Discours de la servitude volontaire* (1546 ou 1548), Flammarion, 1983.
DE BÈZE (1519-1605), *Du droit des magistrats* (1574), Droz, 1970.
DU PLESSIS MORNAY (1549-1623), *Vindiciae contra tyrannos* (1579), Droz.
BODIN (1530-1596), *Les six livres de la République* (1576), Scientia Aalen, 1961.
BACON F. (1561-1626), *La nouvelle Atlantide* (inacabada e póstuma), Payot, 1983.
CAMPANELLA (1568-1639), *La Cité du Soleil* (1602), Vrin, 1950.
GROTIUS (1583-1645), *Du droit de la guerre et de la paix* (1625), reedição da tradução Barbeyrac, PU Caen, 1984.
HOBBES (1588-1679), *Léviathan* (1651), Sirey, 1971.
SPINOZA (1632-1677), *Traité théologico-politique* (1670); *Traité politique* (1677), Bibliothèque de la Pléiade, 1954.
LOCKE (1632-1704), *Second traité du gouvernement civil* (1690), Flammarion, 1984 e 1992.
MONTESQUIEU (1689-1755), *L'esprit des lois* (1748), Bibliothèque de la Pléiade, tomo II, 1951.
VOLTAIRE (1694-1778), *Lettres anglaises* (1734), Bibliothèque de la Pléiade, Mélanges, 1961.
HUME (1711-1776), *Essais politiques*, Vrin, 1972; *Quatre discours politiques* (1754), PU Caen, 1986.
MABLY (1709-1785), *Entretiens de Phocion sur le rapport de la morale et de la politique* (1763), PU Caen, 1986.
ROUSSEAU (1712-1778), *Le contrat social* (1762), Bibliothèque de la Pléiade, tomo III.
JEFFERSON (1743-1826), *Déclaration d'Indépendance* (1776).
HAMILTON, Madison e Jay, *Le fédéraliste* (1788), LGDJ, 1957.
KANT (1724-1804), *Essai sur la paix perpétuelle* (1795), PUF, 1958; *Doctrine du droit* (1796), Vrin, 1971, Bibliothèque de la Pléiade, tomo III, 1986.

BIBLIOGRAFIA SELECIONADA

SIEYÈS (1748-1836), *Essai sur les privilèges* (1789) e *Qu'est-ce que le tiers état?* (1789), reedição PUF, 1982; Droz, 1970.
BURKE (1728-1797), *Réflexions sur la Révolution de France* (1789), Hachette, 1989.
FICHTE (1762-1814), *Le fondement du droit naturel* (1797), PUF, 1985.
CONSTANT (1767-1830), *De la liberté des Anciens comparée à celle des Modernes* (1819), Hachette, 1980; *Principes de politique applicables à tous les gouvernements* (1806), Droz, 1980; Bibliothèque de la Pléiade, 1957.
TOCQUEVILLE (1805-1859), *De la démocratie en Amérique* (vol. I, 1835; vol. II, 1840), Gallimard, 1986. *L'Ancien Régime et la Révolution* (1856), Gallimard, 1975.
LABOULAYE (1811-1883), *Le Parti Libéral* (1863), Charpentier, 1863; *L'État et ses limites* (1864), PU Caen, 1992; *Questions constitutionnelles* (1872), PU Caen, 1993.
MARX (1818-1883), *L'idéologie allemande* (1848); *Manifeste du Parti Communiste* (1848); *Critique du programme du parti ouvrier allemand* (1875), *Oeuvres*, Bibliothèque de la Pléiade.
NIETZSCHE (1844-1900), *Considérations inactuelles*; *La volonté de puissance*; *Ainsi parlait Zarathoustra,* edição das *Oeuvres complètes*, G. Colli e M. Montinari, Gallimard.
JAURÈS (1859-1914), *Histoire socialiste de la Révolution Française* (1901-1904), Éditions Sociales, reedição, 1969-1972.
BERNSTEIN (1850-1932), *Les présupposés du socialisme* (1899), Seuil, 1974.
WEBER (1864-1920), *Le savant et le politique*, Plon, 1959; *Sociologie du droit*, PUF, 1986.
SCHMITT (1888-1985), *La notion de politique* (1923), Calmann-Lévy, 1988; *Légalité et légitimité*, LGDJ, 1936; *Théologie politique* (1922 e 1970), Gallimard, 1988; *Démocratie et parlementarisme,* (1923), Seuil, 1988; *Théorie de la Constitution*, PUF, 1993.
KELSEN (1881-1973), *La démocratie. Sa nature. Sa valeur* (1929), Economica, 1988; *Théorie pure du droit* (1934), Sirey, 1962; *Theory of Law and State* (1947), LGDJ, 1997; *Théorie générale des normes*, PUF, 1996.
ARON (1905-1983), *Démocratie et totalitarisme*, Gallimard, 1956; *Machiavel et les tyrannies modernes*, De Fallois, 1993.
STRAUSS (1899-1973), *Droit naturel et histoire* (1953), Plon, 1954; Flammarion, 1986; *De la tyrannie* (1954), Gallimard, 1990; *La cité et l'homme*, Press Pocket, 1987; *Qu'est-ce que la philosophie politique?* (1959), PUF, 1992.
ARENDT (1906-1975), *Le système totalitaire* (1951), Seuil, 1972; *La condition de l'homme moderne* (1958), Calmann-Lévy, 1962; *La crise de la culture* (1968), Gallimard, 1972.

BURDEAU (1905-1994), *La démocratie*, Seuil, 1969; *Traité de science politique*, tomo V, *Les régimes politiques*, LGDJ, 1970; tomo VII, *La démocratie gouvernante, son assise sociale et sa philosophie politique*, 1972; *La démocratie et les contraintes du Nouvel Âge*, 1974; tomo IX, *Les façades institutionnelles de la démocratie gouvernante*, 1976.

RAWLS (nascido em 1921), *Théorie de la justice* (1971), Seuil, 1987; *Justice et démocratie* (artigos escolhidos) (1978-1989), Seuil, 1993; *Libéralisme politique* (1993), PUF, 1995. *Débat* (com Habermas) *sur la justice politique*, Cerf, 1997.

HABERMAS (nascido em 1929), *Raison et légitimité. Problème de légitimation dans le capitalisme avancé* (1973), Payot, 1978; *De l'éthique de la discussion* (1991), Cerf, 1992; *Le discours philosophique de la modernité*, Gallimard, 1988; *Théorie de l'agir communicationnel*, Fayard, 1988; *Débat* (com J. Rawls) *sur la justice politique*, Cerf, 1997; *Droit et démocratie. Entre faits et normes* (1992), Gallimard, 1997.

2. Estudos sobre a democracia

ABENSOUR Miguel, *La démocratie contre l'État. Marx et le moment machiavélien*, Cerf, 1996.

APEL Karl Otto, *Éthique de la discussion*, Cerf, 1994.

ARATO A. e COHEN J., *Civil Society and Political Theory*, Cambridge U.P., 1992.

ARENDT Hannah, *Les origines du totalitarisme* (1951); *Sur l'antisémitisme*, Calmann-Lévy, 1973; *L'impérialisme*, Fayard, 1982; *Le système totalitaire*, Seuil, 1972; *Condition de l'homme moderne* (1958), Calmann-Lévy, 1961; *La crise de la culture* (1968), Gallimard, 1972; *Du mensonge à la violence* (1972), Calmann-Lévy, 1972.

ARON Raymond, *Démocratie et totalitarisme*, Gallimard, 1965; Folio, 1990; *Les désillusions du progrès*, Calmann-Lévy, 1969; *Machiavel et les tyrannies modernes*, De Fallois, 1993.

AUBENQUE Pierre, "Aristote et la démocratie", *Varia Turcica*, Istambul/Paris, 1988, pp. 31-8.

AUDARD Catherine, "The Idea of Public Reason", *Ratio Juris*, 8, mar. 1995.

BALLE Francis, *Medias et société*, Montchrestien, 7.ª ed., 1994.

BARNI Jules, *La morale dans la démocratie*, Paris, 1868.

BÉNÉTON Philippe, *Les régimes politiques*, PUF, 1996.

BÉNICHOU Paul, *Le temps des prophètes*, Gallimard, 1977.

BERLIN Isahia, *Éloge de la liberté*, Calmann-Lévy, 1988; Press Pocket, 1990.

BERNSTEIN Eduard, *Socialisme théorique et social-démocratie pratique*, Stock (1899), Seuil, 1974.
BERTEN André, DA SILVERA P., POURTOIS H. (ed.), *Libéraux et communautariens*, PUF, 1997.
BOBBIO Norberto, *Libéralisme et démocratie*, Cerf, 1996.
BODEÜS Richard, *Politique et philosophie chez Aristote*, Namur, 1991.
BOURGEOIS Bernard, *Philosophie et droits de l'homme de Kant à Marx*, PUF, 1990.
BLOOM Allan, *The Closing of the American Mind*, Nova York (1987). *L'Âme désarmée*, Julliard, 1987.
BURDEAU Georges, *La démocratie*, La Baconnière, 1956.
CAILLÉ Alain, *La démission des clercs. La crise des sciences sociales et l'oubli du politique*, La Découverte, 1993.
CARRÉ DE MALBERG Raymond, *Théorie générale de l'État* (1921), CNRS, 1962.
CASTORIADIS Cornelius, *Les carrefours du labyrinthe*, II, Seuil, 1986; *Le monde morcelé*, Seuil, 1990.
CEASER James W., *Liberal Democracy and Political Science*, Baltimore, 1990.
CLAVREUL Colette, *L'influence de la théorie de Sieyès sur les origines de la représentation en droit public*, tese, Paris, 1982.
CLOSETS François de, *Toujours plus*, Grasset, 1982.
DAHL Robert, *Polyarchy*, 1971.
DAVID M., *La souveraineté du peuple*, PUF, 1996.
DELRUELLE Éd., *Le consensus impossible*, Ousia, 1993.
DUHAMEL Olivier, *Les démocraties. Régimes, histoire, exigences*, Seuil, 1993.
DUMONT Louis, *Homo aequalis*, I, Gallimard, 1977.
DUVERGER Maurice (dir.), *Dictatures et légitimité*, PUF, 1982.
DWORKIN Ronald, *Prendre les droits au sérieux*, tradução francesa, PUF, 1995.
EWALD François, *L'État-Providence*, Grasset, 1986.
FAYE Jean Pierre, *Langages totalitaires*, Hermann, 1972; *Le siècle des idéologies*, A. Colin, 1997.
FERRY Jean-Marc, *L'éthique reconstructive*, Cerf, 1995.
FINLEY Moses, *Démocratie antique et démocratie moderne* (1973), tradução francesa, Payot, 1976.
FREUND Julien, *L'essence du politique*, Sirey, 1965.
FRIEDRICH Carl J., *La démocratie constitutionnelle*, tradução francesa, PUF, 1958.
FUSTEL DE COULANGES, *La cité antique* (1900), Hachette, 1969.
GALBRAITH John K., *L'ère de l'opulence*, Calmann-Lévy, 2.ª ed., 1986.

GAUCHET Marcel. Prefácio de Constant B.: *De la liberté chez les Modernes*, "L'illusion lucide du libéralisme", Hachette, 1980; *Le désenchantement du monde*, Gallimard, 1985; "Le mal démocratique", in *Esprit*, outubro de 1993; *La révolution des pouvoirs*, Gallimard, 1995.
GAXIE D., *La démocratie représentative*, Montchrestien, 1993.
GRAWITZ Madeleine e LECA Jean (dir.), *Traité de science politique*. Tomo II: *Les régimes politiques contemporains*, PUF, 1985.
GRIMALDI Nicolas, *Le travail. Communion et excommunication*, PUF, 1998.
GUIZOT François, *Des moyens de gouvernement et d'opposition*, 1821.
HABERMAS Jürgen, *L'espace public. Archéologie de la publicité comme dimension constitutive de la société bourgeoise*, Payot, 1986; *Raison et légitimité*, Payot, 1978; *Théorie de l'agir communicationnel*, Fayard, 1987; "La souveraineté populaire comme procédure. Un concept normatif d'espace public", in *Lignes*, n. 7, setembro de 1989; *Morale et communication*, Cerf, 1991; *De l'éthique de la discussion*, Cerf, 1992; *Débat sur la justice politique* (com Rawls), Cerf, 1997; *Droit et démocratie. Entre faits et normes* (1992), Gallimard, 1997.
HAARSCHER Guy et LIBOIS Boris (ed.), *Mutations de la démocratie représentative*, Éditions Universitaires de Bruxelles, 1997.
HAYEK Friedrich A., *La route de la servitude*, Médicis, 1946; *The Constitution of Liberty*, Chicago U.P., 1960; *Droit, législation et liberté*, PUF, 3 vol., 1980, 1982, 1983.
HENRY Michel, *La barbarie*, Grasset, 1987.
HÖFFE Otfried, *L'État et la justice*, Vrin, 1988; *La justice politique*, PUF, 1991.
HOWARD Dick, "The political origins of Democracy", in *Defining the Political*, Minneapolis, 1989.
HUMBOLDT Wilhelm von, *Essai pour définir les limites de l'action de l'État* (1792), tradução francesa, Paris, 1867.
JANNOUD Claude, *L'envers de l'humanisme*, Seuil, 1997.
JAUME Lucien, *Le discours jacobin et la démocratie*, Fayard, 1989.
JAURÈS Jean, *Histoire socialiste de la Révolution Française (1901-1904)*, Éditions Sociales, reed. 1969-1972.
JEFFERSON Thomas, *Déclaration d'Indépendance, 1776.* (in J. de Launay, *La croisade européenne pour l'indépendance des Etats-Unis*, A. Michel, 1988, pp. 216 ss.).
JOUVENEL Bertrand de, *Du pouvoir*, Hachette, 1972.
JULLIARD Jacques, *La Faute à Rousseau: essai sur les conséquences historiques de l'idée de souveraineté populaire*, Seuil, 1985.
LAMBERTI Jean-Claude, *Tocqueville et les deux démocraties*, PUF, 1983.
LEFORT Claude, *L'invention démocratique*, 1983; *Essais sur le politique. XIXe-XXe siècle*, Seuil, 1986; *Écrire. À l'épreuve du politique*, Calmann-Lévy, 1992.

LIPOVETSKY Georges, *L'ère du vide*, Gallimard, 1983; *L'empire de l'éphémère*, Gallimard, 1987; *Le crépuscule du devoir. L'éthique indolore des nouveaux temps démocratiques*, Gallimard, 1992.
LIPSET S. M., *L'homme et la politique*, Paris, 1963.
MABLY Gabriel Bonnot de, *Entretiens sur le rapport de la morale et de la politique* (1763), PU Caen, 1986.
MacINTYRE Alasdair, *Après la vertù*, tradução francesa, PUF, 1997.
MANENT Pierre, *Naissances de la politique moderne*, Payot, 1977; *Tocqueville et la nature de la démocratie*, Julliard, 1982; *La cité de l'homme*, Fayard, 1984; *Les Libéraux*, Hachette, 1986; *Histoire intellectuelle du libéralisme*, Calmann-Lévy, 1987.
MANIN Bernard, "Volonté générale et délibération? Esquisse d'une théorie de la délibération publique", in *Le Débat*, n. 33, jan. 1985; *Principes du gouvernement représentatif*, Calmann-Lévy, 1995.
MERLEAU-PONTY Maurice, *Humanisme et terreur*, Gallimard, 1947.
MERTZ B., *L'état de droit en accusation: la démocratie a-t-elle un avenir dans l'état de droit?*, Kimé, 1997.
MICHELET Jules, *Le peuple* (1846), Flammarion, 1974.
MICHELS Roberto, *Les partis politiques. Essai sur les tendances oligarchiques des démocraties* (1911), tradução francesa, Flammarion, 1914.
MILL John Stuart, *La liberté* (1859), *Considérations sur le gouvernement représentatif* (1861), tradução francesa, 1862.
MINC Alain, *La machine égalitaire*, Grasset, 1987.
MISRAHI Robert, *Existence et démocratie*, PUF, 1995.
MOUFFE Chantal, *Le politique et ses enjeux. Pour une démocratie plurielle*, La Découverte, 1994.
MULHALL S. et SWIF A., *Liberals and Communitarians* (1992), tradução francesa, PUF, 1997.
NAGEL Thomas, *Égalité et partialité*, PUF, 1994.
NELSON William, *On Justifying Democracy*, Houston, 1980.
NOLTE Ernst, *Le National-Socialisme* (1963), Julliard, 1970; *Les mouvements fascistes* (1966), Calmann-Lévy, 1969 e 1991.
NOZICK Robert, *Anarchie, État, Utopie*, tradução francesa, PUF, 1988.
ORWELL George (Eric Blair), *1984*. Gallimard, 1950.
OSTWALD M., *Nomos and the Beginnings of the Athenian Democracy*, Oxford, 1969.
PAINE Thomas, *Les droits de l'homme (1791-1792)*, Belin, 1987.
PARETO Vilfredo, *La transformation de la démocratie*, Droz, Genebra, 1970.
PEYREFITTE Alain, *La France en désarroi*, Fallois, 1993.
PLAMENATZ John, *Democracy and Illusion*, Londres, 1973.
POLANYI Michaël, *La grande transformation*, Gallimard, 1983; *La logique de la liberté*, PUF, 1989.

POLIN Raymond, *La liberté de notre temps*, Vrin, 1977; *La République entre démocratie sociale et démocratie aristocratique*, PUF, 1997.

POLIN Raymond (dir.), *L'ordre public*, PUF, 1996.

POPPER Karl, *La société ouverte et ses ennemis*, tradução francesa, Seuil, 1979.

PORQUET Jean-Louis, *Le faux-farler ou l'Art de la démagogie*, Balland, 1992.

PROUDHON Pierre-Joseph, *De la capacité politique des classes ouvrières*, Rivière, 1865.

RAWLS John, *Justice et démocratie*, Seuil, 1993; *Libéralisme politique*, PUF, 1995; *Débat sur la justice politique* (com Habermas), Cerf, 1997.

REICH Wilhelm, *La psychologie de masse du fascisme*, tradução francesa, Payot, 1972.

RÉMOND René, *La démocratie à refaire*, Paris, 1963,

REVEL Jean-François, *Le regain démocratique*, Fayard, 1992.

RICOEUR Paul, *Lectures 1. Autour du politique*, Seuil, 1991; *L'idéologie et l'utopie* (1986), Cerf, 1997.

ROMILLY Jacqueline de, *Problèmes de la démocratie grecque*, Hermann, 1975.

ROSANVALLON Pierre, *La crise de l'État-Providence*, Seuil, 1981; *Le libéralisme économique*, Seuil, 1989; *Le sacre du citoyen. Histoire du suffrage universel en France*, Gallimard, 1992; *La troisième crise de l'Etat-Providence*, Fondation Saint-Simon, 1993; *La nouvelle question sociale. Repenser l'État-Providence*, Seuil, 1995; *Le peuple introuvable. Histoire de la représentation démocratique en France*, Gallimard, 1998.

SAINT-SIMON Claude Henri de Rouvray, conde de, *L'organisateur*, 1819.

SANDEL Michaël, *Liberalism and the Limits of Justice*, Oxford U.P., 1982; *Democracy's Discontent*, Harvard U.P., 1996.

SARTORI Giovanni, *Théorie de la démocratie*, A. Colin, 1973.

SCHMITT Carl, *La notion de politique* (1963), Calmann-Lévy, 1972; *Théologie politique* (1922 e 1969), Gallimard, 1988; *Parlementarisme et démocratie* (1923), Seuil, 1988; *Théorie de la Constitution*, PUF, 1993.

SCHUMPETER Joseph, *Capitalisme, socialisme et démocratie* (1951), Payot, 1972.

SLAMA Alain-Gérard, *La régression démocratique*, Fayard, 1995.

STANKIEWICZ W. J., *Approaches of Democracy*, Londres, 1980.

STRAUSS Leo, *Droit naturel et histoire* (1953), Plon, 1954, Flammarion, 1986; *Sur la tyrannie* (1954), Gallimard, 1983; *Pensées sur Machiavel* (1958), Payot, 1982; *La cité et l'homme* (1964), Press Pocket, 1987; *Socrate et Aristophane* (1966), L'Éclat, 1993; "Les trois vagues

de la modernité", in *Political Philosophy: Six Essays* (1975), *Cahiers philosophiques*, 1984; *Qu'est-ce que la philosophie politique?* (1959), PUF, 1992.
TALMON J.-L., *Les origines de la démocratie totalitaire*, Calmann-Lévy, 1966.
TAYLOR Charles, *Le malaise de la modernité*, Cerf, 1994.
VEDEL Georges, "Existe-t-il deux conceptions de la démocratie?", in *Études*, jan. 1946.
VEDEL Georges (ed.), *La dépolitisation, mythe ou réalité?*, A. Colin, 1962.
WALINE Marcel, *Les partis contre la République*, Paris, 1948.
WALZER Michaël, *Spheres of Justice. A Defence of Pluralism and Equality*, Oxford U.P., 1983.
WEBER Max, *Le savant et le politique*, Plon, 1959, 1963.
WEIL Eric, *Philosophie politique*, Vrin, 1956.
WOLFF F., *Aristote et la politique*, PUF, 1991.

3. Obras coletivas

Club Jean Moulin, *L'État et le citoyen*, Paris, 1969.
L'interrogation démocratique, Centre Georges Pompidou, 1987.
Pouvoirs, n. 52: Démocratie, 1990.
La pensée démocratique, PU d'Aix en Provence, 1991.
Cahiers de philosophie politique et juridique, PU Caen:
  n.° 1: Démocratie, qui es-tu?, 1982.
  n.° 2: Démocratie et philosophie, 1982.
  n.° 18: Éthique et droit à l'âge démocratique, 1990.
La pensée politique, 1993, n. 1, *Situations de la démocratie*, Gallimard-Le Seuil, 1993.
Carrefour (Ottawa): *Philosophie politique et démocratie*, 1996, 18/1.
Coletânea de textos: Claudine Leleux, *La démocratie moderne. Les grandes théories*, Cerf, 1997.

Índice onomástico

As páginas assinaladas em negrito indicam as passagens essencialmente dedicadas ao autor citado.

A
ABENSOUR M., 354
ADORNO Th., 322
AGOSTINHO (santo), 90, 351
ALCIAT A., 101
ALTHUSIUS J., 59, **118-9**, 121
ANAXÁGORA, 55
APEL K.O., 354
AQUINO (São Tomás de), 36-7, 91, 351
ARATO A., 326, 354
ARENDT H., 12, 249, 254, 261-2, **269-74**, 301, 344, 353-4
ARISTÓFANES, **64-5**, 351
ARISTÓTELES, 11-2, 15-24, 28, **32-5**, 36-7, 41-4, 47-9, 52, 58, 61, 69, 77, 81, **83-7**, 92, 104, 111, 162, 170, 255, 260, 296, 194
ARON R., 12, 39, 84, 125, 140, 202, 205, **240-53**, 273, 287, 302, 351, 353-4
AUBENQUE P., 354

B
BACON F., 352

BALLANCHE P.-S., 226, 262
BALLE F., 354
BARNI J., 354
BARRÈS M., 262
BECKER W., 326
BÉNÉTON Ph., 354
BÉNICHOU P., 354
BENTHAM J., 183
BERGSON H., 214
BERLIN I., 354
BERNSTEIN E., 229, 353, 355
BÈZE Th. de, 352
BLANC L., 228
BLOOM A., 344
BOBBIO N., 326, 355
BODEÜS R., 355
BODIN J., 36-7, 41, 50, 116-9, 142, 156-7, 205, 352
BOLINGBROKE, 139
BONALD L. de, 262
BOSSUET J. B., 54, 116
BOURGEOIS B., 288
BOURGEOIS L., 230
BUCHANAN J., 114
BURDEAU G., 13, 127, **234-40**, 349, 354-5
BURKE E., 187, 226, 262, 353
BURLAMAQUI J. J., 286

C

CÁLICLES, 51
CAMPANELLA T., 59, 352
CARDIN LE BRET, 116, 119, 126, 157
CARONDAS, 15, 50
CARRÉ DE MALBERG R., 319, 355
CASTORIADIS C., 276, 355
CHATEAUBRIAND A. de, 203, 262
CÍCERO, 36, 54, 105, 116, 127, 341, 352
CLÍSTENES, 19, 23, 43
COKE Ed., 122
COMTE A., 231, 264
CONSIDÉRANT V., 228
CONSTANT B., 56-7, 187, 203, 213, 215, 226, 261, 353
COQUILLE G., 116
CRANSTON M., 295
CUJAS A., 101

D

DAHL R., 301, 326, 355
DEMÓSTENES, 11, 53-5, 58, 82, 85, 255, 351
DIDEROT D., 109
DRÁCON, 15, 50
DUGUIT L., 326
Du MOULIN Ch., 111
Du PLESSIS MORNAY Ph., **113-7**, 352
DURKHEIM G., 321
DWORKIN R., 295-6, 355

E

ELSTER J., 323
ENGELS Fr., 228-9
ÉSQUILO, 62-3, 351
EURÍPIDES, 263
EWALD F., 355

F

FÉNELON, 143
FICHTE, 173, 178, 264, 327, 353
FILMER R., 38, 126, 132, 135
FINKIELKRAUT A., 343-4
FINLEY M., 12, 42, 355
FORTESCUE R., 115
FOURIER Ch., 227
FREUND J., 259, 355
FUSTEL de COULANGES, 48, 51, 355

G

GALBRAITH J. K., 343, 355
GAUCHET M., 356
GÉNY F., 326
GOODWIN Th., 123
GÓRGIAS, 68
GRIMALDI N., 356
GROTIUS H., 117, 126, 113, 170, 286, 352
GUIZOT F., 250, 356

H

HABERMAS J., 283, 302, **317-36**, 344, 354, 356
HAMILTON A., 135, 235, 352
HARRINGTON J., 123-4
HAURIOU M., 326
HAYEK Fr., 346, 356
HEGEL G. G. F., 40, 47, 50, 56, 61, 186, 192, 243, 267, 290, 299, 320, 346
HEIDEGGER M., 265-6, 269, 273, 333, 344
HERÓDOTO, 12, 16-7, 22-3, 28, 38, 351
HESÍODO, 351
HÍPIAS, 51
HOBBES Th., 75, 87, 122, 126, 128, **129-32**, 133, 134, 140, 142, 156-7, 286, 320, 352
HÖFFE O., 356

HOLBACH D', 131
HOMERO, 46
HORKHEIMER M., 322
HOTMAN F., 101, 111, 114, 119
HUGO V., 231
HUMBOLDT W. von, 356
HUME D., 259, 352
HUSSERL Ed., 266, 284, 327, 345

I J
ISÓCRATES, 23-8, 44, 77, 81-2
JAURÈS J., 185, 229, 353, 356
JEAN de MEUNG, 90-1
JEFFERSON Th., 352, 356
JURIEU P., 143

K
KANT E., 21, 54, 136, 155, 173, 178, **188-93**, 201, 217, 240, 286, 292, 191, 305, 313-6, 320, 326, 338, 352
KELSEN H., 127, **302-17**, 336, 353

L
LA BOÉTIE E. de, 77, 93, **110-7**, 140, 352
LABOULAYE Ed., 225-6, 254, 269, 353
LAMENNAIS F. de, 228, 230
LANGUET H., 113
LARMORE Ch., 295
LEFORT C., 41, 109, 271, 273, 356
LÊNIN W. I. 230, 248, 271
LEROUX P., 230
LICURGO, 50, 55, 103, 108
LILBURNE J., 123
LIPOVETSKY G., 344, 357
LOCKE J., 38, 41, 124, **132-6**, 140, 209, 217, 225, 256, 286, 294-7, 352
LOYSEAU Ch., 119, 157
LUHMANN N., 323

M
MABLY E., 179, 352, 357
MACINTYRE A., 299
MAISTRE J. de, 262
MANENT P., 357
MAQUIAVEL N., 36-40, 59, 89, 93, 101, **102-10**, 127, 137, 142, 144, 255, 352
MARAT P., 187
MARCUSE H., 343
MARSÍLIO de PÁDUA, 36, 59, 91-3, 118, 352
MARX K., 228-9, 243-6, 301, 353
MERLEAU-PONTY M., 247, 357
MICHELET J., 230-1, 357
MICHELS R., 357
MILL J. STUART, 127, 297, 357
MILTON J., 123
MINC A., 357
MONTAIGNE M. de, 111, 126
MONTESQUIEU (Ch. de Secondat, barão de), 38-9, 49, 54, 76, 89, 105, **136-40**, 156, 159, 179, 205, 209, 216, 223, 226, 241-2, 249, 251-2, 254-9, 301, 352
MORE Th., 38, 59, 111, 352

N
NIETZSCHE Fr., 29, 52, 214, 254, **262-5**, 266, 268, 274, 307, 344, 353
NOLTE E., 273, 357
NOZICK R., 295, 299, 357

O
OVERTON R., 123
OVÍDIO, 166

P
PAINE Th., 357
PARETO V., 301, 357

PARSONS T., 326
PASCAL B., 126, 143, 214
PAULO (são), 90
PÉGUY Ch., 344
PÉRICLES, 5, 10-1, 17-21, 25, 32, 43, 46-7, 55, 58, 62-4, 72-7, 89, 97, 137, 260
PETERS B., 326
PÍNDARO, 52
PISÍSTRATO, 18, 25
PLATÃO, 6, 11-2, 16-7, 21-4, **25-32**, 33-7, 41, 46, 51-62, 64, **66-72**, 74-5, **77-83**, 87, 93, 193, 255, 257, 260, 274, 341, 351
PLÍNIO, 89
PLUTARCO, 69
POLANYI M., 284, 357
POLIN R., 344, 358
POLÍBIO, 16, 35-7, 88, 105, 162
POPPER K., 62, 71, 358
PROTÁGORAS, 68
PROUDHON P. J., 185, 227, 229, 358
PUFENDORF S., 117, 133, 170

R
RAWLS J., 297-9, 302, 320, 332, 354, 358
RAZ J., 295
REICH W., 358
RÉMOND R., 358
REVEL F. F., 358
RICHELIEU, 116, 126, 132
RICOEUR P., 282, 329, 344, 358
RIPERT G., 326
RIVERO J., 288-9
ROBESPIERRE M. de, 187, 204, 248
ROMILLY J. de, 51-4, 63, 68, 358
RORTY R., 41
ROSANVALLON P., 338, 344, 358
ROTHBARD M. N., 295-6

ROUSSEAU J.-J., 36, 38-9, 41, 54, 87, 91, 102-3, 106-7, 128-9, 135, 141, 144-5, **152-78**, 179-81, 186-93, 212-7, 228, 258, 264, 289, 304-6, 311, 348, 352
ROYER-COLLARD P. P., 196, 203, 213, 215, 226

S
SAINT-JUST L., 176, 187
SAINT SIMON (duque de), 143
SAINT SIMON (conde de), 227-8, 264
SANDEL M., 297, 299, 358
SARTORI G., 358
SAVARON J., 116
SCHMITT C., 44, 259-60, 301, 308-9, 353, 358
SÊNECA, 89
SIDNEY A., 124, 132
SIEYÈS E., 129, 145, **178-87**, 191, 200, 353
SÓCRATES, 26, 52, 55-6, 66-8, 155, 262-5
SÓLON, 10, 15, 17-21, 23, 43, 50, 62-3, 69, 77, 97, 108, 351
SÓFOCLES, 52, 63
SPINOZA B., 126, 140, 143-4, **145-52**, 189, 352
STAËL G. de, 162, 187, 203
STRAUSS L., 10-1, 15, 24, 37, 56, 65-7, 72-5, 93, 109, 254, 262, **265-8**, 274, 353, 358
SUAREZ F., 118, **112**

T
TÁCITO, 89, 341
TAYLOR Ch., 347, 359
THOREAU H. D., 295
TITO LÍVIO, 89, 101-8, 351
TOCQUEVILLE A. de, 6, 12, 36, 60, 70, 76, 136, 185, 197, 201-2, **203-25**, 226, 234, 241-2, 244-5, 254-8, 269, 318, 342-3, 353

TOLAND J., 123
TOURAINE A., 326
TRASÍMACO, 51
TUCÍDIDES, 10, 17, 25-6, **72-6**, 351
TULLY J., 295-6

V
VEDEL G., 240, 359
VICO G., 39
VILLEY M., 285
VOLTAIRE, 131, 137, 179, 183, 352

W X Z
WALWYN W., 123
WALZER M., 302, 359
WEBER M., 258, 266-7, 280-1, 318, 321, 326, 353, 359
WEIL E., 359
WILLKE H., 323, 326
WINSTANSLEY G., 123
WOLFF Ch., 117, 286
WOLFF F., 359
XENOFONTE, 24-9, 55, 57, 68, 351
ZALEUCO, 15, 50

IMPRESSÃO E ACABAMENTO:
YANGRAF Fone/Fax: 6198.1788